羊 脂 球

[法]莫泊桑 著

李玉民 译

中国画报出版社·北京

图书在版编目（CIP）数据

羊脂球 /（法）莫泊桑著；李玉民译. -- 北京：中国画报出版社，2015.6（2022.4重印）

ISBN 978-7-5146-1141-0

Ⅰ. ①羊… Ⅱ. ①莫… ②李… Ⅲ. ①短篇小说－小说集－法国－近代 Ⅳ. ①I565.44

中国版本图书馆CIP数据核字(2015)第171549号

羊 脂 球　　　　　　　［法］莫泊桑　著　李玉民　译

出 版 人：于九涛
责任编辑：史文良
责任印制：焦　洋
出版发行：中国画报出版社
　　　　　（中国北京市海淀区车公庄西路33号 邮编：100048）
开　　本：32开（880mm×1230mm）
印　　张：13.5
字　　数：302千字
版　　次：2015年8月第1版　2022年4月第5次印刷
印　　刷：万卷书坊印刷（天津）有限公司
定　　价：36.00元

总编室兼传真：010-88417359　　版权部：010-88417359
发　行　部：010-88417438　　010-68414683（传　真）

目 录

1 / 无可替代的莫泊桑
1 / 一个诺曼底人
10 / 皮埃罗
17 / 疯女人
21 / 晚会
33 / 复仇者
40 / 恐怖
47 / 第二十九床
62 / 魔鬼
72 / 两个朋友
82 / 项链
94 / 我的叔叔于勒
105 / 归来
114 / 嫁妆
123 / 火星人

132 / 魔椅

144 / 春天

151 / 舆论

157 / 保罗的女人

177 / 西蒙的爸爸

187 / 一次野餐

201 / 一名农场女佣的故事

224 / 一家子

253 / 泰利埃妓馆

284 / 羊脂球

329 / 伊韦特

无可替代的莫泊桑（序）

我们处于一个文学畸形的时代，处于最需要短篇小说，而又盛产长篇小说的时代。

细想想，这种状态也由来已久。单拿外国文学为例，我国出版的长篇小说名著，当数以百计，而以短篇小说称得上大师级的作家，数来数去，还是那么几个，无非是莫泊桑、契诃夫、欧·亨利、茨威格等，再尽量往上加，也达不到两位数。

一个明显的事实是：写长篇小说的大家，在文学发达的国家，总是人才辈出，而创作短篇小说的圣手，无论在哪里都难得一见。

以19世纪法国文学为例，大师级长篇小说家，至少能列举出雨果、巴尔扎克、司汤达、大仲马、福楼拜、左拉。然而，短篇小说家大师级人物，只有"短篇之王"莫泊桑一人而已。

多不容易，一个世纪才出一个，还是在文学达到鼎盛的19

世纪的法国。

到了小说成为文学创作主流的20世纪，这种状况并没有改观。在法国，小说越写越长，称"长河小说"，卓有成就者有普鲁斯特、罗曼·罗兰、杜·伽尔、杜阿梅尔、特洛亚等。但是，真正意义的短篇小说圣手，也只有被称为"短篇怪圣"的马塞尔·埃梅了。

究其原因，还不是创作长篇容易而短篇难，而在于长篇凭其篇幅能无限延长，图新求变就有巨大的空间；反之，短篇小说囿于篇幅短小，求变也没有用武之地，而且三变两变，往往变成中篇甚至长篇，丢了芝麻得了西瓜，何乐而不为呢？

这就是为什么小说越写越长，长篇小说家越来越多，时而聚拢渐成声势，终成流派。况且，随着时代的发展和阅读口味的变化，长篇小说也逐渐取代诗歌，引领文学的潮流了。相比之下，优秀的短篇小说，往往是长篇小说大家的余墨。

这也就是为什么短篇小说形成不了独自的流派，短篇小说家只有个人风格，而短篇小说圣手或者大师，只能天马行空，独来独往了。

说来也很有趣，"王"者，孤家寡人也。冠以"王"者，唯莫泊桑一人而已。他虽然也有《一生》《漂亮朋友》等六部长篇，但只能冠以"短篇小说之王"，设使去掉"短篇"冠以"小说之王"，肯定早就被推翻了。世界文学史上那些长篇小说大师，个个都有王者风范，但谁也不敢称王，恐怕就是这个道理。有什么办法，怪只怪短篇小说苑中无"老虎"。

短篇小说，西文conte，本义就是短小的故事。莫泊桑写了三百多篇故事，无可争议地成为"故事大王"。

讲故事，讲俗人俗事，表现人生百态，这是人类有史以来最喜闻乐见的文学形式，也是世俗文学最鲜明的一个特点。莫泊桑的短篇小说就是体现这种文学传统的典范。

文如其人，其人如文，在莫泊桑身上表现得尤为明显。其文何文？正是市民百姓喜读乐看之文；其人何人？也正是市民意识最强的一个人。

在著名作家中，莫泊桑不仅是市民意识最强的一位作家，还是市民生活方式过得最滋润的一个人。要知道，莫泊桑的父亲曾是银行职员，他本人也在海军当职员多年。父亲因婚外恋而夫妇离异，儿子干脆终身不娶，当了一辈子帅哥儿……他的作品许多场景，正是他的生活场景。

莫泊桑小说的故事背景，都是法国西北部的诺曼底地区，或者巴黎及其郊区。诺曼底是他童年和少年时期的故乡，而巴黎则是他供职和从事文学创作的地方，写这两个地区的风土人情和各色人物，他自然得心应手。

莫泊桑讲述的故事中的主人公，大多是小人物，有诺曼底狡猾的农民、慷慨的工匠、受欺凌的妓女和女佣、小职员、小店主、小市民，也有比市民还世俗的破落贵绅、富商、工厂主，以及野心勃勃的政客。例如《项链》中因爱慕虚荣而毁了一生的小市民；《羊脂球》中有爱国骨气的妓女和软骨头的富商与乡绅，在敌人的淫威下不同的表现；《第二十九床》堪称《羊脂球》的姊妹篇，通过一个法国姑娘的遭遇，着重讽刺了普法战争中法军的无能；《一家子》中为争取遗产而大打出手的一家人；《泰利埃妓馆》中去逛窑子而丑态百出的社会名流；《两个朋友》中宁死也不肯将通行口令告诉敌人的一对友人；《一个诺曼底人》《皮埃罗》《魔鬼》，以极滑稽的场面，勾画出诺曼底人悭吝的性格。

这些人物构成了法国社会的主体，他们身边发生的故事，便构成世俗社会的万象。这种万象的光怪陆离、色彩纷呈，在任何作家的作品中，都不如在莫泊桑的小说中展现得如此充分。不知是到了19世纪下半叶，法国进入了空前的世俗社会，还是这个时期的法国社会，在莫泊桑的笔下得到空前的描绘。

总之，市民生活的方方面面，在这三百篇故事中，几乎没有莫泊桑的笔触及不到的地方。他不但擅长讲日常生活中发生的故事，还臆构一些怪异的故事，以满足市民阶层的猎奇心理。例如《奥尔拉》，就是以日记体记述了许多怪异现象，让人感到命运受物体的某种超自然力量的控制。《恐怖》虽然取材于现实，但是也相当怪异，同他许多别的故事一样，反映人在生活中失控的一面。

莫泊桑一开始写作，似乎就给自己定了基调，并且一直遵循：每篇作品都要写成生动有趣的故事，写成纯而又纯的故事。他不同于雨果、巴尔扎克、司汤达，也不同于福楼拜、左拉等名家，讲故事就是讲故事，既不是为了表现某个主题，也不借题发挥，长篇大论。他总是带着市民意识和平常心，每次写作都保持这种状态，尤其值得一提的是，他在仅仅十年（1880—1890）的创作生涯中，无论创作思想还是创作风格，都应该是变化最小的作家。

以三百篇故事而称王，可见这些故事的分量，许多篇目如《羊脂球》《西蒙的爸爸》《项链》《两个朋友》等，都已成为世界名篇。莫泊桑的短篇小说，是自自然然地讲故事的典范，也是以世俗故事登上经典殿堂的典范。

· 无可替代的莫泊桑（序）·

这里不得不重复多少评家盛赞莫泊桑的话：

盛赞他是讲故事的高手，每部作品完全围绕着所讲的故事而剪裁，精心追求故事本身的喜剧性或悲剧性效果。《我的叔叔于勒》读来令人心酸，行文起伏跌宕，忽喜忽悲，家人对于勒的态度也忽爱忽憎；其喜尤显其悲，其爱更增其恨。亲情已如此，人生冷暖便不言而喻。《归来》更是纯粹的人生命运的故事，作者手法之高妙，喜剧性和悲剧性完全融为一体，直到故事戛然而止，读者也难断言其喜其悲。《火星人》和《魔椅》两篇，可以说是超现实主义故事，在以写实主义为主旋律的莫泊桑短篇小说中，这两篇该算是另类。然而超现实也可能像周期性的彗星，成为封闭的弧线，总要周期性地回到现实这个点上。喜也人生，悲也人生，莫泊桑的故事，就是在讲人生。有些故事似乎没有主题，其实脱离不开人生这个大主题。

盛赞他具有双重视觉，观察人情世态细致而深刻，能从日常小事和人的寻常行为中，看出人生哲理和事物的法则。莫泊桑叙事语气生动风趣，善于烘托气氛，制造戏剧效果，放得那么开，正因为有人生哲理和事物法则的底蕴，而这种底蕴，总是到故事的最后才揭示或暗示出来，令人拍案叫绝，这便是作者的高超艺术。例如精品杰作《项链》，女主人公为赔偿一串丢失的钻石项链，赔进去了整个青春年华，十年后再见到女友，正为保住自己的人格而洋洋得意时，女友却坦言那是一串假项链。轻声一语，不啻一声霹雳。人生命运的轻重得失，就蕴含在这个简单的故事中。

还盛赞他是法兰西语言大师：他的小说语言清新自然，生动流畅，堪称法语的典范。借着名作家法朗士的话说：他（莫泊桑)的语言雄劲、明晰、流畅，充满乡土气息，让我们爱不释手，他具有法国作家的三大优点：明晰、明晰、明晰。

就连最看重创新的安德烈·纪德，也难得给莫泊桑以这样的定位："不失为一个卓越超群、完美无缺的文学巨匠。"

居伊·德·莫泊桑（1850—1893）一生短暂，却留下大量至今还拥有广大读者的作品。三百篇故事，在世界短篇小说名苑中，更是争奇斗妍，雅俗共赏。在生活节奏加快、最需要短篇的今天，我们越发感到，莫泊桑是无可替代的。

李玉民

2006年8月8日

于北京花园村

一个诺曼底人

——献给保尔·阿莱克西

我们出了鲁昂城，驶上通往瑞米耶日的大道，轻便马车就飞驰起来，穿过一片片牧场，直到爬康特勒坡冈时，马儿才放慢速度。

眼前的景色，是这世间最为壮美的了。身后便是鲁昂城，林立的教堂和哥特式钟楼，建造精美，宛若象牙工艺品。对面则是圣瑟韦工厂区，矗立着无数烟囱，向天空喷射烟云，与老城区无数神圣的钟楼遥相呼应。

这边，大教堂的箭顶，是人类建筑丰碑的制高点；那边，作为竞争对手，"霹雳"的"火泵"，似乎也高不可测，甚至比埃及最巨大的金字塔还要高出一米。

前面，流淌的塞纳河水波光粼粼，河中散布着岛屿。右岸白色的峭壁上覆盖一片森林；左岸草场连着草场，一望无际，延展到远处，很远处，才被另一片森林阻断。

沿着宽阔大河的陡岸，停泊着一些大船。只见三艘巨型汽轮，鱼贯朝勒阿弗尔方向驶去。另有一组船队，首尾相连的一只三桅船、两只双桅纵帆船和一只双桅横帆船，由一艘吐着滚滚黑云的小拖轮牵曳着，逆流驶向鲁昂。

我的同伴是当地人，看也不看这片令人惊叹的景色，不过，他一直在微笑，似乎在窃笑。猛然间，他朗声说道：

"啊哈！等一下您就会看到一样特逗的东西，马蒂厄老爹的小礼拜堂。老兄啊，那才够味儿呢！"

我不免惊讶，看着他。他又说道：

"我要让您闻一闻诺曼底的一种气味，会留在您鼻孔里久久不散。马蒂厄老爹是全省最值得称道的诺曼底人，他那小教堂，也算这世间一个不大不小的奇观。关于这一点，我得先给您解释几句。"

马蒂厄老爹，人称"酒坛子"老爹，原是个退伍还乡的上士，他身上以精妙的比例，完美地结合了兵痞的调侃戏谑和诺曼底人的奸狡油滑。他回到家乡，依仗多方面的照拂，以及他本人不可思议的手段，当上了一座很灵验的小教堂的管理员。那座教堂受圣母的护佑，经常前来求神膜拜的，主要是那些怀了孕的少女。他还给教堂里显灵的神像取了个名字："大肚子圣母"，而且对这位圣母也比较随便，总好说三道四，但是绝不敢失敬。他为自己那"好心肠的童贞圣母"专门写了一篇祈祷文，还送去印刷出来。这篇杰作充满无意的嘲讽、诺曼底式的幽默风趣，冷嘲热讽中还掺进了对神的敬畏，对神秘的灵验所怀有的迷信的敬畏。他也不大相信他这位保护神，不过出于谨慎，他还是相信一点点儿，从策略上考虑，他也得小心点侍候。

他这篇令人咋舌的祷文是这样开头的：

  我们慈悲的童贞圣母玛利亚，本地以及整个大地未婚母亲天经地义的保护神，请您保护我这因一时疏忽而失足的女仆吧。

  ……

祷文是这样结尾的：

  千万代我问候您的神圣丈夫，并代我向天父求情，让他赐给我一个类似您那夫君的好丈夫吧。

  这篇祷文遭受本地神职人员的封杀，马蒂厄老爹就暗中出售，据说那些虔诚诵祷的女人，无不获益匪浅。
  总而言之，他谈起仁慈的圣母，就像一名贴身仆人谈论他的主人，一位令人敬畏的王爷，抖出他熟知的主人的所有隐私。他也了解圣母的底细，跟朋友在一起时，几杯酒下肚，他就压低声音，当作一大堆笑话讲出来。
  等一下，您亲自见识见识吧。
  只靠圣母这位保护神，收入似乎根本不够他花的，于是，除了圣母这个主业之外，他又搞了点儿副业，做起圣徒的生意。所有圣徒，几乎，或者尽在他的掌握之中。小教堂里摆不下了，他就将圣徒像放到柴房里，一有信徒前来请圣，他就立刻搬出来。这些小木雕像，都是他亲手制作的，一副副模样滑稽极了。恰好有一年，有人来给他油漆房子，他就让人家顺手把圣徒像从头到脚全漆成绿色。您也知道,圣徒都会治病,但是各有专长,绝不能搞混了,也不能弄错了。况且,他们都像蹩脚的演员那样,彼此忌妒得要命。

那些老太婆怕拜错圣徒,常来请教马蒂厄。

"耳朵出毛病,哪一位圣徒最灵?"

"当然是奥西姆圣徒最灵了,还有圣庞菲尔也不错。"

马蒂厄的乐子远不止这些。

他总有空闲时间,也就总喝酒,不过,他喝酒可是讲艺术的,诚心诚意,因而每天晚上都照例喝醉。他喝醉了,自己心里却明白,而且明白得很,每天都能记录下来醉酒的精确度。这是他的主要营生,教堂的差使倒排在第二位。

还有,他发明了——您听好,可得坐稳了——他发明了醉酒测量计。

测量仪器并不存在,但是,马蒂厄的观测,就跟数学家一样精确。

您能听见他反复这样说:

"从星期一起,我就超过了四十五度。"

或者这么讲:

"我处于五十二度至五十八度之间。"

再不然:

"我总有六十六度至七十度了。"

再不然:

"浑蛋,我本以为醉到五十度,现在发觉到了七十五度了!"

他一说一个准儿,从不出错。

他断定没有达到过一百度,不过他也承认,一超过九十度,他的观测就不准了,因此不能绝对相信他的话。

马蒂厄一旦承认过了九十度,那您就放心吧,他可是真的酩酊大醉了。

每逢醉成这样子,他老婆梅莉就气得发疯。那婆娘也是个活宝,她堵在门口,见马蒂厄回来,就破口大骂:

"你还回来,混账东西、臭猪、醉鬼!"

马蒂厄一听,就收起笑脸,面对他老婆站定,口气严厉地说道:

"闭嘴,梅莉,这会儿不是谈话的时候,等明天再说吧。"

假如她还不依不饶,他干脆逼近一步,声音颤抖着说:

"快闭起你那嘴,我可是醉到九十度了,掌握不好分寸了!你要当心,我想揍人啦!"

梅莉这才收兵退下。

到了第二天,假如她又要重提这件

事,马蒂厄就冲她嘿嘿一笑,回答说:

"算了吧,算了吧,说得够多了,事情已经过去。如果还没有喝高,那也不碍什么事儿。如果真的喝高了呢,那我向你保证今后改正,说话算数!"

我们的马车已经爬上山冈,驶进鲁马尔这片壮美的森林。

秋天,绚烂的秋天,在残存的鲜绿色之中,掺进了金黄色和紫红色,就好像太阳熔化了,一滴滴从天上流进了茂密的树林。

马车穿过杜克莱尔,我的朋友就驾车离开瑞米耶日大路,朝左拐上一条抄近道,驶进一片灌木林。

不大工夫,马车就爬上一座大山冈,我们重又发现风光旖旎的塞纳河谷,以及在我们脚下蜿蜒流淌的河水。

路右侧,有一座小建筑物,青石板屋顶,上面突兀立起一个钟楼,宛若撑起一把阳伞。建筑物的后身,是一所漂亮房子,安有绿色百叶窗,墙壁爬满了忍冬藤条和蔷薇枝蔓。

一副粗嗓门嚷道:

"来朋友啦!"

马蒂厄闻声出现在门口。他年已六旬,瘦瘦的身材,蓄留一缕山羊胡子、两撇全白了的长长的髭须。

我的同伴与他握手,又把我介绍给他。马蒂厄把我们让进一间清爽的屋子,是厨房兼做客厅。他解释道:

"我呢,先生,我没有高雅的住宅。我不愿意远离开吃的东西。您瞧,这些锅碗瓢盆,都陪伴着我。"

他随即转身,问我的朋友:

"您干吗赶在星期四来呢?您明明知道,这是我的保护神的门诊日。今天下午我出不了门。"

说着，他跑到门口，他大吼了一嗓子："梅莉—伊！"吼声大极了，想必一直传到河谷，塞纳河上来往船只的水手都会抬头张望。

梅莉没有应声。

于是，马蒂厄狡黠地眨了眨眼睛，说道：

"她跟我赌气呢，要知道，昨天我喝高了，到了九十度。"

我的同伴笑起来：

"到了九十度，马蒂厄！您怎么搞成这样？"

马蒂厄答道：

"跟您说吧，是这么回事。去年，我只收获了二十拉齐埃尔的杏黄苹果。这是个小年，不过，酿苹果酒倒是够了。于是，我酿了一大桶，昨天才开启。玉液琼浆，就是玉液琼浆，你们尝尝就知道了。当时波利特在我这儿。我们俩喝了一杯，接着又喝下一杯，总不过瘾，真能一直喝到第二天。一杯接着一杯，喝得我的胃里凉飕飕的。我就对波利特说：'再来杯白兰地，暖暖身子有该多好哇！'他立刻赞成。可是，白兰地喝下去，全身又发火了，结果还得换回来，再喝苹果酒。就这样一凉一热，又一热一凉，我发觉自己醉到九十度了。波利特离一百度也不远了。"

房门猛然打开，梅莉走进来，还未向我们问好，就先来了一句：

"……蠢猪，你们两个都足有一百度了。"

马蒂厄这下可火了：

"不许胡说，梅莉，不许胡说，我从来就没有醉到过一百度。"

主人请我们吃了一顿美味的午餐。餐桌就摆在门前的两棵椴树下，旁边是"大肚子圣母"小教堂，面对着开阔的美景。马蒂厄给我们讲了一些不可思议的显灵的故事，他那嘲笑的口气中，却含有几分轻信，倒是出人意料。

苹果酒清凉可口，甜丝丝又有点儿辛辣，容易醉人，我们喝了好多，而比起别种酒来，马蒂厄更爱喝这种酒。饭后，我们就骑在椅子上抽烟斗，忽见来了两个老太婆。

两个人都够老的，佝偻着身子，骨瘦如柴。她们问了好，就说是来求圣布朗的。马蒂厄冲我们眨了眨眼睛，回答说：

"我这就给你们取来。"

他说着，就钻进了柴房。

他待在柴房足足有五分钟，出来时一脸沮丧，双臂往上一举，说道：

"不知他跑哪儿去了，没找到，但是我肯定有。"

说罢，他双手合成喇叭状，对着嘴又大声吼叫："梅莉——伊！"他老婆在院子后面应声道：

"什么事儿？"

"圣布朗在哪儿呢？我在柴房没找见。"

于是，梅莉这样解答：

"上星期，你拿去堵兔子窝的洞，是不是用了那一个？"

马蒂厄不由得打了个寒战：

"雷劈的，真可能就是！"

接着，他对两个老太婆说道：

"请跟我来。"

她们跟在后面。我们也跟上去看热闹，已经笑得岔了气儿。

果然，圣布朗像就插在地上，沾满了污泥脏物，被当作普通木桩撑着兔子窝的边角。

两个老太婆一见圣徒像,就急忙跪倒在地,又画十字,又咕哝着祈祷。可是,马蒂厄却赶紧阻拦:

"稍等一下,你们跪到粪土里了,我去给你们抱捆麦秸来。"

他去抱来一捆麦秸,好歹垫上当作祈祷的跪凳。接着,他瞧着满身污秽的圣徒像,想必是担心有损他生意的信誉,就补充了一句:

"我来把他给你们弄干净点儿。"

他拎来一桶水,拿刷子开始用力刷洗这个木偶,而这工夫,两个老太婆却一直在祈祷。

刷洗完毕,他又补充说道:

"这下子就没得说了。"

于是,他又带我们回去喝一杯。他的酒杯刚送到嘴边,忽然停住,有点儿不好意思地说道:

"不错,我是拿圣布朗像堵兔子窝了,原以为他赚不来钱了,这两年就一直没人来求他。然而,您也瞧见了,圣徒就是圣徒,永远也不过时。"

他喝下杯中酒,接着说道:

"来,咱们再干一杯,朋友一起喝酒,怎么也得醉到五十度,现在咱们还不到三十八度呢。"

皮埃罗

——赠给亨利·鲁荣

勒费弗尔太太是一位乡下富户太太,已然孀居,算是半个农妇,衣裙爱饰花边,帽子爱缀着粗俗的小玩意儿,说话常犯词语连诵的错误,在大庭广众之中,总爱摆出一副盛气凌人的样子。总之,这类女人花枝招展、滑稽俗气的打扮,掩饰着一颗野蛮虚荣的灵魂,正如她们的丝线手套里,躲藏着一双通红的大手。

她有个女佣,名叫萝丝,是个头脑简单,老实厚道的乡下女人。

两个女人住在诺曼底地区中部,临马路的小房安有绿色的百叶窗。

屋前有一小块窄条园子,她们就栽种了一些蔬菜。

不料一天夜里,有人偷走十二棵洋葱。

萝丝一发现失窃,就慌忙跑去报告太太。在家还穿着呢裙的勒费弗尔太太赶紧下楼来。一场浩劫,太恐怖了!居然有人偷东西,偷到勒费弗尔太太头上!看来,这地方有盗贼,一次得手还会再来。

两个女人惊慌失措,仔细观察留下的脚印,还喋喋不休,猜测各种情况:

"瞧,他们就是从那儿进来的,登上墙头,再跳进菜畦里。"

想到往后的日子,她们越想越胆战心惊,今后还怎么睡安稳觉呢!

失窃的消息传开了。邻居都跑来看现场,也同样议论探讨。每次来个人,两个女人都要把她们的观察和想法重叙一遍。

住在附近的一个农场主给她们出了个主意:

"你们就该养一条狗。"

这话倒是在理,她们应该养一条狗,有情况哪怕叫两声也好。不过,老天在上,不能养大狗!她们养条大狗干什么?吃也能把她们吃穷了。只能养一条小狗(在诺曼底称作quin),一只汪汪叫的小家伙。

等人全走了,勒费弗尔太太就跟萝丝商量养狗的事,商量了许久。她几番思索下来,能找出上千条理由反对养狗,一想到满碗的狗食,就面如土色,须知她是乡下富户太太中精打细算的那路人,口袋里总装着几个小铜子,以施舍招摇过市,给路上的穷人,给星期日的募捐。

萝丝喜爱动物,就摆出自己的理由,巧妙地为动物辩解。最后总算决定下来,养一条极小的狗。

于是,她们就开始寻求,但是看到的全是大狗,那些吃货食量吓死人。罗勒维尔村的食品杂货店老板,倒是养了一条个头儿极小的狗,不过他索要两法郎的饲养费。勒费弗尔太太声明,她的确想养一条小狗，但是绝不会花钱去买。

一家面包房老板得知这事的前因后果，一天早晨就用他的车拉来一只小怪兽：全身黄毛，四条腿短得跟没有似的，身子像鳄鱼，脑袋如狐狸，尾巴长似身子，像军帽的羽翎高高翘起。它的主人，面包房的一位主顾不想要它了。一个子儿不花，太太就觉得这条小脏狗挺好看。萝丝拥抱它，随后就问狗叫什么名字。面包师回答："皮埃罗。"

小狗就安置在一个旧肥皂箱里。先给它水，它喝了，再给它一块面包，它也吃了。刚喂一次，勒费弗尔太太就犯嘀咕：

"等它在家待熟了，就可以放出去随便跑。它在附近转悠，总能找到吃的。"

小狗果然放出去了，可是它仍旧免不了饥饿。而且，只有要吃的的时候，它才汪汪叫，要吃的叫起来还一声紧似一声。

谁都可以进园子里来。每次新来个人，皮埃罗就上前亲热，绝不叫唤一声。

日子一长，勒费弗尔太太逐渐习惯了，甚至有点儿喜欢这小狗了，还亲手喂它几口蘸了菜汤的面包。

然而，她根本就没有想到养狗还要交税，收税员登门向她要八法郎："八法郎，夫人！"她一听，大叫一声，差点儿昏过去。就这么一条小破狗，连叫都不会叫，要交这么多钱！

她当即决定，把皮埃罗送人。可是谁也不要。方圆四十公里，每家住户都拒不收养。万般无奈，只好决定让它去"啃石头"。

所谓"啃石头"，就是"吃泥灰岩"。凡是不要的狗，全打发去"啃石头"。

在一大片开阔地上,能看到一种草房,说得准确些,就是盖在地面上的小小的茅草棚。盖住的就是泥灰岩矿井的坑口。这种矿井垂直挖到地下二十来米深,下面连着通向矿层的长长的坑道。

一年一度,要给田地施加泥灰石时,才有人下井挖掘。平时,这种矿井别无他用,只是充当遗弃狗的坟场。谁从坑口附近走过,都能听见升上来的哀号、狂吠或绝望的呼号、凄惨的求救之声。

猎犬和牧羊犬,都惊恐地逃避这种哀鸣的深洞。有谁俯身探看,立刻就能闻到一股腐烂的恶臭冲上来。

在黑洞洞的矿井里,发生了多少惨剧。

一条狗扔下去,仅靠先前被遗弃的狗的残存腐尸为食,活个七天八天,眼看就要饿死,忽然又扔下来一条狗,当然个头儿更大,也更强壮。矿井里两条饿狗,眼睛放光,相互窥视着,相互跟随,都还犹豫不决,焦灼不安。然而,饥饿在催逼它们,它们开始相互攻击,撕咬非常激烈,斗了很久。最后,强者吃掉弱者,活活吃掉了。

一旦决定让皮埃罗去"啃石头",就得物色一个执行人。有个护路工人跑这趟要十苏辛苦费,勒费弗尔太太认为这是漫天要价。一个在附近打短工的,倒是给五苏就干,可是太太还是嫌太贵。萝丝则表明看法,最好还是由她们亲自送去,这样的话,皮埃罗一路上就不会受虐待,对自己的厄运也就不会有所警觉。于是主仆二人决定,天一黑她们就前往。

这天傍晚,她们特意给皮埃罗烧了一盒香肠,还加了一点儿黄油。皮埃罗大口吃下去,舔得一滴不剩。趁它正满意地摇着尾巴，萝丝一把抓住，将它裹在围裙里。

她们大步流星，穿越开阔地，就好像两个偷庄稼的贼。不大工夫，她们就瞧见泥灰岩矿井，到了坑口，勒费弗尔太太俯身听听，是否有狗的哀鸣。没有，矿井下没有狗。皮埃罗下去也只有它一条。这时，萝丝流下眼泪，抱着吻了吻它，然后就往洞里一扔。接着，两个女人又俯下身去，侧耳细听。

先是听见一声闷响，随即是动物受伤时的惨叫，接着又是连声哀鸣，再后就是绝望的呼唤，是狗仰头望着洞口，苦苦哀求救助的声音。

它汪汪叫起来，噢！这会儿它才汪汪叫了！

两个女人忽然感到后悔，感到恐惧，不知为何怕得要命，于是慌忙逃离现场。萝丝跑得快些，勒费弗尔太太跟在后面直喊：

"等等我，萝丝，等等我！"

这天夜里，她们受噩梦纠缠，场景十分恐怖。

勒费弗尔太太梦见自己坐在餐桌前准备吃饭，一掀开汤盆盖子，皮埃罗就从盆里蹿出来，一口咬住她的鼻子。

她惊醒了，仿佛还听见小狗的汪汪叫声。她又侧耳听了听，才明白是错觉。

她再次入睡，又梦见自己走在一条大路上，路漫无尽头。猛然间，她瞧见路中央有只篮子，是农村用的大篮子，丢在那里没人管，而那篮子令她心惊胆战。

不过，她最后还是忍不住，揭开篮子盖，皮埃罗正蜷缩在里面，一口咬住她的手不放了。于是，她就拼命逃跑，而小狗咬住不放，就吊在她的手臂上。

·皮埃罗·

天蒙蒙亮她就起床，几乎疯了一样，跑向那口泥灰岩矿井。

皮埃罗还在汪汪叫，它这样汪汪叫了一整夜。太太失声痛哭，用各种各样亲昵的称呼叫它。皮埃罗一一回应，狗声也那么哀婉温柔。

于是，太太又要把小狗救出来，决定让它快乐一生。

她跑去找一个开采泥灰岩的矿工，把她的情况叙述一遍。那人只是听着，并不插言，等她讲完了，才说道：

"您还想要您那只小狗吧？那就付四法郎。"

太太大吃一惊，她的全部痛苦顿时风卷云散。

"四法郎！您就不怕撑死！四法郎！"

那矿工便回答说：

"您以为怎么着？我要带上绳索、绞车，到那儿架起来，还得带上我儿子去，保不准我还会让您那该死的小狗咬上一口，您以为我这么折腾，就为讨您高兴？当初就不该扔下去。"

太太气冲冲走了。——哼，四法郎！

她一回到家，就叫来萝丝，告诉她那矿工如何漫天要价。萝丝一向百依百顺，也附和道：

"四法郎！这可是钱啊，太太。"

接着，她又补充说道：

"要是给可怜的皮埃罗扔吃的东西，不让它饿不行吗？"

勒费弗尔太太满心欢喜地同意了。于是，两个女人带上一大块黄油面包，又去那个矿井。

她们把面包切成小块，一块一块丢下去，还轮流跟皮埃罗说话。那小狗吃完一块，就立刻汪汪叫，又讨下一块。

傍晚她们又来了。第二天照旧，后来天天如此，只不过每天只跑一趟了。

不料有一天早晨，她们要投下头一块面包时，忽然听见井下一声巨吼。里面有两条狗了！又一条狗被丢进矿井，还是条大狗！

萝丝呼唤一声："皮埃罗！"皮埃罗就汪汪答应。这样，她们就开始往下投食物，然而每扔下一块，就清晰地听见井下激烈的抢夺声，接着又听见皮埃罗被同伴咬疼的哀号。另一条狗强壮，就全抢着吃了。

她们再怎么声明"这是给你的，皮埃罗"也毫不顶用。显然皮埃罗一口也没有吃到。

两个女人面面相觑，没了主张。勒费弗尔太太口气尖刻地说道：

"所有丢进井里的狗，总不能全由我来喂养吧。只好放弃不管了。"

她一想到井下所有的狗，全要靠她花钱养活，心口就堵得慌，于是扬长而去，连剩下的面包也带走了，并且边走边吃起来。

萝丝一边跟在主人身后，一边用蓝围裙的一角擦拭眼泪。

疯女人

——赠给罗贝尔·德·博尼埃尔

对了,马蒂厄·当多兰先生说道,提起山鹬,我倒想起一个故事,战争年代很悲惨的一件事。

您知道,在高迈伊城郊大街,我有一处房产,普鲁士军队攻入时,我就住在那里。

那时有个女邻居,好像疯了,屡遭不幸的打击而精神失常了。她二十五岁那年,在短短一个月之内,就接连失去了父亲、丈夫和刚出生的儿子。

死神一旦光顾一户人家,就好像认了门似的,几乎总要随后再来。

可怜的少妇让悲痛击垮了,她卧床不起,一连六周神志不清,总说胡话。在病情急性发作之后,又进入平静的疲顿状态,她一动不动躺在那里,几乎不进食,只是眼珠还转动着。每次要让她起床,她就大喊大叫,就好像有人要杀她似的。没办法,只好让她一直躺着,除非在给她梳洗和换洗床单时,才会把她拉起来。

一名老女仆留在身边侍候她，不时给她水喝，或者让她嚼点儿冷肉。在这颗绝望的心灵里，究竟发生了什么呢？别人永远也不会了解，因为，她再也不开口说话了。她在想念那些死去的亲人吗？还是仅仅忧伤地胡思乱想，并没有真切的回忆呢？再不然，她的思维已遭毁坏，她待着不动，犹如一潭死水吧？

她这样完全自闭、半死不活的状态，一过就是十五年。

战争爆发了，十二月初，普鲁士军队开进高迈伊。

这情景还恍若昨日。天寒地冻，连石头都能冻裂。我犯痛风不能走动，躺在扶手椅上，听见普鲁士军队有节奏的沉重的步伐，从窗户能望见他们开过去。

他们的队列没头没尾，全都一模一样，那种木偶般的动作，也是他们所特有的。然后，军官就将士兵摊派到各家各户去住。我家摊了十七名，那个邻居疯女人家，则摊派去十二人，其中一个长官，是个十足的兵痞，性情火暴，动辄大发雷霆。

头几天倒也相安无事。早有人告诉那个军官，女主人有病，他也就没太在意。然而时过不久，这个女人始终不露面，他不禁恼火，便询问得了什么病。有人回答说，由于悲痛过度，她一病不起，已经卧床十五年了。军官根本不信，以为那可怜的疯女人不起床，是因为傲慢，根本不愿意看到普鲁士人，不愿意同他们说话，也不愿意同他们接触。

于是，他要求女主人接见他，女仆便让他进了疯女人房间。他口气粗鲁地说道：

"代代（太太），清（请）您起壮（床），下来让人交交（瞧瞧）。"

疯女人恍惚的眼睛转向她，没有回答，两眼也空洞无神。

军官又说道:

"火(我)补(不)能容忍车(这)样无礼。如阔(果)扑(不)主痛(动)起来,火(我)有盼(办)法让您图(独)自去牛(遛)弯。"

她仍然一动不动,连手也没有抬一抬,就好像没有看见他。

军官怒不可遏,认定这种平静的沉默表示极大的蔑视。于是他又说道:

"如阔(果)明天您还扑(不)下壮(床)的话……"

说罢,他掉头出去。

次日,老女仆惊慌失措,要给疯女人穿衣服,可是她拼命挣扎号叫。军官很快就上楼来,女仆跪倒在地,高声说道:

"她就是不肯,先生,她就是不肯。您饶了她吧,她太不幸了。"

军官站在原地,相当尴尬,却不敢下令将疯女人拉下床。忽然,他笑起来,用德语下了命令。

不大工夫,只见走出一队士兵,就像运送伤员似的抬着一张床垫。床垫上丝毫也没有弄乱,躺在上面的疯女人仍然沉默不语,只要让她躺着,她就会安安静静,不管身边发生了什么事。后面跟着一名士兵,拎着一包女人衣服。

那军官得意地搓着双手,说道:

"火(我)们有盼(办)法,交(瞧)您能扑(不)能自己钻(穿)衣服,闪(散)一闪(散)扑(步)。"

只见他们一行人,朝着伊莫维尔森林的方向越走越远。

两个小时之后,只有那些士兵回来了。

大家再也没有见到那疯女人。他们把她怎么样了?他们把她抬到哪儿去了?始终不得而知。

雪白天黑夜下个不停,形成冰雪的苔藓,覆盖了田野和树木。狼群一直窜到我们家门口嗥叫。

一想到那个不知所终的女人，我就寝食难安，多次跟普鲁士当局交涉，想了解情况，结果险些被拉出去枪毙。

冬去春来，占领军开走了。我的邻家一直门窗紧闭，庭园的小径长满了荒草。

老女仆冬天就死了。再也没有人过问这个意外事件，唯独我还一直惦念着。

他们怎么处置了那个女人？她穿过树林逃跑了吗？也许在什么地方，有人收留了她，将她送进医院，却从她口里了解不到任何情况。

然而到了秋天，山鹬成群结队地飞过。我的痛风病情略有好转，就拖着不灵便的双腿去了森林。我已经打下四五只长喙鸟，又有一只被击中，掉进树枝密集的沟壑里不见了。我不得不下去拾回猎物，却发现它掉在一个死人的头颅旁边。猛然间，我想起那个疯女人，感到一阵揪心，就好像胸口挨了一拳。在这凄惨的一年，也许不少人死在这树林里，然而也不知为什么，我就肯定，我是说肯定，碰见的就是那个疯女人的头。

我豁然明白了，完全推测出来。他们是把她连同床垫丢弃在这寒冷、荒凉的森林里，而疯女人抱着固执的念头不放，就是在厚厚的而又轻飘飘的雪绒被下死了，也不动一动胳膊腿。

接着，狼来把她吞食了。

鸟儿则利用撕烂的床垫的呢绒做窝了。

我保存了这个可悲的骷髅，并且祈愿我们的子孙永远也不要再经历战争了。

晚 会

　　萨瓦尔先生是韦尔农镇的公证人,酷爱音乐,年纪轻轻就谢了顶,脸总是刮得干干净净。他身体微胖,倒也适中,不戴旧式眼镜,而戴一副夹鼻眼镜。他很文雅,性格活泼开朗,在韦尔农被人视为艺术家。他能弹弹钢琴,拉拉小提琴,举办音乐晚会,演出新歌剧。

　　他甚至有一副人人称赞的细嗓门儿,细成一条线,一条细细的线。但是他掌握得极为曼妙,每次悠悠唱完最后一个音符,全场立即喝彩:"好!太妙了!真棒!真精彩!"

　　他是巴黎一家音乐出版社的老订户,总能收到最新的出版物,他也不时给本城上流社会人士寄去邀请函,常以这样的措辞:

　　　　星期一晚,在韦尔农公证人萨瓦尔先生家,举行
　　《萨伊斯》首演,敬请光临。

　　有几位嗓音洪亮的军官合唱,还有两三位本地女士唱几首

歌曲。公证人则充当乐队指挥，手势极其沉稳，就连一九〇步兵团乐队队长有一天在欧罗巴咖啡馆，谈起他来也说：

"唔！萨瓦尔先生，那是位大师，他没有从事艺术这行，实在太可惜了。"

无论在哪座沙龙，只要有人提到他的名字，总会有人赞叹道：

"他可不是业余爱好者，而是一位艺术家，一位真正的艺术家。"

当场也会有两三个人随声附和，那口气深信不疑：

"哦！对，一位真正的艺术家。""真正的"一词还大大加重语气。

每逢巴黎的大舞台上演出一部新歌剧，萨瓦尔先生总要前去观赏。

且说去年，他要按照习惯，去巴黎听歌剧《亨利八世》，就乘坐下午四点三十分抵达巴黎的快车，打算连夜乘零点三十五分的火车返回，这样就不必在旅馆过夜了。

他在家穿好晚礼服，一身黑装，扎上白领带，再套上一件大衣，翻起衣领。

他一踏上阿姆斯特丹街，就立时感到心情无比畅快，不免自言自语：

"毫无疑问，巴黎的空气就是不同于任何地方，有一种难以描摹的向上的、激励人而又令人陶醉的成分，能让人产生一种奇特的欲望，想又蹦又跳，还想干别的事儿。我一踏上巴黎的街道，就突然有异样感觉，仿佛喝了一瓶香槟。在这座城市里，进入艺术家圈子，能过上多美的生活啊！这些被选定住在这样一座城市的人,这些享有盛名的大人物,该有多幸福啊!他们过着什么样的生活啊!"

他心里盘算着,希望认识几个名人,以便在韦尔农谈论他们,时而来巴黎时,也可以去他们府上参加晚会。

他猛然有了个念头,早就听人说过,环城林荫大道的一些小咖啡馆时常有聚会,参加者有已经成名的画家、文人,甚至还有音乐家。于是,他又缓步上坡,向蒙马特尔走去。

离演出还有两小时,不妨去看一看。他经过常有浪荡不羁的艺术家光顾的酒馆,瞧瞧人头,想推测是不是艺术家。最后,他被一家挂着"死耗子"招牌的酒馆吸引住,便走了进去。

里面有五六位女顾客,臂肘撑在大理石桌面上,正谈论她们的爱情遭遇,说起露西同奥尔唐丝的争吵、奥克塔夫卑鄙无耻的行为。她们都已青春不再,胖的太胖,瘦的又太瘦,全是残花败柳了,一看就能猜出她们几乎秃顶了,她们像男人那样,用大杯子喝啤酒。

萨瓦尔先生坐在远离她们的座位,开始等候,快到喝苦艾酒的时间了。

不大工夫,就来了一个高个子年轻人,坐到邻桌。老板娘叫他"罗曼丹先生"。公证人一听浑身一抖,这不正是在最近画展上获头奖的罗曼丹吗?

那年轻人打了个手势,叫来伙计:

"立刻给我上晚餐,然后,你拿三十瓶啤酒和火腿,送到我的新画室,克利希大街15号。是我早晨预订的,我们要庆祝乔迁之喜。"

萨瓦尔先生也马上要了晚餐,接着,他脱下大衣,露出礼服和白领带。

邻座那人仿佛根本没有注意他,自顾看报。萨瓦尔先生侧目而视,强烈渴望同那人搭讪。

这时,又进来两个身穿红色天鹅绒衣的年轻人,蓄着亨利三世式的尖胡子,他们坐到罗曼丹的对面。

走在前头的那人说道:

"就是今天晚上吧?"

罗曼丹同他握手,说道:

"说得没错,老兄,所有人都会参加,有博纳、吉约迈、杰尔韦、贝罗、埃贝尔、杜埃兹、克莱兰、让-保兰、让-保尔·洛朗。这次盛会一定热闹非凡。还有女士,到时瞧吧!所有女演员都到场,无一例外,当然,是今天晚上没有演出的。"

酒馆老板凑上前来。

"这种乔迁聚会,您经常搞吗?"

画家回答:

"说得没错,每隔三个月,租期一到。"

萨瓦尔先生再也按捺不住,他口气迟疑地说道:

"对不起,先生,打扰一下,刚才听人叫您的姓名,我特别想知道,您是不是我在最近画展上,极为赞赏的那些画幅的作者罗曼丹先生。"

画家回答:

"正是本人,先生。"

公证人便巧妙地恭维一番,表明自己很有教养。

画家听了心里受用,也就以礼相遇,彼此攀谈起来。

罗曼丹又回到乔迁的话题,详细介绍了这次喜庆的豪华阵容。

萨瓦尔先生一一询问了他要接待的所有客人，然后又说了这么一句：

"在您这样有价值的艺术家寓所里，一下子能见到这么多名人，对一个外地人来说，那真是三生有幸啊！"

罗曼丹一语倾心，立刻答道：

"如果您愿意的话，敬请光临。"

萨瓦尔先生满心欢喜，接受了邀请，心想：

"以后总有机会去看《亨利八世》。"

两个人都用完晚餐，公证人抢着买单，为邻座付了钱，以回报人家的盛情邀请。他还给两个身穿红色天鹅绒衣服的年轻人付了酒钱，这才同画家一起离开酒馆。

他走到一幢房子前停下。这楼房不高，但是很长，二楼看上去好似连续不断的暖房。六间画室排成一列，门脸正对着林荫大道。

罗曼丹麦在前头，登上二楼，打开一扇房门，划着一根火柴，点燃一支蜡烛。

他们置身于大得出奇的房间，但是家具仅有三把椅子，另有两幅画架，以及沿墙根放着的几幅草图。萨瓦尔先生惊愕不已，愣在门口不动。

画家朗声说道：

"这回地方可够用了，不过，整个儿还要布置。"

继而，他审视这个四壁光光的高大的房间和隐没在昏暗中的天棚，又声明一句：

"这间画室能派大用场啊。"

他全神贯注地察看,绕房间走了一圈,接着说道:

"我倒是有个情人,本可以帮把手。用什么套子,挂什么帘子,女人的感觉是无与伦比的。可是今天,我把她打发到乡下去了,今天晚上好能摆脱她。倒也不是怕她烦我,而是她太不懂规矩,有她在场,我那些客人就会不自在。"

他思索了片刻,又补充道:

"她是个好姑娘,但就是不好摆弄。她若是知道我接待客人,非把我的眼珠子抠出来不可。"

萨瓦尔先生毫无表示——他没听明白。

画家走到他跟前。

"既然我邀请您来了,您就帮我干点儿什么吧。"

公证人满口答应:

"随便您怎么使唤,我听从吩咐。"

罗曼丹脱下礼服。

"那好,公民,干起来。咱们先打扫。"

他从放着一幅猫画的画架后面,拿出一把破扫帚。

"拿着,您扫地,我来弄弄照明。"

萨瓦尔先生接过扫帚,瞧了瞧,便开始笨手笨脚地扫地,立刻扬起一大片尘土。

罗曼丹怒气冲冲制止他:

"怎么,真见鬼,您连扫地都不会!喏,瞧我的。"

他用扫帚推着灰突突的垃圾滚动,滚成了一堆,就好像他一辈子只干这种活儿;然后,他又把扫帚交给公证人,公证人便照他的样子干。

刚扫了五分钟,满画室已经尘土弥漫了。罗曼丹只好问道:

"您在哪儿呢？我看不见您了。"

萨瓦尔先生咳嗽着，走了过来。画家问他：

"分支吊架，您知道怎么弄吗？"

公证人如坠五里雾中，问道：

"什么分支吊架？"

"当然是照明用的吊架，分支上插蜡烛。"

他还是一头雾水，便回答道：

"不会。"

画家用手指打着响儿，开始蹦跳起来。

"有了，我呀，有了好主意，大人。"

继而，他口气平静下来，接着说道：

"您身上有五法郎吗？"

萨瓦尔先生回答：

"有哇。"

画家又接着说道：

"那好，您去给我买来五法郎的蜡烛，而我去桶匠铺。"

他推着身穿礼服的公证人出门。五分钟过后，两个人都回来了，一个人抱着蜡烛，另一个人拿来桶箍。接着，罗曼丹又钻进壁橱，从里面掏出二十来只空酒瓶，又一只一只拴在桶箍上。然后，他要下楼去向女门房借梯子，向公证人解释说，他给女门房的猫画像，就是画架上的那幅，因而赢得那个老太婆的好感。

他扛了一副梯凳上楼来，又问萨瓦尔先生：

"您动作灵活吗？"

公证人不明白什么意思，只是回答：

"当然灵活。"

"那好,您爬上去,将这吊灯拴到棚顶的铁环上。然后,每只瓶里您再插一支蜡烛,都点着了。跟您说吧,搞照明我还是有天赋的。真见鬼,您倒是脱下礼服呀!您这样就像个奴仆。"

画室的门猛然打开,一位眼睛明亮的女士站在门口。

罗曼丹凝视她,眼睛流露出惶恐的神色。

那女子双臂交叉在胸前,等了几秒钟,然后才开了口,气急败坏的尖嗓门儿非常高亢:

"哼!你这坏东西,就想这样抛开我吗?"

罗曼丹并不答言。她接着说道:

"哼!你这无赖,你打发我到乡下,还装得那么温柔体贴。你这晚会,瞧瞧我来怎么安排。对,你那些朋友,现在由我来接待……"

她越说越激烈:

"我就把酒瓶子、蜡烛,全摔到他们脸上……"

罗曼丹语气柔和地说道:

"玛蒂尔特……"

然而她根本不听,还继续说道:

"你就等着,小伙子,你就等着!"

罗曼丹凑到跟前,想要拉住她的手:

"玛蒂尔特……"

现在,她已经豁出去了,要把她那粗话篓子、怨言袋子,统统倒出来。这些话从她嘴里冒出来,如同席卷着垃圾的一条溪流。那么多急切的话,仿佛争抢着,都要夺路而出。结果她咕咕哝哝,结结巴巴,还断断续续,最后突然一清嗓门儿,骂出来一句,一句粗话,一句脏话。

·晚 会·

罗曼丹已经抓住她的双手,她却浑然不觉,似乎根本没有看见他,只顾着发泄,一吐为快。突然,她开始哭起来,泪水夺眶而出,却难阻止汹涌的怨言。这时,她说话的声音已经走调儿,变得尖厉刺耳,话语被泪水打湿,终于泣不成声。还有两三次,她重又发泄,但是每次都哽咽住了,最后泪如泉涌,什么话也不说了。

于是,画家紧紧搂住她,他感动不已,频频吻她的头发。

"玛蒂尔特,我的小玛蒂尔特,听我说,你得要通情达理。要知道,我组织这次晚会,也是为了感谢这些先生帮我在画展上获奖。我不可能接待女士,这一点你应该明白。跟艺术家打交道,跟一般人不一样。"

她抽抽搭搭地说道:

"那你干吗不早跟我说呢?"

他回答道:

"就是不想惹你生气,让你难受。听我说,我送你回家。你要听话,乖乖地待在家里,安安静静地在我床上等着我,这里一完事儿我就回去。"

她咕哝道:

"行,可是以后,你不能再有这事儿。"

"不会了,我向你发誓。"

罗曼丹转过身,看见萨瓦尔先生终于把吊灯挂在天棚上,便说道:

"亲爱的朋友,五分钟我就回来。这工夫如果有客人来,请代我招呼一下,好不好?"

说罢,他就带着玛蒂尔特走了,那女友还连连擦眼泪,一把一把擤鼻涕。

画室里只剩下萨瓦尔先生一个人,室内全收拾好了,他就点起蜡烛,等待主人回来。

他等了一刻钟,半小时,一小时,还不见罗曼丹回来。猛然间,楼梯上传来一阵震耳的喧闹声。二十张口齐声吼唱一支歌曲,步伐整齐,如同普鲁士军队在行进。整齐的步伐动摇了整座楼房。房门打开了,门口出现一大群人。男男女女,双双挽着手臂,排成一长串,用鞋跟踢着地板,鱼贯进入画室,就像爬进来一条蛇。他们吼唱着:

我的房请进,

保姆和士兵!……

萨瓦尔先生一下惊呆了,他身穿晚礼服,愣在吊灯下面。这群人一见到他就嚷道:"还有个仆役,一个仆役!"他们立刻围上来,将他困在大吼大叫的圈子里。接着,他们又手拉手,疯狂地跳起了圆圈舞。

萨瓦尔先生还要极力解释:

"诸位,诸位……先生们……夫人们……"

可是没人听他的。他们围着他转圈儿,边跳边喊叫。

他们终于停下不跳了。

萨瓦尔先生又要解释:

"先生们……"

一个满头金发,蓄留胡子的高个子青年,直逼到他鼻子尖,打断他的话:

"我的朋友,您怎么称呼?"

公证人一时惊慌失措,赶紧回答:

"我是萨瓦尔先生。"

有人嚷道：

"你是说巴甫梯斯特吧。"

一位女士则说道：

"别逗弄这个伙计了，别最后把人家逗急了。他是雇来侍候我们的，而不是来让人嘲笑的。"

萨瓦尔先生这才发现，每位来客都自带食品，有带酒的，有带馅饼的，还有带面包或者火腿的。

金发高个子青年拿着一根巨大的香肠，往公证人的手臂里一塞，吩咐道：

"拿着，你去把餐桌支在那边角落里，再把酒瓶摆在左侧，食物摆在右侧。"

萨瓦尔一时昏了头，不禁嚷道：

"先生们，我可是公证人啊！"

一时间，大家都沉寂了，继而又一阵狂笑。一位先生半信半疑，又问道：

"您怎么到这儿来了？"

于是，萨瓦尔解释，他本打算去歌剧院，从韦尔农来到巴黎，以及这一晚上发生的事情。

大家围着他坐下，听他解释，不时还有人问他两句，大家都叫他"天方夜谭"。

罗曼丹还没有回来，却又来了一些客人。于是，有人就向他们介绍了萨瓦尔先生，好让他把自己的故事再讲一遍。萨瓦尔不肯讲了，但是客人非让他讲不可，还把他按在一张椅子上，另外两张椅子分列左右，坐着两位女士，不断地给他倒酒。他又是喝酒，又是哈哈大笑，一会儿说话，一会儿唱歌。他还要抱着椅子跳舞，结果跌倒了。

从这一刻起，他什么都忘记了，只觉得有人给他脱衣，扶他躺下，还觉得想呕吐。

他醒来时已是大白天了，发现身在壁橱里，躺在一张陌生的床上。

一个老太婆，手里操着一把扫帚，怒目注视他，终于说道：

"下流东西，滚起来！下流东西！醉得不成人样儿了！"

他坐起来，感到浑身不自在，便问道：

"我这是在哪儿？"

"您在哪儿，下流东西？您喝醉了。您还不赶紧滚蛋？别这么磨磨蹭蹭的！"

他是想要起来，然而他在床上一丝不挂，衣服早已不知去向。他只好说：

"太太，我这……"

他猛然想起来……怎么办！他问道：

"罗曼丹先生没有回来吗？"

女门房呵斥道：

"您还是快点儿滚开吧，千万别让他在这儿看到您！"

萨瓦尔先生不免羞愧，明确说道：

"我的衣服没了，被人拿跑了。"

他不得不等待，解释他的遭遇，通知朋友，借钱买了衣服。一直折腾到晚上，他才终于离开了。

在韦尔农他那漂亮的沙龙里，一有人谈起音乐时，萨瓦尔先生就武断地宣称，绘画是一种非常低俗的艺术。

复仇者

安托万·勒耶先生娶寡妇玛蒂尔特·苏里时,已热恋她将近十年了。

苏里生前是他的好友,还是他中学的同窗。勒耶很喜欢他,不过觉得他有点儿木讷,时常这样讲:"这个可怜的苏里,可没有发明出火药。"

后来,苏里娶了玛蒂尔特·杜瓦尔,勒耶深感意外,心里也不免有点儿恼火,他原本对那姑娘有几分情意。玛蒂尔特是一位女邻居的女儿,那女邻居早先开过服饰用品商店,赚了一小笔钱便歇业了。玛蒂尔特人长得漂亮,脑袋也聪明伶俐。她是看中了苏里有钱。

于是,勒耶又打起别的主意,他追求起朋友的妻子。勒耶人也长得帅,脑袋不笨,也同样有钱,自认为一定能够得手,不料却受挫了。这样,他反倒动了真情,完全爱上她了。这个单恋者,同人家丈夫的关系又那么密切,就不得不特别谨慎,小心翼翼,有时还挺尴尬。苏里太太还以为他对自己不再想入非非了,便成为他开诚相见的朋友。这种关系持续了九年。

忽然一天早晨，有人给勒耶捎来口信，这个可怜的女人惊慌地告诉他，苏里因血管瘤破裂而猝死。

他受到极大的震动，因为他们俩同岁，不过，几乎随即他又感到一阵窃喜，一种无限宽慰的解脱之感，浸透了他的身心。苏里太太自由了。

然而，他还能自我克制，拿出一副应有的悲伤神态，遵循丧事礼仪，等待着时机。过了十五个月，他娶了这位寡妇。

大家认为这一举动极其自然，甚至颇为慷慨仗义，正是一位好友，一个正派人的所作所为。

他终于如愿以偿，美满幸福了。

夫妇二人生活异常亲热，异常和谐，只因彼此了解，一结合就相互赞赏。他们之间谁都没有隐私，无论多么隐秘的念头，彼此都能倾诉。勒耶现在对他妻子的爱，是一种平静而信赖的爱，就像爱一个温柔忠诚的伴侣，一个对等的知心人。然而对已故的苏里，勒耶还心存一种奇特的、难以解说的怨恨。正是这个苏里，首先占有了这个女人，享用了她的花样年华和心灵，甚至耗损了她诗意的魅力。回忆这个死去的丈夫，腐蚀了这位在世丈夫的幸福。而且对亡者的这种忌妒，现在日夜侵扰着勒耶的心。

因此，他动不动就提起苏里，问起苏里各种隐私的细节，就想完全了解他这个人与他的生活习惯。他还不断地嘲笑苏里，人进了坟墓也不放过，总乐意数落他的怪癖，渲染他的可笑之处，强调他的缺点。

勒耶在屋子的另一头，也总爱叫他妻子：

"哎！玛蒂尔特？"

"我在这儿呢，朋友。"

"过来跟我说句话。"

妻子总是笑吟吟地走过来,心里十分清楚,他又要说苏里的事儿了,对新丈夫这种无伤大雅的怪癖,她也尽量迎合。

"说说看,你还记得吗,有一天苏里要向我证明,矮个儿男人总比高个儿男人更受女人青睐?"

接着,他就慷慨激昂,所表达的见解都不利于矮个儿的死者,暗暗有利于他这高个子勒耶。

勒耶太太则让他明白,他说得对,完全对,同时笑得很开心,委婉地嘲笑自己的前夫,最大限度地讨她新丈夫的欢喜。说到最后,勒耶总要加上这么一句:

"这个苏里呀,不管怎么说,就是呆头呆脑。"

夫妻二人生活很幸福,幸福美满。勒耶则千恩万爱,不断地向妻子证明他那永不平息的情欲。

且说一天夜里,他们毫无睡意,又像青年时期那样激动,勒耶紧紧搂着妻子,深深地吻她,可是,他突然问道:

"说说看,亲爱的。"

"什么呀?"

"苏里……都不好意思问你……苏里他在床上……很能干吗?"

她还给勒耶一大口吻,喃喃答道:

"不如你能干,我的小猫。"

勒耶作为男人,自尊心得到满足,他又问道:

"他一定相当……笨拙吧……你说是吗?"

妻子没有应声,只是狡黠地一笑,将脸埋到丈夫的脖颈里。

丈夫还是问:"他一定是特别笨,不大……不大……怎么说呢?……不大灵活吧?"

妻子微微点了一下头,那动作表明:

"是呀……一点儿也不灵活。"

丈夫又问道:

"夜里,他一定弄得你挺烦的,对吗?"

这一回,她极为坦率地回答:"唔!对!"

丈夫为了这句话,又搂住吻她,嘴里咕哝道:

"那是个十足的蠢货!你跟他过日子不幸福吧?"

妻子便回答:

"不错。并不是每天都那么快活。"

勒耶感到乐不可支,他在头脑里,将妻子从前的状况和现在的状况,作了一番完全有利于自己的比较。

他沉默了片刻,接着又一阵兴奋,问道:

"你说说看?"

"说什么?"

"你愿意,非常坦率,对我非常坦率地谈一谈?"

"当然了,我的朋友。"

"那好,讲真话,你就从来没有起意……欺骗……欺骗他……欺骗苏里那个笨蛋吗?"

勒耶太太不禁害羞,轻轻"哎"了一声,再次把脸紧紧埋在丈夫胸口里。但是,丈夫发觉她在笑。

丈夫追问道:"讲真话,你承认吗?他那家伙,长的就是一个王八脑袋!那就太逗了!太逗了!苏里这个老实人。瞧你,瞧你,宝贝,这事儿完全可以跟我说说,只跟我说。"

"跟我说"几个字加重了语气,心想当年她若是有意欺骗苏里，那也是肯定同他，勒耶，干这种好事。于是，他等待这种回答，高兴得微微颤抖，确认她若不是个严守妇道的女子，那么当初他就能得到她了。

然而，她并不回答，一直在笑，就好像回想起一件特别滑稽的事儿。

勒耶一想到，他本可以给苏里戴上绿帽子，也就笑起来。多妙的恶作剧！多好的闹剧！哈！对呀，真的，多好的闹剧！

他狂喜不已，结结巴巴地说道：

"这个可怜的苏里，这个可怜的苏里，哈，对呀，他那脑袋就配戴绿帽子，哈，对呀！哈，对呀！"

勒耶太太在被子里笑成一团，笑出了眼泪，几乎尖叫起来。

勒耶又重复道：

"好了，招认吧，招认吧。讲老实话。你也完全明白，这种事，不可能惹我不痛快。"

她笑得喘不上来气儿，结结巴巴地答道：

"是啊，是啊。"

丈夫还是追问：

"是什么呀？瞧你，全讲出来吧。"

现在，她只是窃笑了，将嘴凑到勒耶的耳边，而丈夫料定她会透露一件十分开心的秘密，只听她悄声说道：

"是啊……我欺骗过他。"

勒耶浑身打了个寒战，脑袋也一阵混乱，不禁讷讷说道：

"你……你……欺骗……欺骗过他……千真万确？"

她还以为，丈夫觉得这事儿有趣极了，便回答说：

"对呀……千真万确……千真万确。"

勒耶不得不从床上坐起来,他无比震惊,连呼吸都停止了,一时心乱如麻,就好像刚刚听说自己当了王八。

他先是一声不吭,过了几秒钟,才发出一声:"哼!"

妻子也不再笑了,明白自己犯了错误,但为时已晚。

勒耶终于又问道:

"跟谁呀?"

她沉默不语,想找点儿辩词。

丈夫又问了一句:

"究竟跟谁呀?"

她终于回答:

"跟一个年轻男子。"

勒耶猛地转过身,对她冷冷地说道:

"我当然知道不是跟一个厨娘。我问你是哪个年轻男子,明白吗?"

她一言不答。勒耶一把抓过她蒙住头的被单,扔到床中央,重复问道:

"我要知道是跟哪个年轻男子,明白吗?"

于是,她吃力地说道:

"我是想开开玩笑。"

可是,丈夫气得发抖:

"什么?怎么的?你想开开玩笑?那你是想戏弄我了?让我吃这种亏,没门儿,明白吗?我问你,那年轻人叫什么名字?"

她不回答,仰卧在那里一动不动。

他抓起她的手臂,狠劲儿握住。

"你听明白我的意思了吧?我要你回答我的话。"

于是，她不耐烦地说道：

"我想你是疯了，让我安静点儿！"

勒耶怒不可遏，气得浑身发抖，不知说什么好，一时气急败坏，抓住她狠命摇晃，重复道：

"你听明白了吗？听明白了吗？"

她猛一用力要挣脱，手指尖碰到丈夫的鼻子。丈夫以为挨打了，便暴跳如雷，朝她猛扑过去。

他用身子压住妻子，使足劲儿扇她耳光，边打边骂：

"扇你，扇你，扇你。打你，打你臭婊子。骚货！骚货！"

他直到打没劲儿了，气喘吁吁，这才起身，走到柜子前，倒了一杯橘花糖水，他觉得自己要垮了。

妻子泪流满面，结结巴巴地说道："听我说，安托万，你过来，我说了谎，你会明白的，听我说。"

她已经武装好了理由和诡计，现在准备自卫了，于是微微抬起歪斜的睡帽下头发凌乱的脑袋。

而他，因动手打人而感到惭愧了，于是转身向她走过去，不过，他这做丈夫的内心深处，对这个曾经欺骗过另一个男人，欺骗过苏里的女人，感到萌发了一种永不枯竭的仇恨。

恐 怖

温煦的夜色缓慢地降临。

女士们都留在别墅的客厅里,而男士们还待在门前的花园中,围着一张摆满茶杯和小酒杯的圆桌,有的坐着,有的骑在椅子上抽烟。

在渐浓的夜色中,他们的雪茄犹如眼睛闪闪发亮。有人刚刚讲述了昨天发生的惨剧:两个男人和三个女人,在应邀来到对岸的众人注视下,都跳河淹死了。

G将军开始讲述:

不错,这类事件令人冲动,但不恐怖。

"恐怖"是个老词,其含义远非"骇人"可比。刚才讲的一件惨剧,让人激动,让人百感交集,让人骇然,但是不能让人恐慌万状。要让人感到恐怖,那就必须超出心灵痛苦的激动,必须超出一种惨死的景象,而应感到一种神秘的战栗,或者一种超自然的、异乎寻常的惊悚。一个人丧命,即使死得极为悲惨,也不能引起恐怖。战场并不恐怖,流血也不恐怖,最卑劣的罪行也极少引起恐怖。

恐 怖

喏,这里讲两个事例,都是我亲身经历,是这两件事让我理解恐怖的含义。

那是一八七〇年战争期间。我们部队穿越鲁昂城,撤向奥德梅尔桥。部队残余两千人,已经溃不成军,士气涣散,而且都精疲力竭,准备撤到勒阿弗尔城整编。

大地一片积雪,夜幕降临。我们有两天没有吃东西了,只顾慌忙逃跑,普鲁士军队紧追不舍。

诺曼底的田野一片惨白,在黑暗、沉重而狰狞的天幕下,向远方延展,只有围着农舍的零星树影依稀可见。

在晦冥的暮色中,只听见一种疲软的嘈杂声响,又像畜群行动那样闹哄哄,那是无数脚步的混杂,还伴随着饭盆和军刀模糊的撞击声。我们的人都弯腰弓背,浑身肮脏不堪,许多人甚至军衣都撕烂了,大家拖着疲惫的步子,在雪地里匆匆赶路。

那天夜晚天寒地冻,手一触摸钢枪托就被粘住了。我时常看到一个小兵脚疼得受不了,就脱掉军靴走路,在雪地上留下一个个带血的脚印。他走了一段时间,便坐到田野里,想休息片刻,可是坐下去就站不起来了。每个坐着的人就是个死人。

我们身后丢下那么多可怜的士兵。他们力气耗尽,想歇一歇僵硬的双腿再继续赶路!然而,他们一停下来,冻僵的躯体内几乎停滞的血液就不再流动,不可抗拒的麻木传遍周身,他们再也动弹不得,好像钉在地上,眼睛也合起来,转瞬间,这个超负荷的人体机器就完全瘫痪了。他们的额头逐渐垂向双膝,但又没有完全倒下,只因腰身和四肢像木头一样硬,已经动不得了,既不能弯曲,也不能挺直。

我们这些身体较强壮的人,虽然冻透了骨髓,还是凭着惯性往前走，走在黑夜里，走在雪地上，走在严寒而致命的田野，只觉得悲痛、败退、绝望将我们拖垮，尤其遭到遗弃，面对末日、死亡、虚无的那种可恶的感觉，把我们逼到绝路了。

  我瞧见两名宪兵抓着胳膊，押解一个古怪的男人。那人年岁挺大，没留胡子，模样的确令人惊奇。

  宪兵认为抓到一名间谍，便寻找一位军官。

  "间谍"的说法，立刻在艰难行走的士兵中间传开，他们将俘虏围住。有个人嚷道："枪毙他！"所有士兵都累得要倒下，只是由于撑着枪才勉强站立，他们突然兽性大发，狂怒起来——能驱使人群进行屠杀的那种狂怒。

  我想要讲话，那时我是营长，然而没人再承认军官了，弄不好连我都会给枪毙。

  一名宪兵对我说道：

  "这个人跟踪我们三天了，逢人就打听炮兵的情况。"

  我试着审问那个人：

  "您是干什么的？想干什么？您为什么总跟随着部队？"

  那人嘟嘟囔囔讲一种土话，根本听不懂。

  那个人确实很怪，窄窄的肩膀，狡猾的眼神，在我面前又神色慌张，以致老实说，我也不再怀疑他是间谍了。看上去他有了一把年纪，身体很虚弱，他偷眼打量我，那低下的神态中，透出愚蠢和狡诈。

  围着我们的人嘟囔道：

  "站到墙根！站到墙根！"

  我对两名宪兵说道：

  "你们能负责这名俘虏吗？……"

话还没有说完，乱兵便一哄而上，将我撞倒，只见一瞬间，那人就被愤怒的人群揪住，打倒在地，又拖到路边，朝一棵树扔去。他摔在雪地上，已经奄奄一息了。

众人立刻就把他枪毙了。士兵们朝他开枪，随即又压上子弹，再次射击，像粗野的人那样疯狂。他们还你争我夺，都要射上一枪，于是鱼贯走过，总是朝尸体开枪，就好像列队经过棺木，往上洒圣水一般。

这时，突然有人喊了一嗓子：

"普鲁士人！普鲁士人！"

于是，我听见惊慌失措的部队在溃逃，一时沸反盈天，声震四野。

部队惊慌逃窜，是由枪毙这个流浪汉的枪声引起的，而执刑者本人也跟着仓皇而逃，却不明白恐惧是他们造成的，一个个只顾逃命，消失在黑暗中。

这具尸体跟前只剩下我，以及因职守留在我身边的两名宪兵。

他们检查起这个被打得稀巴烂、血肉模糊的尸体。

"搜搜身。"我对他们说道。

我从兜里掏出一盒蜡烛式火柴，递了过去。

一名士兵给另一名士兵照亮，我站在二人中间。

检查尸体的宪兵说道：

"身穿蓝罩衫、白衬衣，下身长裤、皮鞋。"

第一根蜡烛式火柴熄灭了，又划着了第二根。宪兵在翻死者的衣兜，接着说道：

"一把牛角柄小刀、一条方格手绢、一个鼻烟盒、一小段细绳、一块面包。"

第二根火柴又熄灭了,接着划着第三根。

宪兵在尸体上摸索了好一会儿,最后明确说道:

"只有这些了。"

我又说道:

"把他衣服裤子扒掉,也许在贴身的地方能发现点儿什么。"

我亲自照亮,好让两名宪兵能同时行动。在很快就熄灭的火柴光亮中,我看见他们将一件件衣服扒下来,扒光了这个血淋淋的还有热气的死尸。

突然,一名宪兵讷讷说道:

"真见鬼,长官,这是个女人!"

我无法描摹搅动我五脏六腑的,是多么奇特而又揪心的惶恐之感。我怎么也不相信,便对着这堆不成人形的血肉之躯,跪到雪地上验看——果真是个女人!

两名宪兵惊呆了,也完全泄了气,只等我的指示。

我也没了主张,不知如何判断。

这时,那名宪兵小队长则缓慢地说道:

"也许她是来找她的孩子的,她孩子当炮兵,一直没有消息。"

另一名宪兵附和道:

"很可能就是这样。"

惨不忍睹的场面我见得多了,可是这次,我却哭起来。在那寒冷的夜晚,在那黑魆魆的旷野,面对这个死者,面对这样神秘的事件,面对这惨遭杀害的陌生女人,我感到"恐怖"这个字眼的含义了。

恐 怖

还有，我审问弗拉特考察团的一个幸存者，一名阿尔及利亚籍步兵时，也有类似那一惨剧的详情供你们了解，但是有一个情况，也许你们并不知道。

弗拉特上校率队前往苏丹，要穿越沙漠，穿越图阿雷格那广袤的地区，也就是从大西洋到埃及，从埃及到阿尔及利亚的那片沙漠大洋。图阿雷格地区的人是瀚海的强盗，类似从前的海盗。

考察团的向导属于瓦尔格拉地区的昌巴部落。

且说有一天，他们在沙漠里宿营，阿拉伯向导说到水泉还有一段路，要牵着所有骆驼去运水。

只有一个阿拉伯人提醒上校，他被出卖了。然而，弗拉特根本不相信，他和工程师、医生、几乎所有军官随驼队前往水泉。

考察队员在水泉附近被杀害，驼队全被劫走。

瓦尔格拉地区法国办事处的上尉留守宿营地，他指挥幸存的骑兵和步兵撤退，但是没有骆驼驮运，便丢弃了行李和食品。

他们上路了，走在浩瀚的荒漠上，没有一点儿阴凉，从早到晚受烈日曝晒。

一个部落前来表示归顺，送来大枣。不料大枣浸了毒，法国人几乎全被毒死了，包括那位最后的军官。

只剩下波贝甘下士、几名骑兵，以及昌巴部落的几名土著步兵。他们还有两峰骆驼，可是一天夜晚，骆驼连同两个阿拉伯人都没了踪影。

一旦发现两个阿拉伯人带着两头牲口逃走，这些幸存者就明白，他们只能靠相互残杀为食活命了，于是走路彼此分开，相距一个步枪射程之外，在灼热的阳光下，鱼贯走在松软的沙子上。

整个白天就这样行进，每到一处水泉，他们就轮流喝水。前边的人单独喝完水，离开一段距离之后，第二个人才上去。他们就这样走一整天，在灼热的平坦瀚海上，时而扬起小小的尘柱，远远一望就知道，沙漠中有人在行走。

然而一天早晨，一个人突然斜插过去，向旁边的那个人逼过去。大家都停下脚步观看。

饥饿的士兵逼过来，那个人并不逃跑，而是趴下，举枪瞄准来者，估计到了射程之内，便开了枪，却没有击中。进犯者继续前走，也举起了枪，射杀了他的同伴。

这时，所有人都从四面八方跑来，要分上一份儿。射杀同伴的人切割死者，一块块肉分给众人。

然后，这些不能同心的同盟者，相互重又拉开距离，直到下一次谋杀时隔不久再次聚首。

他们靠分到的人肉维持了两天，饥饿又卷土重来。射杀一个同伙的那名士兵，这次又打死一个人。他像屠户那样，将尸体切割成块，自己只留下一份儿，其余的全分给同伴。

这些食人肉者，就是这样继续撤离。

最后那个人，弗朗索瓦·波贝甘，也在井边被杀，死于救兵到来的前夕。

现在你们应该明白，我们指的"恐怖"是什么意思了吧？

这就是那天晚上，G将军对我们讲的恐怖故事。

第二十九床

　　埃皮旺上尉走在街上，所遇的女人无不回头张望。他的确体现了轻骑兵军官的英俊典型，因而他总那么趾高气扬，招摇过市，得意地炫耀自己的大腿、身材和两撇胡子。不过，那小胡子、身材和大腿，也确实值得夸耀。就说那金黄色的小胡子，又浓又密，落在唇上显得十分威武，呈美丽的弧形，十分曼妙，颜色如成熟的麦穗，但梳理得精细，微微卷起，再从嘴角两侧垂下，形成两撇强悍的须尖。他身材苗条，仿佛穿着紧身衣，但是有一副男子汉健壮的胸膛，宽阔而又高高挺起。两条大腿令人赞叹，赛似体操运动员和舞蹈家，发达的肌肉在红色紧身呢裤里突显运动的线条。

　　他走路时双腿挺直，两脚和双臂微微叉开，像骑兵那样稍稍摇摆，这种步伐能突显双腿和上半身，配上军装就是胜利者的姿态，如着便服，那就很俗气了。

　　埃皮旺上尉同许多军官那样，换上便服就特别难看。他一穿上灰色或黑色呢料制服，就不折不扣是个商店伙计的形象了。然而，只要穿上军装，他就英姿勃发。何况他本来就长一副好模样——鼻子纤细而弯曲，一双蓝眼睛，前额窄窄的。不过，他秃顶了，然而怎么也想不通头发为什么掉了。但是他看到，蓄留两撇大胡子，稍微秃顶倒也无伤大雅，总可以聊以自慰。

通常他鄙视所有人，但鄙视的程度却千差万别。

首先，他眼里根本没有那些资产者，视他们如动物，对他们的关注超不过对麻雀和母鸡的关注。这世上他唯一看得上眼的是军官，但也并不一视同仁。总之，他仅仅敬佩英俊的军官，认为仪表是军人唯一真正的优良品质。一名士兵，就是个男子汉，哼，就是个大丈夫，生来就是为了作战和做爱的，是个有魄力、有脾气而又健壮的男子，这就足够了。埃皮旺按照身高、仪表、面孔的美丑，将法国将军们分成三六九等。在他的心目中，布尔巴基是现代最伟大的军人。

他特别爱嘲笑那些走起路来气喘吁吁的矮胖军官，尤其无法克制地鄙视，甚至近乎憎恶综合工科学校出来的那些瘦小枯干的军人。那些可怜的瘦小男人，都戴眼镜，动作都笨手笨脚，让他们穿上军装，就如同让兔子主持弥撒一样，埃皮旺如是说。令他气愤的是，军队居然能容纳如此发育不健全的人，瞧他们那细腿，走起路来像螃蟹，还不喝酒，吃得又少，喜欢方程式似乎超过喜欢美丽的姑娘。

埃皮旺上尉在情场上频频得手，赢得一个又一个女人的青睐。

他每次同一位女子共进晚餐，就确认接着必和她共度良宵，如果真碰到难以逾越的障碍，误了当晚的好事，那他也至少确信"次日就见分晓"。哪个同伴也不愿意自己的情妇同他见面，而有漂亮女人售货的那些商店老板，无不认识他，怕他，恨他恨得要命。

他从商店橱窗前经过,老板娘在店里,总是情不自禁地同他交换个眼神,而这种眼神胜过多少温柔的话语,包含着一个召唤和一个应答、一种欲望和一种认同。丈夫接受本能的警报,猛然转过身来,把愤怒的目光投向那个挺着胸膛、得意洋洋的军官的身影。等满意了自身的效果,上尉便笑吟吟地走过去,商店老板就神经质地一把推开摆在面前的货物,高声说道:

"简直一个大傻帽!什么时候才不再喂养这些没用的东西,省得他们佩带刀枪在大街上乱窜。要我看,就是要屠夫也不要当兵的。屠夫罩衣上的血迹,怎么说也是牲口的血,屠夫总还有点儿用处,屠夫动刀不是要杀人。我不明白大家怎么还能容忍,这些公共谋杀犯拖着杀人工具招摇过市!我也知道,少不了军人,但是至少也收敛一点儿啊,不能让他们穿上蓝上衣、红裤子这样的奇装异服。一般来说,刽子手总是不打扮的,对不?"

女人也不搭腔,微微一耸肩。丈夫没看到这个动作,但也猜得出来,便咕哝道:

"只有傻瓜才去看那帮家伙到处炫耀呢。"

埃皮旺上尉猎艳高手的名声,就是在法国全军也尽人皆知。

且说一八六八年,埃皮旺上尉所在的第一〇二轻骑兵团,调到鲁昂驻防。

他在全城很快就知名了。每天傍晚约莫五点钟,他就来到布瓦尔帝耶大道,在进喜剧咖啡馆喝苦艾酒之前,先在大道上转悠一阵,以便卖弄自己的大腿、身材和胡子。

鲁昂的商人也时常散步,他们背着手,思虑着生意,谈论物价的涨落,不过也会瞥上那军官一眼,咕哝道:

"天啊,好英俊的一个人。"

继而,等了解他是谁之后,又说道:

"瞧啊,埃皮旺上尉!还别说,多矫健的家伙!"

女人遇见他时,样子总是怪怪的,头微微动一下,类似害羞的一种战栗,她们在他面前,就好像感到十分软弱,或者已经赤身裸体了。她们略微低下头,嘴唇泛起一丝笑意,表露出让他觉得可爱,并得到他一瞥的渴望。埃皮旺若是有个同伴一起散步,那同伴每次都重睹女人那同样的情态,不由得心生忌妒,总要艳羡地咕哝道:

"埃皮旺这家伙,真是艳福不浅。"

城里那些粉头,无不在争抢,看谁能把他夺走。到五点钟军官散步的时间,她们全来到布瓦尔帝耶大道,两人一对,拖着长裙,从大道的这一端走到另一端。与此同时,那些少尉、中尉、上尉、少校们,也是两人一对,拖着军刀,在进咖啡馆之前,先在人行道上遛弯。

有一天傍晚,美丽的伊尔玛,据说是富有的工厂主唐普利埃-帕蓬先生的情妇,乘坐马车到喜剧咖啡馆对面停住,走下车来,佯装到波拉尔先生的刻印店买纸或印名片,其实想趁便经过军官们的餐桌,给埃皮旺上尉丢个眼色,表明心意:"随您什么时候都行。"正同中校一起喝苦艾酒的普吕恩上校看得明明白白,不由得嘟囔道:

"这条色狼。他有没有艳福吧,这个家伙?"

上校的话传开,而埃皮旺上尉得到上司的赞许,更是欢欣鼓舞,次日盛装打扮,来到美人的窗下,来回走了好几趟。

伊尔玛看见他,便到窗口露面,粲然一笑。

当天晚上,上尉就成了她的情夫。

他们俩到处抛头露面,到处炫耀,毫不顾忌彼此牵累名誉,有这样一段风流韵事,两个人都得意非凡。

美人伊尔玛同上尉的恋情,成为全城人的谈资,唯独唐普利埃-帕蓬先生还蒙在鼓里。

埃皮旺上尉春风得意,动不动就重复道:

"伊尔玛刚刚对我讲……昨天夜里伊尔玛对我说……昨天,我和伊尔玛一起吃晚饭时……"

在一年多时间里,他在鲁昂全城展示、炫耀,高扬这种恋情,就好像是从敌人手中夺来的一面旗帜。征服了这样一个女人,他感到自己高大了许多,受人艳羡,对自己的前途更加充满信心,也更有把握获得梦寐以求的十字勋章,因为,他吸引了所有人的眼球,只要受人瞩目就不会被人遗忘。

可是好景不长,战争爆发了,上尉所在的团为首批派往前线的部队。他们真是难分难舍,整整一夜都在伤心地话别。

军刀、红军裤、军帽、军衣,全从椅背滑落在地上,衣裙、衬裙、丝袜,也都散落在地上,在地毯上同军装混杂在一起,场面十分凄惨,房间就像经过激战那样一片狼藉。伊尔玛简直疯了,她披头散发,手臂绝望地搂住上尉的脖子,紧紧地抱住他,随后又放开,满地打滚,踢翻椅子,撕掉椅套的流苏,甚至去咬椅腿。上尉深受感动,但是又不善于劝解安慰,只是一味地重复道:

"伊尔玛,我的小宝贝,必须如此,说什么都没用。"

有时,他也用指尖拭去涌上眼角的泪珠。

直到天亮二人才分手。伊尔玛还坐上马车,跟随情人,一直送到第一站。在分别的时刻,她几乎当着全团官兵的面,拥抱亲吻上尉。大家甚至觉得这一举动很缠绵,很高尚,很美妙。同伴们纷纷和上尉握手,对他说道:

"你真交了桃花运,这个小女子确实有情有意。"

大家的确看出来,这种举动有爱国的成分。

在战争期间,这个团经受了巨大考验。上尉作战英勇,终于荣获十字勋章。战争结束后,他又调回鲁昂驻防。

埃皮旺上尉一回到鲁昂,便打听伊尔玛的消息,但是没人能给他确切的答复。

据一些人的说法,她曾经和普鲁士占领军参谋部的人一起花天酒地。

据另一些人讲,她回到父母家隐居了,她父母在伊弗托附近务农。

埃皮旺上尉甚至打发勤务兵去市政厅,查询死亡登记簿。登记簿上没有找到他情妇的名字。

他特别伤心,而且到处展示他那忧伤的神色。他把自己这一不幸甚至算到敌人的头上,全怪普鲁士人占领了鲁昂,害得这个年轻的女子失踪了。他还朗声说道:

"等下一场战争,我一定找那帮坏蛋算账。"

忽然有一天,他走进军官食堂用餐时,一个头戴漆布帽、身穿劳动服、给人跑腿的老头儿交给他一封信。他拆开信念道:

> 亲爱的:
> 我住院了,病得很重,很重。你不来看看我吗?你来我就太高兴了!

伊尔玛上尉顿时面失血色,油然而生怜悯之心,他高声说道:

"这么倒霉,可怜的姑娘。吃完饭我就去看她。"

在吃饭的整个过程中,他不住嘴地对同桌的军官讲,伊尔玛住了院,无论如何,他都要把她弄出来。这还得怪普鲁士人那帮浑蛋。她一定是孤立无援,又身无分文,在穷困中快要死去,因为她的财物早已被劫夺一空。

"哼!那帮坏蛋!"

大家听了,无不动容。

吃罢饭,他一卷起餐巾,搭到木环上,便立即起身,从大衣架上摘下军刀,挺胸收腹,扣紧皮带,这才脚步匆匆,走向平民医院。

他本打算径直进入医院大楼,不料门口看管很严,无奈只好回来找上校,说明了情况,让上校给院长写了张字条。

院长让这位英俊的上尉在会客厅等了片刻,才出来接待,态度冷漠地打了招呼,不以为然地允许他探视。

埃皮旺上尉一踏进这个受苦受难的死亡避难所,便浑身不自在。一名服务生给他带路。

他踮起脚来,免得踏出声响,走过一条条充斥着霉烂、疾病和药剂的恶心气味的长廊。医院一片寂静,只是偶尔听到有人低语。

有时,一扇病房门打开,上尉便瞥见大屋里一排床铺,隆起的被单显出卧床患者的形体。有些开始恢复的女患者,则坐在病床脚的椅子上做针线活,她们一律穿着病号服——灰布衣裙和白色便帽。

这些病区都住满了患者,他们走到一个病区门前,向导猛然收住脚步,只见门上大字标明"梅毒病区"。上尉不由得心头一悸,继而感到自己脸红了。一名女护士正在门口小木桌上配药,她说道:

"我带您去,是二十九号床。"

护士说罢,就走在军官的前头。

继而,她指着一张病床,说道:

"就是那张。"

只有隆起的被子,不见患者,连头都蒙住了。

四周的病床上抬起一些面孔,那一张张惨白的脸,惊讶地注视这个穿军装的人,那全是女人的面孔,有的年轻,有的年迈,但是都穿着同样老式的短上衣,看上去全显得那么庸俗而丑陋。

上尉不知所措,他一手扶住军刀,另一只手拿着军帽,轻声叫道:

"伊尔玛。"

床上猛然一翻动,他那情妇的脸露出来了,但是变化极大,特别疲惫，特别憔悴，他都认不得了。

她呼吸急促，激动得说不出话来，半晌才结结巴巴地说道：

"阿尔贝！……阿尔贝！……是你呀！……唔！……好哇……好哇……"

她说着眼泪就流下来。

护士搬来一把椅子。

"您请坐，先生。"

埃皮旺上尉坐下，端详这个姑娘苍白的、惨不忍睹的脸，想当初别离时，那花容玉貌多美多鲜艳啊。

他问道：

"你得了什么病？"

她哭着回答：

"你都看到了，清清楚楚写在门上。"

她说着，就用被单捂住眼睛。

他不知所措，惭愧地又问道：

"可怜的姑娘，你怎么染上了这种病？"

她讷讷说道：

"就是普鲁士人那帮浑蛋。他们几乎就是强奸了我，把病传染给我了。"

他再也想不出什么话来说了，只是愣愣地注视她，用手在双膝上摆弄着军帽。

别的患者都盯着他看，而他觉得闻到了腐臭味，是一种耻辱的肉体腐烂的气味，这不足为奇。这间大病房里住满了女人，都身患这种既可耻又可怕的疾病。

她又讷讷说道：

"想必这次我逃不过去了。大夫说病情很严重。"

接着，她发现上尉胸前戴的十字勋章，便高声说：

"哈！你得勋章啦，我真高兴！太高兴了！唔！我能亲亲你吗？"

一听要亲他，上尉又恐惧又厌恶，肌肤立时一阵战栗。

现在他一心想走开，到户外去，再也不见这个女人了。然而，他还是待在那里，不知如何才好起身告辞。于是，他又结结巴巴地问道：

"当初你怎么没有马上治呢？"

伊尔玛眼里闪现火花：

"没有，我就想报仇，哪怕死了也甘心！于是，我也传染给他们，传染给他们所有人，尽可能毒害他们。他们在鲁昂待一天，我就一天不去医治。"

他那相当尴尬的语气，还透出一点儿喜悦，说道：

"这件事，你做得非常对。"

她也兴奋起来，脸颊涨红了：

"是啊，不止一个人受我传染，肯定要丧命，哼！我向你保证，我已经报了仇。"

上尉附和道：

"那太好了。"

随后他就站起身：

"好了，我得走了，四点钟还要去见上校。"

伊尔玛非常激动：

"要走了！你这就要走了！噢！你才来不大一会儿！……"

可是，他无论如何也要走，便说道：

"你也瞧见了，我一得到信儿立刻就来了，但是四点钟，我必须去见上校。"

伊尔玛问道：

"还是那位普吕恩上校吗？"

"还是他。他两次负伤。"

她又问道：

"你那些战友呢，有战死的吗？"

"有啊，圣蒂蒙、萨瓦尼亚、波利、萨普尔瓦尔、罗贝尔、德·库尔松、帕扎菲尔、桑塔尔、卡拉旺和普瓦夫兰都牺牲了。萨埃尔丢掉一条胳膊，库尔瓦赞压断一条腿，帕凯瞎了右眼。"

伊尔玛听得津津有味。接着，她突然嗫嚅道：

"你走之前亲我一下，好吗，趁朗格卢瓦太太不在。"

他不顾恶心的感觉升到嘴唇，还是贴到她那惨白的额头上，而她张开双臂一下搂住他，连连狂吻他的蓝呢军服。

她又说道：

"你还会来的，你还会来的。答应我你还会来看我。"

"好，我答应你。"

"什么时候来，星期四行吗？"

"行，就星期四。"

"星期四，两点钟。"

"好吧，星期四，两点钟。"

"你答应我了吧？"

"答应你了。"

"再见，亲爱的。"

"再见。"

在全病室的人注视下,他神态窘迫,高高的个子弯下腰,以便缩小身形,赶紧走掉,来到街上,他才长出一口气。

傍晚,伙伴们纷纷问他:

"伊尔玛,怎么样啦?"

他语气尴尬地回答:

"她患了肺炎,病情很严重。"

然而,一个身材短小的中尉嗅出点儿什么,觉得他的态度不对头,便去打听情况,因而第二天,上尉刚走进军官食堂,就迎面受到全场起哄的嘲笑。大家总算报了仇。

此外,大家还得知,伊尔玛和普鲁士军参谋部的人花天酒地,纸醉金迷,她还骑马,同普鲁士轻骑兵团的上校,同许多别的军官一起,在当地横冲直撞。鲁昂人都叫她"普鲁士军的女人"。

上尉成为全团戏谑的对象,而且整整持续了一周。他不时从邮局收到揭示性的账单,专科医生的处方、说明,甚至还收到药品,包装上标明医治什么病症。

上校闻听此事,严厉地说道:

"好哇,上尉真是结交了好人啊。我得热烈祝贺。"

十二天之后,埃皮旺又收到伊尔玛的信,催他去看望,他气急败坏,撕了信而不予回复。

又过了一周,伊尔玛再次写信,说她眼看不行了,要同他最后一别。

埃皮旺还是不回复。

又过了几天,医院的神父来见他。

伊尔玛·帕沃兰临死前,恳求上尉去见一面。

埃皮旺上尉不便拒绝,跟随神父去了。然而他的虚荣心受到伤害,自尊心也受到侮辱,他怀着满腔的怨恨走进医院。

他看到伊尔玛没有多大变化,就心想自己又受她捉弄了。

"你要我来干什么?"他问道。

"要同你告别。看来我真的不行了。"

埃皮旺不相信:

"听我说,你让我成为全团的笑柄,这种状况绝不能再继续下去了。"

伊尔玛问道:

"我做了什么对不起你的事儿了?"

埃皮旺无言以对,便更加气恼:

"别指望我再来这儿了,我可不想再让所有人嘲笑我。"

她看着上尉,无神的眼睛又燃起怒火,又重复道:

"我做了什么对不起你的事儿了,我?也许,我对你不够好吧?难道我向你讨要过什么东西吗?如果没有你,我还会好好的,跟唐普利埃-帕蓬先生在一起,也不至于今天落到这个地步。不,要知道,就算有人可以责备我,那也不是你呀。"

他又朗声说道:

"我不是责备你,但是我不能来看你了,因为你跟普鲁士人的行为,已经成为全城的耻辱。"

她一下子从床上坐起来:

"我跟普鲁士人的行为?我不是告诉过你,他们强奸了我;我不是告诉过你,我没有去治病的原因,就是要传染给他们。当时我若想把病治好,那也并不算难事,真的!然而,我就是想害死他们,哼!也确实害死了一些人!"

埃皮旺一直站着,又说道:

"不管怎么说,这也是可耻的事。"

她一时气闷,继而才接口说道:

"怎么可耻啦,舍命去消灭他们吗,嗯?当初你来这找我,怎么不是这副腔调?哼!现在又可耻了!别看你得了十字勋章,你呀,不会做出这么大贡献!按说,我比你更有资格荣获勋章,我消灭的普鲁士人要比你多呀!……"

埃皮旺站在她面前,既惊愕,又气得发抖。

"噢!住口……你知道……住口……因为……这种事……我不允许……别人触及……"

她哪里肯听,还接着说道:

"再说了,你们狠狠打击了普鲁士人了吗?如果你们阻击普鲁士军,不让他们打到鲁昂,还会发生这种事吗?嗯?阻挡住他们进攻,本来是你们的事,明白吧。我给他们的打击比你大,我,对,给他们的打击比你大,可是现在我要死了,而你还到处溜达,到处卖弄好勾引女人……"

每张病床上都抬起一个脑袋,所有目光都注视着这个穿军装的男人,只听他结结巴巴地说道:

"你住口……喂……住口……"

然而,她还是不住口,甚至嚷道:

"哼!对呀,你就会装腔作势。算了,你是什么货色,我了解,我完全了解。跟你说吧,我给他们的打击比你大,我消灭他们的数量,比你们全团消灭的还多……去你的吧……胆小鬼!"

于是他走掉,其实是逃离的,迈开大步,穿过梅毒患者骚动

的两排病床。他还听得见伊尔玛那紧追不舍的声音,喘息而带咝音的话语:

"就是比你多,对,我消灭的人就是比你多,比你多……"

他三步并作两步冲下楼梯,跑回寝室闭门不出。

第二天,他得知伊尔玛的死讯。

魔 鬼

这家农民面对大夫，站在临终女人的床前。床上的老太婆很平静，她认命了，但神志还清醒，望着两个男人，听他们交谈。她快要死了，但并不抗争，她的寿数已尽，已经活到九十二岁了。

七月的阳光，从敞开的门窗投射进来，烈焰倾泻在棕褐色的屋地上。这凸凹不平的地面，经四代农民的木屐踩踏愈加硬实了。田野的气味，也随着灼热的熏风涌进屋里，这是在正午烈日烧烤下的牧草、小麦和树叶的气味。

蝈蝈儿嘶鸣，清亮的喧声充斥田野，类似在集市上卖给孩子的蝗虫的叫声。

大夫提高嗓门说道：

"奥诺雷，您不能丢下您母亲一个人，她这种状态，随时都可能过去！"

这农民愁眉苦脸，反复说道：

"可我还得把麦子收回来，撂在地里的时间太长了。现在正逢好天气。你说呢，妈妈？"

这个垂死的老太婆,还为诺曼底人的吝啬所钳制,用眼神和额头称"是",让她儿子去收回麦子,丢下她一个人死就死了。

可是,大夫却火了,跺着脚说道:

"你真是个畜生,你给我听着,我不准你这么干,明白吧!如果今天,你非得收回小麦不可,那就请拉佩太太来,必须如此!让她守护你母亲。我要你这样安排,明白吗?让她来看护你母亲。我要你这样安排,明白吗?!如果你不听我的话,以后等你生病的时候,我就不管,让你像狗一样死去,明白吗?"

这个农民又高又瘦,动作迟缓,心里正七上八下,拿不定主意,他既害怕大夫,又酷爱节俭,因而犹豫再三,反复盘算,结结巴巴地说道:"让拉佩家的来看护,要花多少钱?"

大夫嚷道:

"问我,我怎么知道?这要看你请她干多长时间了。活见鬼,你和她商量去呗!不过,我要求过一个钟头,她就得来这儿,明白吗?"

这个男人打定了主意:

"我这就去,我这就去,您别发火,大夫先生。"

医生离去,边走边嚷道:

"您得知道,您得知道,千万当心,我一发火,可不是闹着玩的!"

等屋里只有母子二人了,农民转向母亲,以无可奈何的声调说道:

"我得去找拉佩家老太婆,是大夫这个人要这样。你别急,等我回来。"

于是,他也出门了。

·羊脂球·

拉佩太太是个老太婆,专给人熨衣服,还为本村和周围一带人家看守死者或临终的人。她将顾客缝进再也出不来的殓单之后,便马上回家,又操起熨斗给活人熨烫内衣。她像头年的苹果,满脸皱纹,而生性狠毒,忌妒心重,吝啬得离谱,整个身子佝偻着,仿佛垫着布料,被熨斗无休止地来回熨烫过,结果压弯了腰。她对人的临终时刻,好像有一种十分残忍、又恬不知耻的喜爱。她开口闭口,总讲她亲眼目睹死亡的人,目睹千奇百怪的死亡场景,而且讲得特别细,不过细节总是雷同,就像猎人讲述他每次的射击。

奥诺雷·本唐走进她家,见她正在调靛蓝水,好为村里的妇女染细布皱领。

他招呼一声:

"嘿!您好,拉佩大妈,一切都如意吧?"

大妈朝他转过头去,答道:

"还可以吧。您家呢,都好吧?"

"唔!我嘛,倒挺顺心的,可是我母亲,快要不行了。"

"您母亲不行了?"

"对,我母亲不行了。"

"您母亲怎么啦?"

"她快翻白眼儿了!"

老太婆从水桶里抽出手,蓝汪汪的透明水珠一直滑到指尖,再滴落回桶里。

她突然以同情的语气问道:

"怎么到了这一步了?"

"大夫说她挺不过下午。"

"那她肯定就不行了!"

奥诺雷还犹豫不决。开头他要闲扯几句,好为他的提议打打铺垫。可是,他想不出要说什么,就干脆开门见山:

"您去守护我母亲,一直到咽气,您向我要多少钱?您也清楚,我根本不是有钱的主儿,连一个女佣的工钱都付不起。正因为这样,我那可怜的母亲太操劳,太累了,才卧床不起。别看她九十二岁了,干起活儿来还像个十岁的孩子。她那身子骨,谁也比不了!……"

拉佩太太一本正经地解释:

"有两种价钱:若是有钱人家,那就白天四十苏,夜晚三法郎;其他人家,白天二十苏,夜晚四十苏。您就给我二十苏和四十苏吧。"

这个农民心里嘀咕起来。他非常了解自己的母亲,知道她特别禁折腾,特别能吃苦耐劳。大夫说她不行了,可她还可能挺上一个星期。

他果断地说道:

"不,我还是愿意您要个一口价,守护到我母亲咽气的价钱。咱们双方都碰碰运气。大夫说她眼看就不行了。如果真是这样,您就算捡了便宜,我就算吃了亏。如果她还能拖到明天,或者拖更长时间,那便宜了我,您倒了霉!"

看护十分惊诧,注视这个男人。以这种承包的方式给人送终,她还从来没有先例,不免犹豫不决,倒真想碰碰运气。继而,她又怀疑对方想要耍弄她。

"我还没有见到您母亲,这之前我还不能说什么。"老太婆回答说。

"那就去我家看看她。"

老太婆擦了擦手,随即跟他走了。

路上,二人谁也不讲话。老太婆走路脚步很急促,而这个农民则拉开大步,就好像他每走一步,都要跨过一条小溪似的。

几头奶牛卧在田野上,都热得受不了,它们吃力地抬起头,向两个过路人微弱地叫两声,要讨新鲜的草吃。

快要到他家时,奥诺雷·本唐咕哝道:

"也有可能,万一她死了呢?"

他这无意识的盼望,倒是从他这话的声调中流露出来了。

然而,老太婆并没有死。她仰卧在破床上,放在紫色印花被单上的双手干枯得吓人,布满筋结,好似怪物,如同螃蟹,而且,由于风湿痛、劳累、几乎积百年的劳作,这双手蜷缩起来了。

拉佩太太走到床前,仔细察看要死的女人,号号她的脉,摸摸她的胸口,听听她的喘息,还询问询问,听听她说话,接着,又审视她半晌,这才走出屋子——她已经判定,老太婆挺不过今天夜晚。奥诺雷也跟着出来,问道:

"怎么样?"

看护婆答道:

"怎么样,她要拖两天,或许三天,全算上,您就付我六法郎吧。"

"六法郎!六法郎!您敢情疯了?我跟您说了,我母亲这样,只有五六个钟头了,不会再长了!"

两个人讨价还价,激烈争论了好久。看护婆要回去,时间白白过去,而小麦又不会自动收回来,奥诺雷终于同意了,说道:

"好吧,就这么定了,六法郎,全算上,直到入殓。"

"说定了,六法郎。"

他顶着烈日,大步流星走向麦田。被大太阳催熟的小麦,已经倒伏在地里。

看护妇回到屋里。

针线活儿已经带来了,看护临终的人或给死者守灵时,她总是不停地干活,有时给自己做东西,有时是给雇用她的人家做活儿,干双份活儿就能多得些工钱。

忽然,她问道:

"本唐大妈,圣事起码给您做了吧?"

老农妇摇了摇头。拉佩太太很虔诚,她霍地站起来,说道:

"我主上帝啊,这怎么可能!我得去找本堂神父先生。"

她急匆匆奔向本堂神父的住宅,走得那么快,就连广场上的孩子见她一路小跑,都认为谁家又死人了。

神父立刻就来了,他身穿白色宽袖法衣,前边由唱诗童子摇着铃铛开道,通告天主要经过这片灼热而静谧的田野。一些在远处干活的农夫,都摘下帽子,站在原地不动,等待白色法衣消失在一座农舍的后面。拾麦穗的女人也纷纷直起腰,画了个十字。几只黑母鸡受了惊吓,沿着沟渠摇摇晃晃地逃窜,一直逃到它们熟知的洞穴,突然隐匿不见了。拴在草地上的一匹马驹,一见白色法衣便惊了,开始在绳子一端兜圈子,还不停尥蹶子。穿红裙子的唱诗童子走得很快,而神父跟在后面,他戴着一顶四角黑方帽,头则偏向一侧肩膀,边走边念念有词。拉佩太太走在最后,她深度弯腰,仿佛要跪着行走,还像在教堂中那样双手合十。

奥诺雷远远望见他们走过，便问道：

"我们的本堂神父这是去哪儿呀？"

他的雇工脑袋灵便，回答说：

"他把仁慈的上帝送给你母亲，这还用问！"

这农民并不惊讶，又说道：

"这倒是很有可能。"

说罢，他又接着干活。

本唐大妈做了忏悔，得到了赎罪，又领了圣体，神父这才丢下两个女人，离开了蒸笼一般的茅草房。

于是，拉佩太太又开始观察临终的老太婆，心里琢磨她会不会拖很长时间。

太阳快落了，风一阵紧似一阵，也凉快多了，吹动用两个图钉按在墙上的一幅厄比纳尔民间画。从前是白色的小窗帘，现在已经发黄，布满了斑点，在风中挣扎，仿佛要飞走，像老太婆的灵魂那样要离去。

老太婆一动不动，眼睛睁得老大，仿佛满不在乎地等待近在咫尺却又迟迟不到的死神。她的呼吸短促，发紧的嗓子眼儿发生咝咝的声音。一会儿就可能停止呼吸，世间又少了一个女人，但是没有人哀悼。

夜幕降临，奥诺雷回来，走到床前，看看母亲还活着，就问了一声：

"怎么样？"

他就像从前母亲身体不舒服时那样问。

然后，他打发拉佩太太回去，还叮嘱一句：

"明天，五点钟。"

她回答道:
"明天五点钟。"
天刚亮,她果然就来了。
奥诺雷自己做了汤,喝完好下地。
看护婆问道:
"怎么样,您母亲过去了吗?"
他眼角狡黠地眨一下,回答说:
"倒是稍微见好。"
说罢,他就走了。

拉佩太太心头一紧,不安起来,到床前瞧了瞧,看到垂危的老太婆还是老样子,呼吸困难,面无表情,睁着眼睛,双手蜷缩着放在被单上。

看护婆心下明白,这种状态还可能延续两天、四天,乃至一星期。于是,一阵惊恐突袭了她这个吝啬鬼的心,不由得怒火中烧,她怨恨这个耍弄了她的狡猾的家伙,也怨恨这个不肯咽气的老太婆。

她还是干起活计,等待着,眼睛一直盯住本唐大妈皱皱巴巴的脸。

奥诺雷回家吃午饭,他那样子挺高兴,几乎带点儿嘲笑的意味。吃完饭,他又去干活了。显而易见,他的麦子都收回来了,收得干净利落。

拉佩太太真是气急败坏,现在每过一分钟,都好像是窃取她的时间,也就等于窃取她的金钱。她渴望,疯狂地渴望掐住这头老母驴,这个老顽固,这个老犟婆子的脖子,只要稍微卡紧些,就能制止住窃取她的时间、窃取她的金钱的这股微弱而急促的气息。

接着,她考虑到这样干的危险,于是头脑里又闪现出别的念头。她又凑至床前。

她问道:

"您见过魔鬼了吗?"

本唐大妈咕哝道:

"没有。"

于是,看护婆便讲起来,给生命垂危的老太婆讲故事,以便恫吓她那虚弱的灵魂。

"人在断气的前几分钟,"她说道,"魔鬼就出现了,出现在所有要死的人面前。魔鬼手中拿一把扫帚,头顶一口锅,还大喊大叫。谁一看见他,那就完了,活不了多大一会儿了。"她还列举了这一年当中,都有哪些人见到了魔鬼,就是约瑟凡·卢瓦泽尔、厄拉利·拉蒂埃·索菲·帕达纽、塞拉菲娜·格罗皮埃。

本唐大妈终于慌了神儿,她骚动起来,手也乱抓起来,想要转过头去瞧屋里面。

拉佩太太忽然在床脚消失了。她从大衣柜取出一条床单,裹住身子,将一口锅反扣在头上,那三只弯弯的支脚恰似竖起的三根角,她又右手抓起一把扫帚,左手提起一只白铁桶往上抛,落下来时好发出巨大声响。

铁桶砸到地面,响动特别大。这时,看护婆又爬上一把椅子,撩起垂到床下的幔帐,便出现在垂危的老太婆面前,反扣的铁锅正好遮住面孔,她在锅里尖声叫喊,还手舞足蹈,像木偶戏中的魔鬼那样,挥动扫帚威胁奄奄一息的老农妇。

垂危的老人惊慌失措,眼神惶恐,使出超人的力气想要爬起来逃走。她的双臂和胸口甚至都挪出了被窝,接着她却长叹一声,倒了下去。人已经咽气了。

拉佩太太则不慌不忙,把所有东西放回原处——扫帚放到大衣柜旁边的角落,床单收进柜子里,铁锅再放到炉灶上,铁桶还放回木板上,椅子则挪回到墙根。然后,她以专业的动作合上死者圆睁的眼睛,又拿一只盘子放到床头,倒进圣水,把挂在五斗橱上的圣枝取下来,浸到圣水里,这才跪下虔诚地为死者祈祷,背诵她因职业而烂熟于心的经文。

奥诺雷回到家,已是傍晚时分,他看到拉佩老太婆在祷告,立即算出她多赚了二十苏,因为她只看守了三天一夜,一共应付五法郎,而他又不得不给她六法郎。

·羊脂球·

两个朋友

　　巴黎这座围城,在饥饿中痛苦呻吟,连房顶的麻雀都难得见到,而阴沟里的鼠类也日渐稀少。居民已经无所不食了。
　　正值一月份,一天晴朗的早晨,莫里索先生双手插在军裤兜里,沿着外环大马路遛弯儿,他饥肠辘辘,满面愁容。他是个钟表匠,时逢战乱,只好闲散在家。他正走着,忽然停下脚步,迎面碰见他认做朋友的一个同道,正是索瓦日先生,是他在河边钓鱼结识的一个人。
　　战前每逢星期日,莫里索天刚亮就出发,拿上钓鱼竿,背起白铁罐子,先搭乘开往阿尔让特伊的火车,在鸽子棚下车,再步行到竹竿岛。这是他魂牵梦绕的地方,一到这岛上就开始垂钓,直到天黑才收竿。
　　他每星期天在钓鱼的地方,总能碰见索瓦日先生。此公身材又矮又胖,性情开朗,是洛蕾特圣母街一家服饰用品店的老板,同样也是个钓鱼迷。他们时常并排坐在水流上方,手握着钓竿,双腿在水面上悠荡,度过大半天时间,久而久之,两个人也就成了好朋友。

有时候，他们整天也不开口说话，有时候也聊聊天。而且，他们趣味相投，感受也相同，不用说什么，彼此就能心领神会，达到高度的默契。

如果是春天的上午，约莫十点钟的光景，焕发青春的阳光，抚弄着在平静的水面上随波流动的轻雾，也照拂两个老钓鱼迷，将新春的暖意洒在他们后背。莫里索有时就对身边的人说："嘿！好舒服啊！"索瓦日先生便回应一句："我看没有比这更舒服的了。"这么简单一说一应，二人就心照不宣，彼此会意了。

如果在秋天，到了暮晚时分，太阳西沉，满天血红的云霞，投射到河水中，彤云霞影染红了长河，也点燃了远天，仿佛将两个朋友置于火中，烧得遍体通红，也给瑟瑟感到冬意而叶子枯黄的树木，镀上了一层金黄色。置身于这样的景色中，索瓦日先生面带微笑，注视着莫里索，说了一句："景色多美呀！"莫里索也惊叹不已，但是眼睛始终盯着鱼漂，回答道："这比林荫大道的景色还美，对吧？"

且说这次相遇，他们相互一认出对方，就特别用力握手，在这种动荡的战乱中重逢，真是百感交集。索瓦日先生叹息一声，咕哝道："真是兵荒马乱啊！"莫里索十分沮丧，哀叹道："什么年月啊！新年以来，今天还是头一个好天儿！"

天空的确一片湛蓝，阳光明媚。

他们开始并排散步，二人都心事重重，愁眉不展。莫里索又说道：

"钓鱼了吗？唉！多美好的回忆啊！"

索瓦日先生便问道：

"咱们什么时候再去那里啊？"

他们走进一家小咖啡馆,一起喝了杯苦艾酒,出来之后,又开始漫步在人行道上。

莫里索猛然站住,问道:

"再去喝一杯,好吗?"

索瓦日先生便附和一声:

"听您的。"

于是,他们又走进另一家酒馆。

他们再次从酒馆出来的时候,就醉意醺醺,晕头转向了,空腹灌一肚子酒的人往往如此。风和日丽,暖暖的轻风拂弄他们的面颊。

煦风这么一吹,索瓦日先生就完全醉了,他停下脚步,说道:

"咱们就去怎么样?"

"去哪儿呀?"

"当然是去钓鱼啦。"

"去哪儿钓鱼?"

"就是去咱们那个岛子呗。法国部队的前哨阵地,正好在鸽子棚附近。我认识杜穆兰上校,说一声就会放我们过去。"

莫里索上来钓鱼的瘾,喜得浑身抖动,说道:"一言为定。我准去。"

二人就此分手,各自回家取钓具了。

过了一小时,他们便肩并肩走在大路上,不久便抵达那位上校驻守的别墅。上校听了他们的请求,便微微一笑,同意给他们突发奇想的念头提供方便。他们拿到通行证,重又上路了。

不大工夫,他们就通过了前哨阵地,穿过寂无一人的鸽子棚,来到塞纳河斜岸上几小片葡萄园的边缘。这时约莫十一点钟了。

对面的阿尔让特伊村,看样子一片死寂。奥尔日蒙和萨努瓦两座高冈俯瞰着这一带。一直延展到南代尔的大片平原,也是空空荡荡的,只有兀立的光秃秃的樱桃树,以及灰突突的土地。

索瓦日先生抬手指了指高冈,咕哝道:"普鲁士兵就在那上面!"面对这样荒无人烟的地方,两个朋友不由得惶恐不安,腿都发软了。

"普鲁士兵!"他们还从未见过,然而几个月以来,他们感到他们近在咫尺,就在巴黎周围,正在毁掉法国,烧杀抢掠,无恶不作,虽然看不到,却是无比强大。他们对这样一个陌生的、战胜的民族,除了心怀仇恨,还产生一种近乎迷信的恐惧。

莫里索结结巴巴地说道:

"嗯?万一碰上他们该怎么办啊?"

索瓦日先生不愧是巴黎人,什么时候都不忘调侃,他接口答道:

"那咱们就请他们吃炸鱼。"

嘴上虽这么硬,真要贸然闯入这片旷野,他们还的确犯踌躇,周围一片死寂,觉得心里发虚。

最后,还是索瓦日下定决心:

"走,上路!多加小心就是了。"

于是,他们眼观六路,耳听八方,利用荆丛灌木做掩护,猫着腰,匍匐着走下岸坡的葡萄园。

要到河边,还必须穿过一长条光秃秃的地带。他们便跑步冲过去,一到河边就钻进干枯的芦苇丛里,身子蜷作一团。

莫里索还趴下去,耳朵贴着地面谛听。周围鸦雀无声,没有一点儿脚步声响。这里只有他们二人,两个人孤零零的,鬼影也再没有一个。

他们放下心来,便开始钓鱼。

对面荒废的竹竿岛正好是道屏障,对岸有人也看不见他们。岛上原有一家小饭馆,现在门户紧闭,看似废弃多年了。

索瓦日先生钓上一条鱼,接着,莫里索也钓上来一条。就这样,他们隔一会儿便抬起钓竿,鱼弦的末端总有一条银光闪闪的小鱼活蹦乱跳。这么爱上钩,这次钓鱼简直神了。

一条网眼很密的网兜,浸在他们脚下的水中,钓上来鱼就小心翼翼地放进去。一种妙不可言的喜悦沁人心脾,这正是再次喜获被剥夺已久的乐趣时,才会有的一种开心。

明媚的阳光晒得他们肩膀暖融融的,他们不再注意倾听有什么动静,也不再想任何事情,只是一心钓鱼,将周围的世界完全置于脑后了。

突然,一声沉闷的巨响,仿佛发自地下,震得大地颤抖起来。又开始炮击了。

莫里索扭头望左侧,目光越过陡岸,看到远处瓦莱里昂山巨大侧影的额头,生出一团白色羽饰,那是大炮刚刚喷出的硝烟。

紧接着,又一股硝烟,从要塞的顶部喷出,过了片刻,才听见第二声炮响。

继而,炮击之声不断,山头不时呼出死亡的气息,吐出乳白色的烟雾,冉冉升上静谧的天空,在山头上方聚为一朵浮云。

索瓦日先生耸耸肩膀,说道:

"瞧,他们又开干了。"

莫里索正焦急地盯着一个劲儿往下扎的浮漂羽毛,却突然发火了,平时性情多么温和的一个人,这时怒斥起那些相互厮杀的疯子,他恨恨地说道:

"这样相互残杀,人会愚蠢到这份儿上!"

索瓦日先生也附和一句:

"比禽兽还不如。"

正说着,莫里索钓上一条欧鲌,他也朗声说道:

"真不像话,只要存在政府,天下就永远这样,不会太平。"

索瓦日先生则截口说道:

"共和政府,就绝不会发动战争。"

莫里索也打断他的话:

"如果是国王当政,那就发动国外战争;如果是共和政府,那就会打内战了。"

两个人心平气和,就这样讨论起来,那种通情达理的态度,也是性情温和而见识有限的人所共有的。他们讨论到最后,便达成这种共识——世人永远也不可能自由。瓦莱里昂山上还不断发炮,炸毁法国人的房舍,炸得多少人血肉横飞,让多少生灵涂炭,粉碎了多少梦想、多少期待的欢乐、多少渴望的幸福,同时也给远方,给其他的国家,在多少女人的心上,多少姑娘的心上,多少母亲的心上,打开了永不枯竭的痛苦源泉。

"这就是生活。"索瓦日先生感叹道。

"不如说这就是死亡。"莫里索笑着接口道。

忽然,他们浑身惊悸,明显感到有人从身后走来。他们回头望去，果然看见四个人，不，是四条全副武装、满脸胡须的大汉，他们身穿着军服，活似穿着号衣的仆人，头戴平顶的军帽，一个个举着枪正对着两个朋友。

两根钓竿从他们手中失落，顺水漂流而去。

几秒钟的工夫，他们就被抓住，捆绑起来，押走，扔上一条小船，运到对面的岛上。

在那座他们以为废弃的房子后面，他们发现有二十来名德国兵。

一个浑身多毛的彪形大汉，骑着一把椅子，叼着一根大号的瓷烟斗，用流利的法语问他们：

"怎么样，两位先生，你们钓了不少鱼吧？"

那满满一网兜鱼，一名士兵倒特意拎来了，这时他把鱼网兜放到军官的脚下。那普鲁士军官微笑道：

"嘿！嘿！看来收获还真不小啊。不过，咱们要谈谈别的事儿。你们不要心慌，给我仔细听着。

"在我看来，你们就是两个间谍，派来窥探我军的情况。我逮住你们了，可以马上枪毙。你们假装钓鱼，以便更好地掩饰你们的行动计划。现在，落到我的手里了，算你们倒霉，这是战争嘛。

"你们出来，既然通过前哨阵地，就一定知道口令才能回去。把这口令告诉我，我就饶你们不死。"

两个朋友并排站着，一声也不吭，他们吓得面无人色，两只手紧张得微微颤抖。

普鲁士军官又说道：

"这事儿永远也没人知道，你们可以安安心心地回去，这个秘密也就随之消失了。如果你们拒绝,那就是死路一条,而且立即处死。要死要活,你们自己选择吧。"

两个朋友站在那儿不动,也不开口说话。

普鲁士军官一直很平静,他伸手指着河水,又说道:

"想一想吧,再过五分钟,你们可就葬身水底了。只过五分钟!想必你们都有亲人吧?"

瓦莱里昂山上炮声隆隆,一直未断。

两个钓鱼的朋友站在那里,仍然一言不发。普鲁士军官用母语下达命令。接着,他挪开椅子,要离两个俘虏远一点儿。十二名士兵走到二十步远的地方,持枪立定站住。

"我再给你们一分钟时间,"军官又说道,"多一两秒钟也不行。"

说罢,他霍地站起来,走到两个法国人跟前,抓住莫里索的胳膊,把他拉到一旁,低声对他说:

"快说,口令是什么?您的伙伴绝不会知道这事儿,我就装作不忍心才把你们放走。"

莫里索什么也不回答。

于是,普鲁士军官又去拉索瓦日先生,向他提出同样的问题。

索瓦日同样只字不答。

两个朋友重又并肩站到一起。

普鲁士军官一声令下,士兵们同时举起枪。

这时,莫里索的目光垂下去,碰巧瞥见撂在几步远草地上的那只装满鱼的网兜。

那堆鱼头尾还在摆动,在阳光下熠熠闪光。他不由得一阵心酸，控制不住热泪盈眶。

他结结巴巴地说道：

"永别了，索瓦日先生。"

索瓦日先生也回答说：

"永别了，莫里索先生。"

两个朋友握了握手，他们从头到脚，不由自主地颤抖。

军官喊了一声："开枪！"

十二杆火枪子弹齐射。

索瓦日先生面孔冲下，一下子扑倒在地。莫里索个头儿大些，身子晃了两晃，原地扭转，这才仰面朝天，横着跌倒在他伙伴的身上，鲜血从制服胸前的弹洞汩汩冒出来。

那个德国军官又下了几道命令。

他手下的士兵立刻分头行动，找来绳索和石头，他们将石头系到两个死者的脚上，再连人带石头抬到河边。

瓦莱里昂山隆隆炮声响个不停，现在硝烟已经笼罩住整个山顶。

两名士兵分别抓住脑袋和腿，将莫里索抬起来，另两名士兵则抬起索瓦日，他们用力荡了几下，再往远处一抛。于是，两具尸体在半空划出弧线，然后直立着沉入河水中，只因是石头坠着脚先下沉的。

河水四溅，翻腾荡漾了一阵，又逐渐恢复平静，只有微波细浪一直传到岸边。

水面上还漂浮着一点血迹。

那名军官神态始终那么安详，这时低声说了一句：

"现在该轮到处理这些鱼了。"

他说着,就朝那座房子走去。

那一网兜鱼还摆在草地上,他一眼就看到,一伸手拎起来,仔细瞧了瞧,不禁微微一笑,嚷道:

"威廉!"

一名扎着白围裙的士兵跑过来。普鲁士军官便将被枪杀的两个人钓的鱼扔给他,吩咐道:

"趁这鱼还活着,你马上去给我煎了。味道一定非常鲜美。"

说罢,他又抽起了烟斗。

项　　链

　　有些女孩子生来花容玉貌，秀色可餐，只可惜命运舛错，偏偏生于小职员家庭。本故事讲的就是这样一个女子。她没有嫁妆做筹码，也无望继承到遗产，因此根本没有机会去结识有钱有地位的男子，得到人家的赏识和爱悦，并娶她为妻。高不成只好低就，随便听从家里安排，嫁给了国民教育部的一个小职员。

　　既然没钱装饰打扮自己，穿戴也就很朴素，但是她像沦落之人那样，总不免黯然神伤。须知女人根本就没有什么社会等级，也没有什么种族类别，她们的姿色、她们的风韵、她们的魅力，就用以标志她们的出身和门第。她们高低贵贱，完全取决于她们是否天资聪颖，生性风雅，以及秀外慧中，普通人家的女儿有了这些资质，就能与最显贵的妇人分庭抗礼了。

　　她感到所有这些天资丽质与生俱来，本该享尽人间的富贵荣华，结果却受苦受穷，房子简陋，家徒四壁，桌椅破旧不堪，窗帘也不堪入目。家中的这一切，换了另外一个同阶层的女人，甚至都毫不理会，而她却终日身受煎熬，心中郁结了怨愤闷气。有个矮小的布列塔尼女人来干简单的家务活，她一见了，就不免唤起怅怅的遗憾和狂热的梦想。她要想入非非，幻见自家的客厅寂静肃穆，四壁镶着东方的壁毯，由高大的青铜枝形烛台照得通明透亮，还有两名身材魁伟、穿着制服短裤的仆人，半躺在宽大的安乐椅上，在暖气的闷热中昏昏欲睡。她还幻见自家的大客厅，装饰的绸缎古色古香，家具十分精致，上面摆着古董珍玩；小客厅则尤为雅致，芳香宜人，特别适合午后五点钟聊天，接待最亲密的朋友，最知名的人士，即所有女子都追慕并渴望其青睐的名流。

每当吃晚饭时，她坐到桌布三天未换的圆桌前，而坐在对面的丈夫打开汤盆盖，乐不可支地说道："哈！多么美味的炖火锅！天下没有比这更好吃的东西了……"每当这时，她就幻想起精美的宴席，幻想起亮晶晶的银餐具和镶在墙上的壁毯——上面的图案有古代人物和仙境密林中的奇鸟；她幻想起用华丽的餐盘端上的美味佳肴，自己一边品尝粉红的鳟鱼肉或者松鸡翅，一边面带神秘的微笑，倾听着耳畔喃喃的情话。

她没有漂亮的衣裙，也没有珠宝首饰，总之一无所有，而她所喜爱的，偏偏只是这些东西，感到自己是为这些东西而生的。她最大的渴望，就是讨人喜欢，令人艳羡，自己风情万种，引来众多追求者。

她有一位有钱的女友，是她在修女院寄宿学校读书时的同窗。她再也不愿意去看人家了，因为每次回来，心里都痛苦万分，一连几天都那么伤心，懊恼，悲痛欲绝，流泪不止。

且说一天傍晚，丈夫下班回家，一副得意洋洋的样子，手里拿着一个大信封。

"瞧！"他说道，"这是给你的东西。"

她急忙拆开信封，取出一份请柬，只见上面印着：

卢瓦泽尔先生偕夫人：

兹定于一月十八日，星期一，在本部大楼举行晚会，敬请光临。

国民教育部长乔治·朗波诺暨夫人

出乎丈夫所料，她非但没有欣喜若狂，反而赌气将请柬往桌子上一丢，嘴里咕哝道：

"你要我拿这个当什么用？"

"真的，心爱的，我还以为你会高兴呢。你从不出门，这次是个机会，多好的机会！不知费了多少力，我才弄到这张请柬。人人都争着抢着要，特别难弄到，发给部里职员的不多。到了晚会，那些当官的你全能见到。"

她怒目而视，瞪着丈夫，颇不耐烦地嚷道：

"你要我去，穿什么衣裳啊？"

他还真没有想这茬儿，不禁讷讷说道：

"你穿着去看戏的那条衣裙，我看就很好了……"

他见妻子哭了，一时愕然，不知该怎么办，便不讲话了，愣愣地看着两大滴眼泪，从妻子眼角缓缓流到嘴角，他终于结结巴巴地说道：

"你这是怎么啦？你这是怎么啦？"

不过，她强打精神，压下难过的心情，擦了擦两颊的泪痕，语气平静地回答：

"没什么。我只不过是没有像样的衣裳，也就不能去参加这个晚会了。哪个同事的太太比我的行头好,你就把请柬给人家吧。"

丈夫不免沮丧,便又说道:

"喏,玛蒂尔德,说说看,一件合适的衣裙,别的场合也能穿出去,最最普通的,大约要花多少钱?"

她考虑了一会儿,心里计算数目,也细想能提多少数,才不会吓着这个节俭的小科员,"哎呀"一声当场拒绝。

终于,她犹犹豫豫地回答:

"我也说不很准,但是我觉得,有四百法郎,就能应付了。"

他的脸微微变色,因为,他刚好积攒了这样一笔钱,准备买一支枪,也去打打猎。到了夏季,可以同几位朋友去南泰尔平原,他们星期天,总是去那里打云雀。

不过,他还是松口了:

"好吧,我给你四百法郎。你可要想法儿买一件漂亮的衣裙。"

举行晚会的日子临近了,卢瓦泽尔太太又显得神情怅惘,一副心神不宁的样子。按说,衣裙已经买好了。一天晚上,丈夫便问她:

"你怎么啦?瞧你这两三天,样子怎么怪怪的。"

于是她答道:

"我一件金银首饰、一件珠宝也没有,没有一样能佩戴的,真是烦死人了。出去还不是一副寒酸相。这个晚会,最好我还是不去了。"

丈夫接口道:

"你就戴几朵鲜花呀。这个季节,戴花显得非常俊俏。花上十法郎,就能买两三朵艳丽的玫瑰。"

她哪里听得进去:

"不行……一副穷酸相,到那些有钱的女人中间,再没有那么丢人的了。"

丈夫忽然嚷道:

"你也太笨了!去找你那朋友弗雷斯杰太太,就求她借给你几样首饰嘛。你同她的关系还不错,这个忙总会帮的。"

妻子也惊喜地叫了一声:

"真的,我怎么一点也没有想到!"

第二天,她就跑到朋友家中,向人家讲了这件苦恼事。

弗雷斯杰太太立刻走到镶镜子的大衣柜前,取出一只很大的首饰盒,拿过来打开,对卢瓦泽尔太太说道:

"你自己挑吧,我亲爱的。"

她最先看到几只手镯,又看到一串珍珠项链,还有一支镶有宝石、威尼斯制的金十字架,做工精致极了。她对着镜子,试戴这些首饰,一时难以取舍,不愿意摘下来还回去,还一个劲儿问道:

"你再没有别的首饰啦?"

"有哇。你自己挑吧。我也不知道你喜欢什么。"

她忽然发现,一个黑缎盒子里有一条钻石项链,简直太华丽了。她的心狂跳起来,产生了无法抑制的渴望。她双手颤抖着,拿起这串项链,戴到脖子上,露在连衣裙的领子外面,对着镜子,自己都看呆了。

接着,她深恐人家不借,说话不免吞吞吐吐,问道:

"这一件,只要这一件,你能借给我吗?"

"行啊,当然可以了。"

她喜出望外,扑上去,一把搂住女友的脖子,亲了一口,然后带着这件宝物,飞也似的离开了。

举行晚会这天到了。卢瓦泽尔太太出尽了风头。在晚会上,她风姿绰约、优雅妙丽、笑容粲然,比所有女子都漂亮,简直乐得发疯。所有男人眼睛都盯着她,询问她的姓名,寻求引见。部长办公室的所有专员都希望邀她共舞。就连部长也格外注意到她了。

她翩翩起舞,如醉如痴,什么也不想了,完全沉浸在欢乐之中,沉浸在她的美色所赢得的胜利之中,沉浸在她一鸣惊人的风光之中,全身飘飘然,如云中漫步,这种幸福感囊括了所有这些敬慕、所有这些赞美、所有这些被唤醒的欲望,这是女人心中最完全、最甜美的胜利。

直到凌晨四点钟,她才离开。她丈夫倒好,从半夜起,就躲进一间僻静的小客厅睡上觉了。躲进小客厅里睡觉的还有三位先生,他们的妻子也同样在尽情欢乐。

丈夫怕她上街着凉,带来了她平常穿的一件外套,给她披在肩上。然而,她感到这件外套太寒酸,同她华丽的舞会装束反差太大,就要赶紧逃开,不想让那些身穿皮袄的阔太太们看到。

卢瓦泽尔一把拉住她:

"等一等呀。出去你要着凉。等我去叫一辆马车来。"

可是,她根本不听,飞快地跑下楼梯。他们来到街上,却叫不到马车,便开始寻找,望见远处有马车驶过,就追上去吆喝。

他们气急败坏,又冻得瑟瑟发抖,往塞纳河边走下去,终于在河滨路上找到一辆旧马车。这类马车只是夜晚出来兜生意,就好像自觉破烂不堪,不好意思光天化日之下出现在巴黎街头。

马车驶入殉道者街,一直到他们的家门口。他们没有情绪,上楼回到自己的家。对她来说,这一切都结束了。而丈夫想的却是,明天十点钟,他必须到部里上班。

妻子对着镜子,脱下裹住肩头的衣服,以便最后一次看看自己的盛装容光。突然,她惊叫一声:脖颈上的钻石项链不见啦!

她丈夫衣服刚脱了一半,急忙问道:

"你怎么啦?"

她惊慌失措,转向丈夫:

"我……我……我把弗雷斯杰太太的钻石项链弄丢了!"

丈夫腾地站起来,一下子蒙了头:

"什么!……怎么回事儿!……这不可能啊!"

于是他们寻找,抖搂衣裙的所有皱褶、外衣的皱褶,翻遍所有衣兜,连项链的影儿也没找见。

丈夫问道:

"离开舞会的时候,你能肯定项链还在吗?"

"在呀,走到部里的前厅,我还摸过它呢。"

"可是,如果掉在街上,总有响声,咱们会听见的。一定是掉在车上了。"

"对,有可能。车牌号你记住了吗?"

"没有。你呢?你看车牌号了吗?"

"没有。"

两个人面如土色,彼此干瞪眼瞧着。卢瓦泽尔终于又穿好衣服,说道:

"咱们刚才步行,走了一大段路,我再原路找一遍,看看能不能找到。"

丈夫说罢,就出门去了。而她呢,身上仍然穿着参加舞会的衣裙,连上床睡觉的气力都没有了,只是瘫坐在椅子上,一时万念俱灰,脑子一片空白了。

将近七点钟,丈夫空手而归。

随后,他又去警察局、各家报馆,登载寻物并许诺厚报,还去小马车出租行,总之,只要有一线希望,他就跑去寻找。

妻子终日在家等候消息,面对这种飞来的横祸,她一直六神无主,不知所措。

卢瓦泽尔晚上回家,还是一无所获,他面无血色,两颊都深陷下去了。

"现在,"他说道,"只好给你朋友写信了,就说钻石项链的搭扣碰坏了,要拿去修理。这样,咱们好争取时间寻找。"

丈夫一句句口授,她把信写好。

一周寻找下来,他们彻底丧失希望了。

一周工夫,卢瓦泽尔老了五岁,他明确说道:

"这件首饰丢了,只好另买一件顶替了。"

第二天,他们拿上装项链的盒子,按照盒里标明的字号,找到那家珠宝店。老板查了查账簿,回答说:

"这条钻石项链,不是从本店买的,大概只是在本店配了首饰盒。"

于是,他们又一家一家跑珠宝店,凭着记忆寻找一条类似的项链。夫妇二人又伤心,又着急上火,眼看全要病倒了。

在故宫街一带的一家珠宝店中,他们终于发现一条钻石项链，还挺像丢失的那一条，标价四万法郎，如果诚心买，价钱可以让到三万六千法郎。

他们请求店主给他们保留三天，不要卖给别人，双方还谈妥，假如二月底之前，他们找到丢失的钻石项链，那么店主愿意以三万四千法郎的折价回收这一条。

卢瓦泽尔已有父亲留给他的一点儿遗产，总共一万八千法郎，还差的钱只好东挪西借了。

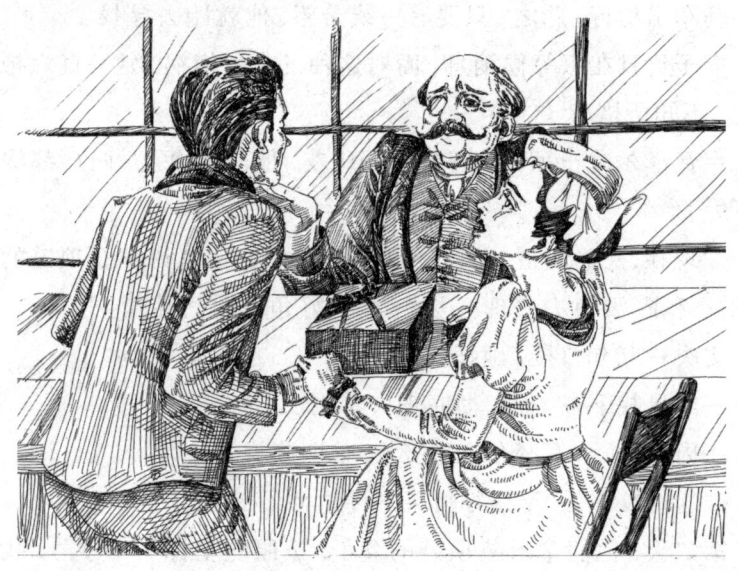

他们立刻到处借钱，东家借一千，西家挪五百，从这人手中拿五枚路易金币，从那人手中取三枚，借条不知打了多少，承诺还款的条件，足可以倾家荡产，而且还去找放高利贷者以及形形色色的放债人，把自己的后半生全押进去了，也不管将来能否还得起，就冒险签了那些借据。在这期间，他万分忧虑未来的日子，忧虑即将陷入的极度贫困，要受物质匮乏和精神痛苦的双

重熬煎。他就是怀着这种种忧惧和惶恐,终于凑齐了三万六千法郎,去珠宝店买了那条新项链。

卢瓦泽尔太太送还女友项链时,弗雷斯杰太太颇不高兴,说道:"你应该想着早点儿还回来,我也可能要戴呢。"

好在她没有打开首饰盒,这才让卢瓦泽尔太太放下心来。假如人家看出不是原来那条,那么女友会怎么想,怎么说呢,没准儿要把自己当成贼看了呢?

生活骤变,卢瓦泽尔太太开始过上穷人的辛酸日子。不过,她既已下了决心,就有勇气面对。巨额债务必须偿还,她也必须付出代价。他们辞退了女佣,还搬了家,租了一间阁楼。

家里的粗活儿脏活儿她一人承担了,要洗刷油乎乎的锅碗盆碟,粉红的指甲很快磨损了。内衣内裤脏了,衬衣以及抹布脏了,她都得用肥皂搓洗,然后搭在一根绳子上晾干。每天早晨,她要下楼倒垃圾,再往楼上提水,每上一层楼都得停脚喘口气。她一身穿戴,同普通百姓的家庭妇女毫无二致了。她挎着篮子,要跑水果店、食品杂货店,要跑肉店,坚决捍卫自己可怜的钱包,一个子儿一个子儿同人家讨价还价,不免时常招来辱骂。

每个月,他们都得偿还几笔债务,有一些借据还要续签,求得人家宽限时日。

丈夫每天下班,还去给一个商人誊写账目,夜里也时常给人抄抄写写,只为抄一页挣五苏钱。

这样的苦日子,他们过了十年。

十年过去,他们终于还清了所有债务,的确全部偿清,包括高利贷的利息,以及利滚利的利息。

卢瓦泽尔太太现在明显见老了,变成了穷人家的女人,又强壮，又泼辣，又粗鲁。她的头发乱糟糟的，裙子歪系着，双手红红的，说话也粗声大气，用大量的水冲刷地板。不过，在丈夫去部里上班的时候，也有那么几次，她坐到窗口，忽然想起当年那场舞会，想起她在舞会上有多么漂亮，让多少人瞩目倾倒。

假如没有丢失那条项链，她的命运又该如何呢？谁知道呢？谁知道呢？生活就是变幻莫测啊！区区一件小事，就足以断送你的一生，或者救你脱离绝境。

且说一个星期天，她到香榭丽舍大街闲逛，以便消除一周的劳累。猛然间，她瞧见一位太太带着小孩在散步，那正是弗雷斯杰太太，看上去依然那么年轻、那么漂亮、那么迷人。

卢瓦泽尔太太心里十分激动。要不要上前同当年的女友搭话呢？当然要。现在，全部债务既已还清，她就可以把这一切告诉人家了。为什么不讲一讲呢？

她走上前去。

"雅娜，您好！"

对方根本没有认出她来，她见一个普通女人竟这么亲热地同她打招呼，不免深感诧异，便结结巴巴地答道：

"可是……太太……我不知道……您大概是认错人了。"

"没有认错。我就是玛蒂尔德·卢瓦泽尔呀！"

当年的女友惊叫起来：

"哎呀……我可怜的玛蒂尔德，你怎么变得这么厉害！……"

"是啊，我这么多年没见到你，日子过得真艰难啊，多少困苦磨难……而这一切，都是因为你！……"

"因为我……究竟怎么回事儿？"

·项　链·

"你还记得我去参加部里晚会,向你借的那条钻石项链吧?"

"记得,那又怎么样?"

"怎么样,让我弄丢了。"

"怎么可能!你不是已经还给我了吗?"

"还的是另外一条,式样完全相同。为了这条项链,我们还了十年的欠债。你也明白,这不容易,我们本来就没有什么积蓄……现在好了,这事儿终于了结了,我真是高兴得要命。"

弗雷斯杰太太已经停下脚步,这时问道:

"你是说,你买了一条钻石项链,顶替我那条吗?"

"对。你还一直没有发觉,对吧?两条项链非常相像。"

她这么说着,脸上泛起笑容,显得又骄傲又天真。

弗雷斯杰太太异常激动,她抓住女友的双手,说道:

"噢!我可怜的玛蒂尔德!你哪儿知道,我那一条是假钻石的呀,多说也就值五百法郎!……"

·羊脂球·

我的叔叔于勒

——献给阿奇尔·贝努维尔先生

  一个白胡子穷老头,来求我们施舍,我的伙伴约瑟夫·达弗朗什居然给了他一百苏的银币。我不免惊诧,他便向我解释说:
  "看到这个可怜的人,我就想起一段往事,那段往事时时萦绕我的心头,现在讲给你听听吧。"
  我的家原籍是勒阿弗尔,家境并不富裕,只能勉强维持生活。家父有一份工作,下班回家很晚,薪水却不高。子女除了我,还有两个姐姐。
  生活这样拮据,家母十分气恼,对丈夫说话时常尖酸刻薄,含沙射影地损人。碰到这种情况,我那可怜的父亲总有一个令我难过的习惯动作——他张开巴掌,抹一把额头,仿佛要抹掉一滴并不实存的汗水,但是根本不应声。我能感到他既痛苦又无可奈何的心情。家里生活无处不节俭,从不接受人家请吃饭,以免回请,吃穿用品,也一向买清仓大降价的东西。两个姐姐身上穿的,要由她们自己动手做,买十五生丁一米的饰带,她们也要讨价还价好半天。每天的饭食,总是肥油汤和烧牛肉,仅仅变换调味汁。据说,肥油汤和牛肉富有营养,有益健康,然而我还是愿意换样吃吃。

我的衣服掉了扣子,裤子扯了口子,不挨一顿痛打,也要挨一顿臭骂。

不过,每逢星期天,我们全家都穿得像模像样,到防波堤上去散步。父亲身穿礼服,头戴礼帽,还戴着手套,让我母亲挽着手臂;母亲则打扮得花枝招展,活似节庆时挂满彩旗的轮船。我那两个姐姐总是最先穿戴好了,只等一声令下就出发。然而,就在要出发的当儿,总会发现一家之主的礼服上还有一个脏点,于是又一阵忙乱,赶紧用布头蘸汽油把脏点擦掉。

父亲仍然戴着大礼帽,衬衣袖子露在外面,等着擦洗完礼服。母亲则手忙脚乱,要戴上近视眼镜,怕弄脏了手套还得脱下来。

一家人终于庄严郑重地上路了。我那两个姐姐挽着手臂,走在前头。她们都到了出嫁的年龄,自然要让她们向全城炫耀姿色。我和父亲一左一右,走在母亲的两侧。至今我还记忆犹新,在星期天那种例行的散步中,我那可怜的父母神态特别拘束,举止特别凝重,腰身直挺挺的,双腿直绷绷的,步伐庄严地向前行进,就好像他们的仪态会决定一件极其重大事情的成败。

每逢星期天,只要看见巨轮从陌生的远方国度返航进港,父亲总要一成不变地发出同样的感叹:

"嘿!如果于勒在那船上,那多叫人惊喜啊!"

我的叔叔于勒,父亲的同胞兄弟,从前是全家的祸星,后来却成了全家唯一的希望。从小我就总听家里人谈论他,都听得烂熟了,就觉得见面时,一眼准能认出他来。他动身去美洲之前的那段生活,我也了如指掌,尽管家里人一提起他那段生活的表现,总要压低了嗓门儿。

据说,他早先不务正业,换句话说,他挥霍掉一些钱财,这在穷人家里可罪莫大焉。如果是有钱人家,一个人吃喝玩乐,就只说"干蠢事"而已,只会被人笑称"花花公子"。然而,在生活穷苦的家庭里,一个小伙子胡闹,逼父母拿出了全部家当,那就成了败家子,成了无赖,成了混账东西。

虽是同样败家,但应区别对待,因为,只有后果才能确定行为的严重性。

总而言之,于勒叔叔挥霍光自己应得的遗产,还毁掉一大部分我父亲指望的份额。

按照当时惩罚的惯例,他被送上一艘去美洲的商船,离开勒阿弗尔去纽约了。

我的叔叔于勒一到美洲,就做起了生意,不知道经营什么,而且过了不久,他就写信告诉家里,他已经赚了一点儿钱,并希望日后能弥补给我父亲造成的损失。这封信让全家人都激动万分。于勒,这个被大家说成毫无用处的废物,突然变成了一个正派人,有良心的人,达弗朗什家一个真正的成员,同达弗朗什家所有人一样诚实可信。

此外,一位船长还告诉我,于勒租下了一个大店铺,生意做大了。

两年之后,他在第二封信上告诉我们:

"我亲爱的菲利浦,写此信为报平安,我的身体健康,你不必挂念,生意也很顺利。明天我动身去南美洲,此行时间会很长，或许数年不能通音信。如果我未能写信给家里，你也不必担心。一旦做生意发了财，我就返回勒阿弗尔。但愿为期不会太久，我们就能欢聚一堂，过上幸福生活……"

他这封信成了全家的福音书。我们一有机会就拿出来念念，一来人就拿出来显示显示。

果然，有十年时间，于勒叔叔没有再给家里写信了。但是我父亲的希望，随着岁月的流逝却反而与日俱增。我母亲也经常这么讲：

"等我们的好于勒一回来，家里的状况就会大大改观。这一家子，总算出息了一个人！"

我父亲也一样，每逢星期天，一望见远洋驶来的巨轮，在半空留下长龙似的黑烟，他总不忘重复他那句老话：

"嘿！如果于勒在那船上，那多叫人惊喜啊！"

而我们几乎以为随时都可以看到他挥动手帕，喊道：

"哎唉！菲利浦！"

他必定满载而归，并且有了这种指望，家里不知做了多少打算，甚至准备用于勒叔叔的钱，在安古维尔一带买一处乡居。我不敢说就这件事，我父亲没有同人洽谈过。

大姐已经二十八岁了，二姐也只小她两岁，都还没有嫁出去，这是全家人的一大愁心事。

终于有人来向二姐求婚了。对方是个公务员，家庭并不富有，但是人还算体面。我始终确信这样一点：那个年轻人最终决定向二姐求婚，也是因有一天晚上，我们给他看了于勒叔叔的那封信。

我们家自然赶紧允婚，还决定婚礼之后，全家人去泽西岛旅游一趟。

泽西岛是穷人的旅游胜地。旅途并不远，乘坐轮船渡海，就算出国旅游了，因为那小岛隶属英国。因此，一个法国人，只要在海上航行两小时，就能到当地看邻邦的人民，研究那个挂满英国国旗的小岛上的风土人情。不过，有些人则直言不讳，说岛上的民风实在粗鄙得很。

去泽西岛旅游，成为我们关注的大事，成为我们唯一的期待，成为我们每时每刻的梦想。

终于盼来了起程的一天。回想起来，还像昨天刚发生的事情。在格朗维尔码头，汽轮生火待发。我父亲神色惶惶，紧紧盯着我们的三件行李装上船。母亲也惴惴不安，紧紧抓住我那未出嫁的大姐的胳膊。自从二姐结婚之后，大姐便失魂落魄，如同一窝鸡只剩下一只那样。新婚夫妇走在我们后边，他们总要落得很远，害得我经常回头去看。

轮船拉响了汽笛。我们全上了船，只见轮船离开堤坝，驶向外海，当时风平浪静，海面犹如绿色大理石桌面。我们望着远逝的海岸，又欣喜又得意，很少出门旅行的人莫不如此。

父亲礼服上的污渍，当天早晨就仔细擦拭掉了，现在他穿在身上，抚着肚子神气活现，但是还往周围散发汽油味。这种气味标志出门的日子，我一闻到就知道是星期天了。

忽然，他瞧见两位漂亮的夫人，有两位先生递给她们牡蛎吃。一名衣衫褴褛的老水手正用小刀，撬开一只只牡蛎，交给两位先生，再由他们传给两位夫人。那两位夫人用餐的姿势非常优雅，先用一块细布手帕托住牡蛎，嘴再微微向前探，免得油点脏了衣裙。接着，她们快速地轻轻一吮，再将空壳扔进海里。

这种在航行的船上吃牡蛎的别致行为，无疑深深吸引了我父亲。他觉得这很有格调，非常高雅，不同凡响，于是他走到我母亲和两个姐姐跟前，问道：

"我请你们吃牡蛎，好不好啊？"

母亲考虑花费，颇为犹豫。但是我两个姐姐都当即接受了。母亲怏怏不乐，说道：

"我怕吃了胃痛，只给孩子们吃吧，也别吃太多，你别让孩子吃出毛病。"

接着，她又向我转过身，补充一句：

"约瑟夫嘛，就不必去凑这个热闹，绝不能把男孩子惯坏了。"

这样，我就不得不留在母亲身边，觉得她这种区别对待很不公道，但也只好目送父亲，只见他摆出庄重的样子，领着两个女儿和他女婿走向那破衣烂衫的老水手。

方才那两位夫人刚好离开，我父亲便指点我两个姐姐，如何吃法，牡蛎的鲜汁才不会流掉。他还拿起一只牡蛎做示范，模仿那两位夫人，不料当即出丑，把牡蛎的汁液全扣在礼服上了，于是我就听见母亲咕哝一句：

"他最好还是老老实实地待着。"

可是，父亲突然显得神色不安，他撤离几步，定睛看着簇拥在卖牡蛎老头周围的女儿女婿，接着，他猛一掉头，朝我们走来。我见他脸色煞白，眼神也怪怪的。他过来悄声对母亲说：

"真不可思议，开牡蛎的那个人，太像于勒了。"

母亲惊呆了，问道：

"哪个于勒？……"

父亲回答：

"就是……我那兄弟呀……假如我不知道他在美洲生意正得意，我还真会以为是他了。"

母亲也慌了神儿，结结巴巴地说道：

"你简直疯了！你既然知道那不是他，干吗还跑来讲这种蠢话？"

但是父亲仍坚持说道：

"你不妨去瞧瞧，克拉丽丝，我还是愿意让你亲眼看看，亲自核实一下。"

于是，母亲起身走到女儿跟前。这工夫，我也注视那个人。那人又老，身上又脏，满脸皱纹，他目不斜视，只盯着自己手上的活儿。

我母亲回来了。我发觉她在发抖，只听她急促地说道：

"我认为是他。你去问问船长。你可千万当心，别让这个无赖再来拖累咱们。"

父亲马上走了，我也跟了去，觉得自己心里异常激动。

船长是一位又瘦又高的先生，蓄留着长长的络腮胡，他正在甲板上散步，那副自命不凡的样子，真像是在指挥一艘巨轮开往印度。

我父亲恭恭敬敬地上前搭话，询问他的航海生涯，还随口讲些恭维话：

"泽西岛有多大？岛上有哪些物产？有多少居民？风俗如何？习惯怎样？岛上是什么土质？"如此等等，不一而足。

二人这样交谈，旁听者会以为，他们至少是在谈论美国。

继而，又谈到我们乘坐的这艘船——"快船号"，以及船上的人员。我父亲声音发颤，终于问道：

"贵船上有一个开牡蛎的老人，看样子挺有意思。那人的情况，您知道一些吗？"

这场谈话，终于让船长气恼了，他冷淡地回答：

"这个老流浪汉是个法国人，是我去年在美洲见到的，并把他带回国。他在勒阿弗尔好像还有亲人，但是他欠他们的钱，不愿意回到他们身边。他名叫于勒……于勒·达尔芒什，或者达尔旺什，反正差不多。他在美洲那里，有一阵儿好像发了财，可是，您瞧见了，他现在落到了什么境地。"

我父亲的脸色变得灰白，眼神惶恐不安，嗓子眼儿哽咽，断断续续地说道：

"唔！唔！非常好……很好啊……这我并不奇怪……非常感谢您，船长。"

说罢，他掉头就走了，而船长见他匆忙离开，不禁愕然，感到莫名其妙。

父亲回到母亲身边，脸上完全失态了，母亲见状，赶紧劝他：

"你先坐下,别人会看出来的。"

父亲瘫坐到长椅上,讷讷说道:

"是他,正是他!"

接着,他又问道:

"咱们该怎么办啊?"

母亲急忙回答:

"一定要让孩子们离远点儿。约瑟夫反正全知道了,就让他去把他们叫回来。千万当心,尤其不能让女婿了解一点儿情况。"

父亲似乎吓傻了,他讷讷说道:

"真是倒血霉啦!"

母亲突然怒不可遏,接口说道:

"我一直就不相信,这个骗子能成什么气候,觉得到头来还要依赖咱们!还能指望达弗朗什家的人会有什么出息?……"

父亲伸手抹了一把额头,他每次挨太太的指责,总要做这种动作。

母亲又补充道:

"给约瑟夫点儿钱,赶紧让他付牡蛎的账。就差让那个乞丐认出咱们来了。一旦认出来,那么船上就有好戏看了。咱们到船那头去,免得那家伙靠近咱们!"

说罢她就站起身,他们给了我一百苏的银币,就走开了。

我两个姐姐正等着父亲,心里非常诧异。我就推说母亲有点儿晕船,然后又问那个开牡蛎的人:

"该付给您多少钱,先生?"

当时,我多想叫他一声叔叔。

他回答道:

"两法郎五十生丁。"

我给他一百苏的银币,他找给我零钱。

我注意看他的手,皱皱巴巴,是水手的一双可怜的手,再看他那张脸,凄苦衰朽,饱经风霜,是一张可怜的老人脸。我心中暗道:

"这是我叔叔,我父亲的亲兄弟,我的叔叔啊!"

我给了他十苏小费。他向我道谢:

"愿上帝保佑您,年轻的先生!"

他说这句话,带有穷人接受施舍时的那种腔调。我不免心想,他在美洲一定讨过饭!

两个姐姐见我出手这么大方,都惊愕地注视我。

我把剩下的两法郎交还给父亲时,母亲十分诧异,问道:

"这要三法郎?……不可能啊!"

我口气坚定,朗声答道:

"我给了他十苏小费。"

母亲吓了一跳,瞪眼看着我:

"你疯啦!把十苏给了那家伙,给了那个无赖!"

可是,她戛然住声,只因父亲瞪了她一眼,示意有女婿在跟前。

接着,大家都不作声了。

这时,我们对面远方,出现一个紫色的形影,仿佛从海里冒出来,那便是泽西岛。

就在轮船驶近堤岸时,我忽然产生一种强烈的愿望,再去看一看我的叔叔于勒,要走到他面前,对他讲几句安慰的温情话。

然而,由于没人吃牡蛎了,他也就走了,一定是下到底舱,这

羊脂球

个可怜的人就该住在那种恶臭的地方。

返程时,我们换乘圣马洛的航船,以免再碰到他。我母亲担心得要死。

从那以后,我再也没有见到我父亲的那个亲兄弟。

这就是为什么,你有时还会看到,我拿出一百苏的银币给流浪汉。

·归　来·

归　来

　　大海用单调的短浪,抽打着岸边。朵朵白云就如鸟雀,被疾风吹走,飞快地掠过湛蓝的长空。村子坐落在向大海倾斜的峡谷中,正沐浴着温暖的阳光。

　　马尔丹-勒韦斯克的房子,是一进村的头一家,孤零零地立在大路边上。这是渔民住的一座小房,墙壁是用黏土夯的,茅屋顶上还开了一簇簇蓝色的蝴蝶花。门前有一座小园子,方方整整,园中长着一些葱头、几棵白菜、香菜和香叶芹。沿着路边有一道绿篱围住园子。

　　男人下海打鱼去了,女人则在屋前修补一张棕色的大渔网。挂在墙上的渔网,就像一面无比巨大的蜘蛛网。一个十四岁的女孩,坐在园子门口的一把草垫椅子上,身子微微后仰,背靠在栅门上,她正在缝补衣物,那是穷人穿的旧衣衫,已经补丁摞补丁了。还有一个女孩,约莫小一岁,怀里抱着一个还不会走,也不会说话的小男孩。另外两个孩子,也只有两三岁,面对面坐在地上,他们正用笨拙的小手,抓起一把把土,朝对方的脸扔去。

　　谁也不讲话,只有那女孩要哄睡觉的婴儿,还不住地哭闹,声音微弱,又尖又细。一只猫在窗台上睡觉。墙根有几株盛开的紫罗兰,好似用白花做成的一个漂亮的圆垫,招来一大群蜂蝇。

坐在门口补衣衫的女孩突然叫了一声:

"妈妈!"

母亲应声:

"干什么?"

"那人又来了。"

从早晨起,她们就担惊受怕,因为有个男人在房子周围转悠。那是个老头儿,看样子很穷。她们送父亲上船下海时,就发现他了。他就坐在栅门对面的水沟边上。她们从海边回来,看见他还在那里,眼睛直勾勾地注视这座房子。

他那样子病恹恹的,十分可怜。一个多小时过去,他动也没动地方。后来,他看出人家把他当成坏人,便站起身,拖着沉重的脚步走开了。

然而时过不久,她们看见他迈着缓慢而疲惫的步子,重又回来坐下,不过这次离得稍远些,仿佛就是要窥伺她们的举动。

母亲和两个女儿都很害怕,尤其母亲,生来就胆小,而且她男人勒韦斯克要到天黑,才能从海上回家,因此她六神无主。

她丈夫叫勒韦斯克,而她呢,本来叫马尔丹,两人结婚之后,别人就称他们马尔丹-勒韦斯克。这其中自有缘故:她头婚嫁给一个水手,名叫马尔丹。每年夏天鳕鱼汛期,他都要去纽芬兰。

结婚两年之后,她给马尔丹生了个女孩。在她丈夫乘坐迪埃普的三桅帆船"两姊妹号"失事那时候,她又有了六个月的身孕。

那条帆船始终音讯皆无,船上的水手也无一人生还。因此,大家都认为全船人遇难,货物也损失殆尽了。

马尔丹家的等丈夫归来,一等就是十年,生活十分艰难,好歹把两个孩子拉扯大了。后来,当地有个叫勒韦斯克的渔民,打了光棍,带着一个男孩,他见马尔丹是个坚强而善良的女人,就向她求婚了。她嫁给勒韦斯克,三年之间又生了两个孩子。

他们生活艰苦,但是很勤奋。面包就已经相当贵了,家里的餐桌上几乎见不到肉食。到了冬季,在狂风怒吼的几个月,他们有时还得去面包铺赊账。不过,孩子们长得都很结实。人们都说:

"马尔丹-勒韦斯克夫妇嘛,都是老实厚道的人。马尔丹女人能吃苦耐劳,勒韦斯克在打鱼这行可是没比的。"

坐在栅门的女孩又说道:

"他好像认识咱们。没准儿是从艾普维尔,或者奥兹博斯克来的穷人。"

可是,母亲不会看错。不对,不对,他不是本地人,肯定不是。

那人如同木桩,一动也不动,只是眼睛死死盯住马尔丹-勒韦斯克家的房子。马尔丹女人气急败坏,因恐惧而变得勇敢,她抄起一把铁锹,走到门外,冲那流浪汉吼道:

"您在那儿干什么?"

那人声音沙哑,回答道:

"还用问,我在这儿乘凉呗!我妨碍您什么了吗?"

女人又问道:

"您干吗总对着我们家张望?"

那男人反驳道:

"我又妨碍不着哪个人。怎么,在路边坐一坐,难道都不行了吗?"

女人没话说了,只好回家去。

这一天时间过得特别慢。中午时分,那男人不见了。然而,快到五点钟的时候,他又从这里过了一趟。傍晚这段时间,就再也没有见到他的人影儿。

天黑的时候,勒韦斯克回来了。家里人向他讲了这件事。他下了结论:

"这个人嘛,不是要管什么闲事,就是打什么坏主意。"

他倒是毫不担心,安稳地睡下了,可是他的女人还在想那个流浪汉,觉得那人注视她时,眼神特别奇怪。

天亮时刮起大风,水手看到不能出海了,就待在家里帮妻子补渔网。

约莫九点钟,马尔丹家的大女儿去买面包,是跑回来的,她满脸神色惊慌,嚷道:

"妈,那人又来了!"

母亲异常紧张,脸色煞白,对她男人说道:

"勒韦斯克,你去对他说,不要再这样偷看我们了,这样偷看搅得人心烦意乱。"

勒韦斯克是个子高大的水手,肌肤呈砖红色,红胡子长得很密实,蓝眼睛打了个黑点,粗壮的脖子总围着毛线围巾,出海时好能遮风挡雨。这时,他从容地走出家门,走到流浪汉跟前。

二人开始交谈。

母亲和孩子们远远望着,都心惊胆战,焦急不安。

忽然,那陌生人站起身,随着勒韦斯克朝房子走来。

马尔丹女人吓坏了,连连往后退,她男人对她说:

"给他拿块面包,倒一杯苹果酒来,从前天到现在,他什么也没有吃。"

两个男人走进屋里,女人和孩子们则跟在后面。流浪汉坐下来,开始吃东西,众目睽睽,他低下了脑袋。

母亲站在一旁,注意打量他。马尔丹家的两个大女儿,身子靠着门板,其中一个抱着最小的孩子,她们俩目光贪婪,也都盯着看那人。两个男孩坐在炉灰堆里,这时也停止玩那口黑锅了,仿佛也要观看那个陌生人。

勒韦斯克坐到一把椅子上,问道:

"这么说,您是从很远的地方来的?"

"从塞特来的。"

"就这么走来的?"

"对,走来的。身上没钱,就只好如此。"

"那么,您要去什么地方呢?"

"就是到这里。"

"这里有您认识的什么人吗?"

"这很有可能。"

二人都不讲话了。那人虽然饿得要命,还是吃得很慢,但每咬一口面包,就喝一口苹果酒。他面容苍老,布满皱纹,无处不塌陷,看样子受了许多磨难。

勒韦斯克猛然问他:

"您叫什么名字?"

那人头也不抬,答道:

"我叫马尔丹。"

不知何故,母亲打了个寒战,她跨上前一步,似乎要凑近了瞧瞧这个流浪汉,就在他对面站定,两条胳膊耷拉下去,嘴大张着。谁也没有再说话。最后,还是勒韦斯克又开了口,问道:

"您是本地人吗?"

那人回答:

"我是本地人。"

这时,他终于抬起头,女人的目光同他的目光相遇,便凝滞不动,交织起来,彼此仿佛钩在一起了。

她突然说话了,声调都变了,低沉而发颤:

"是你吗,我的男人?"

那人字字咬真,慢悠悠答道:

"对,正是我。"

他一动未动,还继续嚼着面包。

勒韦斯克不免激动,更是惊讶,他结结巴巴地问道:

"是你吗,马尔丹?"

对方回答也很干脆:

"对,正是我。"

第二个丈夫又问道:

"你到底是从哪儿来的呀?"

第一个丈夫便讲述:

"是从非洲海岸来的。当年,我们的船触礁沉没了,只有皮卡尔、瓦蒂奈尔和我,我们三人幸免于难。后来,我们被野蛮人抓了去,扣留了十二年。皮卡尔和瓦蒂奈尔都死了。是一位英国旅行家经过那里，把我带走，一直送到塞特。就是这样，我回来了。"

马尔丹女人用围裙捂住脸，呜呜哭起来。

勒韦斯克则说道：

"现在，咱们该怎么办呢？"

马尔丹问道：

"你是她的男人吗？"

勒韦斯克回答：

"对，我是的。"

他们面面相觑，都沉默无语了。

这时，马尔丹打量围着他站了一圈的孩子，扬头指了指两个女孩，问道：

"这两个是我的吗？"

勒韦斯克答道：

"是你的。"

马尔丹没有站起来，也没有去拥吻她们，仅仅感叹一句：

"上帝呀，都长这么大了！"

勒韦斯克又重复问道：

"咱们该怎么办呢？"

马尔丹面有难色，也不知如何是好。最后，他狠了狠心，说道：

"我呢，就照你的意思办。我不想损害你什么。不过还是让人为难，有房子的事儿。孩子好说，我有两个，你有三个，各归各的。他们的妈，归我还是归你呢？你高兴怎样我也同意。但是这房子，它是我的，是我父亲传给我的，我也是在这里出生的，公证人那里有字据。"

马尔丹女人一直在哭,但是用蓝围裙捂住嘴,小声抽咽。两个大女孩凑到跟前,神情不安地看着她们的父亲。

他终于吃完了,也同样问道:

"咱们该怎么办呢?"

勒韦斯克有了个主意:

"还是应当去找本堂神父,由他来决定。"

马尔丹站起身,朝他妻子走去,妻子便扑到他的怀里,呜咽着说道:

"我的男人啊!你可回来了!马尔丹,我可怜的马尔丹,你可回来了!"

刹那间,旧日的恩爱、二十妙龄与最初拥抱的记忆,一齐涌上心头,她激动万分,双臂紧紧搂住马尔丹。

马尔丹也很激动,亲吻了她的帽子。在炉灶前的两个孩子听见妈妈的哭声,就一齐号叫起来。马尔丹二女儿抱的那个最小的孩子,也像支走调的笛子那样,扯着尖细的嗓门儿,投入这场喧闹。

勒韦斯克站在一旁等待,这时说道:

"好了,好了,事情一定得安排妥当。"

马尔丹放开他妻子,又看着两个女儿,于是母亲便对她们说:

"怎么也得亲亲你们的爸爸呀。"

她俩一起走上前,眼里没有眼泪,只有惊奇,还有点儿畏怯之色。马尔丹挨个儿拥抱她们,像乡下人那样,在她们脸蛋上重重地亲了两口。最小的孩子见到这个陌生人靠近,便尖声叫起来,几乎岔了气儿。

然后,两个男人一起出去了。

他们经过商贸咖啡馆时,勒韦斯克问道:

"还是进去喝点儿,好不好?"

"我说,好哇。"

他们走进还空荡荡的咖啡馆,勒韦斯克嚷道:

"喂!希科,两杯六条杠烧酒,要好的,这是马尔丹,马尔丹回来了,我老婆的男人,你清楚,失事的'两姊妹号'船的马尔丹。"

小酒馆老板走过来,一只手拿着三只杯子,另一只手拿着长颈大肚酒瓶,只见他大腹便便,浑身滚圆,脸颊红赤赤的。他一副若无其事的样子,问道:

"哦!你回来了,马尔丹?"

马尔丹答道:

"我回来了!……"

嫁　妆

西蒙·勒布吕芒先生和雅娜·科尔迪埃小姐结婚,谁也不感到奇怪。不久前,勒布吕芒先生接手帕皮荣先生的公证处,当然要付钱,而雅娜·科尔迪埃小姐手头的现钞和不记名的有价证券,总计恰好有三十万法郎。

勒布吕芒先生是个英俊的小伙子,人很帅气,公证人式的帅哥,外省的帅哥,总归很帅气,这在布蒂尼-勒布尔这地方,是极其少见的。

科尔迪埃小姐很文雅,也很清纯,只是文雅中透出几分刻板,清纯中也显示一点儿笨拙,但总体来说,她是个美丽的姑娘,既令人渴慕,又秀色可餐。

他们的婚礼在布蒂尼闹翻了天。

这对新人令人赞不绝口,婚后回到洞房的欢爱,自然不能为外人道,而且,他们厮守几天之后,决定去巴黎一游。

新婚燕尔妙不可言,勒布吕芒先生在同妻子初欢中,极尽灵巧与精细之能事,每每做得十分出色,又恰到好处。他早就信奉这样的座右铭:"只要善等待,一切适时来。"他表现得既有耐心又有精力,便一举大获全胜。

四天下来,勒布吕芒太太对丈夫就爱得死去活来,就再也离不开他了,要让他从早到晚守在身边,她好能爱抚他,拥抱他,抚摸他的双手、他的胡子、他的鼻子,如此等等,不一而足。她还时常坐到丈夫的双膝上,揪住他两只耳朵,对他说:"闭上眼睛,张开嘴巴。"于是,他放心地张开嘴,眼睛则半闭上,美美地接受特别温柔的一个长吻,引起他后背一阵强烈的酥麻的感觉。反过来,丈夫也是从早到晚,从晚到早,怎么爱抚,怎么亲吻,双手全上,全身心投入,也不足以表达对妻子的深爱。

婚后第一周刚过,他就对年轻的妻子说道:

"假如你愿意,咱们星期二就动身去巴黎。咱们就像还没有结婚的情侣那样,去下馆子,去看戏,去音乐咖啡厅,哪儿都玩玩,哪儿都逛逛。"

妻子高兴得跳起来。

"啊!好哇!好哇!咱们尽量早些动身。"

丈夫接着说道:

"还有,什么事儿也不要忘记,应当告诉你父亲,将你陪嫁的钱准备好,咱们随身带着,我好借此机会把钱付给帕皮荣先生。"

妻子立刻答应:

"明天早晨我就去同他谈。"

他马上搂住妻子,又开始欢爱的小游戏,这是一周以来,她最迷恋的交欢花样儿。

到了星期二,岳父岳母前来送行,陪同要去京城的女儿女婿到火车站。

岳父说道：

"我可以肯定，你们携带这么多钱旅行，实在是太冒失了。"

可是，年轻的公证人却微微一笑，答道：

"您丝毫也不必担心，爸爸，这种事情我习以为常了。您也知道，我干这一行，有时候随身带着上百万。我们这样做，至少会省去一大堆烦琐的手续，也免得耽误很多时间。您老丝毫也不必担心。"

列车员喊道：

"去巴黎的旅客，赶快上车！"

新婚夫妇急忙上了一节车厢，只见里面坐着两位老妇人。

勒布吕芒对着妻子的耳朵，悄声说道：

"真烦人，我不能抽烟了。"

她小声答道：

"我也觉得挺烦人，但不是因为你抽不了烟。"

火车嘶鸣，开始启动了，行程大约一小时。一路上，他们俩也没有讲几句话，只因两个老妇人根本没有打盹儿。

他们一到圣拉扎尔车站广场，勒布吕芒先生就对妻子说道：

"亲爱的，如果你愿意，咱们就先到大马路吃午饭，然后再稳稳当当地去取行李，送到旅馆去。"

妻子立即表示同意：

"对，咱们就先去吃饭，饭馆离这儿远吗？"

丈夫答道：

"是啊,有点儿远,不过,咱们可以乘公共马车去。"

妻子颇为诧异,问道:

"为什么不叫一辆马车呢?"

丈夫面带笑容责备道:

"你就是这样节省的呀,不过五分钟的路,就叫一辆马车,每分钟要付六苏。你可是什么也少不得呀。"

"真是这样。"妻子不免有几分羞愧,说道。

这时,正好驶来三匹马拉的一辆公共马车,勒布吕芒便喊道:

"车夫,喂,车夫!"

沉重的马车停下,年轻的公证人推着妻子,还匆匆地对她说道:

"你就坐进车厢里,我要爬上顶层,至少能在午饭前抽支烟。"

妻子还来不及做出反应,车夫就已经抓住她的胳膊,扶她登上踏板,并把她推进车厢。少妇吓坏了,跌坐到长椅上,她透过车后窗户,惊愕地看着丈夫往顶层爬的双腿。

她坐在那里一动不动,一边是一位浑身烟斗味的胖先生,另一边是一位满身狗气味的老妇人。

其他所有乘客一排排坐在那里,也都默不作声——那中间有一个食品杂货铺伙计,一名女工,一名步兵中士,一位架着金丝眼镜、头戴一顶宽卷边像檐槽的丝绸帽子的先生,还有两位端着架子、烦躁不安的太太,她们似乎以那种神态告诉别人:"我们坐这辆车,但是身份要高贵得多。"此外,车里还有两名修女、一个没有戴帽子的妓女和一名殡葬工人。这些人聚到一起，活似一组漫画像，或博物馆中陈列的滑稽人物，活似人类面孔的百丑图，又像集市上人们用以打靶的一排排滑稽的玩偶。

乘客的脑袋，随着马车的颠簸而轻轻摆动，他们面颊松弛的肌肤，也随着头摇晃而颤动起来。人人都被车轮的隆隆声响震得昏头涨脑，仿佛又傻又呆，昏昏欲睡了。

这位少妇也傻呆呆地坐在那里。

"他为什么不来同我坐在一起呢？"她暗暗思忖，只觉一股无名的忧伤压抑心头。老实说，他完全可以不抽那支烟。

两位修女示意停车。接着，她们一先一后下车，登时散发出旧裙子的霉味。

马车重又往前行驶，随后又停下。一个红头涨脸、气喘吁吁的厨娘上了车。她坐下来，将装满食品的篮子放在双膝上。一股强烈的刷锅水的气味，立刻弥漫了整个车厢。

"这段路程，可比我原以为的要长得多。"雅娜心想。

殡葬工人下了车，腾出的座位又坐上一名浑身马厩味的车夫。那个不戴帽子的粉头下车后，又上来一个办事员，因跑事而两脚发出汗臭味。

公证人太太感到极不自在，一阵阵作呕，不知为什么就想哭一通。

乘客不断地上上下下，马车也一直向前行驶，街道连着街道，没有尽头，遇站停车，接着又往前行驶。

"路这么远啊！"雅娜又思忖道，"但愿他没大意坐过了站，但愿他没睡着！这些日子，他可累坏了。"

乘客都逐渐下车，车厢里只剩下她一人了。这时，车夫嚷道：

·嫁　妆·

"伏日拉尔街到了!"

看看雅娜还坐着不动,车夫又嚷一遍:

"伏日拉尔街到了!"

雅娜望了望车夫,这才明白他是冲自己喊话,因为车厢里再没别人了。车夫喊了第三遍:

"伏日拉尔街到了!"

于是,雅娜问道:

"到哪里了?"

车夫粗暴地回答:

"到伏日拉尔街了,活见鬼,我都喊了二十遍了!"

"这里离大马路还远吗?"她问道。

"哪条大马路呀?"

"当然是意大利人林荫大道了。"

"早就过了!"

"啊!您能不能告诉我丈夫一声?"

"您丈夫?在哪儿呢?"

"在顶层啊。"

"顶层!那上边早就没人了。"

她一下惊呆了:

"什么?这不可能,他和我一起上的车。劳驾,您再仔细瞧瞧,他肯定在上面呢。"

车夫说话变得粗鲁起来:

"算了,小美妞,别再啰唆了,丢失一个男人,就找回来十个。快走人吧。这次就收场了。您在大街上再另找一个。"

她泪水盈眶,仍坚持说道:

"不对,先生,您弄错了,我肯定您弄错了。他腋下夹着一个大公文包。"

车夫笑起来:

"一个大公文包。哦!对了,他是在马德兰大教堂下车的。反正是一码事,他把您给甩了,哈!哈!哈!……"

马车已经停下。雅娜下了车,眼睛还不由自主地望了望顶层,那上面确实空无一人。

于是,她放声大哭,根本不考虑有人在听,有人在看她,她边哭边说:

"我该怎么办啊?"

一名警探走过来,问道:

"出什么事儿啦?"

车夫以嘲笑的口气答道:

"这位太太让丈夫给丢在路上了。"

警探接口说道:

"好,没什么大事,您还赶您的车去吧。"

说罢,警探掉头就走了。

这时,雅娜也只好信步往前走,她实在是六神无主,惊恐万状,简直弄不明白究竟发生了什么事。她要往哪儿走呢?她要干什么?她丈夫,出了什么事儿呢?怎么会出这种差错、这种大意、这种误会呢?怎么会出现如此不可思议的疏失呢?

她口袋里只有两法郎。去找谁呢?她猛然想起在海军部当科长的表兄巴拉尔。

兜里的钱刚好够叫马车的,于是她叫了一辆,坐到表兄家。

她到达表兄家时,他正巧出门要去部里上班,也像勒布吕芒那样，腋下夹着一个大公文包。

她跳下车，喊道：

"亨利！"

亨利吃了一惊，戛然止步：

"雅娜？……跑到这儿来？……单独一个人？……您从哪儿来，做什么呀？"

雅娜眼泪盈眶，结结巴巴地说道：

"刚才我丈夫走丢了。"

"走丢了，在哪里丢的？"

"在一辆公共马车上。"

"在公共马车上？……唔！……"

接着，她就向表兄哭诉自己的遭遇。

表兄边听边想，他问道：

"今天早晨，他头脑很清醒吗？"

"很清醒。"

"好的。他随身带很多钱吗？"

"是的，他带着我的嫁妆。"

"您的嫁妆？……全部嫁妆？"

"全部……要为他买下的公证处付款。"

"哎呀，我亲爱的表妹，您丈夫此刻，可能已经去比利时了。"

雅娜还是不明白，结结巴巴地问道：

"……我丈夫……您说……"

"我说他骗走了您的……您的财产……事情无非如此。"

她站在原地，一时喘不上来气，咕哝道：

"那么他……他……他就是个无赖!……"

她一阵冲动,几乎昏过去,倒在表兄的身上,失声痛哭。

由于有人围观,他就轻轻把她推进楼门里,又搀着她走上楼梯。女仆来开门,一下就愣住了。主人吩咐道:

"索菲,赶快去餐馆,订两份午餐送来。今天我不去部里上班了。"

火 星 人

我正在工作,忽见仆人来通报:

"先生,有一位先生要和您谈一谈。"

"请他进来。"

我看到进来一个身材矮小的男子,向我打了招呼。他架着一副眼镜,那样子就像一个干瘦的学监,躯干瘦小而衣服太肥大,逛里逛荡,没有一处合辙押韵。

他讷讷说道:

"请您原谅,先生,打扰您了,非常抱歉。"

我说道:

"您请坐,先生。"

他坐下之后,接着说道:

"我的上帝,先生,此次来访十分冒昧,我深感不安。但是无论如何,我得见一个人,又非您不可……非您不可……最终,我鼓起了勇气……不过老实说……一见面我就不敢了。"

"您放开胆子吧,先生。"

"是这样,先生,我只要一讲起来,您就会把我视为疯子了。"

"我的上帝,先生,这要看您对我讲些什么了。"

"说的是,先生,我要对您讲的,恰恰怪诞得很。不过求求您了,不要把我看成疯子,正因为我不疯,我才看到我向您透露的事多么奇特。"

"那好,先生,请讲吧。"

"不,先生,我并没有疯,不过我这样子,就属于疯疯癫癫的一类人。这类人只是比别人多思考一些,有点儿突破,稍微突破一点点平常思维的藩篱。您想想看,先生,在这个世界上,就根本没人在认真思考什么。人人都忙于自己的事务,都致力于自己发财致富,自己寻欢作乐,总之营造自己的生活,或者忙于那类愚蠢的小玩意儿,诸如戏剧、绘画、音乐,或者忙于政治,即无聊事之大观者,或者忙于处理工业问题。然而,有谁在思考呢?究竟有谁呢?没有一个人!噢!我太冲动了!对不起。我还是回到正题上来。

"我来此地已有五年,先生。您不认识我,但是您,我却很熟悉……我从不光顾您的海滩和赌场,不同您那些顾客混在一起。我生活在海岸的悬崖峭壁上,我着实喜爱埃特勒塔这种海岸悬崖,不知道还有比这更美,更有益于健康的了。我是要说有益于思想健康。这悬崖是海天之间的光辉大道,一条绿茵大道,从这雪白岩石的高大墙壁上直通过去,能把您引到世界的尽头,大地的边陲,大洋的上方。我最幸福的日子,就是躺在海浪百米之上的青草坡上,晒着明媚的阳光,畅快地幻想。您能理解我吗,先生?"

"是的,先生,完全理解。"

"现在,您能允许我向您提一个问题吗?"

"您认为其他星球上也有人居住吗？"

我毫不犹豫，也毫无惊讶的神色，就回答道：

"我当然认为有人居住。"

他喜出望外，显得异常激动，忽地站起来，重又坐下，显然是想过来拥抱我。他高声说道：

"哈！哈！真有运气！真有福气啊！我总算松一口气了！不过，我怎么又能怀疑您呢？一个人不相信其他星球有人，那就是弱智。恐怕只有傻瓜、笨蛋、白痴、愚昧的人，才会以为亿万个星球发光，运转，仅仅是为了讨人这个愚蠢的昆虫开心和惊叹，恐怕只有他们才不明白，在大千世界中，地球只不过是一粒看不见的灰尘，而我们的行星体系，只不过是恒星生命的几个分子，不久即将消亡。您瞧瞧，无上的银河，这条星球的长河，您想想，它在无限宇宙中，只不过是一个亮点。您就此哪管想上十分钟，也就能明白，为什么我们什么也不知道，什么也推测不出来，什么也不理解。我们只认识一个点，在这一点之外、之上的任何处，我们都一无所知，而我们还认为这个如何如何，又肯定那个怎样怎样。哈！哈！！哈！！！假如突然之间，有人向我们揭示这个地球之外伟大生命的奥秘，那该多么令人惊讶啊！然而不可能……绝不可能……我也同样是个傻瓜，这个奥秘，我们根本就不可能理解，只因我们的头脑仅为理解地球的事物而生出来的，也就不可能往更远扩展，它同我们的生命一样受此局限，完全锁在这个负载我们的小小圆球上。我们的头脑判断一切事物，都是通过比较。您瞧瞧吧，先生，我们所有人，无一例外，都多么愚蠢，多么狭隘，居然对我们的智力深信不疑。我们的智力，其实比动物的本能强不了多少。我们甚至看不透自身的弱点，我们生来,也只能了解奶油和小麦的价钱,充其量也只能争一争两匹马、两只船的价值,争一争两位部长,或者两名艺术家的身价如何。

"仅此而已。我们也刚好适于耕种土地,并笨拙地利用土地生长的作物来填饱肚皮。我们也不过刚刚制造能行走的机器。每有一种发现,我们就像孩子一样大惊小怪,而其实,我们若是高级动物的话,那么多少世纪之前就该发现了。我们仍然被未知事物所包围,甚至直到如今,才推测出电的存在,居然花费了几千年的智力生命。我们看法一致吧?"

我笑着回答:

"对,先生。"

"这就太好了。那么,先生,您有时候也关注过火星吧?"

"关注火星?"

"对,就是那颗行星。"

"没有,先生。"

"您对它一无所知吗?"

"对,先生。"

"您能允许我向您介绍几句吗?"

"当然了,先生,我很感兴趣。"

"我们这个体系,我们这个小小家庭的星球,是由环状的原始气体凝结而成的,并且一个接着一个脱离太阳星云团,这您一定知道吧?"

"知道,先生。"

"因此,脱离最远的星球,也就是最古老的,从而也就应当是最文明的行星。按其生成的时间,排列如下:天王星、土星、木星、火星、地球、金星、水星。您是不是认为，这些星球也像地球一样，有人居住呢？"

"当然有人居住。为什么认为地球是个例外呢？"

"很好。火星人既然比地球人更为古老……我操之过急了。我要首先向您证明火星上有人。呈现在我们眼前的火星，同火星上观察者眼中的地球，大概相差无几。不过在火星上，海洋的面积要小，也比较分散。看那深颜色的条块便知是海洋，因为水吸收光线，而陆地则反光。火星上地理变化频繁，证明它的生命还有活力。火星也类似我们地球，有季节之分，两极有积雪，能望得见那上面的积雪随季节而消长。火星一年的时间要长些，等于地球上六百八十七天，在火星上则计为六百六十八天，四季的天数划分如下：春季一百九十一天，夏季一百八十一天，秋季一百四十九天，冬季一百四十七天。火星上的云层，看得出比地球少，因而比起地球来，冬季更寒冷，夏季更炎热。"

我打断他的话。

"对不起，先生，既然火星距太阳比我们远得多，那么我觉得，那里的气候四季都应该更加寒冷。"

我这位怪异的来客大声说道，口气十分激烈：

"错了，先生！错了，绝对错了！我们地球人，夏季比冬季距离太阳要远。勃朗峰顶较之山脚下要寒冷得多。我还可以请您参照亥姆雷兹、斯基帕雷利的热能机械理论。地表的温度，主要取决于水蒸气在大气中的含量。原因就在于此：一个水蒸气分子吸热的能力，要比一个干燥空气分子吸热能力大一万六千倍。因此，水蒸气就是我们的制热工厂。火星云层稀薄，因而比地球更加寒冷，也更加炎热。"

"对此我没有异议了。"

"好极了。现在,先生,我请您格外听仔细了。"

"我正洗耳恭听呢,先生。"

"斯基帕雷利先生于一八八四年发现的那些著名运河,您听说过吗?"

"很少听说。"

"这怎么可能啊!要知道,一八八四年那时候,火星运行到恰与我们相对的位置,仅仅相距两千四百万法里,而本世纪最杰出的天文学家,最有把握的观测家斯基帕雷利先生,忽然发现火星上有大量的黑色线条,有的笔直,有的折成几何图形,一条条穿过陆地,汇入火星的海洋中!是的,是的,先生,那些呈直线或几何图形的运河,从头至尾宽度相等,正是火星人开凿的运河呀!是的,先生,这就证明火星上有人居住,他们在那上面生活,在那上面思考,在那上面劳作,也在那上面观望我们。您明白吗?您明白吗?

"二十六个月之后,火星再度正对着我们的时候,人们又看到了那些运河,数量比上次增多了,真的,先生,那些运河无比巨大,宽度不下一百公里。"

我微笑着回答:

"一百公里宽。那开凿起来,可真够工人拼命干的。"

"嗳,先生,您何出此言?看来您不知道,在火星上,这种劳动,不知比在地球上轻松多少,只因火星物质结构的密度,只有地球物质的六十九分之一,重力的强度也只抵地球的三十七分之一。

"一公斤水,在火星上称重,只有三百七十克!"

他向我抛来这些数字时,那么把握十足,那么自信,赛过一个了解数目价值的商人。我忍俊不禁,便大笑起来,真想问问他,糖和奶油在火星上该是什么重量。

他摇了摇头。

"您觉得好笑,先生。您先是把我当成疯子,现在又把我视为傻瓜。我向您列举的这些数字,其实您在所有天文学专著中都能查到。火星的直径约是地球的一半,面积约是地球的两千六百分之一,体积则比地球小六倍半,而它的两个卫星运行的速度也能证明,它的重量仅为地球的十分之一。不过,先生,重力的大小取决于物体的质量与体积,换言之,取决于重量和中心到表面的距离,由此得出的结论不容置疑:在那个行星上,物体都轻得多,生活也就完全不同,机械运动便遵循我们所陌生的规则,占主导的一定是生有翅膀的生物。是的,先生,火星上称王的生物都长着翅膀。

"火星人散步,就从一个大陆飞到另一个大陆,就像精灵那样,在自己的天地游荡。不过,大气层把他们同那个世界连在一起,他们无法穿越,尽管……

"总而言之,先生,您能想象出那个星球吗?火星上覆盖着各种植物和树木,那上面活动的动物,我们连形体都猜测不出来,那上面的人都长着翅膀,如同我们在绘画见到的天使那样。我恍若看见他们在平原和城市的上空,盘旋飞舞在金色的空气中。人们从前认为,火星上的大气是红色的,地球上的大气则是蓝色的。其实,那上面的大气是黄色的,先生,一种非常美丽的金黄色。

"那些人能开凿出一百公里宽的运河,您现在听了很奇怪吧?然而,您可以想一想,一个世纪以来,我们这里科学所取得的成就……一个世纪以来……而且,也可以说,火星的居民恐怕比我们要高级……"

他忽然住了口,垂下眼睛,继而声音又极低地咕哝道:

"现在,我若是告诉您……有一天晚上……我差一点儿看见他们,您就非把我当成疯子不可了。您知道,或者您并不知道,现在正是流星多发季节。尤其是十八日至十九日的夜间,每年都会看到大量流星。在那种时刻,我们很可能就从一颗彗星的残骸余尘中走过。

"当时,我正坐在马纳门上,也就是悬崖迈进大海里的那条大腿上面,眺望我头顶如霏霏细雨的无数星辰。先生,那比放烟花更有趣,更美观。猛然间,我发现头顶很近的地方,有一个发光透明的球体,周围鼓动着巨大的翅膀,至少在朦胧的夜色中,我以为看见了翅膀。那大圆球好似一只受伤的鸟儿,乱飞乱撞,还一直打转儿,发出一种巨大而神秘的声响,仿佛在喘息,濒临死亡了。它从我眼前过去,就好像一个无比巨大的水晶球,满载着惊慌失措的人,看上去影影绰绰,如同一只遇难船只上的水手那样骚动,眼见船只失去控制,在惊涛骇浪中漂荡。接着,那个怪球划了一条大弧线,坠入远处的海中,我听见轰隆一声,坠海发出放炮似的巨响。

"而且,在那一带的所有人,当时都听见了那声巨响,还以为是一声炸雷。唯独我看见了……看见了……假如他们掉在我附近的岸边,我们就会认识火星的居民了。您一句话也不要讲,先生,想一想吧,多多想一想,然后等哪天您若是愿意,就向别人讲讲这件事。是的,我看见了……我看见了……第一艘太空船,第一艘星际航船,是由有思想的人发射到茫茫宇宙……除非我目睹的场景,仅仅是地球接收的一颗死亡的流星。因为,您不会不知道,先生,各个星球也都在驱赶在太空游荡的星体,完全像我们这里驱赶流浪汉一样。地球本身很轻,也很虚弱,在茫茫宇宙的行程中,只能搭载极小的过客。"

他情绪激动,语无伦次,还站起身来,张开双臂,要比画比画天体的运行。

"先生,彗星,就在大星云边缘游荡,而我们不过是这星云的凝结体。彗星,那些自由而发光的鸟儿,从遥深的茫茫宇宙,飞向太阳。

"彗星拖着长长的光亮的尾巴,向着光芒四射的太阳飞去,而且速度越飞越快,无法控制,听见有星球呼唤也不能去拜访,只好擦肩而过,被自身坠落的高速所裹挟,穿越我们的空间。

"然而,它们在神奇的旅行中,假如从一颗强大的星球旁边经过,假如受到那星球不可抗拒的引力的影响,偏离了自己的道路,那么它们就要归顺新主人,成为新主人的俘虏。它们运行的无限的抛物线,也就变成一条闭合的弧线了,从而我们也就能计算出周期性彗星返回的时间了。木星有八个奴隶,土星有一个,海王星也有一个,它的外星体同样有一个,还有一支流星部队……当时……当时……我听见到的,也许仅仅是地球截获的一个小流星体……

"再见,先生,您一句也不必回答我,思考一下,思考一下吧,等哪天您愿意,再向别人讲述这些……"

事情到此为止。这个神神叨叨的人,在我看来,还不像一个普通吃年金的人那么愚蠢。

魔　椅

　　塞纳河在我家门前延展,没有一丝波澜,映照着清晨的阳光。这条美丽的河,岸宽水阔,流动平缓,宛若长长的白银的熔流,零星点缀着一些紫红色。河对岸大树成行,沿陡岸绵延不断,构成一道绿荫的长城。

　　每天都重新开始生活,重新开始充满情爱的、愉悦而清新的生活,这种感觉就在树叶间悸动,就在空气中震颤,就在水面上闪烁。

　　有人拿给我邮差刚送来的报纸,而我去河边,信步走着看报。

　　我翻开第一份报,就看到这样醒目的标题:"自杀人数统计",读后得知今年,自杀人数已超过八千五百人。

　　我当即就看到了,这些自杀者!我看到这种丑陋的、蓄意的杀戮,杀戮厌倦生活的绝望者。我看到一些人在流血,下颚骨破碎了,脑浆迸裂,胸膛被子弹打穿,看到他们孤苦伶仃,在旅馆的小房间里慢慢死去,不想自己的伤势,还一心想着自己的不幸。

我还看到另外一些人,喉管割开,或者开膛破肚了,手中还握着剃刀或菜刀。

我还看到一些人坐在那里,有的面对一只泡着火柴的玻璃杯,有的则面对一个贴着红标签的小瓶。

他们一动不动,直瞪瞪看着眼前的东西,然后喝下去,然后等待,然后脸上的肌肉一阵抽搐,嘴唇痉挛起来。他们的眼睛惊恐万状,不知道生命结束之前要忍受这么多的痛苦。

他们站起身,停在原地,又跌倒了,双手捧腹,就感到全身器官火烧火燎,五脏六腑被喝下去的流质火焰吞噬,然后,意识才开始模糊了。

我看到另外一些人自缢而死,吊在墙上的大钉子上,吊在窗户的长插销上,吊在天棚的钩子上,吊在阁楼的梁木上,吊在夜雨中的树枝上。我能猜得出,他们舌头耷拉出来,吊在那里一动不动之前,究竟干了些什么。我猜得出他们内心多么惶恐,最后时刻又多么犹豫,他们挂绳子时又是怎样的动作,还检查绳索是否拴牢,然后脖子才钻进套中,整个身子往下一坠。

我还看到一些人,倒在破烂不堪的床上,母亲带着年幼的孩子,老人们都肚腹空空,姑娘们因焦虑爱情而心痛欲碎,他们身体都僵硬了,都窒息了,都中毒而死,而屋子中央的煤炉还在冒烟。

我还看到另一些人,深夜在空荡荡的桥上徘徊。他们的情景最为凄惨。拱桥下河水流淌,发出轻微的哗哗声。他们看不见河水……他们呼吸到冰凉的水汽,才推测出河水的存在!他们既渴望跳河,又害怕跳下去。他们根本不敢!然而,还非跳不可。远处传来报时的钟声,在黑夜的一片寂静中,突然咕咚一声,响起物体坠入河中的声响,还有几声呼叫,双手拍击水的声音,但是很快就止息了。有时,他们还捆住双手,或者脚上系一块石头,跳下去也就只是扑通一声了。

噢!可怜的人,可怜的人,可怜的人啊!我真真切切地感受到他们的惶恐,也亲身感受他们的死亡。我同样经历他们所遭受的全部苦痛,仅一小时的工夫,我就尝遍了他们忍受过的所有折磨。我体会了把他们引上轻生之路的所有伤痛,只因我现时就感到,人生多么具有无耻的欺骗性,而我感受得比谁都要深刻。

我完全理解他们,弱势群体的人,终生摆脱不掉噩运,失去了自己所爱的人,从迟迟不得回报的梦中醒来,从对彼界幻想中醒来。他们原以为上帝在人世残酷无情,在彼界最终会公正,结果幸福的憧憬一个个全破灭,他们看破红尘,已经活够了,想要终结这出没完没了的悲剧,或者这出丢人现眼的喜剧。

自杀!这正是那些再也没有力量的人的力量,是那些再也没有指望的人的希望,是那些完全战败的人的最后勇气!对,这样的人生,至少还有一道门,我们随时都可以打开,走出门到另一边。大自然还有一个怜悯的举动,并没有完全把我们禁锢起来。我替那些绝望者多谢了!

至于那些还只是看破红尘的人,让他们灵魂自由,内心安详,径直往前走吧!他们既然可以一走了之,也就无所畏惧了;既然他们身后始终有这道门,哪怕梦幻中的神灵也不可能把它关闭。

我想着情愿一死的这群人,一年当中,就超过了八千五百人。在我看来,他们聚在一起,是要向世界提出一项请求,宣布一种愿望,要请求一件事,等以后人们加深了理解,也就能有实现之日。所有这些暴死的人,这些抹了脖子的、服了毒的、自缢的、一氧化碳中毒的、投河而死的人,在我看来,是一个可怕的群体,如同投票之日的公民,纷纷来对社会说:

"至少,让我们死得和缓一些!你们不能帮助我们生存,那就帮助我们死吧!你们瞧啊,我们人数众多,在这自由的时代,在这独立思考和普选的时代,我们有说话的权利。将一种毫不令人憎恶或恐怖的死亡,施舍给放弃生活的人吧!"

……

我开始浮想联翩,任由神思沿着这个话题之路,驰骋在怪异而神秘的遐想中。

有一阵子,我恍若置身于一座美丽的城市。那是巴黎,但究竟是什么时代呢?我信步走在街上,观看居民房舍、剧院和公共建筑。我走到一座广场,忽见一幢高大的建筑,十分美观、华丽而又漂亮。

再看建筑物正面的几个金色大字:"自杀者之家",我就不免深感诧异。噢!怪极了,好似白日做梦,神思翱翔在一个不真实而又可能的世界!在这个世界上,什么也不令人奇怪,什么也不刺眼。奇思异想撒起欢儿来,就不辨可笑还是可悲的了。

我走向那个建筑物,只见几个穿西服短裤的听差坐在门厅里,守着衣帽间,仿佛守着一个俱乐部的入口。

我走过去瞧瞧。一名听差站起来,问我:

"先生打算?……"

"我打算了解这是什么地方。"

"没有别的事儿?"

"没有。"

"那么,先生可否愿意我带您见见秘书?"

我有些迟疑,又问了一句:

"这是不是太打扰他了?"

"嗳!没事儿,先生,他在这里的工作,就是接待来问讯的人。"

"那好,请带路吧。"

他带着我穿过几条走廊,看见在那里闲聊的几位老先生,最后走进一间漂亮的办公室,里面只是有点儿暗,木制家具全漆成黑色。一个身体肥胖、大腹便便的年轻人,一边写信一边抽雪茄,闻烟味便知他抽的是上等货。

他站起身,我们彼此问好,等听差出去之后,他就问道:

"我能为您做点什么吗?"

"先生,"我答道,"恕我冒昧,我从未见过这座建筑,门口写的几个字令我十分惊讶,于是我就想问问,这里是做什么的。"

他先微微一笑,然后一脸得意,低声回答:

"我的上帝,先生,就是杀死渴望死去的人,但是要做得干净利落,我不敢说多么惬意,至少要让人舒舒服服地死去。"

我并不感到多么震惊,大体上倒觉得这很自然,也很公正。我特别诧异的是,在这个充斥功利的、人道的、自私的卑劣思想,而又压制一切真正自由的星球上,敢于开创这样一种事业,真无愧于解放的人性。

我又问道:

"你们怎么会产生这种创意?"

秘书答道：

"先生，在一八八九年举办世界博览会之后五年间，自杀的人数激增，这就要求我们必须采取紧急措施了。什么地方都有人自杀，大街上、舞会上、餐馆里、剧院中、火车上，甚至在共和国总统的招待会上，无处不发生。

"这种场景，不仅对我这样喜欢生活的人惨不忍睹，而且给孩子也提供坏榜样。因此，必须集中引导自杀。"

"自杀激增，是怎么引起的呢？"

"我一无所知。其实，我认为这个世界老化了。大家开始看清了，只是作出了错误的抉择。如今，人们就像认识政府一样，也认识命运是怎么一回事了，大家看到处处都受骗，就干脆走掉。一旦认识到上帝对待人类，就像议员对待选民一样，极尽说谎、弄虚作假、偷窃和欺骗之能事，人们就火冒三丈，但是我们又不能像罢免贪污受贿的代表那样，每三个月就改换一个天主，那只好离开这个坏透了的世界。"

"的确如此！"

"唔！我本人倒也无所抱怨。"

"您能否告诉我，你们这个机构是怎么运转的？"

"乐意效劳。等日后您愿意，也可以加入。这是一个俱乐部。"

"是个俱乐部！！！"

"不错，先生，创建者是国内最杰出的人物、最伟大的思想家，以及最有眼光的有识之士。"

他由衷地笑起来，又补充一句：

"我向您保证，在这里特别开心。"

"在这里?"

"对,在这里。"

"您真让我吃惊。"

"我的上帝!大家在这里特别开心,正因为俱乐部成员都不怕死,而惧怕死亡,恰恰是人生欢乐的最大破坏者。"

"请问,他们既然不自杀,为什么要参加这个俱乐部呢?"

"加入这个俱乐部,并不以自杀为条件。"

"这是怎么回事儿?"

"我来解释。面对无限激增的自杀数量,面对自杀给我们展现的惨相,我们就组织起来一个纯粹慈善的协会,保护那些绝望者,向他们提供的死亡,即使不是出乎意料,至少也是平静而不知不觉的死亡。"

"这样一个机构,究竟是谁批准成立的?"

"是布朗热将军,就在他短暂当政期间。他那个人有求必应。而且,他也就做了这么一件好事。就这样,组建了一个协会,这些开明人士、看破红尘者和怀疑主义者,就是要在巴黎市中心,建起一座蔑视死亡的神殿。这栋房子,当初是个令人恐惧的地方,没人敢走近。可是,创建者就在这里聚会,举行一个盛大的庆祝晚会,邀请来萨拉·贝因哈特夫人、朱迪克夫人、泰奥夫人、格拉尼埃夫人以及其他二十余位夫人,还邀请来德·莱兹凯先生、科克兰先生、穆奈先生、苏利先生、波吕先生等,此外还举办音乐会,演出大仲马、梅拉克、阿莱维和萨尔杜的喜剧。我们那么多演出,只有一次演砸了,就是贝克先生创作的一出剧。当时他挺伤心,但是后来在法兰西喜剧院演出,便获得极大成功。总之,全巴黎人都来了。这事一炮打响。"

"在一系列庆祝活动中创立！拿死亡开了天大的笑话！"

"绝非如此。死亡就不应当那么悲伤，而应当成为无所谓的事情。我们让死亡变得欢快了，我们让死亡鲜花盛开，我们让死亡芬芳四溢，我们让死亡变得容易。大家学会通过实例给人以救助，眼见为实，死亡并没有什么。"

"我完全理解，人们来参加庆祝会，观看演出，然而，大家前来，难道也是为了……死亡？"

"还有疑虑，不是马上如此。"

"后来呢？"

"就有人来了。"

"人数多吗？"

"三五成群。每天能有四十多人。几乎再也见不到跳塞纳河自杀的人了。"

"是谁开的头？"

"俱乐部的一名成员。"

"一位献身者？"

"我看不是。那是个厌世者，破了产的人，在三个月期间，他赌纸牌连续赌输了大笔钱。"

"真的呀？"

"第二个是英国人，性情很古怪。当时，我们还在报上刊登广告，介绍我们的方法，还杜撰了几个足以吸引人的死者。不过，大规模运动，还是由穷人掀起来的。"

"你们是如何操作的呢？"

"您想参观一下吗？我也可以同时给您讲解。"

"当然想参观了。"

他拿起帽子,打开房门,让我先出去,带我走进赌厅,厅里有些人在赌博,如同各处赌场那样。接着,他带着我穿过好几间厅室,我看到有人在那里热烈地、愉快地交谈。我所见过的俱乐部,难得有如此活跃、如此热闹、如此欢快的了。

那秘书见我面露惊奇之色,便说道:

"唔!这俱乐部时髦起来,达到前所未闻的程度。全世界潇洒的人都来参加,以便摆出鄙视死亡的姿态。而且,他们一旦来到这里,就认为自己必须兴高采烈,以免显出害怕的样子。于是,大家就开玩笑,大笑不止,相互打趣,都显得风趣十足,而且也学着风趣一些。可以肯定,如今在巴黎,这是人们最爱光顾、最为开心的地方。就连妇女现在也正张罗,要成立女子分会呢。"

"尽管如此,你们这俱乐部还是有很多人自杀吧?"

"刚才我对您讲了,每天约有四五十人。"

"上流社会的人极少见,大部分是那些穷鬼,中产阶层的人也相当多。"

"究竟是……怎么做呢?"

"就是放毒气……微量。"

"那用什么方法控制?"

"是我们发明的一种瓦斯。我们有专利证书。这座建筑的另一侧,有公众出入的门,三扇小门都临小街。来的人无论男女,开头要问他们,然后再给他们救助和保护。如果顾客接受了,我们还要调查,也往往能把人给救了。"

"你们怎么筹集钱呢?"

"钱我们有的是。会员的会费很高。还有,向俱乐部捐赠也是高尚的行为。捐赠者的名字都刊登在《费加罗》报上。而且,富人自杀,要花一千法郎。他们死也死得有身价,穷人自杀则免费。"

"你们怎么知道哪些是穷人呢?"

"哦!哦!先生,看得出来呀!再者,他们必须带来他们那街区警察局开具的贫困证。您若是知道,他们刚来时那样子有多凄惨!我们俱乐部的这个区,我仅仅看过一次,就永远也不想去了。作为设施,穷人区跟这里一样好,几乎同样舒适,应有尽有。然而他们……他们啊!!!如果您目睹他们到来的样子:衣衫褴褛的老人前来求死;一连数月穷得吃不上饭的人,像野狗似的在房子墙角捡东西吃;还有衣裙破成烂布条的女人,瘦骨嶙峋,总之,生病的生病,瘫痪的瘫痪,根本无法生存。他们讲述完自己的身世,还对我们说:'你们看得很清楚,我再也干不了什么,再也挣不了一口饭吃,没法儿活下去了。'"

"我见过来了一位八十七岁的老太太,她的儿孙全死光了,有六个星期流浪露宿街头。我看了她那情景,心中万分难过。"

"来到我们这里的人,情况各异,差别很大,甚至有人来了,什么也不讲,问一声:'在哪儿?'这些人一让进去,当即就了结了。"

我一阵揪心,也重复这句问话:

"在哪儿?"

"就这里。"

他打开一扇门,又补充道:

"请进,这是俱乐部会员专用的部分,使用的机会最少了。在这里,我们仅仅灭了十一个。"

"哦？你们把这称作灭了。"

"对，先生。请进吧。"

我未免犹豫，但还是走进去了。这是一条赏心悦目的厅廊，类似温室，玻璃窗呈淡蓝色、浅粉色、淡绿色，镶饰的壁毯风景绮丽，氛围富有诗意。这间美丽的小客厅除了沙发，还有美观的棕榈树和鲜花，主要是玫瑰，芬芳馥郁。桌子上则摆放着书籍、《两世界》杂志、烟草专卖局专营的整盒雪茄，令我感到诧异的是，还有一个装着维希润喉片的糖盒。

我的向导见我惊讶，便说道：

"唔！有人常来这里聊天。"

接着，他又说道：

"公共厅室也同这里相仿，只是陈设简单一些。"

我又问道：

"具体怎么做法？"

他抬手指了指一张长椅。上面罩布是绣有白花的中国产的奶油色双绉。椅子上方有一棵硕大的，但不知其名的灌木，灌木脚下围着木樨草的小圆花池。

秘书声音压得更低，补充说道：

"我们的瓦斯无色无臭，因而鲜花和香味可以随意变换，在死亡时给人以喜爱的花香。瓦斯里也可以添加香精，挥发出来。要不要我给您稍微闻一闻？"

"谢谢，"我急忙回答，"现在还不行……"

他笑起来。

"哎！先生，这毫无危险，我亲自试过多次了。"

我害怕给他胆怯的印象，便接口说道：

·魔 椅·

"那我也愿意试试。"

"请您躺到这张魔椅上。"

我内心有点儿不安,坐到双绉罩布的椅子上,然后躺下去,差不多随即就被一股木樨的迷人香味所包围。我张开嘴畅快地吸进来,因为我的心智开始麻木了,像中了魔似的,品味起吸鸦片的那种迷醉与销魂。

有人摇我的胳膊。

"喂!喂!先生,"那秘书笑道,"看样子您上当了。"

……

这时,一个真实的,而非梦幻中的声音,在跟我打招呼,完全是一副乡下人的声调。

"您好,先生。还行吗?"

我的梦不翼而飞。我看见阳光下清澈的塞纳河,发现当地保安员从乡间小路走来,他举起右手,触了触镶了银带的黑色警帽。我答道:

"您好,马里奈尔。您这是去哪儿啊?"

"在马里翁附近,打捞上来一个溺水而死的人,我去检验一下。又是一个跳河自杀的,他甚至脱了裤子捆起双腿。"

春 天

  春光明媚的日子来临,大地苏醒返青,这时空气中芬芳的暖意,爱抚我们的肌肤,进入我们的肺腑,仿佛透进心田。于是,我们隐约萌生幸福的憧憬、无限的渴望,想要跑一跑,信步走一走,去闯一闯,去畅享春光。

  去年严冬特别寒冷,一到五月份,我就想放怀舒展,只觉得一种醉意袭上心头,一股活力升腾冲动。

  且说一天早晨醒来,我从窗口望去,只见邻舍的屋顶上,一大片蓝天,阳光灿烂。挂在窗前的金丝鸟嘤嘤鸣叫,每层楼都传来女仆的歌声,街道上也升起欢声笑语。于是我出了门,心情像过节一样,却不知去哪里。

  一路上见到的人都笑容满面。春天归来,在暖烘烘的阳光下,到处都是一片喜气洋洋,就好像爱情的和风吹遍了全城。盛装打扮的青年女子,眼神里隐含着脉脉温情,步履中显出缠绵春意,这情景扰乱了我的方寸。

  不知怎样走来,也不知为什么,我到了塞纳河畔。汽轮鱼贯驶向叙雷纳,我猛然产生一种无法抑制的愿望,要跑步穿越树林。

渡轮的甲板上挤满了人,都是不由自主,被最初的艳阳吸引出家门的。所有人都在活动,走来走去,同旁边的人交谈。

我的邻座是个女子,大概是个小小的女工,具有地道巴黎女郎的秀雅,面容娇小俊气,金色鬈发垂到双颊,犹如弯曲的阳光垂射到耳畔,一直流泻到颈项,随风舞动。再往上就变成极细极轻的淡黄色绒毛,几乎看不见,但是令人产生一种难以克制的愿望,要在上面狂吻一通。

在我的凝视下,她朝我扭过头来,随即又垂下眼帘,嘴角微微下陷,仿佛要形成笑靥,从而显露被阳光略微映黄的丝绒般的淡白色汗毛。

平静的河面逐渐开阔,笼罩着安宁温暖的气氛,空间似乎充满了生命的絮语。我的邻座又抬起双眼,这次见我还一直凝视她,她便微微一笑。笑容十分动人,那流盼向我表露千种风情,我尚未领受过的千种风情。我从中看到了那陌生的深邃意蕴,即柔情蜜意的全部魅力、我们梦寐以求的全部诗意、我们毕生寻觅的全部幸福。于是,我产生一种疯狂的欲念,要张开双臂,将她抱到别的地方,在她耳边喃喃细语,用情话奏出美妙的音乐。

我正要开口搭话,忽然有人捅了捅我的肩膀。我吃了一惊,回头瞧瞧,只见一个相貌普通、不老不小的人,正阴沉着脸看着我。

"我想同您谈谈。"那人说道。

我做了个鬼脸,可能让他瞧见了,因为他补充一句:"事情很重要。"

我起身随他到渡船的另一端。他又说道:"先生,要入冬的时候,天气骤冷,又下雨又下雪,您的医生会每天嘱咐:'双脚要保温,防止着凉感冒,防止患支气管炎、肋膜炎。'因此,您万分小心,穿上法兰绒衣裳、厚厚的大衣,还穿上棉皮鞋,即便如此,您也难免要有两个月卧床不起。可是一开春,叶子绿了,花也开了,微风送暖,令人酥软,还有田野的气息,这些会使您心绪烦乱,无端地动情。然而在这种时候,就没有人来对您说:'先生,要当心爱情!它到处设下陷阱,它在每个角落窥视您,它施展了全部诡计,磨快了所有武器,准备好了全部骗局!要当心爱情啊!……要当心爱情啊!比起感冒、支气管炎,或者肋膜炎来,爱情更危险!它饶不过任何人,让所有人干下难以补赎的蠢事。'是的,先生,我要说,每年政府都应当在墙上张贴大幅告示,写上这样的话:'春回人间。法国公民,小心爱情!'就像有人在房门上写道:'小心油漆!'可是,既然政府不肯做,那我就代办,我要对您说:'小心爱情,它正要钳住您,我有责任事先提醒您,如同在俄国提醒一个冻了鼻子的行人。'"

我听了这个怪人的话,不禁愕然,随即正色对他说:"看来,先生,您插手与您没什么关系的事情。"

他猛一摆手,答道:"唉!先生!先生!假如我看见一个人在河里危险区要淹死,难道要袖手旁观吗?喏,听听我的经历,您就会明白为什么我对您这样讲。"

那是去年发生的事情,在同样的季节。我得先告诉您,先生,我是海军部的职员,我们那儿的头头,那些专员,特别看重他们文官服袖口上的杠杠,把我们当成甲板上的水手来使唤。——唉!如果说所有头头都是文职官员——算了,不说也

·春 天·

罢——单说我坐在办公室里,只能看见有燕子飞翔的一小角蓝天,有时我真想在黑皮卷宗之间跳舞。

我想出去活动活动的愿望越来越强烈,不得不硬着头皮去见我那小头头。那人个头儿很矮,脾气暴躁,动不动就发火。我说我病了。他瞪眼睛瞧着我,冲我吼道:"我根本不相信,先生。要走就走吧!您以为一个办公室靠这号职员能行吗?"

于是我溜出来,走到塞纳河边。天气跟今天一样好,我登上渡轮,要到圣克卢去转一圈。唉!先生!我的上司真不该准我假!

来到阳光下,我觉得心情舒畅。看那船、那河流、那树木、那房舍,以及我身边的人,什么我都喜欢。我渴望拥抱什么,不管什么东西——这正是爱情在设置陷阱。

到了特罗加德罗,忽然一位姑娘拎个小包上船,坐到我对面。

她很美,是的,先生。不过,说来奇怪,在早春艳阳天,您会觉得女人更好看。她们显得很特别,楚楚动人,能迷人心性。这跟吃过奶酪再喝酒完全一样。

我看着她,她也看我——当然,只是不时看一眼,就像您那位刚才那样。我们这样眉来眼去,最后我觉得我们相当熟了,可以说说话了,于是我开了口。她真叫我心醉神迷,我亲爱的先生!

到圣克卢,她下船,我也跟着下去——她是去送货的。等她回来的时候,船已经开了。于是我陪她散步。空气暖洋洋的,我们俩都不禁叹息。

"树林里肯定非常好。"我对她说道。

她答道:"哦!是啊!"

"我们到树林里转一转,好吗,小姐?"

她偷偷迅速地瞥了我一眼,仿佛要准确衡量一下我的价值,犹豫片刻之后开始接受。于是,我们并肩走在树林中。树冠枝叶还不算太茂盛,但下面的青草又高又密,绿得发亮,宛如上了油漆,沐浴在阳光中。到处是相爱的小动物,到处听见鸟儿的鸣唱。我那女伴,为清新空气和乡村气息所陶醉,开始蹦蹦跳跳地跑起来,我也连蹦带跳地跟在后面。有时候,先生,人就是傻呀!

后来,她又拼命唱歌,什么都唱,歌剧唱段,缪塞特之歌!缪塞特之歌!当时我看她多有诗意啊!……我几乎要流下眼泪。唉!正是那些废话把我们的头脑搅昏了。请相信我,绝不要找一个在田野上唱歌的女人,唱缪塞特之歌的尤其要不得!

不久她就累了,坐到一片绿茵斜坡上。我呢,便坐在她的脚下,抓住她的双手,看见她的小手布满针扎的小点点,不禁有点儿心疼,想道:"这就是劳动的神圣标记。"——噢!先生,先生,劳动的神圣标记,您明白意味着什么吗?就是意味着在车间里说长道短,唧唧喳喳讲些下流话,传播猥亵的事情玷污心灵,丧失贞节;意味着整天胡说八道,整天庸庸碌碌;意味着普通妇女所特有的那种狭隘思想,所有这一切,都在手指留有劳动神圣标记的女人身上,赫然地打上了烙印。

接着,我们久久地相互凝视。

噢!女人的这种眼神,具有多大威力啊!多能扰乱、进袭、侵占、控制啊!显得多么深沉,充满希望,永无止境啊!人们称这是相互窥视心灵!噢!先生,简直是笑话!果真看透心灵,那就会检点一些了。

我的欲火终于撩起来，开始发狂了。我想要搂住她。她却对我说："把爪子收回去！"

于是，我跪到她跟前，敞开我的心扉，往她双膝上倾泻我憋在胸口的无限柔情。我态度的这种变化，她觉得挺奇怪，并斜着眼瞧我，仿佛心里在说："哎！就是要这样耍弄你呢，亲爱的。好哇！咱们就走着瞧吧。"

在爱情方面，先生，我们男人总是天真汉，而女人都是生婆。

不用说，我本来可以占有她，后来我才明白自己太蠢了。不过，我要追求的，不是一个肉体，而是一种深情、一种理想。我在应当充分利用时机的时候，却只知道大动感情。

我这样表白爱情，她一觉得听够了，便站起来。于是，我们又回到圣克卢，直到巴黎，我才同她分手。在返回的路上，她的神情十分忧郁，经我询问，她才答道："我想这种日子，一辈子难得有几回。"我的心怦怦狂跳，简直要撞破胸膛。

下个星期天我又见到她，于是又有下一个星期天，以及后来的每个星期天。我带她去布吉谷、圣日耳曼、梅宗-拉斐特、普瓦西，到郊外所有谈情说爱的地方。

那个小浪货，也向我"倾诉炽热的爱情"。

我终于完全昏了头，三个月后便娶了她。

有什么办法呢，先生，只怪自己是个职员，独身生活，也没个家，没处商量！人总想同一个女人在一起，生活会很甜美！于是，就娶了那个女人！

于是，她就从早到晚骂您，什么也不懂，什么也不知道，整天喋喋不休，拼命唱缪塞特之歌。（噢！缪塞特之歌，简直是拉锯！）她跟送煤的人吵架，将家丑全抖搂给看门人，将两口子的隐私全告诉给邻家的女仆，去供货商店也诋毁自己的丈夫，那颗脑袋里装满了蠢得不能再蠢的故事、傻得不能再傻的信念、怪得不能再怪的看法、邪得不能再邪的偏见，因此，先生，我每次同她交谈，真是泄气得想流泪。

他住口了，微微有点儿喘息，情绪非常激动。我看着这个天真的可怜虫，怜悯之情油然而生，我正要劝他几句，渡船却靠岸了。圣克卢到了。

那位搅乱我方寸的娇小的女人起身要下船，她从我面前经过时，含笑朝我瞥了一眼，随即跳上浮桥——那种微笑能叫人发狂。

我正要抽身追上去，却被我旁边这个人扯住衣袖。我猛然一下要挣脱，他又抓住我礼服的衣襟，朝后拉我，一再说道："您不能去！您不能去！"嗓门儿很高，大家都回头瞧。

周围一阵哄笑，我愣在原地，心头气恼，但又没有胆量面对耻笑和起哄。

这时，渡船又开了。

那位娇小的女子站在浮桥上，面带失望的神情目送我离去，而坏我好事的家伙则搓着双手，又凑到我耳边说道：

"嘿，这回，我可帮了您一个大忙。"

舆　论

　　刚敲过十一点钟，职员先生们怕上司到来，都各自急忙回办公室。

　　每人都迅速看一眼不在班上时送来的材料，然后脱掉短礼服或长礼服，换上旧工作服，就去看左近的同事了。

　　主任科员博囊芳先生的工作间，很快就聚了五个人，每天的交谈又照例开始了。佩德里先生是个有条理的职员，他在寻找忘记放到什么地方的材料。想当副科长的皮斯东先生，教育奖章获得者，正在一边吸烟一边暖和大腿。老缮写员格拉普老伯，也按照老传统，请周围的人吸鼻烟。还有办事员、论者拉德先生，这个爱嘲讽爱抗上的怀疑主义者，目光狡狯，手势干脆，以蝗虫一样的声音，正津津有味地激起同事们的气愤。

　　"今天早上有什么新闻？"博囊芳先生问道。

　　"老实说，什么也没有，"皮斯东先生答道，"报纸还是连篇累牍，报道俄国和沙皇被弑的事件。"

　　讲条理的职员佩德里先生抬起头，以深信不疑的口气，一板一眼地说：

"我祝愿他的继任快快乐乐,不过,要我跟他交换位置,我却不干。"

拉德先生笑起来,说道:

"他也不干啊!"

格拉普老伯开了口,声调凄惨地问道:

"这一切,怎么才有个头啊?"

拉德先生打断他的话:

"永远也没有头啊,格拉普老伯。只有我们有头,说完就完了。自从有了国王,就有了弑君案。"

这时,博囊芳先生插言道:

"您给我解释解释看,拉德先生,为什么总谋害好国王,而不谋害坏国王呢?亨利四世,伟大的国王遭暗杀;路易十五死在床上。我们的国王路易-菲利浦,一生都是那些杀手的目标。据说,沙皇亚历山大是个心地善良的人。再说,不正是他解放了农奴吗?"

拉德先生耸耸肩膀:

"近来,不是还杀死一位科长吗?"

格拉普老伯每天都忘记头一天发生的事,高声问道:

"谁杀死科长啦?"

想当副科长的皮斯东先生答道:

"不错,您完全清楚,就是蛤蜊案件。"

格拉普老伯着实忘记了:

"不清楚,想不起来了。"

拉德先生帮他回忆这件事:

"哎,格拉普老伯,您想不起来了吗?那是个职员,而且被宣判无罪释放了。有一天,那个小伙子要去买蛤蜊当午餐,科长不准他去买,可职员偏要去,科长就命令他住口,不准他迈出办公室一步。职员拒不服从,戴上帽子,科长扑上去,职员在挣扎中,将裁纸刀捅进科长的胸膛。怎么,小职员的生涯就这样断送啦!"

"这还是值得讨论的,"博囊芳先生振振有词,"职权也得有限度。一位上司无权规定我的午餐,控制我的胃口。他管我的工作,但管不着我的胃。真的,这件事很遗憾,但还是值得讨论的。"

要当副科长的皮斯东先生恼火地嚷道:

"照我看,先生,我认为在办公室里,当头儿的就是指挥官,就像船长指挥他的船一样。职权是不能分割的,否则就没法办事了。领导的职权是政府给的,他在办公室里不代表国家,他的绝对指挥权是不容置疑的。"

博囊芳先生也发火了。拉德先生劝他们息怒,说道:

"我就料到了。一句话不对付,博囊芳就会把裁纸刀捅进皮斯东的肚子里。国王也是一样。那些王公能理解哪种权威不属于老百姓。归根到底,就是蛤蜊的问题。'我呀,要吃蛤蜊!'——'你不能吃蛤蜊!'——'偏要吃!'——'不行!'——'偏要吃!'——'不行!'结果,不是一个普通人就是一个国王送了命。"

这时,佩德里先生又重申他的看法:

"不管怎么说,当君主这行,今天没有多大意思。就跟当消防队员似的,同样不是开心的事!"

皮斯东先生平静下来,又说道:

"法兰西消防队员,也是国家的一份光荣。"

拉德先生赞同道:

"消防队员,对,但不是指消防水车。"

皮斯东先生为消防水车和组织机构辩护,他还说道:

"况且,这个问题已经有人开始研究了,已经引起普遍关注。时过不久,我们就会有办法让目的同手段协调一致。"

然而,拉德先生却摇了摇头:

"您这么想!啊!您这么想!跟您说吧,先生,您错了,什么也改变不了。在法国,体制是不变的。美国体制在于蓄水,蓄大量的水,蓄水成河。好家伙!真够狡猾的,手头掌握大海大洋来灭火灾。法国则相反,全凭主动性,全凭聪明才智和创新精神。没有水,没有水泵,什么也没有,只有消防队员,而法国体制就在于烧烤消防队员。这些可怜的家伙,真是英雄好汉,抡着斧头灭火!想一想吧,比美国高明多少啊!……再者,每回有人受烘烤,市议会就议论,上校谈论,议员也发表看法。大家讨论两种体制:蓄水还是创见!一位名人在受难者的墓前说了这样一句话:

"不是永别,消防队员,而是再见。"

"在法国,先生,就是这么干的。"

可是,谈着谈着,格拉普老伯却忘了谈什么,他问道:

"您讲的这句诗:'不是永别,消防队员,而是再见……'我在什么地方看过呢?"

"是在贝朗瑞的诗集里。"拉德先生严肃地答道。

博囊芳先生断了思路,叹道:

"春天百货商场那场火灾,也真是一场劫难!"

拉德先生又说道:

"现在,大家可以冷静地(并非文字游戏)谈论了,我想,对那家商场经理的口才,我们有权提出点儿异议。据说,他是个正派人,这我不怀疑;说他是个机灵的商人,这也是显而易见的;然而,说他能言善辩,我却不以为然。"

"为什么这么讲呢?"佩德里先生问道。

"因为,打击他的这场巨大灾难,如果说没有引起所有人对他的同情,那么,对他为消除职工的担心而在帕利斯的讲话,大家却怎么也笑不够。他对职工们大致这么说:'先生们,你们不知道明天拿什么吃晚饭吗?我也同样不知道。噢!我哟,可真叫人可怜。幸好我有朋友。有一位朋友借给我十个苏,好买支雪茄(到了这种地步,就不能抽伦敦烟了);另一位朋友给我一法郎七十五生丁,让我乘坐出租马车;第三位富有些,借给我二十五法郎,让我到美花坛服装店买一件礼服。不错,我呀,春天百货商场的经理,到美花坛服装店去购物!我从另一个人手里拿到十五个苏买别的东西。我连雨伞都没有了,就用第五笔借款,花五法郎买了一把羊驼毛的晴雨两用伞。还有,我的帽子也烧掉了,但不愿再借钱,就拾了一顶消防头盔……喏,就是我戴的这顶!大家都照我的样子做吧,有朋友就找朋友帮忙……而我呢,可怜的孩子们,大家都看到了,我背了一身的债!'

"一个职员要是讲话,就可以这样回答他:'您这话证明什么呢,老板?证明三件事:第一,您没有零花钱了,我忘带钱包的时候,也有过这种情况。但是,这并不表明您的产业、房产、有价证券、保险等全光了;第二,这还证明您在朋友那里有信誉,好极了,您就利用吧;第三,总之,这证明您非常不幸。哼!老实说,这情况我们都知道,也都从心里同情您。然而,这并不能改善我们的境况。您到便宜商店搞来这套装束,其实就是要哄骗我们。'"

这回,办公室里的人一致赞同。博囊芳先生一副滑稽相,插了一句:

"我真希望在场,看看商场那些售货小姐穿着衬衣逃命的样子。"

拉德先生接着说道:

"我可信不过那些贞女的宿舍,就连她们也都险些被烧死,如同去年公共马车公司失火,拴在马厩里的马匹那样。要找替罪羊好办,只要把手下的小职员投进监狱就行了。可是,售衣服的那些可怜的姑娘……算了吧!一位经理,哼!总不能为存放在他大楼里的所有钱财负责。不错,男职工存在账房里的钱,全都付之一炬,但愿那些小姐的钱还能保住!令我赞叹的,举例说吧,就是呼唤职工的号角。啊!先生们,多么壮观的最后一幕!诸位想象一下,一条条宽大的走廊里烟火弥漫,所有人都惊慌失措,乱哄哄地夺路逃命,而在中心圆点广场上,站着一位现代的艾那尼,一位新型的罗兰,脚穿旧拖鞋,下身穿着内裤,在鼓足气力吹响号角!"

这时,有条理的职员,佩德里先生忽然说道:

"不管怎么说,我们生活在一个奇特的世纪,一个动荡不安的时期——因此,杜弗街的那件案子……"

工役猛地把门推开一条缝,说了一句:

"科长到了,先生们。"

于是,一眨眼工夫,所有人都拔腿逃走,仓皇溜掉,跑得无踪无影,就好像部里大楼也起火了。

保罗的女人

蟋蟀饭店是游艇手的法伦斯泰尔，顾客慢慢散去，而门前却闹哄哄的，叫嚷和呼唤声响成一片。身穿白色运动衫的高大的小伙子，肩上扛着桨，在那里指手画脚。

女人则身着浅颜色的春装，她们小心翼翼地跨上游艇，坐到船尾，整理一下衣裙。游艇场老板，一个有名的大力士、蓄留棕红胡子的壮小伙子，一边用手搀扶那些漂亮的小娘们儿，一边稳住轻飘飘的小船。

桨手们也各就各位，他们光着胳臂，挺起胸脯，给长廊里围观的人摆出架势。围观的人有节日打扮的市民、工人和士兵，他们俯在桥栏杆上，聚精会神地观赏这种场景。

游艇一只接着一只离开浮桥。那些划船手身子前伏，再往后仰，动作十分均匀。在打了弯的长桨推动下，小船在河面上迅速滑行，越驶越远，越来越小，终至另一座桥，一座铁路桥下面不见了，顺流而下驶向青蛙滩。

只有一对伴侣留了下来。男青年还未长出胡须，身材瘦溜，脸色苍白，他搂着女伴的腰肢。女的娇小细弱，一头棕发，走路蹦蹦跳跳。二人不时相对凝视。

老板喊道:"来呀,保罗先生,你们快点儿。"二人应声走过去。

这船场的所有顾客中,保罗先生最受喜爱,最受尊敬。他出手大方,又按期结账,而其他顾客要让人揪着耳朵催好久,还可能付不出钱就再不露面了。再说,他成为了这个船场的活广告,因为他父亲是参议员。如果有个外地人问道:"那个小家伙是谁呀?他把那个小浪货搂得那么紧!"就会有一位常客,郑重而神秘的样子,悄声答道:"他就是保罗·巴隆,您不知道?参议员的儿子呀。"可是,对方总要情不自禁地感叹:"可怜的家伙,他神魂颠倒了。"

蟋蟀大妈为人诚实,会做生意,管这个青年及其女伴叫作"我的一对小斑鸠",似乎非常喜爱对她饭店有利的这一对情侣。

这对情侣缓步走过去。"玛德琳号"游艇已经准备好,可是上了船,他们又搂抱在一起,惹得聚在桥上的人都笑起来。于是,保罗先生操起桨,也朝青蛙滩划去。

划到那里,将近三点钟了,水上大咖啡厅已经坐满了顾客。

水上咖啡厅是一座大木排,由木柱撑着涂了柏油的棚盖,有两座小桥通往美丽的克鲁瓦西岛,其中一座直插这个水上建筑物的正中,而另一座则连着仅长一棵树而得了"花盆"绰号的小岛,从那里上岸便是浴场管理处。

保罗顺着木排把船拴住,攀过咖啡厅的栏杆,再把他情妇拉上来,二人拣餐桌一端面对面坐下。

河对岸的纤道上车水马龙,普通出租车同豪华马车相混杂。

前一种十分笨重，便便大腹压低了车弓，套的是一匹脖颈下垂、膝头弯曲的劣马；而另一种车轮轻巧，车身挺秀飘逸，套的马四肢修长挺拔，高扬起脖子，嚼口泛着雪似的白沫，车夫则一本正经，穿着号服，高领支着发僵的脑袋，腰板挺得直直的，鞭子放在一个膝头上。

堤岸上游人熙熙攘攘，有全家人或成帮结伙来的，也有成双成对或者孤身前来的。他们揪草茎，下到水里，再登上岸，回到路上，大家都来到同一地点，停下来等候摆渡的船工。小渡船满载游客，送到岛子上，在两岸之间不停地来往。

水上咖啡厅所靠的一道河汊，水流极缓，仿佛在沉睡，人称死河汊。各式各样的船只：游船、赛艇、单人艇、快艇、舢板等，在静止的水面上往来如梭，交错混杂，相互碰撞，有时猛一用力让船急停，然后再突然奋臂，让船又冲出去，飞快滑行，活像一条条红色和黄色的大鱼。

从上游夏图和从下游布吉谷，还不断有船划来。河面上笑声此起彼伏，呼叫、召唤或争吵声不绝于耳。划船的人将棕色的皮肤、隆起的二头肌暴露在烈日下，坐在船尾的女士则撑开丝阳伞，红绿蓝黄，五彩缤纷，宛如盛开的奇异的鲜花，在水上漂流。

七月的太阳在中天燃烧，空气中似乎弥漫着灼人的欢乐。没有一丝风，杨柳的枝叶都纹丝不动。

对面远远一道屏障，那便是瓦莱里昂山，它的陡峭山坡展现在强烈的阳光下。右侧秀丽起浮的丘峦，则随同河流弯转，形成半圆，那大片大片园子的苍莽黛绿中，偶尔显露乡下人家的白墙。

青蛙滩头有不少参天大树，使岛上这一角成为世上最惬意的公园。大群游人在滩头树下散步。有些女人，那些黄头发的妓女，挺着过度丰满的乳房，撅着过分肥大的屁股，脸上搽的脂粉就像抹了一层白灰，嘴唇涂得血红，身上紧紧箍着系了带子的奇特怪异的衣裙，从绿油油的草坪上走过，留下了那种庸俗打扮的强烈味道。陪伴她们的年轻男子，一个个也都装腔作势，身穿时髦版画上的那种奇装异服，手戴浅色手套，足蹬油亮的皮鞋，挂着细绳一般的手杖，还戴着单片眼镜，从而愈加突出他们微笑时的愚昧。

岛子恰巧在青蛙滩这里变得狭窄，另一边也有一只渡船，将克鲁瓦西来的游人送过来。这条河汊水流湍急，到处是漩涡、回流和浪花泡沫，大有滚滚激流的气势。一支身穿炮兵服的架桥部队驻扎在对岸，一些士兵并排坐在一根长梁上观看流水。

水上餐厅里人声嘈杂，混乱不堪。木桌上摆满了半空的酒瓶，围着半醉的顾客，桌面上洒的饮料，形成一条条黏糊糊的细流。这里的人都在大嚷大叫，扯起嗓门儿唱歌。男的将帽子推到后脑勺，一个个红头涨脸，眼睛闪着醉态的神色，他们这样肆无忌惮，咋呼鼓噪，完全是出于粗鲁的人天生的需要。那些女的，都在捕捉过夜的对象，眼下先让人请喝酒。在餐桌之间的空地上，主要站着这里的常客、好起哄的划船手们以及穿着法兰绒短裙的女伴。

他们当中有一位正在奋力弹钢琴，仿佛手脚并用。有四对人蹲蹲蹦蹦跳四组舞。一些漂亮端庄的年轻人在观看，如果不露出无法掩饰的破绽的话，他们还真像文雅之士。

然而破绽太明显了，一到这儿就能嗅出这全是世界渣滓，全是臭名昭著的荒淫之徒、巴黎社会全部霉烂的东西,这个大杂烩里有时新商店的伙计、蹩脚演员、下流记者、财产代管人、小额股票投机商、无耻的酒色之徒、老牌腐朽的浪荡鬼、各色各样形迹可疑的人。五分可知,五分未知,五分受人尊敬,五分声名狼藉,是些扒手、骗子、拉皮条的、冒险家。一个个却正人君子的模样,虚张声势,那神气似乎在说:"哪个胆敢把我当成坏蛋,我就要他的命。"

这里流泻着愚蠢荒唐的东西,散发着市场的假意殷勤和无耻欺诈。在这里,男的女的都半斤八两。这里漂浮着爱情的气味,为了一声"对"还是"不对",就打架斗殴,动剑动枪,要维护坏透了的名声,结果名声会更臭。

附近有些居民好奇,每逢星期天来瞧瞧。每年,也有几个青年,非常年轻,来这里学习生活。还有一些人散步,信步来到这里,有几个天真的人就迷不知返了。

这里叫青蛙滩也有道理。就在喝酒的水上餐厅旁边,紧挨着"花盆"的水域,有人在游泳。那些肌肤丰腴足以示人的女人,便来这里展露肉体以招徕顾客。其他女人却不屑一顾,她们身上虽然这里塞了棉花,那里撑起弹簧,这里垫高一点,那里改变一下,但是却以鄙夷的神气望着她们嬉水的姊妹。

游泳的人挤在一个小平台上,要头朝下扎猛子。他们的体型,有的长得像竹竿,有的圆得像柠檬,有的扭曲得像橄榄树,有的弓着腰,有的腆着肚子朝后仰,但无一例外,都丑陋不堪,他们跳水时,溅起的水花直达喝咖啡的顾客身上。

水上咖啡厅尽管有繁茂的大树遮阴,又挨着水面,可是仍然溽暑熏蒸。洒掉饮料的气味、人体散发的气味,同爱情女贩的浓烈香水味混杂在一起,须知香水已经渗进爱情女贩的皮肤中,待在这个火炉里便蒸发出来。不过,在这形形色色的气味掩盖下,还飘浮着一种搽面香粉的清香,时隐时现,但总能再次闻到,就好像有一只隐蔽的手在空中摇晃着一个无形的粉扑。

美妙的景观还在河上,往来如梭的游船引人注目。船上的女客半躺在圆椅里,面对着臂膀强健的男伴,带着几分蔑视的神态,望着岛上那些游荡觅食的女人。

有时,一只快船飞速划过去,上了岸的朋友们便高喊加油。于是,全体观众都突然疯狂起来,开始大吼大叫。

在夏图方向的河湾上,不断出现新的游船。船划近了,越来越大,人们也渐渐认出船上人的面孔,于是又发出一阵阵吼叫。

一只篷船载着四个女人,顺水慢慢划过来。划船的女人瘦小枯干,穿着见习水手服,头发挽上去,戴着一顶漆布帽。她对面是个金发胖女人,一副男装打扮,穿着白色法兰绒上衣。她仰卧在船舱里,双腿举起搭在桨手两侧的坐凳上,嘴里叼着香烟,每当双桨用力划一下,她的胸脯和腹部就颤动、摇晃起来。后面船篷下有两个细高挑儿的漂亮姑娘,一位棕发,一位金发,两人相互搂着腰,一直看着她们的同伴。

有人从青蛙滩喊了一声:"来宝斯来啦!"于是,突然爆发一阵狂呼乱叫,大家拼命拥挤。酒杯倒了,有人登上餐桌,所有人都歇斯底里,大吼大叫:"来宝斯!来宝斯!来宝斯!"喧声滚荡,变得混杂不清,汇成一种骇人的喧嚣,继而,仿佛猛然拔地而起,冲上半空,笼罩平野,充塞大树的茂盛枝叶,扩展到远处的丘峦,并直趋高悬的太阳。

在欢呼声中，那位划船的女人从容地停住双桨，而躺在船舱里的那个金发胖姑娘，则用两肘支起身子，漫不经心地转过头去。坐在船尾的那两位美丽姑娘一边向人群致意，一边咯咯笑起来。

于是，喧叫之声变本加厉，震动了水上咖啡厅。男人举起帽子，女人挥动手帕，所有人，不管尖嗓门还是粗嗓门，都齐声高呼："来宝斯！"这场面，真像一帮堕落的人在向头头致敬，如同一位海军司令检阅时，船队鸣礼炮一样。

成群结队的游船也向那几位女子欢呼。她们的小艇又慢悠悠地划开，到稍远一点儿的地方靠岸。

保罗先生则不然，他从兜里掏出一个薄片钥匙，用全力吹响。他那神经质的情妇脸色更加苍白，拉他胳臂叫他住声，这回，她瞪着保罗，眼睛冒火了。然而，保罗似乎恼羞成怒，表现出一种男人的忌妒，一种深沉的、本能的而又混乱的愤怒，他气得嘴唇颤抖，结结巴巴地说：

"真不要脸！就该像溺死母狗那样，在她们脖子上吊上石头沉到河里！"

这时，玛德琳突然发火了，她那小尖嗓门变得刺耳了，说了一大套，仿佛是为自己辩解：

"你来什么劲，难道这与你相干吗？她们不欠任何人的，想干什么都没有自由？收起你这套吧，别烦别人，管你自己的事儿吧……"

但是，保罗打断她的话：

"这与警察局有关系，哼，我要把她们投进圣拉扎尔监狱！"

玛德琳浑身一抖!

"就你!"

"对,就我!而且,这会儿我也不准你同她们说话,听见了吧,我就是不准。"

于是,她耸了耸肩,立刻平静下来:

"我的小宝贝,我高兴干什么就干什么,你要是不满意,那就走开,马上走。我不是你老婆,对不对?你还是闭嘴吧。"

保罗没有回嘴,二人对视,嘴角都抽搐,呼吸都急促。

四个女人从木质结构的大咖啡厅另一侧进来,两个男装打扮的走在前面,一个干瘦,酷似老气横秋的小男孩,鬓颊蜡黄色;另一个肥胖,塞满白色法兰绒外衣,肥臀也撑起肥大的裤子,走路像肥鹅一般摇摆,那两条大腿胖得要命,连膝盖都显得凹进去了。她们的两个女友跟在后面。划船手都纷纷上前同她们握手。

她们四人在岸边租了一间小木屋,像两家人在一起生活。

她们的淫荡是人所共知的,也是明目张胆的。大家提起来,就像谈论一件自然而然的事情,抱着几分同情的态度,私下里还讲些有关她们的离奇故事、妒火中烧的女人编造的艳事,说是知名的妇女、女演员秘密造访河边这间小屋。

一位邻居听了这些丑闻十分生气,告诉宪警。一名队长带着一名属员来调查。这任务很棘手,总的说来,这些女人根本不卖淫,并没有什么可指责的。那位队长大惑不解,甚至没怎么弄明白所怀疑的罪过是什么性质,随便询问了一些人,写了一份冗长的报告,得出无罪的结论。

此事直到圣日耳曼都传为笑谈。

她们摆出王后的架势,缓步穿过青蛙滩的咖啡厅,那神气显然为她们的名气感到自豪,为能引人注目而感到高兴,简直眼高于顶,傲视这群人,这帮无名鼠辈、乌合之众。

玛德琳和她的情人注视她们走过来,而姑娘的眼神燃得明亮。

走在前面的两位到了长桌这一端时,玛德琳喊了一声:"波莉娜!"那个胖子回过头来,站住了,但是仍然挽着那个穿着见习水手服的女伴的胳膊,应声说道:"咦!玛德琳……我的心肝儿,过来跟我说说话。"

保罗扣在他情妇腕子上的手指又用了用力,可是她却说:"要知道,我的宝贝,你可以离开了。"那声气十分坚持,保罗便不讲话,独自留下了。

她们三人站在那里,低声交谈,话讲得很快,她们的嘴唇上不时掠过快意的神情。波莉娜有时偷偷看保罗一眼,那微笑则含有讥讽与刻薄。

保罗终于忍不住了,他忽地站起来,冲到玛德琳面前,四肢都在颤抖,一把抓住她的肩膀,说道:"过来,我叫你过来呢,说过不准你同这些娼妇交谈!"

可是,波莉娜却提高嗓门儿,使出市井泼妇的全套本领同他吵架。周围的人开始哄笑,都凑到近前,踮起脚尖,想看个究竟。脏话雨点一般浇到他头上,保罗呆住了,觉得从那张嘴里吐出的话,就像往他身上泼屎泼尿,因此这闹剧一开场,他就退却了,掉头回去,俯到临河的栏杆上,背向那三个旗开得胜的女人。

保罗俯在那里,凝望水面,有时他迅速抹一下,用神经质的手指抹掉在眼角聚成的泪珠,就好像是一把抓走似的。

这是因为他坠入情网,也不知为什么,既违反他敏锐的直觉,也违反他的良知和意愿。他坠入情网,如同人掉进泥坑里。他天生多情敏感,曾梦想过那种美妙的、理想而炽热的恋情,讵料这个瘦小的女人,跟所有妓女一样愚蠢,愚蠢得不可救药,甚至谈不上漂亮,又瘦又爱生气,就是这样一个女人将他抓住,将他俘获,从头到脚,从肉体到灵魂占有了他。他中了女性这种神秘的、威慑无比的魔力,不知道这种陌生的力量、这种神奇的牵制从何而来,是肉体之魔授予的,能让一个最明智的男人,匍匐在一个寻常女郎的脚下,根本无法解释她身上有什么天生的主宰大权。

他感到就在他身后,正策划一种可耻的举动。一阵阵笑声直刺他的心。怎么办?他完全明白,但又办不到。

他定睛看着对岸一个垂钓者,守着纹丝不动的鱼弦。

突然,那人猛地抬起鱼竿,只见竿梢儿从水中拉出一尾摆动的银色小鱼来。接着,他要把鱼钩摘下来,拧来扭去都不成,便不耐烦了,干脆用劲儿一拉,将小鱼带血的喉头连同一段肠子拉出来了。保罗浑身一抖,心都撕裂了,他觉得那鱼钩就是他的爱情,要想夺走,那么铁钩尖就会把他内心深处的东西,全部从胸膛里拉出来,而拉着钓竿的正是玛德琳。

一只手搭到他肩膀上,他吓了一跳,扭头看看,原来是他情妇回到了身边。二人谁也不讲话,玛德琳也像他一样,趴到栏杆上,定睛望着河水。

保罗想找话说,却一句也没有想出来。他甚至弄不清内心里有什么活动,只感到她回到身边、有她陪伴的快慰,也感到一种蒙耻的懦弱、一种宽恕一切的愿望,只要她不离开,就什么都答应。

沉默了几分钟之后,他终于口气十分温和地问道:"咱们走吧,好吗?到船上更舒服些。"

玛德琳答道:"好吧,我的小猫。"

于是,保罗搀她登上游艇,紧紧抓着双手扶住她,温情脉脉,眼角还挂着泪花。玛德琳也含笑看着他,于是,二人又拥抱亲吻了。

他们沿着岸边,缓缓地溯流而上。岸上绿茵覆盖,柳树成行,静悄悄的,沐浴在午后温暖的阳光里。

他们回到蟋蟀饭店的时候,刚敲六点钟。他们舍船登上岛子,沿着岸边高大的杨树,穿过牧场,朝伯宗走去。

高高的牧草快要开割了,遍地野花盛开,西斜的太阳在上面铺了一层橙黄色辉光。傍晚暑热稍减,青草飘香,加上河流的潮气,给空气增添一种缠绵的情调、一种淡淡的幸福感,好似令人舒坦的氤氲之气。

心扉透进一股缱绻的柔情,似乎应和黄昏这种宁静的霞光、生命勃发的这种幽微而神秘的震颤,应和这种沁人心脾的忧伤的诗意。仿佛从草木万物生发而蔓延的诗意,在这温馨而沉思的时刻,向感官呈露了。

这一切,他都感受到了,而她却毫不体悟。他们并排走着,她不耐沉默了,忽然唱起歌来。她那假嗓音有点儿刺耳,唱的是街头流行曲,残留在记忆中的一个小调,却蓦地撕破了黄昏幽深静谧的和谐。

于是,他看了她一眼,感到他们之间隔着一道不可逾越的鸿沟。她用阳伞抽打着青草,略微低头瞧着自己的脚,边走边唱,拖长音节,尝试华彩过门,敢于模仿颤音。

她那小小的、狭窄的额头,他爱得多深,居然如此空虚,如此空虚!那里面只装着这种八音盒式的音乐,即使偶尔形成一点儿思想,也类似这种音乐。她根本不理解他,他们之间的距离比不在一起还要大。难道他的吻从来没有超越嘴唇吗?

这时,她抬起眼睛看他,又微微一笑。于是,一股冲动深入骨髓,他张开手臂,以双倍的爱热烈地拥抱她。

她见衣裙弄皱了,便挣脱拥抱,用呢喃的一句话给点补偿:"好了,我非常爱你,我的小猫。"

不过,他又搂住了她的腰,发狂一般拖着她跑起来,一边欢蹦乱跳,一边吻她的脸蛋、鬓角和脖子。他们气喘吁吁,倒在被夕阳照成一片火的灌木丛脚下,二人交欢了,而她却没有领会他那份激情。

他们手拉手走回来,从树木中间,突然望见河上那四个女人的游船。胖波莉娜也瞧见他们俩,她站起来,朝玛德琳送来飞吻,接着喊道:"今儿晚见!"

玛德琳答道:"今儿晚见!"

保罗觉得自己的心一下子浸入冰水里。

他们回去用晚餐。

二人坐在临水的凉棚下,开始闷头吃饭。天色黑下来,伙计送来一支蜡烛照亮,玻璃球罩里的微弱烛光摇曳不定,二楼大餐厅里不时传来划船手的阵阵喧哗。

快要上甜食的时候,保罗温存地拉起玛德琳的手,对她说道:"我非常疲乏,我的小乖乖,你要是愿意的话,咱们就早点儿睡觉。"

然而,玛德琳明白这种花招,十分暧昧地瞥了他一眼,女人眼睛的深处,往往闪现这种负情的神色。她想了一下,才回答说:"你要睡就去睡吧,我呢,已经答应人家去参加青蛙滩舞会。"

保罗凄然一笑,这是人们用以掩饰极痛深悲的一种微笑,不过,他还是用既温柔又伤感的声调答道:"你要是体贴一点儿,那么咱们俩就会待在一起了。"她摇了摇头,但没有讲出"不"字。保罗仍不死心:"求求你了,我的小鹿。"可是,她却打断他的话:"你知道我对你说过什么。你要是不满意,门是敞开的,没人强留你。至于我,答应了,就得去。"

保罗双肘撑在桌子上,用手捂住额头,木然不动,沉浸在冥思苦想中。

游船客下楼来,仍然大嚷大叫,他们要划船去参加青蛙滩舞会。

玛德琳对保罗说:"快点儿决定,你要是不去,还有这些先生,我求一位送我去。"

保罗站起来,咕哝道:"走吧。"

于是,他们去了。

夜色弥漫,星斗满天,到处流动着灼人的气息、滞重的气浪,负载着溽暑、萌动和活跃因子。微风受其拖累也缓慢了,似乎变得浓稠而厚重,拂面给人一种热乎乎爱抚的感觉,令人呼吸加快,乃至喘息了。

一只只游船起程了,船头都挂一盏花灯。根本看不清船身,只见一盏盏小彩灯疾驰跳动,宛如狂舞的流萤。黑暗中,四面八方都流动着欢声笑语。

两个年轻人的游艇缓缓滑行。有时,一只快艇从旁边超过去,他们就突然瞧见划船手被灯光照亮的白色背影。

他们驶过河湾,就远远望见青蛙滩了。水上咖啡厅一派节日气氛,挂起了大花灯、小彩灯花束和葡萄灯串。几只平底大船在塞纳河上缓缓游动,不断放焰火,在空中呈现圆顶、金字塔,以及复杂建筑物,形状各异。燃烧的花彩一直拖到水面。有时,一盏红灯或蓝灯,高高挑在一根看不见的长竿上,好似一颗摇荡的巨星。

所有这些彩灯焰火,照亮咖啡厅的四周,从上到下照亮岸边的大树,只见浅灰色的树干和淡绿色的叶丛,被黑洞洞的田野和天空衬得尤为突出。

乐队由五名郊区艺人组成,演奏支离破碎的酒吧粗劣音乐,传得很远,又引出了玛德琳的歌声。

玛德琳要立刻进舞厅。保罗本来想在岛上转一圈,最后不得不让步。

参加舞会的人几乎清一色是游船客,还有零星几个市民、几个携妓的青年。这场康康舞的指挥兼组织者,身穿黑色旧礼服,神气活现,满场展示他那颗兜售廉价娱乐的老秃头商人。

胖波莉娜及其女伴不在那儿,保罗舒了一口气。

一对对跳舞的人面对面,发狂似的又蹦又吵,腿踢得很高,一直举到舞伴的鼻子上。

那些女的大腿都要脱臼了,蹲跳时裙子飘起来,露出了内裤。她们的脚不费劲儿就举过头顶,令人惊叹。她们还摇晃肚子,摆动屁股,抖动乳房,向周围散发出强烈的汗馊气味。

那些男的则蹲下来，学蛤蟆的样子，做出猥亵的姿势，身子弯来扭去，挤眉弄眼，丑态百出，还用手撑地倒翻跟头，或者忸怩作态，竭力装扮怪相。

一名胖女招待和两名男招待送饮料食物。

这个水上咖啡厅仅有棚盖，四面并无墙板同外面相隔，他们就面对安谧的黑夜，面对繁星满天的苍穹疯狂地舞蹈。

忽然间，对面瓦莱里昂山那边亮起来，仿佛山后发生了火灾。那片亮光越扩越大，越来越明亮，逐渐侵凌上空，勾画出一个光圈，先呈淡白色，继而又出现红晕，扩大开来，呈现火红色，如同铁砧上烧红的铁，再缓缓延展成圆，似乎从大地里出来。就这样，月亮很快离开地平线，冉冉升空，越升越高，绛红色随之渐淡，化为黄色，是亮晶晶的淡黄。而那星体离地面越远，也似乎越小了。

保罗久久凝望月亮，心驰神往，忘了他的情妇。等他再扭头看时，她已经不见了。

他寻找，却不见她的踪影。他那焦急不安的目光扫过一张张餐桌，他还来回奔走，问这个又问那个，谁也没有瞧见她。

他担心得要命，就这样东找西找，这时，一名伙计对他说："您是找玛德琳夫人吧？她刚才和波莉娜夫人一道走了。"就在说话的同时，保罗望见咖啡厅的另一端，站着那个身穿见习水手服的女人和那两个漂亮姑娘，三个人相互搂着腰，一边窥视他，一边交头接耳。

他明白了，立刻像疯了似的冲上岛子。

他先朝夏图方向跑去，可是看到眼前一片田野，他沿原路返回，开始搜寻灌木丛，狂奔乱走，不时停下来听一听。

四面八方都送来铿锵短促的蛙声。

从布吉谷方面,还传来几声鸟叫,但是距离远而声音微弱。月亮的清辉洒在宽阔的草地上,仿佛白絮般的尘雾。清辉透过叶丛,沿着白杨的银色树皮流泻,看上去高高震颤的树冠就像被光雨打穿。这仲夏之夜醉人的诗意,也由不得保罗,还是透进他的心胸,穿越他惊慌失措的历程,带着残忍的嘲讽搅动他的心田,在他那颗沉思多情的灵魂上,激起狂热的渴望,要追求理想的爱情,要在一个忠贞可爱的女子怀中倾诉炽烈的情肠。

他柔肠寸断,泣不成声,不得不停下脚步。

一阵悲痛过去,他又往前走。

猛然,他好像挨了一刀:树丛里有人在拥抱。他跑过去一看,原来是一对情侣,两个身影搂抱在一起吻个没完,见他走近便躲开了。

他不敢呼唤,就知道她不会答应。而且,他又深恐突然发现那两个。

短号声令人心碎,笛子模仿欢笑,小提琴尖声狂叫,这些组成四组舞的老调,一下下揪他的心,加剧他的痛苦。疯狂的音乐节奏混乱,在树下流窜,随着阵风时强时弱。

他猛然想到,也许她回去了吧?不错,她肯定回去啦!为什么不会呢?实在愚蠢,这一阵他无缘无故自相惊扰,胡乱猜疑,完全昏了头。

痛苦绝望的情绪,也有奇异的间歇的时候,他正好碰到这种情况,又回头朝舞场走去。

他扫视整个大厅,仍然不见她的人影儿。他绕过餐桌,又突然面对那三个女人,他那气急败坏的样子一定很怪,因为她们仨都咯咯笑起来。

他赶紧逃开,又跑上岛子,喘着粗气冲进树丛里——继而,他又谛听——听了许久,因为耳朵嗡嗡鸣响。终于,他仿佛听见不远处有尖细的笑声,是他所熟悉的。于是,他蹑手蹑脚地靠近,拨开树枝朝前爬行,心跳得十分剧烈,连呼吸都感到困难。

两个人在窃窃私语,还听不清楚,随后又不出声了。

他忽然产生一个强烈的愿望,要逃开,不想看见,不想知道,永远逃开,远离这种毁掉他的狂热恋情。他要回到夏图,乘上火车,再也不回来,再也不见她了。可是,她的形象又突然浮现,他又在意念中看见她。早晨她在他们暖烘烘的床上醒来,紧紧贴着他亲昵,双臂搂住他的脖子,蓬乱的头发稍微遮住前额,眼睛还闭着,张开嘴唇接受第一个吻。他蓦然想起这种晨起的亲昵,心中立刻充满肠断魂销的遗憾、炽热狂燃的欲火。

那二人又说话了,他弯着腰靠近,忽听近旁枝叶下轻轻叫了一声。一声叫!那正是他们欢情深烈时他听熟了的叫声。他还继续靠近,仿佛不由自主,无法抵御那种吸引,完全是下意识的……果然看见她们了。

噢!另外一个,哪怕是个男人呢!不料却这样!却这样!他就觉得自己也被扯进她们的无耻行径里了。他愣在原地,神情沮丧,心烦意乱,就好像猛然发现一具被残害的亲人尸体,发现一件伤天害理的罪案、一种亵渎神灵的行为。

这时,他不由自主地一闪念,想到他看见拉出肠子的那条小鱼……忽然玛德琳轻声叫道:"波莉娜!"那声调就跟叫"保罗"一样热烈。于是,保罗心如刀绞,立刻奋力逃开了。

他撞到两棵树干,摔倒在一条树根上,爬起来又跑,忽然发觉到了河边,面对月光照亮的湍急的水流。激流形成许多巨大的漩涡,舞弄着月影。河岸形同峭壁,高踞于水面,河面如同一条宽宽的黑带,可以听见暗影中的汩汩水声。

对岸是克鲁瓦西村,皎洁的月光下是一片农舍。

这一切如同梦境,保罗仿佛重温一件往事。他什么也不想,什么也不明白,自然万物,乃至他自身的存在,都变得恍惚遥远了,都忘却了,完结了。

面前就是河流。他明白自己在做什么吗?他要寻死吗?他简直疯了。在这寂静的夜晚,庸俗舞曲的叠句还在微弱固执地回荡,他决然转过身,面向岛子,面向她,惨叫一声:"玛德琳!"那声音绝望、尖厉,迥非人声。

他那声撕肝裂胆的呼叫,穿过寥廓长天的沉寂,传向四面八方。

接着,他纵身一跳,像野兽蹿跳那样,投进河中,溅起水花,河面随即又合拢。他消失的地方,泛起一圈圈波纹,映着月光越扩越大,一直扩展到对岸。

两个女人听见了。玛德琳站起来,说道:"是保罗。"她心里萌生一丝疑虑:"他跳河了。"她冲向河边,胖波莉娜也随后赶到。

一条笨重的平底船上有两个人,在那处水面转悠。一人划船,另一人将一根长竿探进水中,似乎在探寻什么。波莉娜嚷道:"你们干什么呢?那儿有什么?"一个陌生的声音答道:"有个投河自杀的人。"

两个女人惊呆了,紧紧靠在一起,注视着船的移动。远处青蛙滩的音乐还在闹哄,那节拍仿佛给捞尸者的动作伴奏,而河流现在隐藏一具尸体,在月光下打旋流淌。

打捞了好长时间。可怕的等待,玛德琳瑟瑟发抖。至少过了半个钟头,其中一个人终于说道:"我钩住啦!"他轻轻往上提竿。一样大东西终于浮出水面。另一个船员放下桨,两个人合力,拉那个不动的大坨子,拉到船上。

然后,他们挑地势低并有月光的一处上岸。等他们上了岸,两个女人也赶到了。

玛德琳一见尸体,吓得连连后退。在月光下,他仿佛变绿了,嘴巴、眼睛、鼻子、衣服都沾满了污泥,合拢的僵硬的手指十分可怕,全身都糊了一层黑糊糊的泥水。脸好像肿胀了,沾了稀泥的头发上不断往下淌污水。

两个船员察看了尸体,其中一个问道:"你认识他吗?"

另一个是克鲁瓦西的摆渡人,他犹豫一下,答道:"认识,这张脸好像见过,不过你也知道,这是不容易认的。"接着,他突然说道:"嘿,这是保罗先生啊!"

"保罗先生是谁呀?"伙伴问道。

前一个回答:

"就是保罗·巴隆先生啊,参议员的儿子,小伙子太痴情了。"

另一个则达观地补充说:

"是啊,现在他玩到头了。不过,人有钱,走了还是挺可惜的。"

玛德琳失声痛哭,瘫倒在地上。波莉娜走到尸体跟前,问道:"他真死了吗?——救不活了吗?"

那两个人耸耸肩膀:"唉!都这么长时间啦!肯定完了。"

尔后,其中一个人问道:"他是住在蟋蟀饭店吗?"

"对,"另一个答道,"该送到那儿去,能给赏钱的。"

他们又上了船,划走了,但是水流太急,船行得很慢。两个女人站在原地,好久还能望见他们,听到船桨有节奏击水的声音。

这时,可怜的玛德琳还在哀痛,波莉娜搂住她,极力爱抚,久久拥抱,安慰她说:"有什么办法,这根本不是你的错,对不对?没法阻止男人干傻事。归根结底,他要这么干,这就活该啦!"接着,她把玛德琳扶起来,又说道:"好啦,宝贝儿,去我那儿睡吧。今儿晚,你不能回蟋蟀饭店了。"她又拥抱玛德琳,说道:"好啦,我们会治好你的。"

玛德琳站起来,还一直在哭泣,但声势减弱,她的头偎在波莉娜的肩上,仿佛找到了庇护所,是一种更体贴可靠、更亲热信赖的温情,她脚步蹀躞,蹒跚而去。

西蒙的爸爸

晌午的钟声刚刚敲过,小学校的大门就打开了。孩子们蜂拥冲向校门,你推我搡,都要争先挤出去。不过,他们并不像平日那样马上走散,各自回家吃饭,而是走出几步就站住了,聚成几堆,开始窃窃议论。

原来,这天早晨,白朗绍特大姐的儿子西蒙入学了。

这些孩子在家里都听大人谈过白朗绍特大姐。在公开场合,大家虽然很敬重她,可是在私下里,他们的母亲提起她,怜惜中总有几分轻蔑。他们受到这种态度的感染,却根本不知道是什么缘故。

西蒙呢,他从不出门,也没有在街上或者河边上同他们一道玩过。因此,他们不认识他,也谈不上喜欢他,只是听了一个十四五岁的大孩子说的一句话,又惊又喜、立刻就传开了。

"要知道……西蒙……哼,他没有爸爸。"

那个大孩子讲这句话时挤眉弄眼,一副狡黠的神情,表明他知道老底儿。

白朗绍特大姐的儿子,也走到校门口了。

他有七八岁,脸色略显苍白,穿戴挺整洁,样子腼腆,几乎有点儿拘谨。

那几堆同学还一直交头接耳,用狡狯而残忍的目光盯着西蒙,正像要搞恶作剧的孩子那样,就在他走出校门要回家的当儿,他们慢慢地围上来,终于把他团团围住。西蒙站在圈子中央,又惊讶又惶惑,不明白他们要干什么。那个散布消息的大孩子一看得逞了,就十分得意,问西蒙:

"喂,你叫什么?"

"西蒙。"他答道。

"西蒙什么呀?"对方又追问。

这孩子给问得蒙头转向,又说了一遍:"西蒙。"

大孩子冲他嚷道:"名叫西蒙,还得有点儿什么……西蒙,这不是姓……"

孩子眼泪都要流下来,他第三次回答:

"我就是叫西蒙。"

那些淘气鬼哄堂大笑,那个大孩子更是得意忘形,提高嗓门儿说:

"大家都瞧见了吧,他没有爸爸。"

一时鸦雀无声。孩子们都惊呆了,小孩子居然没有爸爸,这件事真离奇,太怪了,简直不可能。他们把他视为怪物,视为违反天理的人,同时他们也感到,自己母亲对白朗绍特大姐的那种始终无法理解的轻蔑,在他们心里增加了。

西蒙则靠到一棵树上,以免瘫倒,他呆立在那里,仿佛被一场无法弥补的灾难打懵了。他想辩解,但又无言以对,驳不倒他没有爸爸这样可怕的事实。他面无血色,最后索性冲他们嚷道:

"不对,我有爸爸。"

"他在哪儿?"大孩子问道。

西蒙没话说了,他的确不知道。孩子们兴高采烈,哈哈笑起来。这帮乡下孩子近乎禽兽,这时产生一种残忍的欲望,就像同窝母鸡中,一旦有哪只受了伤,就会群起而攻之,将其鸽死。西蒙忽然瞧见邻家寡妇的一个孩子,而且他一直看着那孩子同自己一样,也是孤儿寡母地过日子。

"你也一样,没有爸爸。"西蒙说了一句。

"胡说,我有爸爸。"那孩子回答。

"他在哪儿?"西蒙反驳道。

"他死了,"那孩子不无骄傲地高声说,"我爸爸,他在墓地里。"

这帮淘气鬼中间,立刻升起一片赞许的嗡嗡声,就好像爸爸葬在墓地里,就抬高了这个同学的身份,从而压垮那个没有爸爸的同学。这些顽童的父亲,大多都是恶棍、酒鬼、窃贼,都虐待妻子。现在,这些合法的孩子推推搡搡,越挤越紧,仿佛要把这个非法的孩子挤死似的。

有一个孩子站在西蒙对面,这时突然伸出舌头嘲弄他,嚷着:

"没爸爸!没爸爸!"

西蒙扑上去,双手揪住他的头发,并且连连踢他的腿,那孩子反过来也狠狠咬了他的脸蛋儿。场面一片混乱,等两个交手的孩子被拉开,西蒙已经挨了揍,被打得鼻青脸肿,撕破了衣裳,倒在地上,而那些淘气鬼则围着鼓掌喝彩。他爬起来,下意识地拍拍沾满尘土的小罩衫,这时又有人冲他嚷一句:

"去告诉你爸爸好了。"

西蒙一听这话,心里就完全泄气了。他们比他强壮,揍了他,而他确实感到自己真的没爸爸,根本没法儿回答他们。他的自尊心很强,竭力忍住涌上来的眼泪,忍了几秒钟,实在憋不住了,这才哭起来,浑身急促地抽动,但就是不哭出声来。

敌人都幸灾乐祸,欢欣雀跃,就像野人狂喜那样,很自然地手拉起手,围着他边跳边重复喊叫:"没爸爸!没爸爸!"

然而,西蒙猛地停止哭泣,他怒不可遏,正好脚下有石子儿,他就拾起来,狠命朝折磨他的人掷去。有两三个挨了石子儿,嗷嗷叫着逃跑了。他的样子十分可怕,其他孩子也都惊慌失措了,吓得纷纷抱头鼠窜,如同乌合之众,一碰到情急拼命的人,就全变成懦夫了。

现在,只剩下这个无父的小孩子了,他撒腿朝田野跑去,因为他想起了一件事,随之便发了狠心。他要投河自杀。

原来,他想起一周之前,有一个靠乞讨为生的穷鬼,因为没有钱而投了河。此人被捞起来的时候,西蒙也在场。他平时觉得,那个可怜的家伙又脏又丑,十分悲惨,现在死了面无血色,长胡子湿淋淋的,眼睛平静地睁着,神态很安详,这给他留下了深刻的印象。围观的人说:"他死了。"有个人却补充说:"现在他多幸福啊。"西蒙也要投河,那个可怜的人没有钱,而他没有爸爸。

他走到河边,注视着流水。河水清澈,只见几条鱼追逐嬉戏,有时轻轻跃起,捉食在水面上盘旋的飞虫。他只顾看鱼,就不再哭了,觉得鱼儿捕食的技巧很有意思。不过,风暴平静了,有时还会狂风骤起,吹得树木咯咯作响,然后消失在天边,同样,"我没有爸爸,我要投河"这个念头,还不时浮现,给他带来强烈的痛苦。

天空晴朗,气温很高。暖烘烘的阳光照在草地上。西蒙流过眼泪,一时感到惬意和倦怠,很想躺在暖洋洋的草地上睡一觉。

一只小青蛙跳到他脚下,他想捉住,却让它逃脱了。他追上去,扑了三回都没有捉到,最后总算抓住它的两只后爪尖,看着小动物要挣脱的样子,他不禁笑起来。小青蛙收拢两只后腿,再猛力一蹬,两腿突然绷直,如同两根棍子,而金眼圈的眼睛鼓得溜圆,前爪则像两只小手一样舞动。这令他想起用细长条的小木片钉成斜角的玩具,也是这样用力一拉,就牵动钉在上面的小兵操练。于是,他又想起家,想起母亲,心里非常难过,又哭起来,浑身一阵阵颤抖。然后,他跪到地上,像临睡前那样祷告,但是抽泣得太急,又太厉害,他完全受其控制,无法祷告下去。他什么也不想,周围什么也看不见,心思完全放在哭上。

突然,一只沉甸甸的手按在他肩头上,一个粗嗓门儿问他:"你有什么事儿这么伤心啊,小家伙?"

西蒙回头一看,只见一个留着小胡子、满头卷曲黑发的高个子工人和蔼地瞧着他。西蒙的眼睛里、嗓子眼里充满泪水,答道:

"他们打我……就因为……我……我……我没爸爸……没有爸爸。"

"什么?"那人微笑着说,"可是,人人都有爸爸呀。"

孩子还在伤心地抽泣,又吃力地说道:"我……我……我没有。"

那工人听了,神色严肃起来,他认出这是白朗绍特大姐的儿子。他虽然到这地方不久,但是模模糊糊地知道她的身世。

"好啦,"他说道,"别伤心了,孩子,跟我回去找你妈妈吧。会给你……一个爸爸的。"

二人一道走了,大人拉着小孩的手。那人脸上又浮现微笑,能见见那个白朗绍特,倒也不错,据说她是当地数得着的漂亮姑娘,也许他内心深处还这么想:一个失身的姑娘,很可能再次失身。

他们走到一所非常洁净的白色小房门前。

"到啦,"孩子说,接着又叫了一声,"妈妈!"

一个女人走了出来。工人立刻收敛笑容,他一眼就看出,同这个面色苍白的高个儿姑娘,是绝不能开玩笑的:只见姑娘一脸正色,立在门口,似乎不准男人跨进门槛,走进这个她已经被男人骗过一次的房屋。于是他怯阵了,摘下鸭舌帽,结结巴巴地说:

"喏,太太,我把您孩子送回来了,他在河边迷了路。"

西蒙急不可待,扑上去搂住母亲的脖子,刚开口说话就又哭了:

"不是迷路,妈妈,我想投河,因为其他孩子打我……打我……因为我没爸爸。"

年轻女子满脸烧得通红,心头有如刀绞,她紧紧搂住儿子,眼泪止不住簌簌往下流。那人站在一旁,也为之动情,一时不好走开。不料,西蒙突然跑过来,问他:

"你愿意做我爸爸吗?"

一阵冷场。白朗绍特大姐倚着墙,双手按在胸口,沉默不语,忍受着羞耻的折磨。孩子见那人不答应,又说道:

"您若是不愿意,我还要去投河。"

那工人便把这事儿当作笑谈,笑着答道:

"好哇,我非常愿意。"

"你叫什么名字?"孩子又问道,"等别人再问起来,我好回答他们。"

"菲利浦。"那人回答。

西蒙沉默了一会儿,要把这个名字刻在脑子里,然后才心满意足,伸出手臂,说道:

"好吧!菲利浦,你是我爸爸了。"

那工人把孩子举起来,突然亲了他两边的脸蛋儿,随即大步流星匆匆走开了。

第二天上学,迎接西蒙的又是一阵嘲笑。放学的时候,那个大孩子又要故伎重演,可是西蒙像投石子似的,将这句话劈头甩给他:"我爸爸,他叫菲利浦。"

周围的同学都高兴得狂呼乱叫:

"哪个菲利浦?……什么菲利浦?……菲利浦,算个啥呀?……你那个菲利浦,是从哪儿弄来的?"

西蒙不再搭理,他怀着不可动摇的信念,以挑战的目光注视他们,宁愿皮肉吃苦,也不肯在他们面前逃走。还是老师给他解了围,他才回家。

一连三个月,高个子工人菲利浦经常从白朗绍特家门前经过,有时看见她在窗前做衣服,就鼓起勇气上前搭讪。姑娘则客客气气地回答,但始终一本正经,不苟言笑,也绝不让他进屋。然而,他同所有男人一样,总好自鸣得意,以为姑娘同他说话时,脸色往往要比平时红一点儿。

可是,名声一旦扫地,就再难恢复,动辄遭人非议。尽管如今的白朗绍特处处检点,倍加小心,可当地已经有闲言碎语了。

西蒙倒是非常喜欢他的新爸爸,几乎每天傍晚等新爸爸忙完了活儿,他都同新爸爸一道散步。他也按时上学,从同学中间穿过时神气十足,根本不理睬他们。

不料有一天,那个带头攻击他的大孩子对他说:

"你撒谎,你没有一个叫菲利浦的爸爸。"

"怎么没有?"西蒙非常冲动地问道。

那个大孩子搓着手,又说道:

"因为,你若是有爸爸,那他就该是你妈妈的丈夫。"

这个推理很正确,西蒙心慌了,不过他还是回答:"反正他是我爸爸。"

"这有可能,"大孩子嘿嘿冷笑,说道,"不过,他还不完全是你爸爸。"

白朗绍特的儿子垂下头,他边走边想,来到了菲利浦干活的地方,卢瓦宗老头的铁匠铺。

铁匠铺就像完全被树木遮住,里面很暗,只有大炉子的红火光一闪一闪,映照五个赤臂打铁的铁匠,而铁砧发出震耳欲聋的声响。那五条汉子站在那里,像满身火焰的魔鬼,眼睛紧紧盯着他们捶打的烧红的铁块,而他们迟钝的思想则随着大锤起落。

西蒙走进去时没人瞧见,他轻轻拉了拉他的朋友。他朋友回过头来,活儿立时停了,所有人都仔细地打量他,就在这不寻常的寂静中,响起了西蒙细弱的嗓音:

"告诉你,菲利浦,刚才米修德家的那个大小子对我说,你不完全是我爸爸。"

"怎么这样说呢?"工人问道。

孩子一片天真地回答:

"因为你不是我妈的丈夫。"

谁也没有发笑。菲利浦站在原地一动不动,额头放在粗大的手背上,而手掌则撑着顶住铁砧的锤柄头。他在沉思。四名伙伴望着他,西蒙焦急地等待,他在这些巨人中间显得更小了。忽然,一名铁匠向菲利浦说出了大家的想法:

"不管怎么说,白朗绍特是个正经的好姑娘,虽然遭受不幸,但是很刚强,人又规规矩矩,若嫁给一个厚道的汉子,准能成为像样的媳妇。"

"这话一点儿不假。"另外三个附和道。

那个工人接着说道:

"不错,那位姑娘失过身,难道这能怪她吗?肯定那人答应娶她,我就知道好些像她这种情况的姑娘,如今都受人敬重。"

"这话一点儿不假。"另外三人又异口同声地附和。

那工人又说道:"可怜的女人,靠自己把孩子拉扯大,吃了多少苦。从那事之后,她除了上教堂再也不出家门,又流了多少眼泪,也只有上帝知道。"

"这话也一点儿不假。"其他人应声说道。

随后,大家都沉默了,只听见风箱吹炉火的呼呼声。菲利浦猛然俯下身,对西蒙说:

"去告诉你妈,今晚儿我要去跟她谈谈。"

他推着孩子的肩膀,把他推出去。

回头又干起活来,五只大锤,都准确落到铁砧上。他们就这样打铁,一直干到天黑,一个个强健有力,欢实活泼,都像够分儿的大锤。不过,正如在节日里,主教堂的大钟比其余的钟敲得更响一样,菲利浦的锤声也压过伙伴们的锤声,他一下一下,不住地抡锤,打出震耳欲聋的声响。他眼睛闪闪发亮,站在四溅的火星中间,劲头十足地打铁。

他到白朗绍特家敲门的时候,已是满天星斗了。他换上新衬衫和过节的外衣,胡子也修过了。年轻女人来到门口,面有难色,说道:"菲利浦先生,天都黑了,这时候来很不合适。"

菲利浦想回答,但是张口结舌,在她面前不知说什么好。

她又说道:"然而您完全明白,不能再叫人议论我了。"

这时,菲利浦突然说道:

"只要您愿意做我的妻子,还怕什么议论呢!"

对方没有回答,不过,他似乎听见昏暗的屋里身体瘫倒的声响,就急忙进去。西蒙已经上床睡下了,他清晰地听见接吻声以及母亲悄悄说的几句话。接着,他突然感到被他朋友抱起来,他朋友巨人般的臂膀将他举起,大声对他说:

"再见到同学,你就告诉他们,你爸爸,就是铁匠菲利浦·雷米,谁再敢欺负你,他就拧谁的耳朵。"

第二天,学生都到校了,快上课的时候,小西蒙站起来,他脸色发白,嘴唇打战,用清亮的声音说道:"我爸爸,就是铁匠菲利浦·雷米,他说了,谁再敢欺负我,他就拧谁的耳朵。"

这回,谁也不笑了,因为,大家都认识那个铁匠菲利浦·雷米,有他当爸爸,哪个孩子都会感到自豪的。

一次野餐

杜浮太太名叫佩罗妮,在她还差五个月才过生日的时候,大家就开始张罗,要在那天到巴黎郊外去吃饭。这顿野餐,大家早就等得不耐烦了,因此一大早就起床了。

杜浮先生事先向送牛奶的人借了马车,由他自己赶着。这辆双轮马车很干净,有顶篷,由四根铁柱支撑,布帘子撩上去了,好观赏风景,只有后面那块帘子像旗帜一般随风飘动。妻子穿了一件特别鲜艳的樱桃红丝绸衣裙,坐在丈夫身边心花怒放。后面两张椅子坐着老祖母和一个年轻姑娘。后边还露出一个小伙子的黄头发,由于座位不够,他就斜躺在车尾,只露出个脑袋。

马车沿着香榭丽舍大街行驶,过了马约城门的炮楼,大家就开始观望这一地区。

到了纳伊桥上,杜浮先生就宣布:"这才算是乡下呢!"她太太听到这一指示,一颗心便扑向了大自然。

到了弯路圆点广场,眼前展开一望无际的田野,大家都赞叹不已。往右看,那是阿尔让特伊镇,修道院的钟楼高高耸立,而镇子上方则显现出萨努瓦土丘和奥日蒙磨坊。往左看,只见早晨的清亮天空衬出马尔利渡槽,还望见远处圣日耳曼王家花园的平台。正前方山丘绵延,连接一片翻耕过的田地,表明那便是科梅伊新炮台。远景异常深邃,从平原和村庄之上望去,依稀可见森林的暗绿色。

阳光射在脸上,开始有灼热感,而尘土总往眼睛里钻。道路两旁展现的乡野,一片光秃秃的,又肮脏又腐臭,真像遭受一场麻风病的洗劫,连房舍都被啃噬了,只见被遗弃的房子破烂不堪,只剩下空架子,而一些小房子因费用不足而停建,仅仅立着没有封顶的四面墙壁。

在这片贫瘠的土地上,零星长出几根高高的工厂烟囱,这是这片腐臭的田野上仅有的植被,而春风送来的是石油和页岩的气味,并掺杂另一种更加难闻的气味。

马车终于第二次横过塞纳河,过桥时,大家欣喜若狂。河水波光粼粼,在阳光照耀下,水面因熏蒸而升起一层薄雾。大家立时感到心旷神怡,感到一阵沁人心脾的清凉,终于呼吸了更为纯净的空气,而不是清扫工厂烟尘或粪池恶臭的污浊之气。

一位过客给当地起了名字——伯宗。

马车停住,杜浮先生念起一家小饭馆引客的招牌:"宝蓝饭馆:水手鱼和炸鱼、雅座、小树林和秋千。喂,怎么样?我的太太,这儿行吗?你能定下来吗?"

他妻子也念着:"水手鱼和炸鱼、雅座、小树林和秋千。"念罢,又久久打量这所房子。

这是一家乡村饭馆,粉刷成白色,坐落在大路旁。店门敞开,能看见包了锌皮的光亮柜台前,站着两个假日打扮的工人。

杜浮太太终于决定了,说道:"好吧,这儿挺好,而且景色不错。"

　　于是，马车赶进饭馆后面长有高树的空场，隔着一条纤道便是塞纳河了。

　　大家下了车。丈夫先跳下来，然后张开手臂接他太太。上下车的脚踏铁板只有两级，相距太远，杜浮太太脚够着踏板时，半截腿便裸露出来，不过，由于大腿肥肉往下侵越，这部分已经看不出当初的挺秀了。

　　杜浮先生已经被乡野的气息撩逗起来，飞速掐了一把太太的腿肚子，然后从腋下将她抱住，再重重地放到地下，如同卸下一个大包裹。

　　杜浮太太用手拍了拍丝绸衣裙，掸掉尘土，这才瞧瞧她所到的地方。

　　这个女人有三十六岁，肌肤白皙，长得富态，相貌相当喜人。她的胸衣勒得太紧，呼吸有点儿困难，而且将胸脯肥嘟嘟的两团肉压上去，一直顶到她那双褶的下颌儿。

　　年轻姑娘随后下来，她一只手扶住父亲的肩膀，独自轻捷地跳到地上。黄头发的小伙子已经踩着车轮下了车，他帮着杜浮先生将老祖母搀扶下来。

　　接着，给马卸套，拴到一棵树上。这样，车身前倾，两根辕头触到地上。两个男人脱下礼服，在一只桶里洗了洗手，随即去找已经坐到秋千架上的两位女士。

　　杜浮小姐站在踏板上，想靠自己的力量荡起秋千，但是冲力不够。她是一个美丽的姑娘，在十八岁至二十岁之间，是在街上遇见能突然激起你的欲望，并让你直到夜晚还隐隐不安而肉欲亢奋的那种女人。这姑娘高高的个头儿、纤细的腰身、宽宽的臀部、棕褐色的皮肤、大大的眼睛、油黑的秀发,全身丰实的肌肤由衣裙清晰地勾画出来,再因她荡秋千腰身用力而尤显突出了。她伸直手臂,紧抓绳索,每回她平稳地用力蹬一次,胸脯就挺起一下。一阵风将她的帽子掀起,吹落在她身后,而秋千渐渐荡高了,每次荡回来,都齐膝露出她挺秀的双腿,裙摆则飘到了两个含笑看她的男人的脸上。衣裙扬起的空气,比酒气还要醉人。

杜浮太太坐在另一个秋千上,她不间断而单调地呻吟着:"西里安,快来推我呀,西里安,你倒是快来推我呀!"

杜浮先生终于过去了,他就像要干重活一样,挽起衬衣袖子,费了九牛二虎之力才推动他的太太。

杜浮太太紧紧抓住绳索,双腿绷直,以免触到地面,她感受着秋千摇摆而产生的一点儿眩晕。在摆荡中,她的整个形体不断地颤动,犹如放在餐盘上的果冻。不过,摆幅渐渐大了,她又头晕又害怕,每次秋千往下冲,她就尖叫一声,引来当地的所有淘气鬼。她隐约望见对面园子篱笆上边露出一排调皮的脑瓜,一个个笑嘻嘻的,做出各种各样的鬼脸。

一名女招待前来招呼客人——他们叫了午餐。

"一份塞纳河炸鱼、一份炒兔肉、一份生菜和点心。"杜浮太太神气活现地点菜。

"再上两升啤酒、一瓶波尔多红葡萄酒。"她丈夫说道。

"我们在草地上吃饭。"姑娘补充道。

老祖母看见这家的猫,就大动感情,用最美妙的名字呼叫,追逐它达十分钟之久,却始终徒劳。这个畜生得到如此趋奉,心里自然十分受用,然而总是不即不离,就在老太婆的手边,又不让她摸到。它不慌不忙地绕树转悠,尾巴竖起来,身子擦着树干,同时轻轻发出欢快的呼噜呼噜声。

"嘿!"在这场地到处游荡的黄头发小伙子突然叫起来,"这儿有两条船,好漂亮啊!"

大家都跑去看,只见在一个小木棚子里,悬着两条华丽的游船,精工细作,就跟豪华的家具一样。并排横卧的游船,犹如两个修长曼妙的少女,身形细长而光彩炫目,让人油然而生游兴,要在温馨美好的黄昏或者夏日的清晨,到河上泛舟,溜着鲜花盛开的河岸,观赏枝丫探入水中的树木、常年站在水里抖瑟的芦苇以及像蓝色闪电直冲而起的翠鸟。

全家人怀着崇敬的心情瞻仰两条游船。"嘀!不错,真漂亮。"杜浮先生严肃地重复道。接着,他摆出行家的派头,详细品评,还说他年轻时也划过船,就是现在他一操起桨来——跟着他就做了个划桨的姿势——那也是游刃有余。当年他在巴西的若因维利城,不知击败过多少英国人。他还开玩笑说,法文中"女士"这个词,也表示船上的桨栓,因此,划船手出门势必携带"女士"。他夸夸其谈,越说越来劲,执意要打赌,说他划这样的船,从从容容每小时就能行驶六海里。

"饭好了。"那名女招待走到门口说道。大家都急忙走过去,不料,杜浮太太认为最好而选中吃饭的地方,已有两个青年在用餐了。他们穿着桨手的服装,无疑是那两条游船的主人。

那两个人几乎是躺在椅子上,面颊晒得黝黑,上身只穿薄薄的棉纱白背心,赤裸的臂膀跟铁匠一样健壮。这是两个体魄壮实的小伙子,时时炫耀旺盛的精力,一举一动,无不显示肢体经过锻炼而形成的弹性美,绝不像常年干同一种力气活而身体呈畸形的工人。

他们瞧见那位母亲，便迅速地相视一笑，继而瞧见那位女儿，又交换一下眼色。其中一人说："咱们腾开地方吧，这样就能相互认识了。"另一个马上站起来，手里拿着半黑半红的鸭舌帽，以骑士的风度，给两位女士让出园子里唯一晒不着太阳的地方。一家人接受这种好意，并连声道谢，为了多几分田园情调，他们不用摆桌椅，就坐在草地上用餐。

两个青年将餐具移开几步远，又继续吃饭。看到他们一直裸露的臂膀，年轻姑娘有点儿不自在，她甚至扭过头去，假装根本没有注意到。倒是杜浮太太大胆得多，她出于女性的好奇心，也许是性欲的冲动，不时看那两个青年，大概还怀着遗憾的心情，拿他们跟她丈夫用衣衫遮饰的丑陋之处相比。

她一堆肉瘫在草地上，盘着腿坐着，但总是扭来扭去，说是有蚂蚁爬到身上。由于生人在场，又那么和善迎人，杜浮先生就不免闷闷不乐，他想坐得舒服一些却又办不到。那个黄头发的小伙子则像个老饕，一声不吭地吃饭。

"这天气可真好，先生。"胖太太对一个游船主人说。人家让了位置，她就想对人家友好些。

"是的，太太，"那人回答，"您常来乡下吗？"

"哪里！一年就来这么一两回，呼吸点儿清新空气。请问您呢，先生？"

"每天晚上我都来这里睡觉。"

"哦！这一定很快意喽？"

"嗯，当然了，太太。"

于是，那人描述他每天的生活，充满诗情画意，足以拨动这些市民的心弦。因为，他们恰恰难得见到草木，渴望到乡间散步，却只能终年守着店铺的柜台，心头萦绕着对大自然单纯的怀恋。

年轻姑娘也怦然心动，她抬眼瞧瞧那个船主。杜浮先生头一次开口："这嘛，才叫生活呢！"接着他又问道："再来一块兔肉，我的好太太？""不，谢谢，我的朋友。"

杜浮太太又转向那两个青年，指着他们的胳膊，问道："你们这样，从不觉得冷吗？"

两个青年哈哈笑起来，接着讲述他们如何累得精疲力竭、如何满身大汗就洗澡、如何在大雾弥漫的夜晚比赛，用这类故事吓唬这一家人。他们还猛力捶胸脯，让人听听发出什么声响。"嚄！看样子你们可真够结实的。"做丈夫的说道，他再也不提他击败英国人的那个年代了。

那个姑娘现在从侧面打量他们。那个黄头发小伙子喝酒呛了，拼命咳嗽，酒点儿喷到那位主妇的樱桃红衣裙上。主妇恼了，叫人拿水来洗掉酒污。

这时，气温骤然升高。粼粼的河流仿佛是一座热炉，而酒也上了头，一个个晕乎乎的。

杜浮先生全身抖动，猛烈地打着酒嗝，他已经解开西服背心和裤子的纽扣。他妻子也因喘不上来气，正一点一点敞开衣裙。那个学徒模样的青年，则摇晃着黄麻一样的头发，还自斟自饮，一杯一杯往下灌。老祖母觉出自己有了醉意，便端着架子，直挺挺地坐在那儿。而那姑娘一直不动声色，仅仅眼神隐隐发亮，棕褐色的脸蛋染上一层红晕。

喝完咖啡，就再也无所顾忌了。他们提议唱歌，于是每人唱一段，别人就狂热地鼓掌。然后，他们又吃力地站起来，两位女士还有点儿头晕,站着喘息稳神儿,而两个男的却完全喝醉了,伸胳膊撂脚做起操来,动作又笨重又软弱无力。接着,他们又笨拙地抓住铁环,想做引体向上却白费力气,满脸憋得通红,衬衣大襟总想从裤子里跑出来,要像旗帜一样迎风招展。

这工夫,两位划船手已经把游船放下水,他们又回来,有礼貌地邀请两位女士乘船游玩。

"杜浮先生,你愿意吗?求求你啦!"杜浮太太喊道。然而,丈夫一副醉态看着她,没有听明白。这时,一名划船手拿着两副钓鱼竿走过来。能够钓上来一条鱼,这是所有小店铺老板的共同心愿,这老兄一见钓鱼竿,黯淡的目光立刻发亮,他答应人家的一切要求,自己则走到桥底,坐在阴凉地,双脚垂在河面上。而坐在他身边的黄头发小伙子,一会儿就睡着了。

一名划船手做出牺牲,带上那个做母亲的。"到英国人岛的小树林里去!"他喊了一声便划船离去。

另一条船划得慢些,这个桨手眼睛直勾勾地看着船上的女伴,什么也顾不上想了,而且他内心十分激动,浑身绵软无力了。

姑娘坐在舵手的圆椅里,她沉浸在水上荡漾的惬意中,感到万虑俱释,通体舒泰,仿佛多重陶醉袭上心头,进入忘我的境界。她脸色绯红,呼吸急促。酒力借助于她周围流泻的溽暑热气发威。她的头脑更是飘飘然,就觉得船行之处,岸边的树木都纷纷向她鞠躬致敬。在溽暑熏蒸中,她的肉体亢奋起来,血液沸腾,隐隐产生一种行乐的欲望。她意乱神迷还有一层缘故:在这因为天空下火而人踪阒然的地方,同一个青年男子单独荡舟,而这青年男子又觉得她十分漂亮,闭目亲吻她的肌肤,其欲火同烈日一样灼人。

他们二人默默相对,讲不出话来,内心就越发激动,眼睛只好观望四周。划船手终于鼓起勇气,问她的名字。"我叫亨利叶。"姑娘答道。"嘿!真巧,我叫亨利。"

他们听见自己说话的声音,情绪便平静下来,又对河岸发生兴趣。另一只小船停在前边,仿佛在等他们。那位划船手喊道:"这位太太渴了,我们要一直划到罗宾逊,回头我们再去小树林同你们会合。"说罢,他俯身划起桨来,小船飞驶而去,很快就不见了。

有一种隆隆的声响持续不断,好一会儿他们就隐隐听见,这时却突然逼近了。河流似乎都在颤动,就好像那低沉的声响从河底发出来的。

"那是什么声音?"姑娘问道。那是河堰的瀑流,岛子的岬角处建了一座拦河大坝。划船手正在详细介绍,忽然一阵鸟鸣,透过瀑流的喧嚣声,仿佛从很远的地方传来,引起他们的注意。"咦!"划船手说道,"夜莺白天鸣叫了,这表明雌鸟在孵卵呢。"

夜莺!姑娘从来没有听过夜莺的鸣唱,一想到现在能听见一只夜莺的啼啭,她心中就产生充满诗意的柔情幻景。夜莺!这正是朱丽叶站在阳台上为爱情幽会所呼唤的无形的见证,也是上天赐给男人亲吻时的伴奏,还是所有缠绵的浪漫曲永恒的灵感源泉。正是那些浪漫曲,向情窦初开的少女那可怜的小心灵展示了蓝色的理想!

她就要听见一只夜莺的歌声。

"不要弄出动静,"那位同伴说道,"我们可以下船,走进小树林,坐到夜莺的附近。"

小船仿佛在滑行。岛上的树木清晰可见,岸坡很低,目光能直接探入茂密的灌木丛。他们停下来,拴好小船,亨利叶挽上亨利的手臂,二人在枝叶丛中往前走去。"请弯弯腰。"亨利说道。姑娘便弯下腰,于是二人钻进由青藤、绿叶和芦苇纷乱交织而成的密丛。这个难以发现的藏身之所,一定是这个年轻人所熟悉的,他还笑着称之为"他的私室"。

就在他们脑袋的上方,一只鸟儿栖息在遮蔽他们的一棵树上,不停地啼叫。它抛出一段段颤音和华彩过门,又发出一连串激越清朗的声音。这阵鸣声充塞空间,沿着河流伸延,在平野上飞旋,穿过压在乡野上的火热的寂静,仿佛消逝在天边。

他们都不说话,怕惊飞了鸣鸟。二人并排坐着,亨利的胳臂慢慢地搂住亨利叶的腰身,而且轻轻地搂紧。亨利叶不气不恼,而是抓住这只大胆的手,将其推开,手不断地移近,她不断地推开,一点儿也不感到难为情,就好像这种爱抚是一种极其自然的事,而她推开也是极其自然的。

姑娘听着鸟儿的鸣啭,完全陶醉了。她对幸福无限憧憬,蓦然感到阵阵柔情传遍全身,领悟到超尘脱俗的诗意,神经和心灵都极度疲软慵倦,竟无端地流下眼泪。这时,年轻人已将她紧紧搂在胸前,她不再推开他,而且连想也不想了。

夜莺戛然止声。有个声音在远处呼唤:"亨利叶!"

"别应声,"年轻人悄悄说道,"您会惊飞那只鸟儿。"

她也没有想去答应。

二人就这样待了一段时间。杜浮太太在什么地方坐下了,这不时隐约传来那位胖太太的小声尖叫,无疑是那个划船手在调情。

　　姑娘一直在流泪,她心里充满了柔情蜜意,周身发烫的肌肤感到从未有过的瘙痒。亨利的头偎在她的肩头,猛然间,他吻了她的嘴唇。姑娘愤怒地挣扎,为了躲避他,身子便朝后仰去。年轻人又扑到她身上,整个身体压上去,追逐好久姑娘躲闪的嘴,终于追上并亲吻。于是,她神魂颠倒,欲火猛烈燃起,将亨利紧紧搂在胸前,回敬他一个吻。她完全停止了抵抗,就好像被一种巨大的重量给压垮了。

　　周围一片寂静。那只鸟儿又鸣唱起来,先是发出几声委婉动听的音符,好似爱情的呼唤,停了一下之后,就压低嗓音,唱起悠扬徐缓的变调。

　　一阵熏风吹过,拂动树叶簌簌作响。从枝叶的幽深之处传出两声火热的叹息,同夜莺的歌声和树林的气息交织在一起。

　　那只鸟儿陶醉了,它的歌声逐渐加快,如同大火越燃越旺,又像激情越来越高涨,延长的柔声缠缠绵绵,痉挛的乐音又汹涌激荡。

　　有时,它也停歇片刻,仅仅浅唱两三个轻音,而后又突然以特别尖利的音符收尾,或者又狂奔疾驰,涌泉一样的音阶、颤音、顿音喷射而出,犹如一曲狂热的恋歌,并继之以胜利的欢呼。

　　不过,那只鸟儿听见下面一阵呻吟,便停止了鸣叫。那声音极为深沉,听似一颗灵魂的永诀,延续了一会儿,最后化为一阵啜泣。

　　这男女二人离开绿茵床,脸色都十分苍白。在他们看来,蔚蓝的天空黯淡了,火热的太阳也已经熄灭。他们发现了孤独和寂宽。他们一前一后走得很快,既不说话也不相互接触,仿佛成了不共戴天的仇敌,二人的肉体之间萌生了憎恶,灵魂之间产生了仇恨。

亨利叶不时喊一声:"妈妈!"

一片荆丛下有响动。亨利隐约看见白色衬裙迅速拉下来遮住一条肥腿,接着胖太太钻了出来,她一副窘态,脸红得厉害,眼神非常明亮,胸脯起伏不定,也许是同她旁边的人靠得太近的缘故。旁边那一位无疑看到了十分滑稽的东西,脸上还有忍俊不禁的痕迹。

杜浮太太亲热地挽上他的胳膊,又回到船上。亨利一直沉默,同姑娘并排走在前面,他仿佛突然感到,后面那一对悄悄吻了一大口。

他们终于回到伯宗。

杜浮先生酒醒了,已经等得不耐烦。在离开这家客栈饭馆之前,黄头发的青年又吃了点儿东西。车套好了,停在院子里。老祖母已经上了车,正在发牢骚,担心在野外行夜路,说是巴黎周围不太平。

双方握手告别,杜浮一家走了。那两名划船手喊道:"再见!"回答他们的是一声叹息和一滴眼泪。

两个月之后,亨利经过殉道者街,看见一家店铺门上的招牌:杜浮五金商店。

他推门进去。

胖太太滚圆的一堆伏在柜台上,他们相互立刻认出来,客套一番之后,亨利便打听:"亨利叶小姐,她好吗?"

"很好,谢谢,她结婚了。"

"啊!……"

他心情一阵激动,话语哽噎,继而才又问道:

"那么……同谁呢?"

"就是陪我们去郊游的那个青年,您认识啊,他接手掌管这个店铺。"

"哦!那太好了。"

亨利心里十分忧伤,却不太清楚为什么,他告辞要走,又被杜浮太太叫住了。

"您那位朋友怎么样?"她怯声怯气地问道。

"他很好哇。"

"请代我们向他问好吧,他要是打这儿经过,请告诉他来看看我们……"

杜浮太太满脸涨红,又补充一句:"您就对他说,那会叫我很高兴的。"

"忘不了啊。永别啦!"

"啊,不……不久见!"

过了一年,又是一个炎热的星期天,亨利独自回到他们在林中的那间幽室。那场艳遇他始终未能忘怀,这天,全部情景又突然浮现在面前,那么真切,引起强烈的欲望。

他钻进去一看,猛地惊呆了。她坐在草地上,神情忧郁。身边像个老粗在酣睡的人,是她丈夫,正是那个总穿衬衣的黄头发青年。

她一见亨利,立刻面失血色,看着几乎要晕过去。接着,他们随便交谈起来,就好像他们之间没有发生任何事情。

不过,亨利说起他很喜欢这地方,星期天常来休息,回忆许多往事的时候,亨利叶就久久地注视他的眼睛。

"我呢,每天晚上,我都想着这地方。"她说道。

"走吧,我的好太太,"她丈夫打着呵欠接口说道,"我看时候不早了,咱们该走了。"

一名农场女佣的故事

一

天气响晴,农场的雇工午饭比平时吃得快,吃完就下地去了。

宽敞的厨房里,仅剩下当用人的姑娘罗丝一人了。炉灶上的锅盛满了热水,炉膛里的余火也渐渐熄灭。她不时从锅中舀水,慢腾腾地洗着餐具,有时停下来,凝视射在长桌上的两块方形日影,而阳光透过窗户,将玻璃的残缺全映现在日影中了。

有三只母鸡胆子很大,跑到椅子下面寻找面包渣儿。家禽饲养场的气味、牲口棚里发酵的热气,从半开的房门飘逸进来。炎热的中午十分寂静,只听见公鸡的鸣声。

姑娘洗完餐具,擦干净桌子,清理好炉灶,将餐盘搬到里端,摆在滴答声响的木壳钟旁边的高架上,这才喘了口气儿,不知怎么的,感到有点儿晕乎,有点儿气闷。她望了望发黑的土墙和熏黑的梁木,只见梁上挂着蜘蛛网、熏鲱鱼干和一串串洋葱,继而,她坐下来,只觉得气味难闻。长久以来,这踏实的土地上洒了多少汤汤水水而后又干掉,在这样炎热的天气中,便蒸发出一股陈腐的气味,还混杂着隔壁阴凉屋里乳制品凝结奶皮的酸味。不过,她还是按照老习惯,想做点儿针线活,只是浑身乏力,便到门口透透气。

于是,她接受灼热阳光的爱抚,感到一股甜美浸入心田,一种舒泰流遍肢体。

门前,那堆厩肥不断逸出薄薄而闪亮的蒸汽。母鸡在粪堆上打滚,侧身躺着,还不时用一只爪子扒扒,寻找虫子。母鸡中间高傲地挺立一只公鸡,它随时都要选择一只母鸡,围着打转,并咕咕叫唤。那只母鸡便懒洋洋地站起来,若无其事地接待它,弯下腿,用翅膀托住它,然后抖抖羽毛上的尘土,重又躺在粪堆上,而公鸡则咯咯叫着,计数自己的胜利。与此同时,各个院落的所有公鸡此呼彼应,仿佛从各庄户相互发出爱情的挑战。

女佣望着鸡,头脑中什么也没有想。后来,她抬起头,看到像扑了粉的脑袋一般的白色苹果花,鲜亮鲜亮的,眼睛一下子就晃花了。

突然,一匹撒欢儿的马驹从她面前跑过,沿着栽了树的水沟跑了两趟,又戛然停住,扭头瞧瞧,仿佛奇怪只有独自一个。

女佣也想跑跑,想活动活动,同时又渴望躺下,舒展四肢,在静止不动的暖烘烘的空气中休息。她走了几步,但游移不决,合上眼睛通身感到一种兽性的恬适。继而,她慢腾腾地走向鸡舍,拾了十三个蛋,拿回来,摆到碗橱里,闻到厨房的气味又感到不适,于是返身出去,到草地上坐一坐。

这座农场大院林木环绕,仿佛沉沉入睡了。青草很高,翠绿翠绿的,呈现春天崭新的绿色。草丛中黄色的蒲公英,犹如一盏盏亮晶晶的小灯。苹果树的影子在树脚下缩成一团,棚舍的房脊上长着刀形叶子的鸢尾,草顶微微冒着热气,仿佛是牲口棚和仓房里的潮气蒸发了。

女佣走进大棚,只见里边停放着各种车辆。大棚旁边有一个大坑,坑底一个绿色深洞里,长满了芬芳四溢的香堇菜。从沟沿望去,能看见广阔的田野,平平展展的,长着庄稼,还有几片小树林,远处散落着几伙干活的人,望去小得好似布娃娃,玩具一般的白马拉着儿童玩的犁,而扶犁的人也小得只有手指头高。

她从仓房抱来一捆干草,扔进坑底,坐在上面待了一会儿,又觉得不舒服,便打开捆绳,把草铺开,头枕两条胳膊,伸直双腿躺下来。

她渐渐合上眼睛,昏昏欲睡,沉浸在软绵绵的惬意中,在就要睡过去的时候,忽然感到有两只手触摸她的胸脯,便猛地坐起来。原来是打工的雅克,这个小伙子高高的个头儿,是个健壮的庇卡底人,近来一直追求她。这天,他在羊圈里干活,看见姑娘到阴凉的坑里躺下,便敛声屏息,蹑手蹑脚溜过来,他两眼闪闪发亮,头发上还挂着草屑。

雅克要搂住姑娘亲一亲,但是姑娘跟他一样健壮,当即扇了他一记耳光。他心里打着鬼主意,却假装求饶。这样,二人并排坐下,随便聊天,谈到气候对庄稼有利,今年可望丰收,谈到他们的雇主,说他是个厚道人,然后又谈到邻居、这一带乡邻,还谈到他们自己、他们的村子、童年、往事,以及久别的、或许再也见不到的父母。罗丝想起这一切,心中百感交集,而小伙子则抱着固定的念头,越靠越近,同姑娘挨挨摩摩,他浑身战栗,充满了欲望。罗丝说道:

"好长时间没有见到妈妈了,总是这样分开,实在叫人受不了。"

她两眼出神地远眺,目光穿越空间向北飞驰,一直到她离弃了的遥远的村庄。

小伙子突然搂住她的脖子,又亲了她一口。姑娘朝他脸狠狠一拳,打得他鼻口流血。他站起来走开,脑袋顶在一棵树上。见此情景,姑娘心就软了,走到他身边,问道:

"打疼了吗?"

不料他却笑起来。不疼,小意思,只是一拳不歪不斜,打个正着。他咕哝着:"真厉害!"不由得又赞赏又敬佩地看着姑娘,心中萌生异样的感情,对这个高个儿健壮的姑娘萌发了真正的爱。

血止住之后,小伙子提议去转一圈,怕这样挨着她待下去,又要挨她的重拳。这回,倒是姑娘主动挽上他的手臂,就像傍晚情侣在林荫道上散步一样。罗丝对他说:

"雅克,你这么瞧不起我,这可不像话呀。"

雅克极力否认。哪里,他不是瞧不起她,不过是爱上她罢了。

"那么,你愿意娶我吗?"姑娘问道。

小伙子犹豫起来,开始从侧面端详她,而姑娘则出神地望着远方。她鲜红的脸蛋圆滚滚的,宽宽的胸脯在印花棉布短褂里高高耸立,厚厚的嘴唇特别鲜艳,脖颈几乎全部裸露,沁出细小的汗珠。小伙子看着,又感到控制不住欲望,把嘴凑到她耳边,低声说道:

"对,我愿意娶你。"

姑娘一听，双臂便搂住他的脖子，同他亲吻，这一吻持续好久，结果两个人都喘不上气来了。

从此，他们之间便开始了那永恒的爱情故事。二人在僻静的角落调情嬉戏，乘月色到草垛后面幽会，吃饭的时候，在饭桌下还你踢我，我踹你，铁掌大皮鞋给对方的腿上留下不少青紫瘢。

后来，雅克对她似乎渐渐厌腻了，总躲着她，几乎不再同她讲话，也不再跟她幽会了。因此，罗丝疑虑重重，心里十分难过，不久她发现自己怀孕了。

起初她很懊丧，转而又气愤，而且怒火与日俱增，因为雅克总是巧妙地躲避她，怎么也找不到了。

后来在一天夜里，农场的人都入睡之后，罗丝穿着短裙，光着脚，悄悄出屋，穿过院子，推开马棚的门。雅克就睡在几匹马上方一只铺满干草的木箱里，他听见罗丝进来，就假装打呼噜。但是，罗丝爬上去，跪在旁边不停地推他，一直到他坐起来为止。

雅克坐起来，问道："你要干什么呀？"

罗丝气得浑身直抖，咬牙切齿地说："我要，我要你娶我，你答应过同我结婚。"

雅克笑起来，答道："唉！要是把跟自己发生过关系的姑娘全娶了，那还了得！"

罗丝气极了，一把扼住他的喉咙，将他按倒而无法挣脱，边掐喉咙边凑近他的脸，大声嚷道："我肚子大啦，听清了吧，我肚子大啦！"

雅克喘不过气来，二人就在这寂静的夜里僵持不动，只听见一匹马从草料架上扯干草慢慢咀嚼的声响。

雅克明白她更有力气，便结结巴巴地说：

"那好吧，既然这样，我就娶你。"

可是，姑娘不再相信他的许诺了。

"马上，"她说道，"你马上就请教堂公布结婚预告。"

雅克答道：

"马上。"

"向天主发誓。"

雅克犹豫片刻，接着打定主意：

"我向天主发誓！"

罗丝这才放开手，再也没说什么就走了。

后来几天，她没有机会同雅克说话，马厩的门每天夜晚都上锁了，她还不敢声张，怕事情闹得不可收拾。

不料一天早晨，她看见进来吃饭的是一个新雇工，便问道：

"雅克走了吗？"

"走了，"那人答道，"我来代替他。"

罗丝听了，浑身抖起来，抖得特别厉害，连钩子上的汤锅都摘不下来了。等大家都去干活之后，她上楼回自己房间，怕别人听见，就把脸埋在枕头里哭起来。

这一整天，她尽量打听消息，又避免引起怀疑。不过，她的头脑里总萦绕着自己的不幸，觉得她问到的人无不在窃笑。况且，她什么也打听不出来，只知道雅克一去不复返了。

二

于是，她开始了持续不断的磨难生活，像机器一样干活，而根本不想自己在干什么，头脑里只有一个念头："让人知道就糟糕啦！"

这个念头时时困扰着她，摆脱不掉，她简直丧失了思考的能力，明明感到丢人的事日益迫近，无法挽救，像死一样确切无疑，她也想不出逃避的办法。

每天，她起床比别人早得多，拿一块她梳头用的破镜子，固执地照着腰身察看，非常焦急地想知道今天会不会叫人看出来。

白天，她时常撂下活儿，从上往下看，瞧瞧大肚子是不是把围裙顶得太高了。

几个月过去了。她几乎不再开口讲话，别人问起什么事她也听不懂，总是惊慌失措，目光呆滞，双手打哆嗦。主人见她这样子，不免说道：

"我可怜的姑娘，这段时间，你怎么这样笨啊！"

她去教堂，也总躲在柱子后面，再也不敢去忏悔，特别怕碰见本堂神父，以为他有超人的能力，会看透人的内心。

在饭桌上，伙伴的目光，现在令她惶惶不安。她总想象自己的事被小牛倌发现了。那孩子懂事早，心眼特别鬼，一双发亮的眼睛盯住她不放。

一天早上，邮差给了她一封信。她从未接到过信件，因此心中十分慌乱，不得不坐下来。也许是雅克的信吧？可惜她不识字，对着满是墨迹的纸干着急，不住发抖，最后还是装进兜里，不敢向任何人透露自己的秘密。她干活的时候经常停下，对着这封信长时间发愣，看着这一行行间距相等，末尾有签名的字迹，隐约想象自己会突然发现其中的含义。她又焦急又担心，简直要

疯了,终于去找小学教师。那人请她坐下,念道:

> 我亲爱的女儿:
>
> 这封信不为别事,专为告诉你我的病情很重。咱们的邻居唐蒂师傅代笔,如果可能,要你回来一趟。
>
> 你亲爱的母亲
> 塞萨尔·唐蒂代笔

罗丝一声未吭便走了。不过,她一看周围没人的时候,就瘫倒在路边上,双腿站不起来,在那儿一直待到天黑。

回去之后,她把家中的不幸告诉农场主。农场主让她回家,住多久都行,这里先临时雇个女佣,等她回来再辞掉。

她母亲病情垂危,就在她到家的当天去世了。次日,罗丝早产,生下一个怀胎七月的男婴。婴儿瘦得只有一副小骨头架,看了叫人打寒战,他似乎总是很难受,像蟹爪似的枯瘦可怜的小手一直痛苦地抽搐。

然而,孩子活下来了。

罗丝说她已经结了婚,但是不能带孩子,便寄养在邻居家。人家答应她好好照看。

罗丝又回到农场。

不过,她久久受到伤害的心中,这时仿佛升起一线曙光,萌生了一种陌生的爱。她对留在家乡那个弱小生命的爱,甚至成了一种新的痛苦,每时每刻都感受的痛苦,因为她和孩子分开了。

折磨她最厉害的,就是一种强烈的渴望,要拥抱和亲吻孩子,自己的肉体要感受他那小身体的温暖。她整天想孩子,到了晚上,她一干完活,就坐在炉前凝视火焰,如同神思飞向远方的人那样。

周围的人甚至开始议论她,跟她开玩笑,说她一定有了爱人,并问她那小伙子相貌英俊不英俊,个头儿高不高,家里富不富,什么时候结婚,什么时候要孩子?这些问话像针扎进肉里一样,她受不了,常常跑掉,躲起来独自痛哭。

她要排解这些烦恼,就开始拼命干活。她念念不忘孩子,要想方设法为他多攒钱。

她决定卖力气干活,迫使雇主给她增加工钱。

于是,周围的活儿,她渐渐都揽过来,致使一名女佣被辞退了,既然她干活一个顶两个,那名女佣就多余了。而且,她处处节俭,无论面包、食油、蜡烛,还是别人大手大脚喂鸡的谷物,或者难免要浪费一点儿的牲口饲料,无不精打细算。她花主人的钱,就像花自己的钱一样吝啬。她还善于讲价钱,农场的产品能卖贵些,也能挫败农民出售产品时的伎俩,因此,农场里买进卖出、安排雇工劳动、计算食品等事,都由她一人承担了,不久她就成了农场离不开的人了。由于她兢兢业业,细心管理,农场特别兴旺发达。方圆几公里,大家都谈论"瓦兰师傅的女佣"。这位农场主也到处讲:"这个姑娘,真是千金难买啊!"

然而,时光流逝,她的工钱始终未变。她这样拼命干,仅仅被认为是一个忠心的女佣竭诚效力的表现。她想起有点儿伤心了。每月,她能给主人多攒下五十到一百埃居,而她每年的工钱,不增不减,依然是二百四十法郎。

她决定要求提高工钱。有三回,她去找主人,可是又谈起别的事。她总不好意思开口要钱,就好像是件丢人的行为。终于有一天,她见主人独自一人在厨房吃饭,便十分尴尬地说想单独跟他谈谈。农场主吃惊地抬起头来,两只手撑在桌上,一只手刀尖朝上拿着刀子,另一只手拿着一小块面包,眼睛盯着女用人。罗丝被他看得心里发慌,就说自己不大舒服,要请一周的假回家一趟。

主人立刻准假,随即同样尴尬地补充一句:

"等你回来,我也要跟你谈谈。"

三

孩子快满八个月,根本认不出来了。他长得白里透红,脸蛋儿圆滚滚的,浑身胖嘟嘟的,就像一小包肥油。那肉鼓鼓的合不拢的小手指慢慢地摇动,一看就知道他非常舒服得劲儿。罗丝猛扑上去,真像野兽捕食一般,吻得那么凶猛,吓得孩子哇哇哭起来。这时,她也流下眼泪,因为孩子不认得她了,而见到奶妈就立刻伸出双手。

不过,到了第二天,孩子习惯了她的面孔,见到她就笑了。她把孩子抱到田野,举在面前发疯一般奔跑,然后坐到树荫下,第一次破天荒地打开心扉,尽管孩子根本听不懂,她还是向他倾诉自己的忧伤、劳动、烦恼和希望,同时爱抚又那么凶猛而激烈,简直不让孩子喘口气。

她用双手揉搓孩子,给他洗澡,给他穿衣裳,从中得到无穷的乐趣,甚至给孩子擦屎洗尿布,她都觉得幸福,就好像这种悉心照料才足以证实她是母亲。她端详着孩子,总奇怪这孩子竟是她的。她抱在怀里一边摇着,一边低声反复念叨:"这是我的小乖乖,这是我的小乖乖。"

她一路哭哭啼啼回到农场,刚一到,主人就在屋里叫她。她进去见主人,不知为什么又惊讶又激动。

"坐这儿吧。"农场主说道。

罗丝坐下,二人这样并排坐了好一会儿,都显得局促不安,胳臂耷拉着,不知往哪儿放,而且谁也不看谁,完全是乡下人见面的那种样子。

农场主有四十五岁,是个胖子,两次丧偶,性情又快活又倔强,此刻他一反往常,明显地感到很拘束。他终于决定开口了,但是吞吞吐吐,眼睛望着远处田野,好像心不在焉的样子。

"罗丝,"他说道,"你就从来没有想有个家吗?"

罗丝的脸霎时惨白,像死人一般。农场主见她不说话,就继续说道:

"你是个诚实的姑娘,又规矩,又勤劳,又节俭。娶上你这样的老婆,准能发家。"

罗丝坐那儿一动不动,就好像大祸要临头,她眼神惶恐,思想一片混乱,甚至不想弄明白对方的意思。农场主停了一下,接着说道:

"要知道,一个农场没有女主人,总是不行的,哪怕有一个像你这样的女佣也好啊。"

他住了口,不知再说什么好。而罗丝惊恐万状,就好像面对一个杀人凶手,看对方稍有举动就赶紧逃跑。

五分钟过去了,他又问一句:

"怎么样,行吗?"

罗丝懵头懵脑地答道:

"什么,东家?"

于是,他突然说道:

"当然是嫁给我啦!"

罗丝忽地站起来,随即又瘫倒在椅子上,一动不动了,如同一个遭了大难的人。农场主终于不耐烦了:

"喂,快说,你究竟要怎么样啊?"

罗丝惊慌失措,一直望着他,继而,眼泪一下子涌上来,她哽咽着连说两遍:

"我办不到!我办不到!"

"为什么?"男人问道,"好啦,别犯傻了,我容你考虑到明天。"

他赶紧走掉。迈出了这最难的一步,他如释重负,确信到了次日,他的女佣准会接受。这桩婚事,对女方来说完全出乎意外,而对他来说,则是一桩好买卖,能永远拴住这个给他带来的收益要超过当地最好陪嫁的女人。

况且,也无须顾虑他们之间的门户,因为在乡下,差不多人人平等。农场主也像雇工一样干活儿,迟早雇工也会变为主人,同样,女佣随时可能当上女主人,但这丝毫也不会改变他们的生活和习惯。

罗丝通宵未眠。她精疲力竭,回屋就一屁股坐到床上,连哭的气力都没有了,呆呆地坐在那里,躯体丧失感觉,思想也散乱了,如同让人用弹羊毛床垫的工具给扯碎了。

破碎凌乱的思绪,偶尔也能聚拢一下,她一想到可能发生的事情,就吓得魂不附体。

她越来越恐惧,在小楼一片寂静中,厨房的大座钟每次慢悠悠地打点,都要吓得她出冷汗。她的头脑昏乱迷眩,噩梦一幕幕接连不断。蜡烛熄了,这时神经开始迷乱。这种不可捉摸的神经昏乱,是乡下人时常有的现象,他们以为遭了厄运,极想狂走,极想逃离,避开不幸,如同航船逃避风暴一样。

一只猫头鹰啼叫。她打了个寒战,站起身来,双手捂住脸,再插进头发里,又发疯似的抚摸全身,继而,她跟梦游一般,走下楼去。到了院子里,她就趴到地上,往前爬行,怕被出来闲走的雇工撞见,因为快要西沉的月亮还照亮着田野。她没有打开栅栏门,而是翻过沟沿儿出去,眼前便是一片田野,这才站起来离开。她一路小跑,直往前奔,不时下意识地尖叫一声。她那异乎寻常的巨影贴在地面,跟她一起奔逃。有时一只夜鸟飞过来,在她头上盘旋。农家院里的狗听见她经过,纷纷狂吠,有一条甚至跳过护院沟,追上来要咬她。她猛然掉过头去,冲狗吼叫,吓得它逃之夭夭,钻回窝里不敢吭声了。

有时,一窝小野兔在一块田里嬉戏,不过,一当这个疯女人像谵妄的狄安娜一样狂奔过来,这些胆小的动物便四处逃散。小兔和兔妈妈伏在垄沟里隐蔽,而兔爸爸则撒腿飞跑,它那竖起大耳朵的蹿跳的身影,从西沉的月亮上闪过。此时,月亮已经到达世界的边陲,光线斜射在平野上,仿佛放在天边上的一盏巨大的灯笼。

星辰在深邃的天空中隐没。几只鸟雀唧唧喳喳叫起来。天色渐渐亮了。这女人喘息着,已经跑得筋疲力尽,在旭日冲破紫红色的朝霞时,她才停下脚步。

双脚肿了,再难移步,这时她望见一片水塘,那是一片死水,映着新的一天的霞光,血红血红的。她双手捂脸,一瘸一拐地小步走过去,要将两条腿浸入水中。

她坐到一丛草墩上,脱下满是尘土的笨重的鞋子,再脱下袜子,将发青的小腿浸入时而冒气泡的静止的水中。

一种惬意的清凉感从脚跟传至喉头,她眼神发直,凝视着这片深水塘,忽然感到一阵眩晕,产生一种强烈的愿望,要沉入这水底。沉入水中,痛苦就到头,永远结束了。她不再考虑孩子,而是要安宁、要完完全全地休息,无休无止地长眠。于是她站起来,举起双臂,朝前走了两步,现在水没到大腿,正在冲下去,猛然感到踝骨剧烈的刺痛,又不由自主地往后跳一步,并惨叫一声,原来从她膝盖一直到脚尖,黑压压叮满了长蚂蟥,吸她的血而膨胀起来。她不敢触碰,只是恐怖地号叫,这凄惨的叫声把一个在远处赶车的农民吸引了过来。他一条条把蚂蟥取下来,用草敷住伤口,再赶车把这姑娘送回她受雇的农场。

罗丝病倒了半个月,在能起床的那天早晨,她正坐在门口,农场主突然来了,站到她面前说道:

"怎么样,这事儿就算定了,对不对?"

罗丝没有立刻回答,可是他站在面前,眼睛盯住她不放,她才吃力地说道:

"不行,东家,我办不到。"

农场主一听就火了:

"你办不到,姑娘,你办不到,为什么?"

罗丝又哭起来,重复道:

"我办不到。"

农场主凝视她,劈面喊道:

"这么说,你有了情人?"

罗丝羞得发抖,结结巴巴地回答:

"也许是这样吧。"

这男人满脸涨得通红,气得舌头都不灵便了:

"哼!现在你承认了,浪货!那家伙是个什么东西?是个要饭花子,是个穷光蛋,是个流浪汉,是个饿死鬼?你说说,到底是什么东西?"

他见姑娘不吭声,就接着说:

"哼!我是不愿意……我替你说出来吧,就是若望·博度吧?"

姑娘高声说:

"唉!不对,不是他!"

"那就是皮埃尔·马尔丹啦?"

"也不是,东家。"

一怒之下,他把当地的小伙子都数遍了,而罗丝精神颓丧,一一否认,不断用蓝围裙角擦眼睛。然而,这汉子是个粗人,非常固执,一定要刨根问底,挖出她心中的秘密,如同猎狗闻到洞里野兽的气味,就一整天用爪子刨土,非要把野兽挖出来不可。突然间,他叫起来:

"哦!对了,是去年那个雇工雅克呀,怪不得别人说,他总跟你讲话,你们约定要结婚的。"

罗丝喘不上气来,热血涌上来,满脸涨红,而眼泪却突然枯竭了——泪珠挂在面颊上很快就干掉,犹如水珠落到烧红的铁块上。她高声否认:

"不对,不是他,不是他!"

"你这话有准儿吗?"这个狡猾的农民问道,显然他多少嗅到了一点儿真相。

罗丝赶紧回答：

"我向您发誓……我向您发誓……"

她考虑要指什么发誓，却又不敢端出神圣的事物。农场主打断她的话：

"可是，他总随你往偏僻的角落里钻，一到饭桌上，他那眼睛就要把你吃掉。说，你是不是答应他啦，嗯？"

这回，她看着东家的脸：

"不，绝没有，绝没有，我指着天主向您发誓，他今天就是向我来求婚，我也要拒绝。"

她那样子显得极为诚恳，倒叫农场主犹豫起来。他仿佛自言自语地又说道：

"这就怪了，怎么回事呢？你并没有发生什么不幸，否则大家都会知道。如果没有什么重大缘故，一名女佣是不会拒绝东家的。这里面肯定有什么名堂。"

罗丝再也不回答什么了，她惶恐得已经喘不上气来。

农场主又问了一声："你一点儿也不愿意吗？"

罗丝叹道："我办不到，东家。"农场主转身走掉了。

她以为总算摆脱了这件事，因而这一天过得相当平静，不过也感到疲惫不堪，浑身散了架，就好像她代替了那匹老白马，一大清早就上了套，拉着脱粒机转了一整天。

她早早上床，一躺下就睡着了。

半夜里，有两只手摸索她的床铺，把她弄醒了。她吓了一大跳，但是马上听出东家的声音。东家对她说："不要怕，罗丝，是我，我来找你谈谈。"

罗丝先是感到诧异,接着见他要往被窝里钻,这才明白他的来意,于是浑身开始剧烈地颤抖。此刻她睡眼惺忪,光着身子躺在床上,而想得到她的男人就在身边,她感到在黑夜中孤立无援。她不情愿,这是肯定的,然而她也半推半就,须知她还要同天性淳朴的人那种特别强烈的本能搏斗,而她这种性情被动柔弱的人又优柔寡断,不能受到意志的有力保护。她把脸时而转向墙壁,时而转向屋内,躲避农场主的爱抚和追逐着她要亲嘴的嘴唇。她的身子因搏斗而疲惫,在被窝里微微弯曲。而男的欲火炽烈,变得非常粗暴,一下子将衾被掀开。罗丝全身裸露,感到再也无法抵抗,这才停止搏斗,但出于羞耻心,双手捂住脸,宛如鸵鸟那样。

农场主整夜都待在她身边,次日晚上又来了,此后天天如此。

他们一起生活了。

一天早上,农场主对她说:"我已经让教堂公布结婚预告,咱俩下个月办喜事儿。"

罗丝没有回答。她能说什么呢?她也毫不抵制。她又能怎么做呢?

四

罗丝嫁给了东家,就觉得自己掉进够不到边沿的深坑里,永远也爬不出去,而各种各样的苦难祸殃,像巨石一般悬在头顶,随时都可能砸下来。她总觉得丈夫是她偷来的人,早晚有一天他会发觉。她也想到自己的孩子,那是她在人间整个不幸的源泉,但也是她全部幸福的源泉。

每年她两次去看孩子，每趟回来神情都更加忧郁。

不过，久而久之就习惯了，她的种种忧惧渐渐缓解，心情也平静下来，在生活中信心增加，只是心头还隐约飘浮着某种担忧。

日子一年一年过去，孩子长到六岁。现在，罗丝觉得相当幸福美满了，不料农场主的心情却突然恶化了。

这两三年他就好像担心什么，心头烦恼，一种隐忧逐渐滋长。吃过晚饭，他还久久待在那里，双手捧着头，愁眉苦脸，闷闷不乐，一颗心受着悲苦的啮噬。他讲话比以前急躁了，有时还很粗暴，好像对他妻子也有了成见，回答她的话时恶狠狠的，带着几分火气。

有一天，邻家的孩子来取鸡蛋，罗丝正忙着活儿，对孩子不大客气。她丈夫突然来到面前，没好气地对她说：

"这要是你的孩子，你就不会这样对待了。"

罗丝一时瞠目结舌，回答不上来，继而她回屋去，从前的种种忧惧都从心头醒来了。

吃晚饭时，丈夫不同她说话，连看也不看一眼，好像厌恶她，瞧不起她，好像他终于知道了什么情况似的。

罗丝不由得惊慌失措，吃完饭不敢和丈夫单独待在一起，就赶紧溜走，朝教堂跑去。

天黑了，狭窄的殿堂非常昏暗。不过，在一片寂静中，圣坛那边有脚步声，原来是圣器管理员去点燃圣体龛前的长明灯。那一豆摇曳的灯光，虽然淹没在拱顶下的黑暗中，在罗丝看来却好似最后一线希望。她注视着那灯火，扑通一下跪倒在地。

随着一阵铁链声响，那盏幽幽的长明灯又吊上半空。接着，石板地响起木底鞋的跳动声以及拖动绳子的窸窣声。那口小钟将夜晚的三钟经的幽鸣送进逐渐扩展的暮霭中。圣器管理员要出去的时候,罗丝追上去,说道:

"本堂神父先生在他住所吗?"

那人答道:

"我想在的,他总是在敲三钟经时吃晚饭。"

于是,罗丝哆哆嗦嗦地推开神父住宅的栅栏门。

神父正在吃饭,他立刻请罗丝坐下,说道:

"是啊,是啊,我知道了,您的来意,您丈夫已经同我谈过了。"

可怜的女人几欲瘫倒,神父又说道:

"您想怎么办呢,我的孩子?"

他一匙一匙快速地喝汤,汤水一滴滴落到被肚子顶起来的油污的教袍上。

罗丝不敢再说什么,也不敢恳求和哀告,她起身要走。本堂神父对她说:

"坚强点儿……"

罗丝离开了。

她回到农场,却不知道自己在干什么。东家等着她。在她出去这会儿,雇工们吃完饭走了。她扑通一声跪到他面前,泪如泉涌哀吟着问道:

"你究竟怪我什么呀?"

她丈夫骂骂咧咧地嚷道:

"他妈的,怪你没生孩子!一个人娶老婆,可不是要这样孤孤单单,两个人守到死。我就是怪这个。母牛不下犊子,就一钱不值。女人不生孩子,同样一钱不值。"

她边哭边结结巴巴地重复道:

"这不是我的错!这不是我的错!"

丈夫的态度和缓一点儿,又说道:

"我也没说是你的错,不过,这总归叫人不痛快。"

五

从这天起,罗丝只有一个念头——生一个孩子,再生一个。她把这个愿望告诉了所有人。

街坊大嫂教她一个法子,每天晚上,给她丈夫喝一杯放一撮炉灰的清水。农场主照办了,然而,这个法子没有奏效。

夫妻二人商议:"也许还有别的秘方吧。"他们到处打听,又听说四十公里远住着一个老羊倌。有一天,瓦兰老板就套上两轮轻便马车,动身去向那人讨教。老羊倌给他一个画了符的面包。那个面包掺了草药,夫妻二人在夜里同房前后要各吃一小块。

面包吃光了还是毫无结果。

一位教师向他们透露乡下人不知道的秘方和房中术,并说绝对灵验。可是,一样也未见灵验。

本堂神父建议去费冈朝拜圣血。罗丝去了,同一大群人在修道院里跪拜,她的心愿同那些农民心中发出的粗俗愿望搅在一起,恳求众人都哀告的那一位让她再怀一次孕。然而徒劳。于是她想象这是对她第一次错误的惩罚,心中随即产生了无限痛苦。

她忧心如焚,人也瘦了。她丈夫也见老了,随着希望一个个落空,精力渐渐衰竭,如同人们所说"耗费了心血"。

这样,夫妻间就开战了。丈夫骂妻子,打她,成天找她的碴儿。夜间上了床,他气喘吁吁,又咬牙切齿,侮辱和脏话劈头盖脸抛给妻子。

一天夜晚,他实在想不出新花样来折磨妻子,就吩咐她起床,到门外雨中站到天亮。罗丝不听,他就掐住她的脖子,用拳头捶她的脸。罗丝一声不吭,一动不动。他气急败坏,跳起来,用膝盖压住她的肚子,牙齿咬得嘎嘣声,气得发了疯,狠命打她。罗丝突然绝望地反抗,猛地一用力,把他推到墙上,她忽地坐起来,说话都变了调,声音嘶哑地说:

"我生了一个孩子,哼!我生过一个!是跟雅克生的,那个雅克你认识。他本来要娶我,可是他溜掉了。"

丈夫愕然,愣在那里,同他妻子一样万分冲动,他结结巴巴地说:

"你,你说什么?你说什么?"

这时,妻子痛哭流涕,泪如雨下,边哭边结结巴巴地说:

"就因为这个,我才不能嫁给你,就因为这个。当时我又不能跟你说,说了你会把我赶走,让我和孩子没饭吃。你就没有孩子,没有,可你还不明白,你还不明白!"

丈夫越来越惊讶,机械地重复:

"你有个孩子?你有个孩子?"

妻子边哽咽边说:

"你是硬要跟我睡觉的,我根本就不愿意嫁给你,大概你完全清楚了吧?"

这时,丈夫下了床,点亮蜡烛,背着手在屋里走来走去。妻子倒在床上,仍然在哭泣。他走到妻子面前,突然站住,说道:"这么说,我跟你没有孩子,应当怪我啦?"对方没有回答。

他又来回走动,继而重又站住,问道:

"你那小家伙几岁啦?"

罗丝咕哝道:

"快满六岁了。"

他又问道:

"你为什么不告诉我呢?"

罗丝呻吟道:

"我能告诉你吗?"

他站在原地不动。

"好吧,你起来。"他说道。

罗丝吃力地爬起来,靠着墙下了地。她丈夫突然哈哈大笑,笑声跟他在快活的日子里一样粗犷。他见妻子还是心慌意乱,这才补充说:

"好吧,既然咱们俩生不了孩子,那就去接那个孩子吧。"

罗丝一听,魂飞天外,要不是浑身绵软无力,她肯定会拔腿逃跑,可是,农场主却搓着双手,低声说道:

"本来我就想领一个,现在可有啦,现在可有啦。我还找过本堂神父,要领个孤儿。"

他大笑不止,又亲亲妻子的两边脸蛋,见妻子泪流满面,痴呆呆的,就像怕她听不见似的,高声喊道:

"走哇,孩子他妈,去看看还有没有菜汤,有一锅我也能喝下去。"

罗丝穿上裙子,夫妇二人走到楼下。就在妻子跪着又点燃灶下的火时,丈夫心花怒放,在厨房继续大步流星地来回走,嘴里还反复念叨:

"嘿,老实说,这事儿真叫我高兴,我可不是嘴上说说,而是真高兴,我太高兴啦!"

・羊脂球・

一家子

开往纳伊的市内小火车过了马约城门,正沿着林荫大道驶向塞纳河畔。小车头拉着一节车厢,用汽笛声赶走路上的障碍。它喷着蒸汽,呼哧呼哧喘息,真像跑得上气不接下气的一个人。活塞里发出急速的咚咚声响,又好似铁腿在奔跑。傍晚,大道上溽暑熏蒸,虽然没有一丝风,路面上却扬起粉笔末似的白色尘土,密密麻麻,又呛人又滚热,粘在你汗湿的皮肤上,眯你的眼睛,一直钻进你的肺里。

大街两旁,有许多居民在门口透空气。

车上的玻璃窗都放下来了,所有窗帘在疾驶带起的风中飘动。车厢里只有少许几位乘客,只因天气太热,大多乘客都爱待在顶层和外面的平台上。有一些打扮得花枝招展的胖太太,是住在郊区的小市民,她们不懂得高雅,就拿装模作样来充数。还有一些在办公室坐腻了的先生,由于长期伏案工作,他们脸色蜡黄,弯腰驼背,一边肩膀显得高些。他们那愁苦惶遽的面容,表露他们有家庭烦恼,经济拮据,也表露彻底化为泡影的早年的希望,加入了衣衫褴褛的穷鬼大军。他们在巴黎边缘辟垃圾场安家,住在刷白灰的破房子里,过着紧巴巴的日子。

紧挨车门坐着一个又矮又胖的男人,他的脸膛虚胖,便便大腹垂到叉开的双腿之间,那身黑色服装上佩戴着勋章绶带。同他聊天的人又细又高,衣冠不整,穿了一套极脏的白色斜纹布服装,戴着一顶破旧的巴拿马草帽。那个矮胖子说话吞吞吐吐,犹犹豫豫,有时真像个结巴,他就是海军部主任科员卡拉望先生。那个瘦高个儿从前在商船上当卫生员,后来到弯路圆点广场附近定居,用他海上生涯仅余的一点儿模糊的医学知识,为当地的穷百姓治病。他叫舍奈,总让别人称呼他"大夫"。关于他的品行也有不少传言。

卡拉望先生始终过着规范的机关职员的生活。三十年来,他一成不变地上班,每天早晨走同一条路,在同一时间,同一地点,遇到同样去上班的人,傍晚下班还是走同一条路,又遇到眼看着衰老的同样的面孔。

每天,他到圣奥诺雷郊区大街口,花一文钱买份报纸,再买两个小面包,然后走进部里大楼,那神态活像个投案自首的犯人,急匆匆地赶到办公室,心里惶恐不安,总担心自己的工作有什么疏漏而遭训斥。

他这种单调的生活规律,从来没有发生任何变故。因为,除了办公室的事务,除了升级和奖金,任何事件都与他无关。他早已不在乎嫁妆,娶了一位同事的女儿,但无论在部里还是在家里,他只谈公事。他那头脑在日常办公中逐渐萎缩而愚钝了,除了与部里有关的事情之外,就再也没有其他念头,没有其他希望和梦想了。不过,他的科员生涯的满足感,总掺杂一种扫兴的苦涩滋味。那些海军军需官,因为军装上的白条纹而得了"白铁匠"诨号的家伙,一调进部里就当副科长或科长。他和妻子都同样愤愤不平,每天吃晚饭的时候,他就大谈特谈,摆出种种理由证明,让那些命该在海上漂泊的人到巴黎来任职,无论从哪个角度看,都是极不公道的。

不知不觉中一生度过去了,现在他年事已高。他出了校门,就跨进机关大门,从前他见了就发抖的学监,如今换成了他怕得要死的上司。他一到那些室内有暴君的门口,就从头到脚打哆嗦。由于长期处于这种惶恐不安的状态,他就形成了一种笨拙的举止,见人低声下气,说话也神经质似的口吃。

他对巴黎的了解,多不过每天由狗领到同一门檐下讨饭的一个瞎子。他在小报上看到什么事件和伤风败俗的社会新闻,都认为它们是编造的离奇故事,专供小职员消遣。他一贯奉公守法,是个没有明确见解的保守派,但敌视"新事物",凡遇政治新闻,他都略过去,不过他那小报刊载政治新闻时,总要被某一方收买而歪曲事实。每天傍晚,他沿着香榭丽舍大街回家,望着熙来攘往的行人和川流不息的车马,那神态就像一位游客穿越遥远而生疏的异域。

就在这一年,规定的三十年服务期满,一月一日那天,他得了一枚荣誉团勋章。须知在这种军事化的机关里,那些被锁在绿皮卷宗上可悲的苦役犯,经过长期而惨苦的劳役(即所谓"竭诚效力")之后,就会得到这种奖赏。这一出乎意料的荣誉,使他对自己的才干有了更高的新看法,同时也彻底改变了他的习俗。从那以后,他不再穿杂色裤子和奇装异服,换上黑色裤子和礼服,这才配得上勋章的宽宽绶带,同时,他每天早晨刮脸,更加仔细地修指甲,隔一天就换一次衬衣。总之,转瞬之间,卡拉望换了一个人,衣冠整洁,有了威仪,又能谦和待人,他这样注意风度礼仪,尊重他所跻身的国家"勋位团",也是理所当然的。

他回到家里,总把"我的勋章"挂在嘴边,这种自豪感达到了无以复加的程度,简直不能容忍别人的扣眼上所挂的别的勋章,见了外国勋章更是火冒三丈:"不能让他们在法国佩戴出来。"他尤其恨每天傍晚在小火车上遇见的舍奈大夫,怪他戴一枚白不白蓝不蓝黄不黄绿不绿的什么勋章。

从凯旋门到纳伊门这段路,他们俩的谈话也总是相同的。这天同往日一样,先谈到他们俩都憎恶的本地的种种弊端,而区长却尸位素餐。继而,卡拉望就把话题转到疾病上来,这是同一位大夫在一起所必然谈到的,他指望借闲谈之机,能免费捡到一点儿小教益,如果不动声色,问得巧妙,说不定还能得到一次诊断。况且,近来他母亲的状况令他担心,时常昏厥,许久才醒来,年已九旬却不肯求医。

母亲高寿,卡拉望说起来总要动情,一再对舍奈大夫说:"你能经常见到这样长寿的人吗?"他喜滋滋地搓着双手,这倒不见得他盼望老太太永远活在世上,而是因为母亲长寿对他是个好信号。

他还说道:"唔!我们家的人寿命都很长,因此,我敢肯定,如果不出意外,我会活到很老。"

卫生员以怜悯的目光看了看身边这个人,打量一下对方红赤赤的脸庞、肥嘟嘟的脖颈、垂到肌肉松懈的胖腿之间的大肚子,以及这个老科员容易中风的软塌塌的圆身材,这才掀了掀扣在头上的那顶灰不溜秋的草帽,嘿嘿一笑,答道:"不见得吧,老兄,令堂身体精瘦,而您却胖得像个皮球。"卡拉望心里一阵慌乱,便不作声了。

这时,小火车到站了,两个伙伴下了车。舍奈先生提议到对面环球咖啡馆,请喝一杯苦艾酒。他们俩常去那里,同老板挺熟。老板从柜台的酒瓶上面伸出两根手指,他们俩握了握,又走过去,瞧瞧从午间起就坐在那儿打多米诺骨牌的三位牌友。彼此亲热问候,也少不了打听一句:"有什么新闻?"然后,打牌的人又接着打牌,等这两位告辞的时候,他们头也不抬,只伸出手来。这两位握手告别,就各自回家去吃晚饭了。

卡拉望住在弯路圆点广场附近,是一座三层小楼,楼下开了一家理发店。

这套住宅有两间卧室,有餐室和厨房,几把重新胶合的椅子,按照需要从这间屋拖到那间屋。卡拉望太太的全部时间,都花费在打扫这套房子上。而十二岁的女儿玛丽-路易丝和九岁的儿子菲利浦-奥古斯特,则在大街的阳沟里,同本街道的所有顽童追打嬉戏。

卡拉望的母亲安置在楼上,她在这一带是出了名的小气鬼,而她这人也精瘦,因此有人说,上帝把她精打细算的原则用到她本人身上了。她总好发脾气,没有一天不吵架,不大发雷霆的。她从窗口骂站在门口的邻居,骂蔬菜小贩、清道夫和孩子。孩子要报复,就等她出门的时候,远远跟着她,边走边喊:"老——妖——精!"

有个女用人干家务活,她是矮小的诺曼底人,粗心大意令人难以置信。她睡在三楼上,挨着老太太,怕老太太有个三长两短。

卡拉望回到家中时,他那患有洁癖的妻子,正在用一块法兰绒擦拭几把散放在几间空荡荡的屋里的红木椅子。她总是戴着线手套，脑袋扣一顶便帽，帽上缀饰的五颜六色缎带时时滑落到一侧耳朵上。她打蜡，擦拭或者洗刷，让人撞见时就总是这么说："我不是富人，我家里整个陈设很简单，而我的豪华就是洁净，这也不亚于别种豪华。"

她天生就务实，有了准主意绝不改变，在大小事情上都是她丈夫的向导。每天夜晚，先是在餐桌上，然后又到床上，夫妻要长时间议论办公室的事情。丈夫虽然比妻子大二十岁，但是就如同向神父忏悔一样，什么事情都要告诉妻子，都要听从妻子的主意。

卡拉望太太从来就谈不上姿色，她又矮又瘦，现在可以说相貌丑陋了。这也怪她不会打扮，总是抹杀她那微弱的女性特征，如果穿戴得巧妙得体，本来应该突显出来。她的裙子似乎总扭向一边。她还爱在身上东抓抓西搔搔，也不管在哪儿，不管有什么人在场，这种习惯几乎成为怪癖了。在家里，她通常戴着自以为很漂亮的软帽，帽顶缀饰一大簇丝绸彩带，这是她想到的唯一装饰物。

她一瞧见丈夫回来，立刻直起身，亲了亲他的颊髯，说道："亲爱的，你想着去波坦店了吗？"（这是他答应过的事。）他吓坏了，一下子倒在椅子上——这是他第四次忘记了。"真糟糕，"他说，"太糟糕了。这件事，一整天我都想着，可是没用，一到晚半晌总要忘掉。"看他那样子很难过，于是妻子安慰道："明天想着就是了。部里没有什么新情况吗？"

"怎么没有，有一条大新闻：又有一个白铁匠当上了副科长。"

妻子的神情变得十分严峻，问道：

"到哪一科？"

"国外采购科。"

她立刻发火：

"这么说，是接替拉蒙的职位啦？这正是我想要你得到的位置。那么拉蒙呢？退休了吗？"

卡拉望讷讷答道："退休了。"

妻子怒不可遏，软帽滑到肩头上：

"完啦，瞧吧，那个鬼地方，现在一点儿指望也没有了。你说的那个军需官叫什么？"

"博纳索。"

她查阅一向放在手边的海军年鉴，念道：

"博纳索——土伦——1851年生——1871年任见习军需官，1875年任助理军需官。"

"他出过海吗？"

卡拉望听这一问，情绪就平静下来，同时萌生一阵喜悦，乐得肚子直颤动："同巴兰一个味儿，同他的上司巴兰完全一个味儿。"

接着，他提高了笑声，又提起全部人都拿来开心的老笑话："派他们去视察黎明军港，千万别走水路，乘小火轮去，他们要晕船的。"

不过，妻子仍然板着面孔，仿佛没有听见。继而，他缓慢地搔着下颌儿，咕哝道："若是跟一名议员有关系就好啦！一旦议会了解那里发生的一切，部长就非下台不可……"

楼梯上响起一阵吵闹声，打断了他的话。玛丽-路易丝和菲利浦-奥古斯特从阳沟里回来,姐弟俩每上一级,就你扇我一个耳光,我踢你一脚。母亲大为光火,冲了过去,揪住每个人的胳臂,狠劲儿摇晃着,将姐弟俩丢进屋里。

两个孩子看见父亲,立刻扑上去。父亲久久地搂着亲他们,然后让他们坐在他膝上,同他们谈心。

菲利浦-奥古斯特是个丑孩子,头发像一堆乱草,从头到脚脏乎乎的,而且一脸呆相。玛丽-路易丝长得像母亲,说话也像母亲,重复她的话,甚至模仿她的动作。小姑娘也问道:"部里有什么新情况吗?"父亲快活地回答:"丫——丫头啊,你朋友拉蒙,就是每月都要来吃饭的那位,要离开我们了,一位新任副科长接替他的职位。"女儿抬眼看着父亲,以早熟的孩子那种同情的口气说道:"这么说,又有一个踏着你的后背上去了。"

父亲止住笑,没有回答,接着,他要转移话题,就问正在擦窗户的妻子:

"妈在楼上好吗?"

卡拉望太太停止擦拭,回过身去,将滑到背上的软帽戴好,嘴唇颤抖着说:

"哼!好吧,咱们就说说你妈吧!她可真给我好瞧啦!想想看,理发匠的老婆勒博丹太太,上楼来向我借一包淀粉,正巧那工夫我出去了,你妈就骂人家是'要饭的',把人家赶走了。我回来就把老太婆狠狠训了一通。她跟往常一样,一受人责备,就装作没有听见,其实,她不见得比我聋,就是装模作样。这样讲有凭证:她一句话也不说,立刻上楼回自己的房间去了。"

卡拉望不免惭愧,沉默不语。这时,小用人跑来说晚饭做好了。于是,卡拉望操起总藏在墙角的一根扫帚把,往天花板捅了三下,然后一家人到餐室里。卡拉望太太分好汤,等老太太下来,汤都等凉了,他们就慢慢吃起来。盆里的汤喝完了,他们又等。卡拉望太太可真来火了,就拿丈夫撒气:"要知道,她这是成心闹别扭,而你总是替她说话。"

卡拉望左右为难,只好打发玛丽-路易丝去叫奶奶,然后垂下目光,待在那儿一动不动。他妻子咽不下这口气,用餐刀尖敲着酒杯脚。

门忽然打开,只有丫头一个人回来,她气喘吁吁,面无血色,慌慌张张地说道:"奶奶倒在地上啦!"

卡拉望腾地蹦起来,把餐巾往桌上一扔,冲了出去,楼梯上响起咚咚的脚步声。他太太仍以为婆婆在搞恶作剧,轻蔑地耸耸肩膀,慢腾腾地随后上楼。

老太太直挺挺地趴在屋子中央。儿子将她身子翻过来,只见那张面孔毫无表情,皮肤发黄,呈深褐色,满是皱纹,闭着眼睛,咬紧牙齿,一动也不动,整个枯瘦的身体已经僵硬。

卡拉望跑到她身边,呻吟着:"我可怜的妈妈呀!我可怜的妈妈呀!"

不过,卡拉望太太仔细端详一会儿,肯定地说:"唉!没事儿,又昏过去了,不用说,就是不想让我们吃晚饭。"

他们把老太太抬到床上,脱了衣裳,夫妇二人和女用人一齐上手,给她按摩身子,费了半天劲儿,也不见她苏醒过来。于是,他们打发女用人罗萨莉去请舍奈"大夫"。他住在河边上,靠近苏雷恩,路挺远,等了很久他才赶到,查看了一下,拍了拍老太婆,又号了脉,高声说道:"人不行了。"

卡拉望扑到母亲身上,号啕大哭,哭得浑身直抖动。他拼命吻着母亲僵硬的脸,大颗大颗的眼泪,好似大水珠一样,纷纷落到死者的脸上。

卡拉望太太做出了适度的哀伤,她站在丈夫的身后,轻声哭泣,使劲儿地揉眼睛。

卡拉望的脸愈显肿胀,稀疏的头发也乱了,那真正哀痛的样子十分丑陋,他猛然站起来:"真的……大夫,您有把握吗……您完全有把握吗?……"

卫生员急忙走过去,就像商人夸耀自家的货那样,以内行的熟练动作抚弄尸体,说道:"喏,老兄,瞧瞧这眼珠嘛。"他翻开老太婆的眼皮,只见他手指下露出眼珠,看去毫无变化,只是瞳孔可能放大了一点儿。

卡拉望的心挨了一刀,一阵恐惧传遍他周身的骨肉。舍奈先生抓起老太婆抽紧的胳膊,用力掰开手指,仿佛面对一个贬低他货物的顾客,气冲冲地说道:"您瞧瞧这只手嘛,尽管放心,我绝不会看走眼。"

卡拉望又扑到床上打滚,哭声几乎像牛在吼叫。这工夫,她太太一边装作抽抽搭搭,一边料理该做的事情。她将床头柜挪过来,铺上一块餐巾,放了四根蜡烛,点着之后,再从壁炉上方取下吊在镜子后面的一根黄杨木,摆到了蜡烛之间的一只盘子里。没有圣水,盘子里盛满了清水。不过,她略微考虑一下,就捏了一小撮盐放进清水里,大概以为这样就算做了临终圣事。

她布置好灵堂之后,就站在那里不动了。卫生员刚才帮她摆东西,这时低声对她说:"应当将卡拉望拉走。"她点了点头,走到一直跪着哭泣的丈夫旁边,同舍奈先生每人架一条胳膊,将他搀起来。

二人先扶他坐到椅子上。他妻子吻了吻他的额头,便开导他。卫生员也从旁帮腔,劝他认命节哀,要坚强,要振作起来,说的那些话,全是人在大灾大难中办不到的。接着,二人又把他搀走。

他跟个胖孩子似的,抽抽噎噎,浑身软塌塌的,双臂耷拉着,两条腿绵软无力。他走下楼,却不知道自己在做什么,只是机械地迈着脚步。

他们扶他坐到他吃饭的专座,面前还放着几乎空了的餐盘,汤匙仍浸在剩下的汤里。他坐在扶手椅上一动不动,眼睛直愣愣地盯着酒杯,什么念头也没有了。

卡拉望太太在角落里同医生谈话,打听要办什么手续,全面了解办丧事的通常做法。舍奈先生好像期待什么事情,最后,他抓起帽子,说他尚未吃饭,躬了躬身表示要走。卡拉望太太高声说道:

"怎么,您还没有吃晚饭吗?那就在这儿吃吧,大夫,就在这儿吃吧!有什么吃什么,不必客气,要知道,我们也吃不了多少。"

大夫婉言谢绝,卡拉望太太坚持留客:

"您这是怎么说的,还是留下吧。在这种时候,有朋友在身边就好过多了,再说,您劝劝我丈夫,他也许会吃点儿东西。他真需要添点儿气力。"

大夫躬身从命,将帽子放到一件家具上,答道:"既然这样,太太,我就只好领情了。"

卡拉望太太向吓昏了头的罗萨莉吩咐几句话,也坐到饭桌前,说是要"陪陪大夫,也装样子吃点儿东西"。

他们又喝了已经凉了的汤。舍奈先生又添了一次。接着端来一盘里昂风味的牛肚,飘散一股洋葱的香味,卡拉望太太也决定尝一尝。"好极了。"大夫说道。卡拉望太太笑了笑,说道:"对吧?"然后扭头对丈夫说:"你也吃点儿吧,我可怜的阿弗雷德,肚子里哪怕少垫点儿东西也好啊,想想吧,你还要熬夜呢!"

卡拉望温顺地拿过餐盘,然后吃起来,现在他事事顺从,既不抵制也不思考,就是让他上床睡觉他也会照办。

"大夫"自己动手,往盘子里添了三次。卡拉望太太则不时地用叉子叉一大块牛肚,装作心不在焉的样子吃下去。

又端上满满一盆通心粉,"大夫"喃喃说道:"嘿!这真是好东西。"这回,卡拉望太太给每人盛了一份儿,连孩子的碟子都装满了。两个孩子呼噜呼噜吃起来,他们还趁没人管,喝起原汁葡萄酒,又在桌子下面相互踢起来。

舍奈先生想起罗西尼爱吃意大利通心粉,就突然说道:"嚩!还挺押韵呢,可以写一首诗嘛,就这样开头:

音乐大师罗西尼

爱吃通心粉条子……"

没人听他说。卡拉望太太忽然有了心事,要考虑这场变故会引起的各种后果。她丈夫则揪面包搓成一个个小球,摆在餐桌上,然后呆呆地盯着看。他嗓子眼儿干得火烧火燎,一次次拿起斟满葡萄酒的杯子。经受这场打击,又过度悲痛,他的头脑本来就乱了,现在更是飘飘忽忽,就像在饭后艰难消化时突然产生的眩晕中飞舞。

"大夫"不客气了,喝起酒来像个无底洞,显然已经醉了。卡拉望太太焦躁不安,心烦意乱,这是一阵神经紧张之后的必然反应,她虽然只喝了清水,但是脑袋也有点儿发晕了。

舍奈先生开始讲述几户人家死了人的情景,在他看来简直不通情理。因为,巴黎这一带郊区,住的全是从外地迁徙来的人,他们还保留乡下人对死者的那种冷漠态度,死的哪怕是亲爹亲娘——那种不敬的态度,那种无意识的残忍无情,在乡下极为寻常,而在巴黎市内则十分罕见。他说道:"喏,就在上周,普托街来人请我去。我急忙赶去,一看病人已经咽了气,可是家属呢,却在床榻旁边,从容地喝酒,要喝完头天为满足临终的人而买的一瓶茴香酒。"

然而,卡拉望太太没有听,她一直在想遗产的事。卡拉望头脑里空空如也,什么也听不懂。

咖啡端上来了,为了提神,咖啡煮得很浓,每一杯又兑了白兰地,喝下去之后,他们的面颊很快就添上一层红晕,已经模糊的意识中仅存的念头也被搅乱了。

最后,"大夫"又猛地抓起酒瓶,给每人斟了一点儿白兰地涮杯子。他们不再说话,慢慢地啜着加糖的白兰地在杯底形成的黄色甜浆,一个个沉迷在消化所产生的温馨之中,并且像动物一样,不由自主地陷入由饭后烈酒所带来的舒适里。

两个孩子睡着了,罗萨莉抱他们上床去。

这时,卡拉望同所有不幸的人一样,机械地顺从麻痹自己的愿望,又一连几次喝白兰地酒,他那呆滞的眼闪闪发亮了。

"大夫"终于起身要走,他抓住朋友的胳臂,说道:

"来,跟我一道出去,透透空气对您有好处,一个人有了烦恼,不应当待在家里不动。"

对方听从了,他戴上帽子,拿起手杖,跟着出去了。两个人挽着胳臂,在灿烂的星光下走向塞纳河。

夜晚熏风徐徐,送来一阵阵芳香。这个季节里,这一带花园都鲜花盛开,而鲜花的芬芳白天似乎在沉睡,临近傍晚才醒来,开始施放,由清风送进幽暗中。

宽阔的大街阒无一人,只有两行煤气街灯,一直延展到凯旋门。巴黎那边红雾笼罩,传来市井的喧嚣。听似一种持续不断的隆隆滚动声响,时而有火车的鸣笛从远处呼应。那是一列开足马力的火车,在平野上飞驰,或者穿越外省,朝大西洋畔驶去。

户外的空气扑到脸上,两个男人一时感到意外,医生几乎失去平衡,而卡拉望在吃晚饭时就昏头涨脑,这时晕得更厉害了。他恍若在梦中行走,神思迟钝,浑身不听使唤,精神处于麻木状态,没有痛苦之感,也就没有强烈的哀伤了,再加上夜晚弥漫的温煦的花香,他甚至觉得轻松了。

二人走到桥头,便朝右拐去,河水迎面送来清风。隔着一排高高的白杨树,河水在那边忧郁而静静地流淌,星星仿佛在河中游泳,顺着水流荡漾。对面堤岸上飘浮着淡淡的白雾,给呼吸送来一股潮湿的气息。卡拉望戛然止步。河流的气味令他凛然一惊,将他内心深处久远的记忆搅动起来。

他蓦地又看见了母亲,是他童年所见到的形象,在遥远的庇卡底,母亲弯腰跪在家门口,在流经园子的小溪边洗一大堆衣裳。恍惚间,他又听见幽静的田野响起母亲的棒槌声和喊声:"阿弗雷德,给我拿块肥皂来。"此刻,他又闻到同样的流水气味,又看到笼罩潮湿土地的同样薄雾。沼泽地的水汽味道,一直留在他心头,永世难忘,而他恰恰在母亲去世的这个晚上,重又闻到了。

他僵立不动，绝望的情绪又猛烈袭来。犹如一道闪光倏忽照亮他的整个不幸，这阵浮荡的气息将他投进无从慰藉的黑色痛苦深渊。他的心被幽明永隔的分离所撕裂。他的一生也拦腰截断，他的整个年轻时代，在这次亡故中沉没消失了。"以往"完全结束了，青少年的记忆全都烟消云散，再也没人能同他谈谈往事，谈谈他从前认识的人、他的家乡、他本人以及他过去生活的事情。他的一部分存在已然消亡，现在该轮到另一部分死去了。

一件件往事浮现在眼前，他又看见年轻时的妈妈，身上那套旧衣裙穿得实在太久，仿佛同她本人分不开了。他又在早已遗忘的种种场合中见到母亲，重温那淡漠的形貌：她的举止、声调、习惯、癖好、愤怒、脸上的皱纹、瘦手指的动作，以及她再也不会有的常做的姿态。

于是，他紧紧抱住大夫，哀号起来。他那绵软无力的双腿在颤抖，整个胖身子随着哭泣摇动，断断续续地说："妈呀，我可怜的妈呀，我可怜的妈妈呀！"

然而，他的同伴一直醉意醺醺，正打算到他常常偷着去的地方消磨这个夜晚，见他又痛发悲声，就不耐烦了，便扶他坐到河边的青草上，借口要给人看病，随即抛下他走掉了。

卡拉望哭了很久，眼泪流干了，也可以说痛苦全流走了，他重又感到轻松、舒坦和骤来的平静。

月亮升起来了，以它淡白的光华洗浴大地万物。高高挺立的白杨银光闪闪，平野上的雾气仿佛飘动的白云。河面上不再有星星游泳，但似乎铺了一层珍珠，不息地流淌，泛起粼粼的涟漪。空气和煦，微风馥郁，大地进入温柔的梦乡。卡拉望吮吸着夜色的温馨,久久畅快地呼吸,觉得清爽、宁静和无比的宽慰,浸入他肌体,一直浸入肺腑。

不过,他还抵制这种袭来的舒适感,一遍遍重复:

"妈呀,我可怜的妈妈呀!"

他以忠厚人的良心激发自己,但是再怎么想哭也哭不出来了,怎样悲痛也引不起刚才促使他号啕大哭的那些念头。

于是,他起身往回走,脚步很慢,在泰然的大自然冷漠宁静的包裹中,他的心不由自主地平静下来。

走到桥头,他望见要开出的末班小火车的灯光,望见环球咖啡馆背面明亮的窗户。

他忽然觉得要向人诉说不幸,引起别人的同情和关心。于是,他哭丧着脸,推开咖啡馆的店门,只见老板仍然守着柜台。他走过去,原以为别人见了他那样子,都会立起身,迎他走来,朝他伸出手,并且问道:"咦,您这是怎么啦?"谁知没有一个人注意他脸上哀伤的表情,他只好趴在柜台上,双手抱住头,哼哼呀呀地说:"噢!上帝啊!上帝啊!"

老板打量他一眼,问道:"您有病啦,卡拉望先生?"

他回答说:"我没病,我亲爱的朋友,是我母亲刚刚去世。"

对方心不在焉地"唔"了一声。这时,店堂里端有顾客嚷道:"来杯啤酒!"老板立刻朗声答应:"唉,来啦!……这就来。"他一阵风似的送酒,抛下目瞪口呆的卡拉望。

三位牌友还在晚饭前的那张餐桌上,一动不动,聚精会神地打骨牌。卡拉望凑上前去,想引起他们的同情。可是,他们好像都没有看见他,于是他干脆首先开口,对他们说道:"刚才那会儿,我遭了一场大难。"

三位牌友都同时微微抬头,不过眼睛仍然盯着手中的牌。"哦,什么大难?""我母亲去世了。"其中一个咕哝一声:"唔,真糟糕。"完全是一副漠不关心的人假伤悲的神气。第二个人想不出什么话好讲,就摇了摇头,伤感地嘘了一声。第三个人的注意力又回到牌上,心里分明在想:"就这事儿啊!"

卡拉望期待一句所谓"发自内心的话",见他们对自己这种态度,便愤然走开,恨他们对朋友的痛苦如此冷漠,尽管这种痛苦当时已经麻痹,连他本人都感觉不到了。

他走出咖啡馆。

他太太穿着睡衣,坐在敞着的窗户旁边的矮椅上,一直在盘算遗产的事儿。

"快脱衣裳吧,"他太太说道,"咱们到床上再商议。"

他抬起头,望了望天花板:"可是……楼上……一个人也没有啊。"

"怎么没人呢,罗萨莉就守在旁边,你先打个盹儿,凌晨三点钟去替换她。"

不过,他准备应付意外情况,还是穿着衬裤,头上又扎了一条围巾,随后也钻进被窝。

夫妇二人并排坐了一会儿。卡拉望太太在想心事。

甚至在这种时刻,她还戴上缀有粉红蝴蝶结的睡帽,稍稍歪向一侧耳朵,仿佛这是一种无法改变的习惯,她戴什么帽子都如此。

她忽然扭头对丈夫说:"你知道你妈立过遗嘱没有?"

卡拉望迟疑地答道:"我……我……认为没有……她肯定没有立过。"

卡拉望太太盯着丈夫的眼睛，恼火而低声说道："喏，这也太不通情理啦，我们供她住，供她吃，累死累活侍候她十年！你妹妹就不肯这么干，我若是早知道这种报答，也绝不会干的！真的，她死了也亏心！你会对我说，她付了食宿费，这不假，可是，侍候照顾老人，拿钱是付不清的，应当写在身后的遗嘱里。体面的人都是这么办的。我这可好，白忙乎，白辛苦了一场！哼！真绝啦！真绝啦！"

卡拉望不知所措，反复劝道："亲爱的，亲爱的，求求你了，求求你了。"

卡拉望太太发作一通之后，情绪渐渐和缓下来，恢复平常的口气，又说道："明天上午，应当通知你妹妹。"

卡拉望一下跳起来："真的，这事儿我都没想到，天一亮我就去打电报。"

他妻子却拦住他，以事事想得周到的女人的口气说道："不用，等到十点至十一点钟之间，再打电报也不迟，这样，在她到来之前，咱们好有个安排。从夏朗东赶到这儿，顶多用两个钟头。我们可以说你昏了头。反正上午通知到了，就绝不会落埋怨！"

这时，卡拉望又拍了拍脑门，还有他一想起就发抖、一谈起就变声的上司，他怯声怯气地说道："还应当向部里说一声。"

他妻子答道："为什么要跟部里说呢？遇到这种事，就是忘记告诉一声，也是情有可原的。听我的，不要跟部里讲了，你那科长没辙，这回你好好给他个难堪。"

"哦！就这么办，"卡拉望说道，"他见我没去上班，肯定要大发雷霆。嗯，你说得对，这主意真棒。等我一向他宣布我母亲死了,他就不得不闭上那张嘴。"

能开这样一个玩笑,这个科员乐不可支,边搓着双手边想象科长那副嘴脸。而在楼上,女用人躺在老太太的遗体旁边,这工夫已经睡着了。

卡拉望太太忽又心事重重,仿佛一种思虑萦绕心头,又难于开口,最后,她终于把心一横:"少女拉球的那架座钟,你妈说给你了,对不对?"

卡拉望回想了一会儿,答道:"对,对,她跟我说过(那可是很早的事了,还是她刚到这里的时候),她跟我说:'只要你好好照顾我,这架座钟就归你了。'"

卡拉望太太这才放下心来,眉头舒展了:"既然这样,喏,就应当搬过来,要知道,你妹妹一来,就不会让咱们动了。"卡拉望迟疑地说道:"你这么认为?……"妻子恼火了:"我当然这样认为了,只要神不知鬼不觉搬到这儿来,那就是咱们的了。她那屋的五斗橱也是一样,就是大理石面的那个,有一天她高兴,就说送给我了。咱们就一起搬下来吧。"

卡拉望似乎不大相信:"唉,亲爱的,这件事关系重大呀!"妻子转过脸来,气冲冲地对他说:"哼!你这人也真是的!一辈子也改不了了吗?你就情愿让孩子饿死,也不肯动弹一下吗?那个五斗橱,既然她给了我,就是咱们的了,对不对呀?如果你妹妹不痛快,那就让她冲我来吧!我才不在乎你妹妹呢。好啦,起来吧,这就去把你妈给咱们的东西搬下来。"

卡拉望没话讲了,哆哆嗦嗦地下了床,刚要穿裤子,又被妻子拦住:"用不着穿了,走吧,有内裤就行了,喏,我也是这样去。"

夫妇二人穿着睡衣走了,悄悄登上楼梯,小心翼翼地打开门,走进老太太房间,只见老人直挺挺地躺在那里,仿佛只有浸着黄杨木的盘子周围四根点燃的蜡烛在守灵,而罗萨莉早已睡着了。她躺在扶手椅上,伸开两条腿,双手交叉放在裙子上,头偏向一边,身子一动不动,张着嘴轻轻地打鼾。

卡拉望抱起座钟,这是件古里古怪的东西,跟帝国时代制造的许多艺术品一样。钟上有个镀金的少女铜像,头饰各种花朵,手拿一个棍球,那球便是钟摆。

"把这给我,"他妻子说,"你搬五斗橱上的大理石面。"

他照妻子的话办了,喘着气,费了九牛二虎之力,才把大理石面扛到肩上。

于是,夫妇二人往外走,出门时,卡拉望要弯下点儿身子,然后颤颤巍巍地下楼。他妻子则倒着走,一只手抱着钟,一只手端着蜡烛给他照亮。

回到自己卧室,卡拉望太太才长出了一口气,说道:"最当紧的办好了,再去把余下的搬来吧。"

可是,五斗橱的抽屉里装满了老人的衣服,要收到一个隐蔽的地方。

卡拉望太太有了主意:"门厅里有一只杉木板箱子,你去搬来,放在这儿正好。"

木箱搬来之后,他们就动手倒腾东西,从抽屉里掏出他们身后那位老人全部可怜的旧衣物,有套袖、领巾、衬衣、便帽等,再一件件整整齐齐地码在箱子里,好蒙骗次日来奔丧的另一个后裔布罗太太。

衣物清理完了,他们先把抽屉搬下去,然后每人抬一头往下搬五斗橱。二人琢磨许久,拿不定主意摆到什么位置合适,最后决定放到卧室,摆在床对面的两扇窗户之间。

五斗橱刚摆好,卡拉望太太马上就把自己的衣物放进去。座钟摆在餐室的壁炉台上,夫妇二人观赏一下效果,都十分满意。"这样很好。"妻子说道。丈夫随声附和:"嗯,好极了。"二人这才上床睡觉。妻子吹灭了蜡烛,不久,这座三层小楼就沉睡了。

一觉醒来,卡拉望睁开眼一看,天已大亮,脑子还昏沉沉的,过了几分钟才忆起家里发生的大事,于是胸口就像重重挨了一拳。他跳下床,又悲从中来,想大哭一场。

他急忙上楼,进屋一看,罗萨莉还在睡觉,仍保持昨晚的姿势,一觉就睡了个通宵。他打发女用人去干活,自己则动手更换燃尽的蜡烛,再仔细端详母亲,头脑里转悠着表面看似高深莫测的思想,正是这种宗教的和哲学的庸俗之见,困扰着智力平平而面对死者的那些人的头脑。

这时,他听见妻子叫他,只好下楼去。卡拉望太太将上午该办的事列了一张单子。卡拉望接过项目表,一瞧吓了一跳,逐条看下去:

1.到区政府登记;

2.请医生验尸;

3.定做棺木;

4.去教堂;

5.去殡仪馆;

6.去印刷所印讣告信;

7.去见公证人;

8.打电报通知亲属。

此外,还有不少琐事要办。于是,他戴上帽子,出门去了。

这时,消息早已传开,邻居们开始登门,要看死者的遗体。

在楼下的理发店里,正在给顾客刮脸的理发师,为了这事甚至还同妻子争执起来。

妻子一边织袜子,一边低声叨咕:"又少了一个,少了一个世上罕见的小气鬼。老实说,我不大喜欢她,不过还是应当去瞧瞧。"

丈夫一边往顾客的下颌擦肥皂,一边咕哝道:"听听,尽是怪念头!只有女人才想得出来。她们活着的时候不让你安生,死了还不让你消停。"

妻子倒也不急不恼,接着说道:"我控制不住自己,非走这一趟不可。从早晨开始,我就惦记这事,我觉得若是不去看看她,恐怕这一辈子都是件心事。等仔细看过,记住她那模样之后,我就心满意足了。"

手操剃刀的理发师耸耸肩膀,低声对那位刮脸的先生说:"我倒想请教您一下,这些该死的娘儿们,您说怎么净有莫名其妙的念头!去瞧一个死人,我可没有那种兴致!"

他妻子听他这么讲,一点儿也不动气,又说道:"就是这样子嘛,就是这样子嘛。"说着,她把手头的活儿往柜台上一放,就上楼去了。

已有两个太太先来了,卡拉望太太正同她们谈论这个意外的不幸事件,详细讲述了事情的经过。

她们朝灵堂走去。四个女人轻手轻脚走进去,挨个蘸了点儿盐水洒在衾单上,又跪下来,一边画十字,一边喃喃祈祷,继而站起身来,瞪大眼睛,半张着嘴,久久地凝视遗体。这工夫,死者的儿媳妇用手帕捂住脸,装作哭得痛断肝肠。

她转身要出去的时候,忽然瞧见玛丽-路易丝和菲利浦-奥古斯特站在门口。姐弟俩穿着衬衣,好奇地观望。于是,母亲忘记了装出来的悲痛,扬起手扑了过去,同时气急败坏地嚷道:"两个淘气精,还不快点儿滚蛋!"

十分钟之后,她又陪同另一批邻里妇女上楼,重又往婆婆身上摇了摇黄杨木,又祈祷一番,又装作流泪,尽了全部孝道之后,发现两个孩子又一起跟在她身后,就狠狠扇了他们两巴掌。不过,到了第三次,她就不再留意了。每次有人来吊丧,两个孩子总跟在后面,在角落里也同样跪下,一丝不苟地模仿母亲的每一个动作。

响午刚过,怀着好奇心来的女人就减少了,过了不久,就再也无人登门了。卡拉望太太回到自己的房间,急忙为丧礼做好一切准备。死者便孤零零地待在楼上。

房间敞着窗子,滚滚热浪,裹着团团尘土进来。四支蜡烛的火苗,在灵床旁边跳动。尸体一动不动,但是在衾单上,在双目紧闭的脸上,在伸出的两只手上,却爬着许多小苍蝇,它们来来往往,爬来爬去,拜访这个老太婆,也等待自己的末日。

这工夫,玛丽-路易丝和菲利浦-奥古斯特,又跑到街上疯去了。很快就来一帮小伙伴将他俩围住,尤其是小姑娘,她们的嗅觉更灵,马上就能嗅出生活中的各种秘密。她们就像大人一样询问:"你奶奶死了吧?""对,昨天晚上死的。""死人,是什么样子啊?"于是,玛丽-路易丝就向大家解释,讲到蜡烛、黄杨木、死人的面孔。孩子们听了,都产生了极大的好奇心,他们也要求上楼去瞧瞧死人。

玛丽-路易丝马上组织好第一拨人,有五个女孩和两个男孩,都是年龄最大,也最有胆量的。她非要他们脱掉鞋子,以免让人发现。这伙孩子溜进小楼,敏捷地登上楼梯,好像一支老鼠的队伍。

一溜进屋里,小姑娘就学她母亲的样子,照规矩组织吊唁仪式。她一本正经地领着小朋友跪下,画了个十字,嚅动一阵嘴唇,再站起来,往床上洒点儿圣水。然后,孩子们挤成一堆,靠近前去,他们又恐惧,又好奇,又欣喜地观看死者的脸和手,就在这工夫,玛丽-路易丝突然用小手绢捂住眼睛,也假装哭泣。继而,她想起在大门口等着的那些人,悲伤顿时排解了。她跑跑颠颠地送走这一拨人,又带上来另一拨孩子,接着又是第三拨,总之,这一带的所有顽童,甚至连破衣烂衫的小要饭花子,也都蜂拥而至,来尝尝这新奇的乐趣。而玛丽-路易丝每次都学一遍母亲的那套把戏,模仿得惟妙惟肖。

时间一长,她也就累了。孩子们也都跑开,去玩别的游戏了。老祖母又是孤单单一个人,完全被别人忘记了。

房间布满阴影。随着蜡烛火苗的摇曳,她那枯干而满是皱纹的脸时明时暗。

将近八点钟,卡拉望上来关好窗户,添上蜡烛。这次他进屋,神态很平静,就好像尸体停在那儿有数月之久,他看着习以为常了。他甚至注意到毫无腐烂的迹象,而且上桌吃晚饭的时候,他还把这一观察告诉了他妻子。妻子答道:"不错,她真像根木头,恐怕能保存一年。"

他们喝汤的时候,一句话也不讲了。两个孩子疯玩一整天没人管,实在累极了,坐在椅子上直打盹儿。全家人都沉默不语。

灯光蓦地暗下来。

卡拉望太太往上拧了拧灯芯,可是油灯发出抽空的声响,吱吱啦啦响了一会儿,随即就熄灭了。竟然忘记买灯油啦!到杂货铺去打油吧,又要耽误吃饭,还是找几支蜡烛吧。不巧蜡烛也用完了,只有楼上床头柜上还有几支。

卡拉望太太一向果断,她马上打发玛丽-路易丝上楼去拿两支来。大家就在黑暗中等待。

小姑娘上楼的脚步声清晰可闻,继而沉静片刻,她又急匆匆地下楼,推开房门,一副张皇失措的样子,比头天晚上报告不幸消息时还要惶恐,连气都喘不上来,低声说道:"噢!爸爸,奶奶在穿衣裳呢!"

卡拉望腾地跳起来,劲头很猛,一下将椅子拱到墙根。他结结巴巴地说:"什么?……你说什么?……"

可是,玛丽-路易丝紧张得说不出话来,她又重复着:"奶……奶……奶奶在穿衣裳……就要下楼了。"

卡拉望发疯一般冲到楼梯,后面跟着惊呆了的妻子,不过,到了三楼房间的门口,他又站住了,心惊胆战,不敢进去了。他会看到什么情景呢?他太太胆子大些,扭动门把手,走进房间。

房间显得更暗,中央有个瘦高的影子在晃动。老太太站在地上了。她从昏迷中醒来,在完全恢复神志之前,就用一只胳膊肘撑起,转过身去,把点在灵床旁边的蜡烛吹灭了三支。继而恢复了气力,她就下床找衣裳,却发现五斗橱不见了,不免有些困惑,不过,她渐渐从木箱里找到自己的衣物,就不慌不忙地穿起来。她倒掉盘子里的水,又把黄杨木挂到镜子后面,把椅子搬到原位,正要下楼的当儿,她儿子和媳妇进来了。

卡拉望冲过去,抓住母亲的双手,噙着眼泪亲她。他妻子站在身后,虚情假意地反复说:"真是大喜事,啊,真是大喜事呀!"

然而,老太太却无动于衷,那神情甚至不明白是怎么回事,她身子像石雕一样僵直,眼神冷冰冰的,只问了一句:"晚饭这就好了吗?"儿子昏了头,结结巴巴地答道:"是啊,妈,我们等着你呢。"接着,他一反常态,殷勤地挽住母亲的胳膊。他妻子则举着蜡烛走在前面,还像半夜里丈夫扛大理石板,她给照亮那样,一级一级退着下楼。

下到二楼,她差点儿撞到上楼的人。一家亲戚从夏朗东赶来,一前一后正是布罗太太和她丈夫。

那女人又高又胖,挺着患水肿的大肚子,上身往后仰着,她惊恐地睁大眼睛,准备拔腿逃跑。她丈夫是个信奉社会主义学说的鞋匠,身材矮小,满脸胡须几乎爬上鼻子,看上去活像个猴子。他毫不慌张,低声说道:"嘿,怎么?她又活过来啦!"

卡拉望太太一看清是他们,就拼命地对他们使眼色,然后大声说道:"咦!怎么!……你们来啦!真没有想到!"

然而,布罗太太吓昏了头,没听懂这话的意思,低声答道:"是你们打电报催我们快来,我们还以为人不行了呢。"

她丈夫在背后捏了她一把,不让她说下去。接着,他带着靠胡须掩饰的奸笑,补充说道:"承蒙你们盛情邀请,我们急忙就赶来了。"这话影射两家人长期存在的敌视情绪。等老太婆下到最后两级,他赶紧迎上去,用满脸胡须蹭了蹭她的面颊,又对着她重听的耳朵喊道:"您一向可好,母亲?身子骨还硬朗吧?"

布罗太太来奔丧,不料看到人活得好好的,一时惊愕不止,甚至不敢亲亲母亲。她挺着大肚子,挡住楼梯口,让别人无法走路了。

老太太有些不安,起了疑心,但始终没讲话,她扫视周围的每个人,那敏锐而冷峻的灰色小眼睛,时而盯住这个,时而又盯住那个,头脑里显然装满了令子女尴尬的想法。

卡拉望想解释一下,说道:"她倒是有点儿不舒服,现在好了,完全好了,对不对呀,妈?"

这时,老太太又往前走,并以微弱的、仿佛从远处传来的声音回答:"是昏过去了一阵子,但那段时间,你们做什么我都听得见。"

接着又是一阵尴尬的冷场。他们走进餐室,坐下来,吃一顿临时凑合的晚饭。

唯独布罗先生能镇定自若。他那猩猩一般凶狠的脸怪相百出,一开口便话里有话,明显地叫所有人难堪。

而这阵工夫,门铃还总响。罗萨莉不知如何是好,来找卡拉望,于是,他扔下餐巾,冲了出去。他妹夫甚至还问他一句,这是不是他会客的日子。他讷讷地答道:"不是,没什么,是送来的订货。"

后来,又送进来一包东西,卡拉望冒冒失失地打开,原来是印着黑框的讣函。他满脸涨得通红,重又包上,塞进西服背心里。

母亲没有瞧见他的动作,她死死盯着她的座钟——现在摆在壁炉台上,镀金的棍球还不停地摆动。在冷冰冰的沉默中,大家越来越感到难堪了。

老太太转过她那巫婆似的皱巴巴的脸,眼里闪现狡黠的神色,对女儿说:"下星期一,你把小丫头带来,我想见见她。"

布罗太太马上喜形于色,高声答应:"好的,妈妈。"卡拉望太太却顿时面无血色,急得要晕过去。

这时,两个男子渐渐聊起天来,为了一点儿无足挂齿的事,他们竟然展开一场政治论战。布罗拥护各种革命的和共产主义学说,他激动不已,那双眼睛在布满胡须的脸上炯炯发光,高声嚷道:"说起财产,先生,那是从劳动者身上掠夺来的——土地是大家的土地——继承遗产是卑鄙可耻的事!……"但他戛然住口,就像一个人说了蠢话那样发窘,继而,他口气温和了一点儿,补充说道:"当然了,现在不是争论这个问题的时候。"

房门打开了,舍奈"大夫"走了进来,看到屋里的情景,一时惊愕,随即又镇定下来,他走到老太太跟前,说道:"哈,哈!大妈!今天还不错嘛。唔!我就料到了,就在刚才上楼的时候,我心里还嘀咕:我敢打赌,她老人家准又起来了。"他轻轻拍了拍老太太的后背,又说道:"这身板,就跟巴黎新桥一样结实,等着瞧吧,她会参加我们所有人的葬礼。"

他坐下来,接过递给他的咖啡,很快就卷入两个男人的争论。他同意布罗的见解,因为他本人就曾牵连到巴黎公社的案子里。

这时,老太太感到乏了,想要回房去。卡拉望忙去搀扶,可是,母亲直视他,说道:"你呀,马上把五斗橱和座钟给我搬回楼上去。"接着,不等儿子张口结舌说完一句"好吧,妈",她就挽上女儿的胳膊,一道出去了。

这下子,卡拉望夫妇一败涂地,他们惊慌失措,呆呆地坐在那里说不出话来,而布罗则抿着咖啡,得意地搓着双手。

突然,卡拉望太太怒不可遏,扑向布罗,冲他嚷道:"你这个盗贼、无赖、恶棍……我真想啐你的脸,我真想……我真想……"她找不出词儿来,又气得喘不上气。可是,布罗笑眯眯的,一直喝着咖啡。

恰好这工夫,布罗太太回来了,于是,卡拉望太太又冲小姑子去了。这对姑嫂,一个高大肥胖,肚子咄咄逼人,另一个瘦小枯干,好像癫痫患者,两个人气得手发抖,声音都变了调,你一句我一句,对口大骂。

舍奈和布罗上前劝解。布罗推着他那口子的肩头,将她扔到门外,同时嚷道:"快点儿滚,你这蠢驴,叫得太过分啦!"

到了街上,还听见他们在争吵,并渐渐走远了。

舍奈先生也起身告辞。

卡拉望夫妇待在那里,面面相觑。

后来,丈夫颓然倒在椅子上,鬓角沁出了冷汗,他咕哝道:"这回,我怎么向科长交代呢?"

泰利埃妓馆

一

每天晚上十一点来钟,他们就去那里,如同上咖啡馆一样自然。

到那里相聚的有七八个人,而且总是那几个。他们绝非花天酒地之徒,而是有身份的人、商人、城里的年轻人。他们一边喝着查尔特勒佳酿,一边跟小姐儿调情,或者同人人敬重的"夫人"一本正经地聊天。

十二点之前他们要赶回去睡觉。年轻人有时则留下来。

这小小的楼房是所住宅,漆成黄色,坐落在圣艾蒂安教堂后街的拐角上。从窗口张望,能看见泊满卸货船只的锚地、称为"水库"的大片盐田,以及盐田后面的圣母海岸和灰色的古老教堂。

"夫人"来自厄尔省,出生在一个农家富户。她干起这一行,就跟开帽店或者内衣店似的,可以说毫无二致。城里人认为卖淫极为可耻,这种激烈而又根深蒂固的成见,在诺曼底的农村并不存在。农民常说:"这个行当不错。"他们让自家女儿去开妓院,就像派去管理女子寄宿学校一样。

这座小楼,是从年迈的舅父手中继承来的。"先生和夫人"从前在伊弗托附近经营一家小旅店,他们看准了费冈的生意更有赚头,就立刻盘掉旅店,一天早晨赶到这里,接管了因为没有老板而濒临破产的妓馆。

这对夫妇为人厚道,很快就得到全体人员和邻居的喜爱。

两年后,先生中风而死,是被这新职业给害了,因为他饱食终日,无所事事,身体发福过分,喘不上气来,活活给憋死了。

夫人自孀居之后,妓馆的常客都想把她弄到手,但无不枉费心机。的确,别人说她行为非常检点,就连她那些姑娘们,也丝毫没有发现她有不规矩的行为。

她身材高大,膘肥肉胖,特别讨人喜欢。由于整天关在昏暗的小楼里,她的肌肤苍白,闪着幽光,仿佛上了一层清漆。她脑门前留了一圈儿薄薄的刘海,用这卷曲的假发装饰,给她相貌增添两分青春,但是同她那成年妇人的体型极不相称。她性格开朗,终日喜气洋洋,爱同人开玩笑,但是并没有因为改干这一行而丧失分寸。听见粗话,她总有些反感。据说有一次,一个缺乏教养的小伙子用她名字称呼她掌管的妓馆,她立时就翻脸了。总而言之,她雅人深致,虽然拿她的姑娘们当朋友对待,可也见人就爱说,她同她们"绝不是一窝出来的"。

在一周当中,她有时候也叫辆出租马车,率领她的一部人马去郊游,到流经瓦尔蒙谷的小溪边,在草地上疯玩,就像逃学的寄宿学校的女生,狂奔追打,玩儿童的游戏,那样雀跃欢欣,绝似隐修女偶然到旷野时陶醉的情形。大家坐在草地上,喝苹果酒，吃冷餐肉。直到薄暮时分才返回，一个个柔情缱绻，感到通体舒泰的倦意。她们在马车上搂着亲夫人，就好像她是一位心慈面软、极为随和的好妈妈。

这座小楼有两个出入口。街头拐角是一家下流咖啡馆，晚上开门，接待平民百姓和水手。有两名姑娘专门招呼这里的生意，满足这一部分顾客的需求。还有一个茶房，名叫弗雷德里克，他个子矮小，一头金发，没长胡子，身体结实得赛过一头牛。有这个茶房当帮手，摇晃的大理石面餐桌上又摆着大瓶葡萄酒和小瓶啤酒，两名姑娘用手臂钩住顾客的脖子，斜坐在他们大腿上，施展浑身解数来劝酒。

妓馆只有五个姑娘，另外三位构成类似贵族的阶层，专门在二楼上陪客，除非楼下点名要她们，而楼上又没有客人，她们才肯下楼。

朱庇特沙龙是当地中产阶级聚会的地方，墙上糊了蓝色壁纸，挂着一大幅画，画面上是躺在一只天鹅下面的勒达。到这里来要走一条旋转楼梯，楼梯口外是一扇临街的小门，很不显眼。门上有个安了铁网的壁洞，彻夜点着一盏小灯，如同有些城市街头壁龛的圣母像脚下还点着的长明灯。

小楼潮湿而古老，能闻到一点儿霉味。楼道里时而飘过一股科隆香水的芬芳，有时楼下的门半敞开，传来那些酒客粗俗的叫嚷，真像炸雷一般，震撼整个小楼，惹得二楼的先生们撇撇嘴，表示不安和憎恶。

夫人很随和，拿顾客当朋友，她从不离开沙龙，爱听他们讲城里的传闻。她的严肃的谈吐，可以点缀三位姑娘杂乱无章的谈话，而对大腹便便之客来说，又是调情狎笑中间的一种休憩：

他们每天晚上前来,由粉头陪着喝一杯利口酒,行乐而有节制,放荡而又不失体面。

二楼的三位姑娘的芳名分别为菲南德、拉发爱儿和罗萨罗司。

人员有限,就尽量让每人成为一种样品,成为一类女人的缩影,以便让顾客都能找到可心的,至少近乎理想的对象。

菲南德代表"金发美女"型。她个头儿很高,身体相当胖,软绵绵的,原是农家姑娘,脸上的雀斑终不肯褪掉,头发剪得短短的,极浅的金黄色,浅得几乎看不出颜色了,就像梳理过的亚麻,盖不住她的脑瓜。

拉发爱儿是马赛人,是个在许多海港混过的娼妓,她身材瘦削,高高的颧骨涂着厚厚的胭脂,正好扮演不可缺少的"犹太美人"的角色。她那头黑发抹了牛骨髓油,十分光亮,鬓角呈弯钩形;那双眼睛看上去本来挺美,只可惜右眼长了白翳;那鹰钩鼻子直垂到宽阔的颚骨上,而上排新镶的两颗门牙,同下排如朽木一般发黑的老牙相比,则显得特别突出。

罗萨罗司腿短肚子大,整个儿人像个小肉球。她那母鸭嗓儿从早唱到晚,唱的歌曲有时轻佻,有时伤感。她还爱讲故事,没完没了,又毫无意趣,只是要吃东西的时候才停止说话,也只是要说话的时候才停止吃东西。她一刻也闲不住,总在活动,尽管体胖腿短,还是像松鼠一样灵活。她无缘无故,动辄咯咯大笑,有时在这儿,有时在那儿,或在卧室,或在顶楼,或在咖啡馆,到处都可能爆发她的笑声,听来好似一连串的尖叫。

楼下的两个姑娘,路易丝诨号叫"活宝",弗洛花腿有点儿瘸,人称"跷跷板"。一个腰上总扎着三色宽带,装扮成"自由女神";另一个红头发上吊了许多铜钱,随着她一瘸一拐地走动而纷纷跳荡,把自己装扮成想象中的西班牙女郎。不过,她们的打扮,都像去参加狂欢节的厨娘。其实,她们同所有平民女子一样,既谈不上美也谈不上丑,都是地地道道的乡村客店女招待。码头上给她们起了个绰号,叫作一对"水泵"。

这五个女人相互忌妒,又相安无事,这也多亏夫人始终好性儿,善于从中调解,才极少发生骚乱的情况。

在这座小城里,这个行当独此一家,因此门庭若市。夫人也确实能干,给它以极为体面的外观。她是那么和气待人,对所有人都体贴关护,那颗善良的心远近闻名,可以说赢得了各方的敬重。那些常客都千方百计地接近她,只要她格外表示亲近一点儿,他们就会得意洋洋。他们白天做生意相遇时,总要说一句:"今晚儿,老地方见!"就如同说,"吃过晚饭,咖啡馆里见,好吧?"

总而言之,泰利埃妓馆是个好去处,极少有人错过每天的约会。

然而,五月末的一天晚上,头一个到来的普兰先生,曾当过镇长的木材商人,却吃了闭门羹。铁网里的小灯没有点亮,小楼一片死寂,一点儿动静也没有。他开始敲门,起初较轻,继而越来越重,还是没人答应。他只好沿街缓步往回走,到了集市广场,碰见要去同一个地点的船主杜韦尔先生。他们会合后又一道前往,还是没有敲开门。这时,附近突然爆发出喧哗的鼓噪声,于是他们绕过小楼,瞧见咖啡馆门前聚了一帮英国和法国水手,正用拳头捶打关闭的门板和窗板。

这两个有产者怕受牵连,急忙溜走,半道又被轻微的"嘘嘘"声叫住,原来是腌制咸鱼场场主图尔沃先生,他认出他们,便同他们打招呼。他听了这两位介绍的情况,感到十分懊丧,因为他有家室之累,轻易出不来,仅仅星期六才能光顾一趟,拿他的话说,"为保险起见"——暗指一项卫生保险措施,他的朋友博尔德大夫向他透露了这种周期。这天晚上恰好是他保险的日子,这样一来,他整整一周就得老实待着了。

三个人兜了一大圈,一直走到码头,途中还遇见两位常客,银行家的公子菲利浦先生,以及税务官潘佩斯先生。几个人合为一股,又沿着犹太人街回来,进行最后一次尝试。水手们气极了,正围攻小楼,往里扔石头,同时大喊大叫。那五位二楼的客人见这阵势,就尽快撤离,只好在街上游荡。

他们先后又遇见保险代理人杜皮伊先生、商事法庭法官瓦斯先生。这一伙人又开始长距离散步,一直走到防洪堤,一字排开坐到花岗石护墙上,凝望着起伏的波浪。浪尖的卷花,在黑暗中闪现白光,但随即熄灭,而海涛拍击岩石的轰鸣,在黑夜里沿着峭壁传向远方。这些神情沮丧的散步者待了一会儿之后,图尔沃先生便说道:"真没意思。""的确如此。"潘佩斯先生随声附和。于是,他们又缓步离去。

他们沿着陡岸下面的所谓"林下"街走,从盐田上的木桥折回来,再从铁路旁边过去,最后再次走进集市广场。这时候,税务官潘佩斯先生和咸鱼腌制场场主图尔沃先生,在一种食用蘑菇问题上突然争吵起来,其中一个咬定在附近一带采到过。

心情烦闷,火气就大,如果不是其他人劝解,这两个人就可能动起手来。潘佩斯先生一气之下走了。紧接着又发生了争执,在税务官的薪俸和可能得到的外快方面,前镇长普兰先生和保险代理人话不投机，双方对骂起来，各不相让。这时，忽又爆发一阵喧嚣，仿佛起了风暴。原来那群水手在关门闭户的楼前等腻了，又冲向集市广场，他们两两挽着胳臂，拉成很长的一支队伍，扯着嗓子狂呼乱叫。这一伙有产者躲到一户门洞下面，望着那群闹哄哄的乌合之众朝修道院方向开去，隐没不见了。喧闹之声很久还听得见，但是逐渐减弱，如同移走的一场暴风雨。最后周围又恢复平静。

普兰和杜皮伊两位先生还势不两立，相互也不告辞，就各自扬长而去。

其余四位接着往前走，受本能的驱使，走向泰利埃妓馆。楼门依然关着，毫无动静，没法进去。一个醉汉还坚守在那里，不慌不忙地轻轻敲咖啡馆的门，后来住了手，又小声叫茶房弗雷德里克。他见无人回答，就干脆坐到门口的台阶上，等候有什么情况变化。

这几个有产者正要走，忽见那帮闹哄哄的海员又出现在街口。法国水手高唱《马赛曲》，英国水手则高唱《统治吧，不列颠》。那帮粗野的人向小楼的墙壁发起冲击，继而又折回码头，到了那里，两国水手打起来，在混战中，一个英国人手臂折断，一个法国人鼻子给打扁了。

那个醉汉仍然待在门口，这时候他哭了，就像发酒疯的人或者受了委屈的孩子。

几个有产者终于分手了。

小城里闹腾这一阵，又渐渐平静下来。不过，从一个地点到另一个地点，时而还有人声，但是逐渐远逝了。

只有一个人还在街上徘徊，就是咸鱼腌制场场主图尔沃先生，他十分懊丧,还得等到下星期六。他还期待有转机,弄不清到底出了什么事,恨警察局监管这一公益场所,却由着它关起门来。

他回到那里,围着墙搜寻察看,想找出缘故,偶然发现窗板上贴了一张告示,急忙点着蜡绳,看见上面歪歪扭扭地写着几个大字:"因初领圣体暂停营业。"

他明白该死心了,只好离去。

此刻,那个醉汉已然酣睡,直挺挺地横躺在拒不迎客的门外。

次日,所有老主顾都设法来看一看,他们还装模作样,腋下夹着文件,一个接着一个从这条街走过,每人都偷看一眼那张神秘的告示:"因初领圣体暂停营业。"

二

夫人有个兄弟,在家乡厄尔省的维维尔村当细木匠。夫人还在伊弗托开客店那时候,就给那个兄弟受洗的女儿当了教母,给孩子起名叫孔唐丝,加上夫人娘家的姓氏,就是孔唐丝·黎尉。那个木匠知道姐姐境况不错,就一直保持联系,只是双方都很忙碌,住地相距又很远,不能时常走动。小姑娘快满十二岁了,这年要初领圣体,兄弟就抓住这次机会同姐姐套近乎,写信盼望她来参加仪式。他们年迈的双亲已经离世,夫人不好拒绝她教女的事,便接受了邀请。她兄弟名叫约瑟夫,这次想大献殷勤,也许能促使姐姐立下有利于小姑娘的遗嘱,因为她本人没有孩子。

他毫不介意姐姐的行业,再说当地人也一无所知。提起她的时候，也仅仅说："泰利埃太太住在费冈城里。"这话就让人理解为她靠年金过日子。从费冈到维维尔，少说有八十公里。对一些乡下人来说，八十公里的陆路，比一个文明人漂洋过海还要困难。维维尔村人从未去过鲁昂城以远的地方，当然，这个五百户人家的小村庄，也没有什么能把费冈的人吸引来。这小村子孤零零坐落在一片平野上，隶属另一个省份。总而言之，别人什么也不知道。

领圣体的日子一天天迫近，夫人十分为难。她没有帮手，这一摊子事也撂不下。楼上的姑娘和楼下的姑娘争风吃醋，积怨已久，她一走准会闹起来，弗雷德里克也会喝醉，醉了一句话不顺耳就动手打人。最后她决定把人全带走，单放茶房的假，直到后天。

他兄弟对这种安排毫无异议，并负责招待全体人员住一夜。这样，星期六早晨，夫人及其随从赶八点钟的快车，坐二等车厢起程了。

车厢里只有她们几个人，说说笑笑，唧唧喳喳像一群鹊鸟，直到伯兹维尔站才上来一对夫妇。男的是个老农，身穿一件领子打褶的蓝罩衫，紧袖口，宽松的袖子上绣着白色小花，头戴一顶老式大礼帽，发红的绒毛像刺猬一样都竖着。他一只手拿一把绿色大伞，另一只手拎着一个大篮子，里面探出三只惊慌的鸭子脑袋。女的也是乡下人出门的打扮，身子束缚得直板板的，那副长相活像母鸡，尖尖的鼻子好似鸡喙。她坐到丈夫的对面，看到周围花团锦簇的这群女子，深感惊奇，坐在那里一动也不敢动了。

的确，这节车厢里花花绿绿，色彩鲜艳夺目。夫人从头到脚,一身全是蓝色绸缎,只有那条仿法国开司米披肩是红色的,红光耀眼。菲南德穿一件苏格兰格子花呢连衣裙,勒得呼哧呼哧直喘气。临行前,女伴们帮她拼命把上身束紧,将奉拉的乳房兜上去,结果成了两个圆球,不停地滚动,衣衫里仿佛包着液体。

拉发爱儿戴一顶插羽饰的帽子,看上去就像满满一窝鸟儿的鸟巢,穿了一身淡紫色衣裙,缀有金光闪闪的饰片,颇具东方情调,同她那犹太女郎的相貌很相称。罗萨罗司穿着荷叶宽边的粉红裙子,活像一个过分肥胖的女孩,或者患了肥胖症的侏儒。这对"水泵"的奇特装束,似乎是用复辟时期带花枝图案的旧窗帘裁制的。

车厢里有了生人,几个姑娘就敛容装起正经,并且开始谈一些文雅的事情,以便给人一个好印象。火车到了博尔见克站,又上来一位蓄留金黄色颊髯的先生,手上戴了好几只戒指,挂了一条金表链。他把几个漆布包裹举到头顶的行李架上。看样子,他这个人爱开玩笑,脾气很随和。他行过礼,又微微一笑,随意问道:"这些女士调防吗?"他这一问,弄得这伙女士满面羞惭,十分尴尬。还是夫人先镇定下来,她要为她这支队伍挽回荣誉,便冷冷地回敬道:"您应当讲点儿礼貌!"那人立刻道歉:"请原谅,我的意思是调修道院。"夫人无言以对,也许认为对方这样更正令人满意,她抿着嘴庄重地回了个礼。

那位先生坐到罗萨罗司和老农中间,对着脑袋露出大篮子的三只鸭子眨眼睛,感到他已经吸引住周围的人,就伸手胳肢这几只家禽的脖子,还讲些滑稽可笑的话逗乐:"咱们离开了咱们小小的水……水塘!嘎!嘎!嘎!……是要认识认识烤肉的小铁扦……嘎!嘎!嘎!"可怜的动物扭转脖子,要躲避他的抚摸,同时拼命挣扎,想从柳条编的牢笼里逃出去,后来,三只鸭子突然同时惨叫:"嘎!嘎!嘎!嘎!"惹得这些女士哄堂大笑。她们都俯下身子,互相拥挤,争相观赏,简直对鸭子发生了极大的兴趣。这位先生则变本加厉,大献殷勤,卖弄聪明,媚态百出。

罗萨罗司也跟着凑趣,从身边这个男人腿上面俯下身子,亲三只鸭子的鼻子。几个姑娘马上要仿效,都想亲亲鸭子。于是,那位先生让她们坐到他腿上,颠她们,掐她们的肉,干脆以"你"相称了。

两个乡下人比他们的鸭子还要惊慌,他们的眼珠子滴溜乱转,像中了魔似的,身子不敢动一动,那两张满是皱纹的老脸没有一丝笑容,也不颤动一下。

那位先生是旅行推销员,他开玩笑说,有背带要送给几位女士,说着取下一个包裹打开。这是个花招,包裹里装的原来是袜带。

全是丝袜带,有蓝的、粉红的、大红的、深紫的、淡紫的、朱红的,金属带扣的造型是两个拥抱的镀金小爱神。姑娘们都高兴得叫起来,接着仔细察看货色,恢复了女人摆弄一件化妆品时那种自然严肃的表情。她们交换眼色或者嘀咕一句来相互商议。夫人拿着一副橘黄色的袜带,爱不释手。这副袜带要宽些,比其他袜带更庄重,名副其实是为老板娘特制的。

那位等着,心里打着鬼点子,他说道:"来吧,我的小猫咪,应当试一试呀。"他的话引起一片惊叫声,她们双腿都紧紧夹住裙子,生怕遭人强暴似的。那位先生却沉住气,等待时机。他宣布:"你们不愿意吗,那我就收起来了。"接着,他又狡狯地说:

"谁愿意试,挑中哪副我就送哪副。"然而,她们都不愿意,都一本正经地挺直身子。不过,那对"水泵"看上去却可怜巴巴的,于是他又重申这一建议。跷跷板弗洛花尤其受欲望的折磨,显然犹豫不决。那位先生又催促她:"试试吧,我的姑娘,拿出点儿勇气,喏,这副淡紫色的,正好配你这身衣裙。"于是,弗洛花把心一横,撩起裙子,露出放牛妇一般粗的大腿,以及松松垮垮的粗袜子。那位先生弯下腰,把袜带系在她膝盖下方,再拉到膝盖上边,然后轻轻地胳肢,弄得姑娘小声叫唤,不禁浑身一阵阵抖动。他胳肢完,就算把淡紫色袜带白送给她,又问道:"现在谁来?"她们都同时嚷起来:"我来!我来!"他就从罗萨罗司开始。这姑娘露出来的是畸形的东西,圆滚滚的,看不见踝骨,正如拉发爱儿所说,是一段货真价实的"猪血肠"。菲南德得到旅行推销员的恭维,她那两根结实的柱子令他惊叹不已。相比之下,犹太美女那两根瘦瘦的胫骨就不那么成功。活宝路易丝开了个玩笑,用裙子罩住那位先生的脑袋。夫人不得不出面干预,制止这种出格的玩笑。最后,夫人也伸出大腿,是诺曼底人漂亮的腿,既丰满又强健。推销员见了又惊又喜,他像个真正的法兰西骑士,彬彬有礼地脱帽,躬身拜见这超群绝伦的腿肚子。

两个乡下人呆若木鸡,只用一只眼斜瞟,那副模样活像两只鸡,引得那蓄留金黄颊髯的人直起身来,冲他们的脸"喔……喔……喔"叫了几声。于是,又爆发一阵暴风雨般的欢笑。

到了莫特维尔站,两个老人下车,带走了大篮子、鸭子和雨伞,只听老太婆边走边对她男人说:"这帮骚货,准是去巴黎那该死的地方。"

那个讨人喜欢的推销员也在鲁昂下了车。后来他在车上闹得实在不像话了,夫人不得不厉声呵斥,让他放尊重些。她还引以为戒,对姑娘们说:"这事就叫我们明白,不能随便跟人说话。"

她们在瓦塞尔站换车,到了下一站,就看见来接站的约瑟夫·黎尉先生。他赶来一辆套了匹白马、摆满椅子的大车,已经在那儿恭候她们了。

木匠有礼貌地亲了亲这些女士,扶她们上车。有三个人坐到后面的三把椅子上,拉发爱儿、夫人和她兄弟则占了前面的三把椅子。罗萨罗司没有位置,就凑凑合合坐在高大的菲南德的膝上。于是,这一行人便上路了。不久,那匹小马就开始跑跑颠颠,步子很不均匀,因而马车摆晃得厉害,椅子跟着跳动,将这些女客抛起来,东倒西歪,如同木偶的姿态。她们的脸惊慌失态,吓得直叫,而叫声又被随之而来的更猛烈的颠簸所打断。她们紧紧抓住车沿儿,帽子甩到背后、鼻子上或者肩膀上。那匹白马伸长脖子,一直在奔跑,老鼠似的没有毛的小尾巴直挺挺的,不时拍打着屁股。约瑟夫·黎尉一只脚踏在车辕上,一条腿盘在身子底下,胳膊肘高高抬起,拉着缰绳,嗓子眼里不停地发出咯咯的声响,促使小马竖起耳朵,加快步伐。

大道两边是平展的绿色田野。大片大片的油菜花,像巨幅黄色桌布,起伏飘动,散发着浓郁的芬芳,这种沁人心脾的甘美的香味,随风传到很远的地方。田里黑麦已长得很高,但中间也还间或探出矢车菊的天蓝色小脑袋。姑娘忍不住要去采花,可是黎尉先生不肯停车。有时看见整整一块田地好似用鲜血浇灌,原来完全让虞美人给侵占了。小白马跑在野花烂漫的田野上,拉的那辆车里,仿佛装了一大束更加绚丽的鲜花,忽而隐没在一座庄稼院的大树后面，忽而又从树丛的另一头出现，依然拉着一车光艳夺目的女子，在阳光下奔驰，穿越有红花蓝花装点的黄色和绿色的田地。

到达木匠的家门口，正好敲一点钟。

她们累得浑身散了架，而且饿得面失血色，从动身到现在，她们一口东西也没有吃。黎尉太太急忙迎出来，扶她们一个一个下车，脚一站地就拥抱她们，她对大姑子更是亲也亲不够，简直揪住就不想放开了。他们就在木工棚里吃午饭，明天要摆宴席，木工架子都已经搬开了。

先是一份可口的荷包蛋，接着是烤杂碎灌肠，同时就着辛辣的好苹果酒，大家都喜笑颜开了。黎尉向大家祝酒，喝下满满一杯。他妻子在一旁侍候，下厨房做菜，端上来，再撤走空盘子，她凑到每个女人的耳边，悄声问道："吃够了吗？"一摞摞木板靠墙放着，一堆堆刨花扫在屋角，还散发着新刨的木料清香，那种袭入肺中的树脂气味，正是细木工作坊所特有的。

她们要瞧瞧小姑娘，但是她待在教堂，直到晚上才能回家。

于是，这伙人就出去，在周围转了一圈。

这个村子很小，一条大道从村中穿过，也是唯一的街道，两旁排列十来所房子，住的全是当地买卖人，开肉铺、食品杂货店、细木工厂、咖啡馆、鞋铺和面包铺。教堂坐落在这条街道的一端，周围由狭小的墓地环绕，门前生长四株高大的椴树，将整个教堂遮住。教堂是用燧石方料建造的，钟楼上盖着青石瓦，谈不上什么风格。过了教堂便是田野，散布着一簇簇掩蔽着农舍的小树林。

黎尉虽然身穿工作服，还是郑重其事地让姐姐挽上胳膊，神态庄严地陪她散步。他妻子一见拉发爱儿的金丝绒衣裙，就大为动心，走在她和菲南德中间。肉球罗萨罗司、活宝路易丝以及累得精疲力竭、走路一瘸一拐的跷跷板弗洛花，则紧紧跟在后面。

居民都来到门口，孩子们也停止游戏；窗帘撩起来，探出一个戴着花布软帽的脑袋；一位拄着拐棍、眼睛几乎失明的老妪，用手画了个十字，就好像面前通过的是宗教仪式的列队。每人都久久地目送这些漂亮的城里女士。她们远道而来，参加约瑟夫·黎尉的小丫头初领圣体仪式，就使得当地人对细木匠都刮目相看了。

她们从教堂前面经过时，听见孩子们的歌声——小尖嗓门儿朝天高唱感恩歌。夫人怕打扰那些小天使，不让大家进去。

这伙人在村外转了一圈，约瑟夫·黎尉介绍了当地主要的庄园主、土地的收成和牲畜的产量，然后他把这群女人领回家，安排她们住下。

房间极有限，安排她们每两人住一间。

黎尉就在木工棚的刨花堆上将就睡一夜，让姑嫂二人同睡一张床，隔壁房间让给菲南德和拉发爱儿。路易丝和弗洛花安排在厨房，床垫就铺在地上。楼梯上面有一间小黑屋，由罗萨罗司一人住，旁边小门是一间狭窄的阁楼，领圣体的小姑娘这一夜就睡在里面。

小姑娘一回来，就接受了雨点儿般的亲吻。每个女人都争相抚摸她，这种发泄感情的需要，是卖笑生涯所养成的习惯，她们在火车上，正是出于这种习惯才去亲鸭子。她们轮流把小姑娘抱在自己膝上，抚弄她金黄的秀发，情不自禁地紧紧把她搂在怀里。小姑娘倒是非常乖，内心十分虔诚，就好像经过赎罪而万念俱释，神思内敛，耐心地忍受这种折腾。

一天下来，大家都疲惫不堪，吃过晚饭就早早睡下了。乡间的寂静笼罩着小村子，这种寂静无边无际，具有宗教的气氛，既安谧平和又渗透万物，而且大到囊括天上的星辰。不过，几个姑娘在妓院里过惯了喧闹的夜生活，猛不丁置身于乡村沉睡后这种万籁俱寂的休憩中，就辗转反侧，难以成眠。她们肌肤一阵阵战栗，但并不是因为冷，而是因为孤单，从惊慌不安的内心深处发出的战栗。

她们每两人同睡，刚一上床就紧紧抱在一起，仿佛要抵御大地静谧深沉睡眠的侵袭。然而，罗萨罗司单独睡在小黑屋，怀里空空的，很不习惯，隐隐感到怅然若失，翻来覆去也睡不着，忽听挨着她头的隔板另一侧有轻声的呜咽，像是个孩子在哭泣。她怕了起来，便小声呼唤，果然有孩子的声音抽抽搭搭地回答。正是那个小姑娘，她向来睡在母亲房间，这回躺在狭窄的阁楼里非常害怕。

罗萨罗司喜出望外，急忙起身，怕吵醒别人，便蹑手蹑脚去接孩子，让她躺到自己的热乎乎的床上，搂在怀里亲她，百般地爱抚，以放恣虚夸的方式表达自己的爱心，最后她本人也平静下来睡着了。领圣体的小姑娘脑门儿偎着娼妓裸露的胸口，就这样一直睡到天亮。

早晨五点钟，教堂那口小钟就敲起"三经钟的钟声"，当当的声响吵醒了这些女士，而平时，整个上午她们都在睡觉，这是劳累一夜之后的唯一休息。村里的农民都起来了。当地的女人开始忙碌，走家串户，说话也急急忙忙，小心翼翼地抱着浆得硬如纸板的细布短连衣裙，或者拿着半腰扎了金丝穗并有握槽的长蜡烛。太阳已经高高升起，金光灿烂，晴空一片碧蓝，唯有天边残留一抹淡红色的，好似朝霞逐渐消隐的痕迹。一窝窝母鸡在屋前走动，时而一只脖子闪亮的黑公鸡，拍打着翅膀，高高抬起红冠头，像铜号一般迎风啼鸣，引起别处公鸡遥相呼应。

邻近村庄的马车赶到了，往一些房舍的门口卸下高大的诺曼底妇女。她们身穿深色的衣裙，肩披的方围巾在胸前交叉，用一只古老的银别针扣住。男人身穿新礼服或者旧的绿呢燕尾服，但外面套着蓝罩衫，只露出两片燕尾。

牲口都牵进马厩里，车辆就鼻子着地，或者屁股坐地而辕木朝天，顺着大道排了两趟，各式各样，年代也不同，有四轮大篷货车、两轮大车、有篷轻便马车、双轮轻便马车，以及长凳客车等。

木匠家里像个蜂巢，十分忙乱。几位女客正忙着给孩子穿衣打扮，而她们本人只穿了短上衣和短裙，头发披散在后背，又短又稀薄，就好像用久了而褪色并磨损了似的。

小姑娘站在桌上一动不动，泰利埃太太则指挥她的别动队的行动，给小姑娘洗脸，梳头，戴帽子，穿衣裙，使用许多别针打出裙褶，勒紧偏胖的腰身，尽量把她打扮得漂亮些。穿戴好之后，又让受罪的小姑娘坐下，不许乱动，而这群忙乱的女人又赶紧去打扮自己。

小教堂重又敲钟。那可怜的小钟细微的鸣声，如同十分衰弱的人声，升至半空，随即就消逝在那无限的蔚蓝空间。

领圣体的孩子们从家里出来，走向村社的公共建筑，那儿有两所学校和村政府,位于村头,而"上帝之家"则在村子的另一端。

家长都穿着节日的服装,跟在孩子后面,他们的神态极不自然,又因常年弯腰干活而动作极不灵便。女孩都淹没在像打过奶油似的一堆雪白薄纱里。男孩都像咖啡馆伙计的雏形,头上涂了厚厚的发蜡,两腿叉开走路,生怕弄脏那身黑裤子。

能有许多亲戚从远处赶来,参加孩子的仪式,这是一个家庭光彩的事,因此,细木匠这次十分露脸。老板娘所率领的泰利埃部队跟随着孔唐丝。父亲让姐姐挽上胳膊,母亲和拉发爱儿走并排,随后是菲南德和罗萨罗司,两个"水泵"压阵,队伍威风凛凛,如同身穿军礼服的参谋部。

这阵势在村里产生令人震惊的效果。

在学校里,女孩排在修女的尖帽下面,男孩则排在一位风度翩翩的英俊男教师的礼帽之下,然后唱起感恩歌,列队出发了。

男孩打头,两行长长的纵队,走在两排卸了套的马车中间,女孩以同样队形跟在后面。全体村民都敬让城里的女士先走,紧紧跟着女孩的队伍,三人在左,三人在右,延长了两人一排的队列,而她们又打扮得花枝招展,活像光彩夺目的烟花。

她们一走进教堂,立刻引起一阵狂热。众人纷纷转身,你拥我挤,争相观看。她们的装束比唱诗班的祭披还要花哨,连信女们都惊诧不已,高声讲起话来。村长起身让座,泰利埃太太便和她弟媳、菲南德、拉发爱儿坐到祭坊右侧第一条长椅上。罗萨罗司、两个"水泵"和木匠一行,则占了第二条长椅。

教堂祭坛里跪满了孩子,男孩女孩分排两边,手中举的长蜡烛好似东倒西歪的长矛。

三个男人立在经台前高声诵唱，无限延长响亮的拉丁文的音节，唱到"阿门"的"阿……"时，带着无限重复的拖腔，而伴奏的蛇形铜风管，同时也从大喇叭口发出无限延长的单调的音符。一个男孩的尖细嗓音不时答唱。一个头戴方形教士帽的神父，也不时从祷告席上站起来，叽里咕噜念叨一阵，又重新坐下。那三位则继续唱经，眼睛盯着摊在雄鹰展翅的木托架上一本厚厚的素歌。

继而，全场肃静，所有人一齐跪下。主祭神父上场了，只见他白发苍苍，德高望重，身子微微偏向左手端着的圣餐杯。两名身披红袍的助祭在他前面带路，一大群脚穿大皮鞋的唱经员紧随其后，分别排列在圣坛的两厢。

一只小铃打破这片肃静，圣祭开始了。主祭在圣体金龛前缓步走来走去，一次次跪拜，用他那苍老而颤颤巍巍的嗓门儿诵唱预备经。等他一住口，唱经员就齐声唱起来，蛇形风管也同时奏响。一些男人也跟随诵唱，但声音较低而谦抑，符合一般参加者的身份。

突然，"主啊，矜怜我们"之声冲天而起，是由每人胸腔和心中迸发出来的。古老的拱顶受这突发喊声的震动，甚至落下尘土和虫蛀的木屑。小教堂青石瓦顶受到太阳的曝晒，里边热得赛似蒸笼。难以名状的神秘仪式迫近，孩子们心里紧张，母亲们嗓子眼儿发紧，一个个心情无比激动，焦急不安地等待。

那神父坐了片刻，重又登上祭坛，他没戴帽子，满头覆盖银丝，双手哆嗦着，就要完成那超自然的行为。

他转向信徒，双手伸向他们，高声用拉丁文宣布"祈祷吧，兄弟们",又用法语重复一遍。大家都祈祷起来。现在,老神父结结巴巴的,最后喃喃讲些神秘莫测的话。小铃一声连着一声。众信徒跪着呼唤上帝。孩子们都极度惶恐,几乎支持不住了。

罗萨罗司双手捧着脑门儿,这时猛然想起她母亲、她村里的那座小教堂,以及她自己的初领圣体仪式。恍惚间,她又回到那一天,自己还是个小姑娘,整个儿人淹没在白色衣裙里。往事历历在目,她不禁哭了,起初轻声哭泣,泪珠缓缓地从眼圈里出来。继而,她越回忆往事,心情越激动,脖子涨粗,胸脯一起一伏,终于失声痛哭了。她掏出手绢,又擦眼睛,又捂住嘴和鼻子,以免哭出声来,可是不管用,抽噎的悲声从嗓子眼儿里冲出,还有两个令人心碎的深深叹息相呼应。原来,她身边的路易丝和弗洛花二人,同样忆起遥远的往事,控制不住,都悲伤颓倒,也连连哀叹,泪如泉涌。

由于眼泪具有感染力,夫人也很快感到眼圈儿湿了,扭头看看她弟媳,只见同一条凳子上的人全哭了。

神父造出圣体。孩子怀着虔诚的恐惧,一个个匍匐在石板地上,头脑里什么也不想了。教堂里别处,也不时传来哭泣,是女人的声音,一位母亲或者姐姐,由于奇异的感应,也柔肠百转,而且看着这些漂亮的女士跪在那里抽泣,哭得浑身抖动,也就跟着心酸落泪,把方格印花布手绢浸湿了,同时左手按住怦怦狂跳的心口。

星星之火能点燃一大片成熟的庄稼,同样,罗萨罗司及其同伴的眼泪,一时间也引出所有人的泪水。男女老少,包括穿新罩衫的小伙子,大家都跟着哭起来。在他们头顶仿佛盘旋着一种超人的东西,一颗弥漫空间的灵魂,一个无形的万能者的神奇气息。

祭坛上啪地发出一声轻微的响动,是那个修女敲了一下经书,发出领圣体的信号。孩子们怀着神圣的激情,哆哆嗦嗦走近圣餐台。

他们排成一长列跪下。年迈的本堂神父拿着镀金的银圣杯,从他们面前经过,挨个儿给他们分发用两根手指捏住的圣体饼,即基督的圣身,人世的救赎。孩子们闭上眼睛,痉挛地张开嘴,脸色苍白,一副副神经质的失态表情。接着他们下颌儿的那条长长的台布,就像流水一样瑟瑟发抖。

猛然间,一种汹汹的骚乱传遍整个教堂,那是人群进入狂热状态时的喧嚣,是忍住呼号的呜咽所汇成的暴风雨,犹如横扫森林、吹弯大树的阵阵狂风。神父被激动的情绪定在那里,手上拿着圣体饼一动不动,他喃喃自语:"这是上帝,是上帝来到我们中间,显示他的存在,他应我祈祷之声,降临到他这些跪着的信徒身上。"在敬仰上帝的冲动中,他一时找不到适当的话语,便结结巴巴而又慌慌张张地祈祷,但这是发自灵魂深处的祷告。

他怀着异乎寻常的信念,分发完圣体饼,因过度亢奋而双腿发软,他自己喝过主的宝血之后,便完全投入感恩的祷告中。

他身后的信徒们逐渐平静下来。那些佩戴白祭披而显得庄重的唱经员,又开始唱经,但音调不够准确,略带点儿哭声,连蛇形风管听着也有点儿沙哑,仿佛这件乐器同样哭过似的。

这时,神父举起双手,要大家肃静,他从领了圣体而沉浸在幸福的两排孩子中间穿过,一直走到圣坛的栅栏旁边。

在一片挪动椅子的声响中,大家重新坐下,又纷纷用劲儿擤鼻子,他们一看见本堂神父,就都肃静了。本堂神父开始讲话,声调极低,有点儿含混不清,也有几分犹豫:"亲爱的兄弟们、亲爱的姊妹们、我的孩子们,我由衷地感谢你们,是你们给了我一生中最大的快乐。我感到上帝应我的呼唤,降临到我们身上。他来到了,就在这里,充满你们的灵魂,使你们的眼睛漾出泪水。我是本教区年纪最大的教士,而今天,我也成了本教区最幸福的教士。我们中间出现了奇迹。这是个真正的、伟大的、崇高的奇迹。当耶稣基督头一次进入这些孩子的体内时,圣灵,那天国之鸟,那天主的气息,也降临到你们头上,抓住你们,控制你们,使你们躬身俯首,如同风中的芦苇。"

接着,他转向细木匠的客人坐的两条长椅,声音比较清亮一些,说道:"特别要感谢你们,亲爱的姊妹们,你们远道而来,怀着显而易见的信仰、极为强烈的虔诚,光临我们中间,成为我们所有人有益的榜样。你们感化了本堂的教民,你们的激情温暖了他们的心。没有你们在场,也许今天就不会具有这种真正神圣的性质,不会成为伟大的日子。只要有一只优秀的羔羊,往往就能促使天主降临到羊群。"

他激动得说不出话来,停了一下,又补充说:"我祝愿你们得到圣宠,定能如愿以偿。"说罢,他又拾阶走上祭坛,要结束这场仪式。

这会儿,大家都急着要走。孩子们长时间神经紧张,也已厌倦,开始动起来。而且,他们也都饿了,家长没等听最后的福音,都渐渐离去,回家准备好午餐。

教堂门口闹哄哄的,十分拥挤,一片喧哗,有很重的诺曼底口音。信徒们组成两道人墙，一见孩子们出来，每家人都朝自己的孩子扑去。

孔唐丝一下子就被家里这帮女人抓住，围起来亲吻。尤其是罗萨罗司搂住她亲不够，最后还拉着她一只手，泰利埃太太抓住她另一只手。拉发爱儿和菲南德拉起她的细布长裙，免得拖在尘土里。路易丝和弗洛花同黎尉太太一起殿后。小姑娘由这支仪仗队护送回家，一路上她沉思默想，坚信她体内负载的上帝。

宴席摆在木工棚里，并排架起几张长木板当餐桌。

临街的门敞开，让村里的欢乐气氛涌进来。家家户户都摆上酒宴，从每个窗口望进去，都能看见一桌桌节日打扮的人，每所房子都传出宴饮的欢声笑语。这些乡下人都脱掉外衣，喝着斟满杯的纯汁苹果酒。在每一群宴饮的人中间，能看见两个孩子，这儿是两个男孩，那儿是两个女孩，两家合起来在一家欢庆。

中午烈日炎炎，偶尔有一匹老马拉着安有坐凳的大车，一蹿一跳小跑着从村里经过，穿着罩衫的车老板朝桌上的美味佳肴投来眼馋的目光。

木匠家中的欢乐，还有几分保留，还有上午激动的余波。唯独黎尉一人尽欢尽兴，畅怀喝酒。泰利埃太太总是看表，她不想接连停业两天，她们要赶三点五十五分的火车，傍晚就能抵达费冈。

木匠竭尽全力转移注意力，要把客人留到次日。然而，夫人绝不走神，生意上的事她从不当作儿戏。

一喝完咖啡，她就吩咐姑娘们快些准备，接着转身对兄弟说："你也马上去套车。"她本人也去做好行前的准备。

她下楼来的时候，弟媳正等着她，要跟她谈谈小丫头的事。这是一次长谈，却没有作出任何决定。这个乡下女人假装亲热，巧妙地往外套话，而泰利埃太太却不作任何许诺，她把孩子抱在膝头，只是泛泛地答应，说是会照看小姑娘的，来日方长，以后还会见面。

然而，马车还未套好，几个姑娘也不下楼来，还听见楼上传来高声欢笑、推搡打闹、喊叫和鼓掌的喧哗。于是，木匠妻子去马厩瞧瞧车是否备好，夫人最终也决定上楼去催催。

黎尉醉醺醺的，半裸露身子，企图强暴罗萨罗司而未得逞，罗萨罗司则笑得直不起腰来。两个"水泵"参加了上午的宗教仪式，看到这样胡闹很反感，便拉住木匠，想让他平静下来。可是，拉发爱儿和菲南德却在一旁煽动，她们捧着两肘，笑得前仰后合，每当醉汉扑个空，她们就一阵尖叫。这汉子恼羞成怒，满脸涨红，已经敞胸露怀，拼命地从紧紧抓住他的两个女子的手里挣脱出来，使出全身力气去扯罗萨罗司的裙子，同时嘴里还咕哝道："骚货，你还不干吗？"正巧这时，夫人进来，她十分气愤，扑上去抓住兄弟的肩膀，将他扔出去，劲头极猛，差点儿把他扔到屋外的墙上。

过了片刻，院子里传来他用水哗哗浇头的声响，他赶着马车出来的时候，已经完全平静下来了。

又像头一天那样，她们乘车上路了。那匹小白马跑跑颠颠，步伐轻快。

宴席上抑制的欢乐情绪，在烈日下又爆发出来。现在，姑娘们觉得马车颠簸很有意思，甚至还推旁边的椅子，再加上黎尉调情不成给她们增添的快意，她们动不动就咯咯大笑。

阳光普照田野，金灿灿的，晃花眼睛。车轮扬起两股灰尘，在马车后面的大路上久久飞旋。

菲南德喜欢音乐，忽然恳求罗萨罗司唱支曲子。罗萨罗司扯开嗓门儿唱起《默东的胖神父》，但是马上被夫人制止了，说今天这日子唱这支歌不合适。夫人还说："还是给我们唱点贝朗瑞的歌谣吧。"罗萨罗司迟疑了片刻，终于选定，用她那嘶哑的声音开始唱《老祖母》：

> 一天晚上祖母庆大寿，
> 喝了两口纯汁葡萄酒，
> 就摇头晃脑对我们说，
> 从前情人我有一大车！
> 那时胳臂胖乎乎，
> 双腿标致多悦目，
> 现在想来多恋旧，
> 白白过了好时候！

夫人领头和姑娘们合唱：

> 那时胳臂胖乎乎，
> 双腿标致多悦目，
> 现在想来多恋旧，
> 白白过了好时候！

"嘿，真美妙！"黎尉说道，他的情绪被这歌曲的节奏点燃了。罗萨罗司紧接着唱道：

怎么奶奶从前不老实?
的确不老实!我十五岁
不用教就懂得怎么美,
夜晚总好琢磨不愿睡。

所有人扯着嗓子高唱副歌。黎尉脚踏车辕,用缰绳在马背上打拍子,而小白马似乎受了这欢快节奏的激励,也奔跑起来,犹如一阵旋风,将这些女士掀倒,在车里摞成一堆。

她们爬起来,发疯一般大笑。在烈日炎炎的天空下,她们声嘶力竭继续唱歌,伴随着小马的狂奔,穿越田野,从熟了的庄稼中间经过。现在每重复唱一次副歌,小白马就脱缰似的飞跑一百米,给车上的人带来巨大的欢乐。

不时有碎石工人站起来,隔着铁丝网面罩望望这辆载着欢叫的人、在尘土飞扬中疾驶的马车。

在车站广场下车时,细木匠颇为感动:"真可惜你们走了,要不然,在一起多么开心。"

夫人极有分寸地回答:"任何事物都有一定的时间,人不能总玩乐。"

这时,黎尉灵机一动,说道:"那好,下个月,我到费冈去看你们。"他一副狡狯的神态,用发亮的淫荡目光看着罗萨罗司。

"好啦,"夫人斩钉截铁地说,"要规矩一点儿,你想去就去吧,不过,去了可不准胡闹。"

黎尉没有回答,这时火车鸣笛了,他就急忙同大家拥抱吻别,轮到罗萨罗司时,他拼命追逐她的嘴唇,而罗萨罗司则闭着嘴笑,一次次迅速地扭头,及时躲闪。他搂着姑娘,但手中的长鞭碍事,总是达不到目的,他一用劲,长鞭就在姑娘的背后使劲儿摇晃。

"去鲁昂的旅客请上车!"列车员喊道。于是她们上了火车。

随着细长的哨声,火车头发出强劲的汽笛声,同时忽地喷出第一股蒸汽,车轮也开始缓慢地、明显吃力地转动了。

黎尉离开站台,跑到栅栏那里,想再看一眼罗萨罗司。满载这种人体商品的车厢从他面前经过,他就开始啪啪甩响鞭子,同时一边蹦跳,一边全力唱道:

> 那时胳臂胖乎乎,
> 双腿标致多悦目,
>
> 现在想来多恋旧,
> 白白过了好时候!

他目送一块挥动的白手绢渐渐远逝。

三

途中她们一直睡觉,睡得很香,就像心安理得的人那样。经过休息,她们回到家里便精神饱满,可以招呼晚上的生意了。夫人忍不住说了一句:"不管怎么说,我已经在老家待腻了。"

她们匆忙吃了晚饭,换上作战的服装,便静候老主顾登门了。那盏小灯点亮了,如同在圣母像前的那盏小灯,向过往行人表明,羊群已经回到圈里。

转瞬间,消息便不胫而走,不知道是怎样传开,又是由谁扩散的。银行家的公子菲利浦先生,还特意有一封快信通知囚在家中的图尔沃先生。

咸鱼腌制场主每逢星期天,恰恰要请好几位表兄弟吃饭,正喝咖啡的时候,一个男子手拿一封信求见。图尔沃先生一阵激动,拆开信封一看,脸色刷地白了。信上只用铅笔草书这些字:"装载的鳕鱼已找回来,货船抵港。对您是好买卖。速来。"

图尔沃先生在兜里摸了一阵,赏给送信人二十生丁。接着,他的脸一下红到耳根,说道:"我得出去一趟。"他把那封神秘的短信递给他妻子,又打了铃,等女仆一来,就吩咐道:"我的外衣,快,快,还有帽子。"他一到街上就跑起来,边跑边吹一支曲子,真是心急火燎,只觉得路长了一倍。

泰利埃妓馆一派喜气洋洋。在楼下,港口来的那些人吵吵嚷嚷,喧闹声震耳欲聋。路易丝和弗洛花简直不知应酬谁好了,陪这个喝酒,又陪那个喝酒,越发显得无愧于两个"水泵"的绰号。周围的顾客都同时喊叫,她们已经应接不暇,看来这一晚上消停不了。

刚九点钟,二楼小圈子人就到齐了。商务法庭法官瓦斯是夫人的老主顾,柏拉图式的求爱者,他陪夫人在角落里小声交谈,二人都喜眉笑脸,似乎就要达到某种默契。前镇长普兰先生让罗萨罗司骑在自己腿上,二人脸对着脸。姑娘的小手抚摸着这老头儿的花白颊髯,从撩起的黄绸裙子里露出一截光着的大腿,横断他那黑色呢裤,红袜子上扎的蓝袜带,还是旅行推销员送的那副。

高大的菲南德躺在长沙发上,两只脚搭在税务官潘佩斯先生的肚子上,上半身则靠着年轻的菲利浦先生的西服背心,左手夹着香烟,右手搂着他的脖子。

拉发爱儿仿佛在跟保险代理人杜皮伊先生谈生意,她用这句话结束交谈:"好吧,亲爱的,今天晚上,我愿意干。"说罢,她独自跳起华尔兹舞,一阵风似的在沙龙里旋转一圈,嘴里嚷道:"今天晚上,要怎么样都行。"

沙龙的门猛然打开,图尔沃先生来啦。大家都欢呼起来:"图尔沃万岁!"拉发爱儿还一直旋转飞舞,正好倒在他的胸口上。他一把搂住,什么话也不说,将姑娘轻轻托起,像托根羽毛似的穿过沙龙,走向里侧的一扇门,在一片掌声中,带着活包袱消失在通往卧房的楼道里。

罗萨罗司在撩拨前镇长,一下接着一下吻他,同时双手扯着他的髯须,使他的脑袋动弹不得。既有先例,她就乘机说:"走吧,学他的样子。"于是,老头儿站起身,整理一下西服背心,跟着姑娘走了,边走边摸在他口袋里沉睡的钱币。

只有菲南德和夫人陪着四位男客。菲利浦先生高声说道:"喝香槟,我请客!泰利埃夫人,叫人拿三瓶来。"菲南德立刻搂住他,凑近他耳朵说:"唉,让我们跳跳舞,你弹琴好吗?"菲利浦先生站起来,走到在角落沉睡的羽管键古琴前,弹了一支华尔兹舞曲,从这百年老琴的叽里咕噜的腹中,掏出一支嘶哑的、悲苦哀怨的华尔兹舞曲。高个儿姑娘搂着税务官的脖子,夫人则由着瓦斯先生搂抱,这两对边旋转边接吻。瓦斯先生从前在社交场合跳舞,舞姿十分优美。夫人望着他,那被迷住的目光似乎回答"好吧"。这无声的允诺更慎重,更甜美,胜过一句话!

弗雷德里克送来香槟。头一瓶的瓶塞砰的一声飞出去,菲利浦先生又弹奏一支四组舞曲的序曲。

两对舞伴装模作样,仿照上流社会的方式,男士鞠躬,女士行屈膝礼,文质彬彬而又风度翩翩地迈动舞步。

跳了一阵舞,大家开始喝酒。这工夫,图尔沃先生回来了,他满面春风,一副浑身舒畅、心满意足的神气。他朗声说道:"不知道拉发爱儿怎么了,今天晚上,她真是尽如人意。"随后,他接了递过来的一杯酒,一口干掉,还喃喃自语:"见鬼,可真摆阔气!"

菲利浦先生当即又弹一支轻快的波尔卡舞曲。图尔沃先生同犹太美女翩翩起舞,抱起她旋转而不让她双脚沾地。潘佩斯和瓦斯两位先生又兴致大发,也跟着跳起来。时而有一对舞伴跳到壁炉旁,便停下来,一口气干掉一杯起泡的酒。这场舞看来要永世跳下去,突然罗萨罗司将门推开一条大缝,手里端着一支烛台进来。她只穿着内衣,趿拉着拖鞋,头发乱蓬蓬的,满脸通红,一副冲动的样子,嚷道:"我要跳舞!"拉发爱儿问道:"你那个老头儿呢?"罗萨罗司咯咯大笑:"他吗?他睡了,倒头就睡着了。"她抓住在沙发上闲坐的杜皮伊先生,波尔卡舞曲又重新弹奏了起来。

几瓶酒喝空了。"我请大家喝一瓶。"图尔沃先生说了一声。"我也请一瓶。"瓦斯先生附和道。"我也一样。"杜皮伊一句煞尾。于是,大家热烈鼓掌。

一场真正的舞会,就这样组织起来。甚至路易丝和弗洛花也一次次溜上楼来,赶紧跳一圈华尔兹舞,而楼下的顾客却等得不耐烦,她们恋恋不舍,只好又跑回咖啡馆。

到了午夜,大家还在跳舞。有时一个姑娘溜走了,在大家要跳四组舞找她时,才突然发现男人堆里也少了一个。

"你们这是去哪儿啦?"正巧潘佩斯先生和菲南德回来,菲利浦先生就打趣地问道。"去看普兰先生的睡态了。"税务官答道。这句话收到极大的效果。所有男人都轮流带上一个姑娘,上楼去看普兰先生睡觉。这天夜晚,一个个姑娘随和得令人难以置信。夫人也只装没看见,她和瓦斯先生在角落里长时间密谈,仿佛一件事情已经谈妥,只在最后敲定一些细节。

到了一点钟,两位有家室的人,图尔沃先生和潘佩斯先生,终于要告辞了,他们想结账。夫人只算了他们的香槟酒钱,而且一瓶计价六法郎,不是通常的十法郎。他们奇怪何以这样慷慨,夫人喜气洋洋地答道:

"难得这么痛快一回啊!"

羊脂球

一连数日，溃军的一股股队伍，纷纷穿过这座城市。那根本不算队伍，完全是散兵游勇。那些人胡子拉碴，又长又脏，军装也破烂不堪，既没有军旗，又不成为团队，只是拖着脚步朝前走。他们都显得神情沮丧，筋疲力尽，再也不能想什么，再也不能拿什么主意了，仅仅凭习惯机械地移动脚步，一站住就会累趴下了。他们大多是应征入伍的性情平和的人、安分度日的年金领取者，一个个都被枪支压弯了腰，还有年轻而敏捷的国民别动队员，他们容易惊慌失措，又能立刻斗志昂扬，他们随时准备冲锋陷阵，也随时准备溃退逃跑。此外，他们中间还零星夹杂着穿红色军裤的士兵，那是一次大型战役中被击垮的师团的残部。身穿深色军装的炮兵，同各种步兵排列在一起。有时也能看见一名龙骑兵的闪亮的头盔，他拖着沉重的步子，跟随脚步比较轻快的步兵，显得十分吃力。

随后，游击队也一批批穿城而过，每队都起了英勇的称号，诸如"败军复仇队""坟墓公民团""敢死队"等，不过，他们的样子倒像土匪。

他们的官长,也都是从前的布商或粮商、油脂商或肥皂商,临时充当军人,因为钱多或者胡子长,就被任命为军官,全身披挂着武器、法兰绒绶带和军衔。他们讲话声如洪钟,经常讨论作战方案,大言不惭,自以为肩负着危难的法国的命运。不过,他们有时也惧怕手下的士兵,那原本是些亡命之徒,勇敢起来往往不要命,但是奸淫抢掠,无法无天。

据说,普鲁士军队就要开进鲁昂城。

当地的国民卫队,两个月来一直在附近树林中,小心翼翼地侦察敌情,有时开枪打死自己的哨兵。哪怕荆丛里有一只小兔子动一动,他们就立刻准备投入战斗。现在,他们都各自逃回家中,那些武器、军装,在方圆三法里之内用作吓唬路标的一整套凶器,都突然不翼而飞了。

最后一批法国兵总算过了塞纳河,要从圣赛威尔和阿夏镇的方向退往奥德梅桥。走在最后的是将军,左右由两名副官陪伴,徒步行走。率领这样的乌合之众,他实在回天乏术,一筹莫展。而且这个以勇武著称、战无不胜的民族,竟然遭此惨败,全线崩溃,他裹在其中,也不免感到茫然失措。

此后,城中便是一片寂静,一片静悄悄而又惶惶不安地等待的气氛。许多大腹便便的市民,在生意场上丧失了男子气概,现在惴惴不安地等待胜利者,他们心惊胆战,唯恐敌军看见他们烤肉的铁钎或者大菜刀,就说是窝藏武器。

生活似乎停止了,铺子都关门闭店,街上阒无人声。偶尔有个居民上街,也被这种沉寂吓坏,便溜着墙根匆匆离去。

就在法军撤完的第二天下午,不知从哪儿冒出几名轻骑兵,穿城疾驰而过。不久,从圣卡特琳山坡就黑压压下来一大片人，与此同时，另外两股侵略大军，也像潮水一般，出现在达纳塔尔和布瓦纪尧姆的两条大道上。这三支大军的先头部队，恰好同时在市政府广场会合。随后，德军大部队开到，一营一营，从周围的大街小巷列队出来，沉重而整齐的步伐，踏得路石咯咯作响。

一种陌生而喉音很重的声音所喊的口令，沿着房舍升起。那些房屋看似空空荡荡，一片死寂，可是在紧闭的窗板里面，一双双眼睛却在窥视胜利者：那些胜利者成了这座城市的主人，根据"战时权法"主宰全城人的财产和性命。居民守在昏暗的房间里，都惊恐万状，如同遭受大灾大难，发生强烈地震，什么智慧和力量都无能为力了。是的，每逢事物的秩序被打乱，安全便不复存在，原来受人类法律或自然法则保护的一切，现在就要遭受一种无意识的残暴力量的蹂躏，人们就会产生这样惶恐的感觉。大地震将一个地方的所有人压死在倒塌的房屋之下。泛滥的江河同时冲走淹死的农夫和耕牛的尸体，以及房屋的梁柱。同样，打了胜仗的军队就要屠杀自卫的人，押走俘虏，以战刀的名义抢掠，用大炮的轰鸣感谢上帝。所有这些可怕的灾难，让我们无法再相信永恒的正义，也无法按照我们所接受的教导那样，再相信上天的保佑和人类的理性。

德军小分队挨家敲门，然后进了屋。这就是入侵之后的占领。战败者从此开始尽义务，必须热情招待胜利者。

过了一段时间，最初的恐怖一旦消失，气氛又重新平静下来。在许多家庭里，普鲁士军官都和一家人同桌吃饭。有的军官也很有教养，并且出于礼貌，替法国惋惜，说自己本不愿意参加这场战争。房主自然要感激普鲁士军官的这种感情，何况说不上哪一天，还要仰仗他的保护呢。把他侍候好了，也许能少摊派几名士兵来吃饭。既然什么都要听命于这个人，又何必伤害他呢？那样干不是勇敢，而是鲁莽。现在的鲁昂市民，已没有大胆鲁莽的毛病了，不像当年那样，因英勇守城而使这座城池闻名遐迩。最后他们还这样考虑，只要不在公开场合同外国人亲近，在自己家里客气一点儿并不为过。这也是他们从法兰西文明礼貌中得出的至高无上的理由。在外面，彼此成为路人，可是回到家里，大家都愿意交谈。每天晚上，大家守着炉火取暖，德国军官待的时间也越来越长了。

就是整个城市，也渐渐恢复了常态。法国人固然还不大出门，可是大街小巷挤满了普鲁士兵。况且，那些蓝色轻骑兵军官，身上佩带的杀人的大家伙拖在马路上，虽然显得盛气凌人，但是比起去年也是在这些咖啡馆里吃喝的法国轻骑兵军官来，对普通公民的蔑视态度并不算特别厉害。

然而，空气中多了点儿什么，多了点儿难以捕捉的陌生东西，那是一种不能容忍的外国气氛，如同扩散的一种气味，异族入侵的气味。这种气味充斥家家户户和所有广场，改变食品的味道，使人产生远行到野蛮而危险的部落的感觉。

胜利者要钱，要很多钱。居民总是如数缴纳，他们也的确富有。不过，诺曼底商人财越大越抠门儿，出一点儿血，拔一根毛，看着自己的财富有一点儿转到别人手中，他们就特别心疼。

可是出了城，沿河流往下游走两三法里，到克鲁瓦塞、埃普塔尔或比萨尔一带，船夫和渔人能经常从水底打捞上来德国人的尸体。那些尸体在军服里泡得胀起来，有用刀捅死的、用脚踢死的，也有脑袋被石头砸烂的，或者从桥上被人推下水的。

河底的淤泥里，埋葬了不少野蛮而合法的暗中复仇，那是不为人知的英勇行为、不声不响的袭击，比白天打仗还危险，但又不能扬名。

须知对外敌的仇恨，总能武装起几个义无反顾的人——他们为了一种信念，随时准备献出生命。

总而言之，入侵者在全城实施严格的纪律，并没有干出一件传闻他们在挺进中所犯的暴行。于是，城里人胆子壮起来，那些商人又蠢蠢欲动，心中渴望做生意了。有几个商人在还是由法军据守的勒阿弗尔港有大笔投资，他们打算从陆路先到迪埃普，再乘船转到那个港口。

他们利用认识的几名德国军官的影响，从总司令那里获得离城特许证。

有十名旅客订了座位，车行派一辆四驾旅行大马车送一趟，决定星期二天亮之前动身，以免招来人围观。

这一阵上了冻，地面冻硬了。到了星期一下午三点钟的光景，北风劲吹，刮来一片片乌云，大雪纷纷扬扬，从傍晚开始，下了一整夜。

凌晨四点半，旅客们在诺曼底旅馆院内集合，准备上车。

他们睡眼惺忪，虽然披着毛毯，还是冻得浑身直打哆嗦。昏暗中彼此看不清楚，他们身上里三层外三层，穿了厚厚的冬衣，看上去就像身穿长袍的肥胖神父。有两个男人倒是相互认出来，第三个人又上前搭话，他们便开始交谈。一个说："我带老婆一道走。"另一个说："跟我一样。"第三个说："彼此彼此。"第一个又说："我们再也不回鲁昂了。如果普鲁士军逼近勒阿弗尔，那我们就去英国。"他们气味相投，也都有同样打算。

然而，始终没有人来套车。一名马夫提着一盏小灯，不时从一扇黑洞洞的小门里出来，又立刻钻进另一扇门里。马厩地上垫了草，马蹄刨地的声就不大了。一个汉子骂骂咧咧地同牲口说话的声音，在旅馆楼内都听得见。一阵轻微的铃声表明有人在弄马具，不久又变成持续不断的清脆颤音，节奏随着牲口的动作而变化，时而停止，接着又突然摇响，并且伴随马蹄掌踏着地面的闷声。

门猛然关上，声响戛然而止。这些市民身子冻僵了，都沉默下来，直挺挺地伫立在那里。

绵绵不断的白色雪幕闪闪发亮，不停地朝大地降落，抹掉了万物的形状，给万物蒙上一层冰雪的刨花。城市一片沉寂，埋葬在冬天下面，什么也听不见了，唯闻这种难以捕捉的、模糊而飘忽的下雪的窸窣之声，与其说是声响，不如说是感觉，微屑溷杂混合，似乎充塞天地，覆盖了世界。

提灯笼那人又出现了，他牵着一匹不愿走且垂头丧气的马，将它拉到车辕里，搭上套，转悠了好半天才系好，因为他一手提灯照亮，只能用一只手干活。他正要去牵第二头牲口，看到所有旅客都站着不动，满身都是白雪，就对他们说：

"你们干吗不上车呢？到车里起码避避雪。"

自不待言，他们没有想到这一点，一听这话就蜂拥过去。那三个男人先把妻子扶上车，随后自己也上去了。另外几个身形模糊的人彼此没有讲话，上车就坐到余下的位置上。

车厢的底板铺了厚厚的干草，脚可以插进去。坐在里头的那几位太太带了烧炭的小铜暖炉，这时点燃了，然后低声列举暖炉的好处，讲了好半天，无非彼此重复早已知道的事情。

旅行车终于套好了，本应套四匹马，考虑到路不好走，就套上六匹马。这时，外面有人问道："全都上来了吗？"车里有人应了一声："全上来了。"于是起程了。

马车行驶得很慢很慢，一小步一小步往前移动，轮子陷在雪中，整个车厢哀鸣，发出低沉的吱吱咯咯的声响。几匹马打着滑，呼呼喘息，浑身冒热气，而车夫的大鞭四面飞舞，不停地打响，时而卷曲，时而伸展，活像一条细长的蛇，又突然抽在一个滚圆的马屁股上，那匹马的后臀就往上一拱，猛地用力拉车了。

不知不觉天亮了。被车里一位地道的鲁昂旅客刚才比作棉花雨的鹅毛大雪，现在已然停了。乌云里透出一道污浊的光线，而厚重的乌云将雪野反衬得格外明亮耀眼。地面上忽而出现一行披上霜衣的大树，忽而出现一座顶着雪帽的茅舍。

车厢里，大家借着黎明的这种凄清的光亮相互好奇地打量。

在车厢最里面的最好的位置上，鸟先生夫妇面对面地坐着打瞌睡，他们是大桥街的葡萄酒批发商人。

鸟先生从前给人当伙计，趁老板破产，就把店铺盘过来，从而发了财。他以极便宜的价格，将极劣的葡萄酒批发给乡村的小贩，因而在熟人和朋友的眼里，他是个非常狡诈的奸商，是个诡计多端、快活俏皮的真正诺曼底人。

他这奸商的名望已十分稳固，以致有人当作笑谈。例如有一天，在省政府的晚会上，一位在当地颇有名气、文思敏捷而犀利、专编寓言和歌谣的作者图奈尔先生，看到女士们有点儿困倦，就提议玩"飞鸟"游戏。这一说法立即飞遍省督的每间客厅，然后又飞到全城的每家客厅，让全省人开心大笑了一个月。

此外，鸟先生爱搞恶作剧，爱开文雅和下流的玩笑，也是出了名的，因此哪个人提起他，无不立刻补充一句："这个鸟家伙，真是无价的活宝。"

此公身材矮小，挺个球状的大肚子，肩头顶着鬓髯灰白的一张红赤赤的脸。

他的老婆则人高马大，麻利果断，说话嗓门儿又高，遇事又能当机立断，在店铺里代表秩序和算术。而他本人则凭着插科打诨，给店铺增添活跃的气氛。

挨着这对夫妇坐的一位更有派头，出身阶层要高一等，他就是卡雷-拉马东先生，一个了不起的人物，在棉纺行业名望很高，开了三座纺织厂，被授予荣誉团骑士称号，又是省议会的议员。在整个帝国时期①，他一直是善意的反对派首领，唯一的宗旨就是先攻后和，拿他本人的话来说，也就是拿武器虚晃几招，然后要价高些，再附和多数派的主张。卡雷-拉马东太太比丈夫年轻得多，成为鲁昂驻军的那些贵族军官的安慰。

她坐在丈夫的对面，身子蜷缩在毛皮大衣里，显得那么娇小，那么可爱，那么秀美。她瞧着这破破烂烂的车厢，眼里充满了沮丧的神情。

坐在她身旁的是于贝尔·德·布雷维尔伯爵和夫人，布雷维尔是诺曼底最古老、最高贵的姓氏。伯爵是个派头十足的老绅士，并且着意修饰，竭力突出自己的相貌与亨利四世国王的相似之处。根据他的家族引以为荣的一种传说，亨利四世曾使布雷维尔家族的一名女子怀了身孕，那女子的丈夫才得以晋升伯爵，并擢升为

---

① 指拿破仑三世的第二帝国。

省督。

在省议会里，于贝尔伯爵跟卡雷-拉马尔先生是同僚，不过他在省里代表奥尔良保王党。他同南特城一个小船主女儿是如何结为良缘的，这始终是个谜。伯爵夫人也的确雍容华贵，比谁都善于应酬，据传她曾得到路易-菲利浦的一名公子的垂爱，因而整个贵族阶层都趋之若鹜，她的沙龙在当地也首屈一指，是唯一保留昔日风流情调的场所，一般人是难得进去的。

布雷维尔家庭拥有的全是不动产业，据说每年收入高达五十万法郎。

上述六人是这辆车旅客的核心，是社会上收入稳定、生活平静、有权有势的阶层，同时也是信奉宗教、讲究道德、有威望的正人君子。

也是巧得出奇，所有女客都坐在同一条长椅上。伯爵夫人旁边还坐着两名修女，她们捻着长串念珠，口中咕哝着《圣父经》和《圣母经》。一位是老修女，满脸麻坑，就好像迎面中了一排霰弹似的。另一位修女身体极其羸弱，一张病容的俏脸长在痨病胸脯的上面。这样的胸脯受贪婪信念的啮噬，能使人情愿殉教并产生宗教幻象。

这两位修女的对面坐着一男一女，把大家的目光吸引过去。

那男的谁都认识，人称民主家高奴代，是上流社会人士最怕的人。二十年来，他泡在具有民主风味的所有咖啡馆里，在啤酒杯中浸染他那棕红色的胡子。他和弟兄朋友们，吃光了他那当糖果商的父亲给他留下的可观的财产，便急不可耐地盼着共和国的诞生，以期获得他为革命干了那么多啤酒之后应有的地位。九月四日那天，也许有人故意捉弄他，他真以为自己被任命为省督，不料走马上任时，成为办公室唯一主人的那些侍役，却不肯承认他的资格，逼得他退避三舍了。其实，他是个挺厚道的家伙，乐于助人，而并无害人之心，于是他又以无比的热忱，全力组织守土的防务，动员百姓在平野上挖了许多坑，砍倒附近林子中的所有小树，在每条路上都布下了陷阱。他对自己营建的这些防御工事非常满意，等敌军快要开到时，他就急忙撤回城里了。现在他又想，勒阿弗尔更需要他，那里亟待建造新的防御工事。

那女的是个人们所说的粉头，因过早发胖的体型而出了名，诨号叫"羊脂球"。她个头很矮，浑身圆滚滚的，肥得流油；十根手指也都肉鼓鼓的，只有每个骨节细了一圈，皮肤绷紧而发亮，好像几串短香肠；胸脯特别丰满，顶着衣裙突出一大团。但是她细皮嫩肉，招人爱看，依然秀色可餐，有不少嫖客光顾。她的脸蛋如同一个红苹果，又像一朵含苞待放的牡丹花，下面那张小嘴里，两排细牙亮晶晶的，嘴唇曼妙而湿润，吻起来一定甜美。

据说，她还有许多难以估价的妙处。

大家一旦认出她来，几个正经女人便交头接耳，说什么"婊子"啦，"社会耻辱"啦，等等，虽然窃窃私语，但是声音却很高，引得她抬起头来。她扫视同车的旅客，目光毫无惧色，充满了挑战的神情，逼使大家立刻噤声，纷纷低下头，唯独鸟先生还色眯眯地偷偷看她。

不大工夫，三位女士又交谈起来，有这个妓女在场，她们就突然亲近了，几乎成为知心朋友。面对这个无耻的卖淫女人，她们觉得必须拧成一股绳，以显示为人妻室的尊严，因为合法爱情向来傲视淫乱野合。

　　那三位男士,也因为有高奴代在场,出自保守派的本能而靠拢了,从蔑视穷人的口气谈论金钱。于贝尔伯爵说起普鲁士军入侵使他蒙受的损失,再加上牲畜被掠,庄稼不收等可能造成的损失。但是他神态自若,不失亿万富翁那种自信,仿佛这些损害只会妨碍他一年半载。卡雷-拉马东先生的棉纺业损失惨重,不过他早就留了一手,将六十万法郎汇往英国,以备不时之需。至于鸟先生,他也早有安排,将窖藏的普通葡萄酒全数推销给法军后勤部,这回他前往勒阿弗尔,就是打算领取国家欠他的一笔巨款。

　　这三位相互迅速交换友好的眼色。他们社会地位尽管不同,但是凭着金钱彼此引为兄弟,同属大富豪的共济会,手插进裤兜里都能弄得金币哗哗直响。

　　驿车行驶的速度慢极了,到了上午十点钟,还没有走出四法里。有三段爬坡的路,男士们都下车步行。大家开始担心了,原定到托特吃午饭,现在看来天黑之前难以赶到了。每人都眼巴巴地眺望,但愿途中发现一家小酒店,谁料驿车又陷入积雪中,费了两小时才弄出来。

　　大家越来越饿,饿得心里发慌,可是连一家小饭馆、一家小酒店都没见到。这不奇怪,一来普鲁士军队逼近,二来饥饿的法国部队经过这里,吓得所有的小买卖都关了门。

　　车上几位先生到路旁农舍去找吃的东西,结果连面包也没有弄到,因为农民素来多疑,早把存储的食品藏起来,生怕大兵饿急了,见到什么就抢什么。

　　将近下午一点钟,鸟先生公开表示,他饥肠辘辘,实在饿得不行了。大家也都跟他一样,早就饿了,想吃东西的欲望越来越强烈,谁也没有心思说话了。

不时有人打个呵欠,紧接着就有人效法,于是大家轮番打起来,有的张着嘴巴声音很响,有的则文雅地捂住往外冒热气的大嘴,这完全取决于各人的性情、教养和社会地位。

羊脂球好几次弯下腰去,仿佛要在裙子下面找什么东西,但每次都踌躇一下,看看旁边的人,然后又不动声色地直起身来。每个人的脸都苍白而抽搐。鸟先生说他肯付一千法郎买只小火腿。他老婆抬手似乎要劝阻,随即又平静下来。她一听说浪费钱财就心如刀割,甚至听不出这是玩笑话。伯爵说道:"老实讲,我真觉得不舒服。我怎么没有想到带些食品呢?"于是,每人都同样责备自己。

高奴代倒是随身带了满满一壶朗姆酒,他请大家喝一点儿,却被冷淡地拒绝了。唯独鸟先生接受好意,喝了两小口,递回去时他还道谢说:"还真不错,暖和一下身子,还能止止饿。"两口酒下肚,他的情绪转佳,就提议像歌谣里唱的那样在乘坐小船时,把最胖的旅客吃掉。这种影射羊脂球的说法,几位有教养的人听了刺耳,谁也不应声凑趣,唯独高奴代笑了笑。两位修女不再诵念珠经,双手插进大袖子里,始终垂着眼睛,坐在那里一动不动,无疑是在向上天奉献天赐给她们的苦痛。

熬到三点钟,只见周围无边无际的平原,没有一点儿村落的影子,羊脂球这才急忙俯下身,从座位底下拉出蒙着白色餐巾的大篮子。

她从篮子里先取出一只陶瓷小碟、一只小银杯,再取出一个大瓦罐,里面装着两只切好的并结了一层冻儿的整鸡。大家瞧见篮子里还有一包包好吃的东西，诸如肉酱、水果、甜食，准备的食品足够旅途中吃三天，而不必沾一点儿旅馆厨房做的东西。几包食物之间还露出四瓶酒的长颈。她拿起一个鸡翅膀，同时就着诺曼底地区叫作"摄政"的小面包，小口吃起来。

所有目光都注视她了。接着，香味扩散，大家的鼻孔都张开，嘴里涌出大量的津液，耳朵下面的腮帮子也绷得发痛。几位女士对这窑姐儿的蔑视更凶了，简直要把她杀死，或者把她扔下车去，连同酒杯、篮子和食品，统统扔到雪地里。

然而，鸟先生的眼睛贪婪地盯着装鸡的瓦罐，他说道："不错，这位太太比我们想得周到。有的人总是样样都能想得周全。"羊脂球听了，抬头看着他："先生，您想吃点儿吗？不吃东西，从一早熬到现在，可真够呛！"鸟先生点头致意，又说道："说心里话，我不会拒绝，饿得实在挺不住了。战时就说战时的话，对不对呀，太太？"接着他环视一下周围，又补充说："碰到现在这种情况，有好心肠的人肯帮忙，何乐而不为呀！"他有一张报纸，便摊在面前，以免弄脏裤子，然后从兜里掏出他总带在身上的小刀，用刀尖挑起一个裹着冻儿的鸡腿，用牙齿撕开，细细嚼起来，吃得津津有味，引起车里一大声痛苦的叹息。

这时，羊脂球又和声细语，请两位修女分享这顿便餐。两位修女立即接受，她们咕哝两句道谢的话，眼皮也不抬就迅速吃起来。高奴代也欣然接受羊脂球的邀请，连同修女一起，把报纸摊在膝上，就拼成了一张临时的饭桌。

几个人的嘴不停地一张一合，大吃大嚼，大口吞下去。鸟先生单独在一边，也吃得非常卖力气，他还低声劝老婆如法炮制。鸟太太抵制了许久，后来肠胃一阵痉挛，她也就屈从了。于是，鸟先生十分委婉地问他们"可爱的旅伴",能否允许他给自己太太拿一小块。羊脂球蔼然一笑,说了一声:"当然可以,先生。"就热情地把罐子递过去。

打开第一瓶红葡萄酒之后,却出现一个难题——只有一只酒杯。大家只好轮流传递,将杯沿儿擦一擦再喝。只有高奴代例外,无疑他是有意献殷勤,单在羊脂球唇迹未干的杯边喝酒。

周围的人都在吃东西,而食物散发出香味,德·布雷维尔伯爵夫妇和卡雷-拉马东夫妇被逼得透不过气来,忍受着以坦塔罗斯命名的酷刑。那位棉纺厂主的年轻太太,忽然叹息一声。大家都转过头去,只见她的脸色像车外的雪一样白,那双眼睛一合,额头一耷拉,便不省人事了。她丈夫吓坏了,恳求大家救护。慌乱中,谁也没有主意,这时,年纪大的那位修女扶起病人的头,将羊脂球的酒杯贴到她唇上,喂了她几小口葡萄酒。美丽的太太这才动了动,睁开眼睛,粲然一笑,声音微弱地说她现在感觉好多了。那位修女怕她再晕倒,就逼她喝下满满一杯酒,并且说道:"这是饿的,没有别的原因。"

这样一来,羊脂球脸色涨得通红,样子十分为难,她看着四位饿着肚子的旅客,结结巴巴地说道:"上帝啊,我想冒昧请这几位先生和夫人……"她没有说下去,怕招来一场侮辱。这时,鸟先生说话了:"唉!在这种时候,大家都是兄弟,应当互相帮助。来吧,两位女士,不要客气,见鬼,让吃就吃吧!能不能找到一所房子过夜还不知道呢!按照这样走法,明天中午之前,恐怕也到不了托特。"他们还犹豫不决,谁也不敢为此负责,说一声"好吧"。最后,还是伯爵作出决断,他转向胆怯的胖姑娘,摆出大老爷的派头,说道:"好吧,夫人,我们就领情接受了。"

万事起步难。难关一过,大家就肆无忌惮了。转眼工夫,一篮子东西全吃光了。篮子里本来还有鹅肝酱、肥云雀酱、一块熏牛舌、克拉桑产的梨、主教桥镇的蜜糖方面包、精制的小点心以及满满一杯醋腌黄瓜和洋葱,这是羊脂球和所有女人都最爱生吃的蔬菜。

吃了这个姑娘的东西,就不能不同她讲话了。于是大家闲谈,起初还端着架子,后来看到她很有分寸,大家也就放松多了。德·布雷维尔夫人和卡雷-拉马东太太极善交际,显得雅人深致,蔼然可亲。尤其是伯爵夫人,具有高贵夫人的风范,降尊纡贵,高洁而不可染,显得格外善气迎人。反之,又高又壮的鸟太太,却有一颗宪兵的心灵,她说得少,吃得多,始终是一副气恼含愤的神态。

大家自然而然谈起战争,讲述普鲁士军的暴行、法国军民的英勇行为。所有这些逃跑的人,却大肆赞扬别人的勇敢。不久,又谈起个人的经历,羊脂球讲她为何离开鲁昂,她那种激愤真实可信,言辞十分激烈,大凡妓女要发泄内心的愤慨往往会这样。她说道:

"起初我以为可以留下来。我家里储存了很多食品,宁肯供养几个大兵,也不愿背井离乡,到处流浪。哪知我一见到他们,见到那些普鲁士兵,可就控制不住自己,简直肺都要气炸了。我感到耻辱,哭了一整天。哼!我若是个男子汉!我从窗口望着他们,只见那些肥猪戴着尖顶头盔,若不是女仆拉住我的手,我就会扔下家具砸他们。后来,有些要住进我家里,我扑向头一个进来的家伙,掐住他的脖子。要掐死他们并不难!如果不是有人揪我的头发把我拉开,我就会把那家伙结果掉。出了这事儿,我就不得不躲起来，终于有机会离开，这才跟大家同车结伴。"

旅伴大大地夸奖她一番，他们可没有这样舍生忘死的表现，因而越发敬重她了。高奈代听她讲述，脸上带着信徒那种赞许和善意的微笑，如同一位教士听到信徒颂扬上帝那样。因为，留大胡子的民主党人总是独家经营爱国主义，正如穿教袍的神父总是独家经营宗教一样。他也讲起来，拿出一副说教诲人的口吻，而那种大言空论，是从每天张贴在墙上的宣言声明中学来的，最后又有一段慷慨陈词，将那个"巴丹盖无赖"臭骂了一通。

不料，羊脂球听了，当即勃然大怒，因为她拥护拿破仑皇帝。她的脸涨得比樱桃还红，气得结结巴巴地说不出话来：

"我倒要看看，你们这些人，到他的位置上去试一试，肯定更狼狈！他那人，正是你们把他出卖啦！如果是您这样的泼皮无赖来统治，那么大家只好离开法国啦！"

高奈代却毫不动容，脸上始终保持那种唯我独尊的轻蔑的微笑。不过大家都感到，那些粗话快要脱口而出了，于是伯爵挺身干预，以权威的口气宣称，凡是坦率的见解都应当受到尊重，好不容易才劝住这个怒不可遏的姑娘。伯爵夫人和棉纺厂厂主太太，跟一切有身份的人一样，从心灵里就莫名其妙地憎恨共和国，又跟所有妇女一样，本能地喜欢讲究排场的专制政权，这时她们不由自主地受到这个大义凛然的妓女的吸引，觉得她和她们的感情十分相近。

一篮子东西吃光了。十张嘴吃这一篮子东西，毫不费劲儿就一扫而光，颇为遗憾篮子还不够大。东西吃完之后，谈话还持续一段时间，但是渐渐冷淡下来。

夜幕降临，周围越来越黑了。一个人在消化食物的时候尤其怕冷，羊脂球尽管身体肥胖，也不禁打起寒战。德·布雷维尔太太脚炉从早上点着，炭已经换过多次，现在她愿意借给羊脂球烤一烤，羊脂球立刻接过来，因为她感到双脚冻僵了。卡雷-拉马东太太和鸟太太也分别把脚炉借给那两位修女。

车夫已经点上风灯。明亮的灯光照见辕马臀部的腾腾汗气，同时也照见大路两旁的积雪，仿佛在摇曳的光亮下向后移去。

车厢里什么也看不清楚了。不过，羊脂球和高奴代之间，突然有点儿动静。鸟先生目光在黑暗中搜索，似乎瞧见那个大胡子男人急忙向旁边一闪，就好像他重重地挨了不声不响打来的一拳。

大路前方出现星星点点的小火光。那便是托特镇。马车行驶了十一个多小时，再加上四次停车歇息，给马喂料耽误两个多小时，总共十四小时。驿车驶入镇里，在商会旅馆门前停下。

车门打开了。一种耳熟的声响，令所有旅客不寒而栗，那是刀鞘触到地面的声音。随即一个德国人喊叫什么。

尽管驿车已经停稳了，可是谁也不下车，就好像大家都料到，一出去就会遭屠杀似的。这时，车夫走过来，手里拎着一盏车灯，灯光突然照亮整个车厢，只见两排面孔都惊恐万状，都张着嘴巴，睁大了眼睛。

在车夫身边，有一名德国军官站在灯光里，他是个细高挑儿的青年，身材瘦长得出奇，一头金发，而军服紧紧裹住身子，就像女人的紧身胸衣一样，头上歪戴着平顶鸭舌漆布军帽，看上去倒像英国旅馆的侍役。他的两撇胡子也长得出奇，直挺挺的长胡须向两边伸展，越来越细，到两端仅余下一根极细的黄毛，不知所终。那两撇胡子压住他的嘴角,将两边的面颊拉下来,给嘴唇印上一道垂下的深纹。

他用阿尔萨斯人讲的法语,让旅客下车,口气很生硬:"里(你)们还铺(不)下来吗,先生们和代代(太太)们?"

两位修女首先服从命令,她们是圣洁的女子,一向百依百顺。伯爵和他夫人也下了车,后面跟着棉纺厂厂主和他太太,接着就是鸟先生,他推着大块头的老婆,脚一着地,就对军官说:"您好,先生!"但主要不是表示礼貌,而是出于谨慎。对方跟有权有势的人一样傲慢无礼,只是看了看他,并不搭理。

羊脂球和高奴代座位虽然挨近车门,却是最后下来的,在敌人面前,他们要表现出凛然难犯的气概。胖姑娘竭力控制自己并保持冷静。那位民主党人则不停地摆弄棕红色大胡子,手有点儿颤抖,就好像要英勇就义似的。他们二人就是要保持尊严,知道在这种场合,每人都多少代表一点儿祖国,而目睹旅伴们的那种恭顺样子,他们心中都同样产生反感。因此,羊脂球这边,要竭力显得比同行的正经妇人态度还高傲;高奴代则感到自己应当做出表率,他的整个态度表明,他在继续从设置路障开始的抗敌任务。

他们走进旅馆宽敞的厨房。德国军官吩咐他们出示总司令签发的离城特许证,核对了每个旅客的姓名、相貌、职业,又对照证件久久地审视所有人。

接着,他突然说了一句:"号(好)啦!"随即走掉了。

大家这才长出一口气。他们还感到饿,早就叫旅馆备晚饭了。晚饭起码要等半小时才能做好,趁两名厨娘忙碌的时候,他们就去看看客房。客房排列在一条走廊里,另一端有一扇玻璃门,门上写着"厕所"。

大家正要入座吃饭的时候,旅馆老板亲自跑来了。他从前是马贩子,人很胖,患有哮喘病,嗓子眼儿里有痰,总发出嘶嘶声和呼噜呼噜声。他父亲传给他佛郎维这个姓氏。

老板问道:

"哪位是伊丽莎白·鲁塞小姐?"

羊脂球打了个寒战,回过头去:

"是我。"

"小姐,普鲁士军官要立刻同您谈话。"

"同我谈话?"

"不错,如果您就是伊丽莎白·鲁塞小姐的话。"

羊脂球一阵心慌,想了一下,就断然回答:

"有可能是找我,但是我不去。"

她周围一阵骚动,大家议论纷纷,猜想这人命令的缘由。伯爵走过来,说道:

"您这样做不妥,夫人,要知道,您一口回绝,不仅会给您本人,也会给您所有旅伴招来很大麻烦。永远也不要抵制最强大的人。叫您去一趟,肯定不会有丝毫危险,无疑是要补办什么手续。"

大家都随声附和,恳求她,催她快点儿去,都竭力开导她,终于把她说服了,谁都怕她一意孤行,把事情弄复杂了。最后,羊脂球说道:

"毫无疑问,这可是为了诸位我才去的!"

伯爵夫人抓住她的手:

"我们都感激您呀!"

羊脂球出去了。大家等她回来一起吃饭。每人心中都有点儿遗憾,如果叫到自己,而不是让这个性情暴烈、动辄发火的姑娘去,那该多好,于是每人都默默准备,等轮到自己时讲哪些烂套子。

可是刚过十分钟,羊脂球就回来了,她呼呼喘气,脸涨得通红,气得火冒三丈,几乎语不成句:"噢,这个流氓!这个流氓!"

大家想了解发生了什么事,都纷纷问她,她却什么也不讲。在伯爵一再追问下,她才大义凛然地回答:

"不,这同你们毫不相干,我不能讲。"

于是,大家围着一个高高的汤盆坐下来,盆里散发着白菜汤的香味。虽然受了一场惊,这顿晚饭吃得还是很高兴。苹果酒不错,鸟先生夫妇和两修女为了节省,全喝苹果酒。其他人都要了葡萄酒。高奴代则叫了啤酒,他喝啤酒自有一套独特的方式:如何开瓶子,如何让酒起泡沫,如何斜着杯子仔细端详,再举起杯子,对着灯光鉴赏一番酒的颜色。喝的时候,他那副与他爱喝的啤酒一个颜色的大胡子,似乎也激动得颤抖起来。他那双眼睛也斜着,紧紧盯住酒杯,那副神态就像在完成他生于世上的唯一职责。也可以说,他奉献终生的两种伟大的爱:淡色啤酒和革命,在他的思想里相互接近,仿佛有了亲缘关系。因此,他品尝这一个就不能不想到另一个。

佛郎维先生和他老婆在餐桌另一端吃饭。那男的呼哧呼哧喘息,像一个破火车头,胸膛里通气实在不畅,根本无法边吃边说话。然而,那女的却没有住嘴的时候。她讲述普鲁士军刚到时给她留下的各种印象,讲述他们的所作所为、他们讲的话。她憎恨他们,首先因为他们费了她不少钱,其次因为她两个儿子当了兵。她特别爱跟伯爵夫人说话,觉得跟一位贵妇交谈非常荣幸。

后来,她把嗓门儿压低,要讲一些难以启齿的事。她丈夫不时打断她:"佛郎维太太,你最好还是闭嘴。"然而,她根本不予理睬,继续说道:

"没错儿,夫人,那些家伙,除了吃土豆和猪肉,还是吃猪肉和土豆。别以为他们干净——才不干净呢——恕我冒昧,他们到处拉屎撒尿。他们操练起来,一连几个钟头,一连几天,您是没有见到啊。他们全到田地上,向前走,向后转走,向这边拐,向那边拐——干什么不好,在自己国家里种种地、修修路也好啊——可是不干,夫人,那些军人,对谁也没有好处!难道可怜的老百姓养活他们,就光叫他们学会杀人吗!——不错,我不过是个老太婆,没有受过教育,可是看着他们从早到晚在那里踏步,累得精疲力竭,我心里就总琢磨:有的人发明许多东西,对人有好处,但另外一些却让人吃苦受累,只是为了损害别人!老实说,杀人,不管杀普鲁士人、英国人、波兰人,还是法国人,难道不是作恶吗?——您要是向损害您的人进行报复,那就不好,要被判刑。可是,用枪屠杀我们的小伙子,就跟打猎似的,难道就好吗,就该把勋章奖给杀人最多的人吗?喏,真的,我怎么也弄不明白!"

高奴代提高嗓门儿说:

"如果是进攻一个和平的邻国,那么战争就是野蛮行为;如果是保卫自己的祖国,那就是一种神圣的职责。"

老太婆低下头,说道:

"是的,如果自卫,那是另一码事,不过,是不是应该杀光拿战争取乐的所有帝王呢?"

高奴代眼神一亮,说道:

"讲得真棒,女公民!"

卡雷-拉马东先生沉思起来。尽管他狂热地崇拜那些名将,但是这个乡下女人的常识却令他想到,这么多人手闲置不用,空耗财富,豢养这么多力量而不生产,如果都调动起来,用到要费时数百年才能完成的大工业上去,会给国家带来多大富足啊。

这时,鸟先生离开座位,过去同旅店老板低声谈话。那个胖子边笑边咳嗽,还不时吐痰,他听了对方逗乐的话,大肚子快活得起伏跳动,当即向鸟先生订购了六大桶红葡萄酒,等开春普鲁士人走了就交货。

旅途劳顿,刚吃完饭,大家就回房歇息了。

然而,鸟先生处处留心观察,他扶妻子上床躺下之后,就来到门口,对着锁孔忽而贴着耳朵倾听,忽而用眼睛窥视,要发现他所说的"走廊里的秘密"。

过了一个钟头的光景,他听见一阵窸窸窣窣的声音,就赶紧观望,只见羊脂球换上镶白边蓝色开司米睡袍,显得更加肥胖了,她端着一支烛台,走向走廊里端的厕所。但是,旁边的一扇门开了一条缝,过了几分钟,等羊脂球回来,高奴代穿着背带裤跟在后面。他们说话声音很低,接着停下不走了。羊脂球好像守住门口,坚决不让他进去。鸟先生干着急,听不见他们讲什么,后来他们提高了嗓门儿,他才听见几句。高奴代百般央求,说道:

"瞧您,干吗这么傻,这有什么关系呢?"

羊脂球气愤地答道:

"不行,亲爱的,有的时候,就不能干那种事,何况在这会儿,简直就可耻。"

高奴代大概一点儿也没听懂,还问为什么。于是羊脂球发火了,声调也更高了:

"为什么?您还不明白为什么?普鲁士人就在这座楼房里,也许就在隔壁房间,还问为什么?"

高奴代没话讲了。有敌人在附近,这个妓女便不肯同人寻欢做乐,这种爱国主义节操,不能不在他心中唤起颓唐的自尊。因此,他只是搂着她亲了一下,便蹑手蹑脚回客房了。

鸟先生欲火升腾,他离开锁孔,在房间里猛然往上一纵,又去戴上睡帽,钻进躺着他妻子硬邦邦身体的被窝里,一个亲吻将她弄醒,悄悄说道:"心肝儿,你爱我吗?"

这时,整个楼房鸦雀无声了。然而过了不久,不知从哪儿传来鼾声,也许是从地下室,也许是从阁楼里传来的。那鼾声很有力、单调而有节奏,是一种低沉而悠长,犹如锅炉里气压升高而抖动。佛郎维先生睡着了。

原定次日八点钟动身,到时候大家都在餐厅会齐了。然而,那辆驿车却孤零零地停在院子当中,篷布顶盖了一层雪,既没有套马,也不见车夫。马厩、草料房、车库全找遍了,踪影皆无。于是,所有男士决定上街去搜寻,说罢一道出去了。他们来到教堂前广场,只见两侧低矮的房舍里都有普鲁士兵。他们看到的头一个士兵正在削土豆皮。再远一点儿,第二个士兵在给理发店洗刷屋子。还有一个满脸胡须的士兵正在亲一个哭闹的小孩,把孩子放在膝上摇着,哄孩子停止哭闹。那些肥胖的乡下妇女的男人都去当兵打仗了,她们则打着手势,告诉那些听话的胜利者该干什么活儿,例如劈柴火,往面包片上浇热汤,磨咖啡,等等。有一个士兵居然给女房东洗衣服,因为女房东是个手脚不灵便的老太婆。

伯爵十分诧异,便向一个刚从教堂神父住宅出来的执事打听。那位老信徒回答说:

"唔!他们可不是坏人。听说他们也不是普鲁士人,是从更遥远的地方来的,究竟什么地方我说不好。他们抛下老婆孩子,全都离开家乡。哼,打仗,他们并不觉得有趣!那边的女人也挂念男人,肯定经常哭泣。他们那里跟我们这里一样,也要闹饥荒了。这里还好,眼下不算太苦,因为他们并不作恶,还像在家里一样帮着干活。您瞧见了吧,先生,穷帮穷,就该这样……要打仗的是那些大人物。"

战胜者和战败者这样和睦共处,高奴代见了非常气愤,马上就走开了,他宁愿回旅馆躲进客房里。鸟先生开了一句玩笑:"他们来补充人丁。"卡雷-拉马东先生则讲了一句正经话:"他们是在补偿。"他们还是没有找见车夫。最后,发现他在镇上的咖啡馆里,正同那位军官的勤务兵亲热地坐在一起。伯爵招呼他,问道:

"不是命令你八点钟套车吗?"

"不错,可是,后来我又接到另一个命令。"

"什么命令?"

"根本不让我套车。"

"是谁给你下这样的命令?"

"这还用问,当然是普鲁士指挥官。"

"为什么下这样的命令?"

"这我就不清楚了,还是去问问他吧。不准我套车,我就不套车。——就是这码事儿。"

"是他亲口对你讲的吗?"

"不是,先生,他的命令,是旅馆老板向我传达的。"

"什么时候?"

"昨天晚上,我要去睡觉的时候。"

三位先生极为不安,回到旅馆。

他们要见佛郎维先生,可是女仆回答说,佛郎维先生有气喘病,十点钟以前向来不起床。他甚至明确规定,除非失火,否则绝不准提前叫醒他。

他们想见军官,也是绝对不行的。那军官虽然住在旅馆里,但只准许佛郎维先生一人跟他谈民事。大家只好等待。女士们各自回客房,干些琐屑的事情。

厨房高大的壁炉炉火很旺。高奴代让人搬来一张小方桌,送来一瓶啤酒,便在壁炉脚下坐定,掏出他那烟斗。在民主党人之间,那烟斗和他享有同样的威望,就好像它为高奴代效劳就是为祖国效劳。那是一只海泡石烟斗,非常精美,积了厚厚的烟垢,跟主人的牙齿一样黑,但有浓郁的香味。整个烟斗弯弯的,油光锃亮,由主人的手把玩熟了,也给主人的仪容增添了十足的神气。高奴代端然坐在那里,一双眼睛时而盯住炉火,时而凝视杯中的一层泡沫。他每喝一口,就得意地用又瘦又长的手指掠掠油腻的头发,同时吮吮挂在髭须上的啤酒沫。

鸟先生说是要活动活动腿脚,跑去向当地零售商兜售他的葡萄酒。伯爵和棉纺厂主则谈起政治。他们预测法兰西的前途,这一个相信奥尔良王室会重新掌权,那一个认为会出现个无名的大救星,在国破家亡之际会有英雄出世,也许会出个德·盖克兰,出个贞德吧?或许再出个拿破仑一世吧?哼!如果皇太子不是太年幼的话?……高奴代微笑着听他们讲话,俨然一副已知命运谜底的神态。他那烟斗香烟缭绕,充斥整个厨房。

十点钟敲响的时候,佛郎维先生露面了。大家急忙问他,可是他只回答两句话,一字不改地重复两三遍:

"军官就是这样对我说的:'佛郎维先生,您去告诉车夫,明天不准套车。没有我的命令,那些旅客不能走。您明白吗?好了。'"

于是,他们要面见军官。伯爵给他送上名片,卡雷-拉马东在上面加了自己的姓名和所有头衔。普鲁士军官派人传话,说他同意午饭之后接见这两个人,也就是说要等到下午一点钟。

几位女士又来了,大家虽然心神不安,还是吃了点儿东西。羊脂球身体好像不适,神情也极度不安。

喝完咖啡的时候,勤务兵来叫这两位先生。

鸟先生也要跟去,他们还想拉着高奴代,好使他们这次举动显得更加郑重其事。不料高奴代却自豪地宣称,他绝不同德国人打交道,说罢,他重新坐到壁炉脚下,又叫了一杯啤酒。

三个人上楼去,被带进这家旅馆最漂亮的房间,受到军官的接见。那军官躺在太师椅里,双脚搭在壁炉上,抽着一根长长的烟斗,身上穿的那件色彩鲜艳的睡衣,大概是从某个趣味庸俗的市民遗弃的住宅里窃取来的。他既不起身,也不同人打招呼,连瞧都不瞧他们一眼,从而提供了得胜军人那种骄横态度的绝妙样板。

过了半晌,他才终于开了口:

"里（你）们要看（干）什么？"

伯爵答道："我们想要起程，先生。"

"铺（不）行。"

"请问，为什么不放行？"

"因为火（我）铺（不）愿意。"

"我十分恭敬地提醒您注意，先生，贵军总司令发给我们去迪埃普的通行证，我想我们并没有出什么差错，要受到您这样严厉的对待。"

"火（我）铺（不）愿意……就系（是）这码系（事）……里（你）们可以下去了。"

三个人躬了躬身，一齐退下。

整个下午都垂头丧气，谁也不明白那个德国人犯了什么毛病，每人都绞尽脑汁，往最离奇方面去想。他们都守在厨房里，想象出各种荒唐的情况，争论不休。莫不是要扣留他们当作人质吧？——可是要达到什么目的呢？——或许要把他们当作俘虏押走吧？抑或要敲他们一大笔赎金？转念至此，他们都惊慌失措，越有钱的越害怕，眼前已经出现这种情景：自己为了赎命，把整袋整袋的金币倒在这个骄横的大兵手里。于是，他们挖空心思，想出一些说得过去的谎言，极力隐瞒自己的财富，装成穷人，装成一贫如洗的穷鬼。鸟先生还把怀表链摘下来，藏到衣兜里。天色渐渐黑下来，他们的恐惧也一分分增加。屋里点上灯了，晚饭前还有两小时，鸟太太就提议打牌，玩儿三十一点。这总归是一种消遣的办法。大家同意了，就连高奴代也出于礼貌，将烟斗熄灭，上了牌桌。

伯爵洗牌，分牌。刚开局，羊脂球就得了三十一点。不久，大家的心思都转移到打牌上,担忧的情绪便平静下来了。不过,高奴代倒发觉,鸟先生夫妇串通一气作弊。

大家正要入座吃饭的时候,佛郎维先生又来了,他操着嘶哑的声音说道:"普鲁士军官派我来问问伊丽莎白·鲁塞小姐,她是不是还没有改变主意。"

羊脂球站在那里,脸色刷白,继而又突然涨红,她怒气攻心,一时说不出话来,过了半晌才终于发作:"您去对那个无赖,对那个臭流氓,对那个普鲁士的狗东西说,我绝不同意,您听清楚了:我绝不,绝不,绝不同意。"

旅店胖老板出去了。这时,大家围上来,盘问羊脂球,要她讲出她见军官时所谈的秘事。她先是不肯说,不过实在气极了,不久便高声嚷道:"他要干什么?……他要干什么?……他要跟我睡觉!"

大家都义愤填膺,听了这句粗话,谁也没有感到刺耳。高奴代猛地把酒杯往桌上一摔,把酒杯震碎了。大家异口同声谴责那个无耻的兵痞,只听一片怨怒,同仇敌忾,仿佛逼迫羊脂球委身,就是要求他们每人都做出一份牺牲。伯爵十分憎恶地说,那些人的行径如同古代的蛮族。几位太太对羊脂球尤为怜惜和体恤。两位修女只是在吃饭时才露面,她们低着头一声不吭。

大家发泄完一阵愤怒之后,还是照样吃晚饭,不过话不多,都在闷头思量。

几位太太早早回房歇息了。男人还待在那里,边抽烟边组成牌局,并邀来佛郎维先生,他们想要巧妙地套他的话,了解用什么办法才能消除那个军官的刁难。然而,他一个心思打牌,什么也不听,什么也不回答,总是重复这句话:"打牌,先生们,打牌。"他打牌十分专心,连痰都忘记吐了,结果胸膛里不时发出悠长的声音,肺叶咝咝鸣响,发出哮喘病的整个音阶,从低沉的音符一直到小公鸡学打鸣时那种嘶哑的尖叫。

他的女人困倦了,来叫他去睡觉,他也不肯上楼去。那女人只好一个人走了,她一向"早起",日出总要起床,而那男的是"夜猫子",随时准备陪朋友熬过半夜。他冲女人嚷道:"把我那蛋黄牛奶放到炉边热着。"说罢又打起牌来。大家看出从他嘴里什么话也套不出来,就说时间晚了,各自回客房休息。

次日,他们还是早早起床,都隐约抱着一种希望,抱着更强烈的起程的欲念,生怕在这家破烂不堪的小旅馆里再泡一天。

唉!驿马还拴在马厩里,车夫依然不见踪影。大家闲得无聊,就围着马车转来转去。

午饭的气氛极为沉闷。夜晚深思往往会改变人们的看法,大家对羊脂球的态度似乎冷淡一点儿了,现在他们都几乎怨恨这个女人,怪她没有偷偷地找那个普鲁士人,以便一觉醒来给旅伴们一个惊喜。这不是再简单不过的事情吗?谁又能够知道呢?她也可以保住面子,对那军官说她只是可怜旅伴们的困境。这种事对她也根本不算什么!

不过,他们心里这样想,谁也没有讲出来。

下午,大家都闷得要命,伯爵提议到镇上走走。每人都把身子裹得严严的,这一小伙人就出去了,唯独高奴代和两名修女不去。高奴代宁愿守着火炉。两名修女则到教堂或神父住宅去打发时日。

严寒日甚一日,冻得鼻子和耳朵像针扎的一般,冻得双脚疼痛难忍,每走一步就受一下罪。等到望见田野,望见覆盖大地的那无边无际的一片白色,大家感到十分凄凉悲惨,只觉得灵魂冻透,一阵揪心,立刻掉头往回走了。

四个女人走在前面,三个男人相距不远跟在后面。

鸟先生清楚所面临的形势,他突然发问:这个"婊子"是不是连累他们,在这种地方还要长久待下去?伯爵始终温文尔雅,他说这种事只能心甘情愿,不能硬逼一个女人做出如此痛苦的牺牲。卡雷-拉马东则指出,如果真像传闻那样,法军要从迪埃普反攻,那么两军就要在托特这里相遇。另外两个人一听这话,更加忧心忡忡了。鸟先生又说道:"干脆徒步逃离吧。"伯爵耸了耸肩膀:"您怎么能这样想?要走在雪地里,我们又带着夫人!那些大兵会立刻追赶,十分钟就能追上,把我们当成俘虏抓回来,任意摆布了。"这话不错,大家都沉默了。

几位太太在谈论打扮,她们之间有几分拘谨,仿佛离心离德了。

街口那边突然出现那个普鲁士军官。无边无际的雪野,衬出他那穿着军装的细腰蜂般长长的身影,只见他走路双膝向外撇开,那种军人特有的步行姿势,是怕弄脏了刚刚擦亮的皮靴。

他在几位女士面前经过时,微微躬身致意,接着十分鄙夷地瞧了瞧几个男人。而这几个男人倒也不失尊严,没有脱帽,唯独鸟先生做了个要摘帽的动作。

羊脂球的脸一下子红到耳根,而三位有夫之妇则感到莫大的耻辱。她们同这名妓女走在一起,却偏偏撞见对待她十分放肆的那个军人。

于是,她们谈起那个军官,品评他的身材和容貌。卡雷-拉马东夫人结交过许多军官,极有鉴赏眼光,她觉得这个军官还不错,甚至惋惜他不是法国人,否则准能成为所有女子都会迷恋的一名很帅的轻骑兵。

回到旅馆,大家又不知道干什么好了。甚至为了区区小事,说话也尖酸刻薄起来。大家沉默无语,匆匆吃过晚饭,各自回房睡觉,期望在睡梦中消磨时间。

次日下楼来,大家脸上都是一副倦容,心情也十分恶劣。几位太太几乎不跟羊脂球说话了。

教堂的钟声响了,是为一个孩子洗礼。这个胖姑娘也有一个孩子,寄养在伊弗托的农户人家里,一年也见不上一次面,从来不挂在心上,现在想到要受洗礼的孩子,便猛然萌生对自己孩子的强烈爱心,于是她非要去参加那个仪式不可。

羊脂球一走,其他人就彼此瞧瞧,将椅子凑近,因为他们感到终究要作出个决定。鸟先生灵机一动,有了个点子:向那军官建议放别人走,把羊脂球一人扣住。

还是佛郎维先生担当传话的使命,可是,他刚上楼就下来了。那个德国人熟识人的本性,将佛郎维先生赶出了门,声称他的欲望只要得不到满足,就扣留全体旅客不放。

鸟太太市井无赖的脾气发作了:"我们总不能老死在这里吧。这个小娼妇,跟所有男人干那种事就是她的本行,我看她没有权利挑肥拣瘦。我倒要问问,这玩意儿在鲁昂碰见谁要谁,连马车夫都行!没错儿,夫人,就是省督府的那个马车夫,这事儿我清楚,他总到我们店里买酒。而今天,让她帮我们摆脱困境,这个小婊子,倒忸怩作态起来啦!……照我看啊,那个军官行为倒很正派。也许他好长时间没有接近女人了,当然我们这三个人更对他的口味。可是不然,他愿意将就,只要大家都玩的这个女人。他尊重有夫之妇。想一想吧,他是这里的主人啊。他只要说一句:'我要。'在他手下士兵的协助下,就能把我们强奸了。"

那两位女士微微打了个寒战。漂亮的卡雷-拉马东夫人眼神发亮,脸色有点儿苍白,仿佛已经感到自身被那军官强施非礼了。

几个男人本来单独商量,这时都凑过来。鸟先生怒不可遏,要把"这个贱货"手脚捆起来献给敌人。不过,伯爵出身外交官世家,三代出任大使,而他本人又天生一副外交家的派头,主张使用巧计:"还是劝她自行决定。"

于是,他们密谋一番。

几位女士也凑得更紧,放低讲话的声音。大家共同讨论,各抒己见。而且,话也都讲得极有分寸。尤其几位女士,谈论这种极其淫秽的事情,措辞也都文雅委婉起来。大家讲话都字斟句

酗,特别审慎,一个外人撞见绝对听不懂。不过,上流社会的所有女子,身上披着的那一层薄薄的遮羞布,只能掩饰其外表。她们一遇到这种风流事,立刻心花怒放,由衷地感到快意销魂,如鱼得水,怀着乐此不疲的春心,为别人撮弄野合偷情,好比一个馋嘴的厨子在给另一个人做晚饭。

谈到后来,他们觉得这件事太有趣了,不觉恢复了快活的情绪。伯爵逗乐的话也颇为轻率,但是讲得很巧妙,只引起会心的一笑。鸟先生一开口,话可就放肆粗鲁多了,但是,他们丝毫也不觉得不堪入耳。鸟太太直通通表达出来的看法,令所有人都折服了,她说:"这个妞儿既然就是干这行的,干吗偏偏要拒绝这一个呢?"多情的卡雷-拉马东夫人似乎还这样想:她若是羊脂球,倒宁肯接受这一个。

他们久久商议如何围歼,就好像要攻陷一座被围困的堡垒。每人都确定要扮演的角色、要依据的理由、要施展的手腕。他们也确定了攻打的方案、要采用的计谋和突袭,以便迫使这座活堡垒开门纳敌。

然而,高奴代却躲到一旁,根本不相与谋。

他们几人都全神贯注,谁也没有听见羊脂球回来。幸而伯爵轻轻嘘了一声,他们这才抬眼一看,羊脂球已经走到跟前。大家戛然住口,一时颇为尴尬,不知对她说什么好。到底伯爵夫人比别人灵活,深谙交际场上虚伪那一套,她就问羊脂球:"这次洗礼,有意思吗?"

胖姑娘激动的心情还没有平静下来,就从头至尾讲述一遍,她见到什么人,每人什么姿态,甚至教堂的外观也都讲到了,最后还说了一句:"有时祈祷祈祷太好了。"

一直到吃午饭这段时间,几位太太并没有多讲什么,只是对她特别和蔼,以便增加她的信任感,更能听进她们的劝告。

一上饭桌,就开始行动了。他们首先泛泛谈起献身精神,列举古代的事例,先谈到犹滴和霍洛菲纳,继而又无缘无故提起卢克雷蒂娅和塞克斯图斯,还说克娄巴特拉先后引诱敌军所有将领上床,使他们一个个像奴隶一样俯首听命。于是,一个荒诞不经的故事在这里展开了,这是那些不学无术的百万富翁想象出来的,说是罗马的女公民纷纷跑到加布那里,搂抱汉尼拔,搂抱他的所有副将和雇佣军的全体官兵,麻痹他们的斗志。他们列举出挺身阻挡住征服者的所有女人,她们把自己的肉体当作战场,当作克敌的手段,当作武器,使用英勇的爱抚战胜丑恶而可恨的家伙,为了复仇与报效国家而牺牲贞操。

他们甚至还婉转地讲到一位英国贵族女郎,说她蓄意染上一种可怕的传染病,要传给拿破仑,只是在那致命的幽会时刻,拿破仑突然感到一阵虚弱乏力,才算奇迹般地死里逃生。

这种种故事讲得很得体,很有分寸,有时还爆发一阵狂热的赞扬声,存心激发人去效法。

听到最后你会相信,女人活在世上,唯一的角色就是永无止境地奉献自己的肉体,听任那些大兵无休止地蹂躏。

两位修女似乎陷入沉思,什么也没有听见。羊脂球则一言不发。

整个下午,大家就让她考虑去。不过,他们本来一直称她"夫人",现在却只叫她"小姐"了。谁也说不清为什么改变称呼,就好像在她爬到的受人尊敬的地位上,要把她拉下一级似的,以便让她感到自己不体面的处境。

·羊脂球·

晚饭时刚端上汤来，佛郎维先生就又露面了，他还是重复昨天晚上的问话："普鲁士军官派我来问问伊丽莎白·鲁塞小姐，她是不是还没有改变主意。"

羊脂球冷淡地答道："没有，先生。"

在这晚餐桌上，同盟军的攻势削弱了。鸟先生讲了三句话，效果适得其反。每人都搜索枯肠，要找出新事例，结果一无所获。还是伯爵夫人隐约感到应当敬祈宗教的指引，也许她事先并没有考虑，随意问起年纪大的那位修女，圣徒都有哪些丰功伟绩。不料许多圣徒的所作所为，在我们看来可谓犯罪，但是教会毫不犯难地就宽恕了那些罪行，因为那是为光耀上帝或者帮助别人而犯下的。这是一个有力的论据，伯爵夫人立刻加以利用。不管是彼此默契配合，还是穿教袍的人都擅长的暗中讨好，也不管是笨脑袋歪打正着，还是干蠢事反为解忧，总之这位老修女给他们的阴谋帮了大忙。大家原以为她胆小怕事，其实她很有胆量，说起话来喋喋不休，有时言辞还很激烈。她丝毫不受决疑论的摸索探讨的影响，她信仰的学说好似一根铁棒，她的信念也从来没有动摇过，她的良心更是无所忌惮。她认为亚伯拉罕杀子祭神的行为极其自然，只要上天有令，她会立刻杀死自己的父母。依她之见，只要意图光明磊落，干什么事都不会惹怒天主。这真是天赐的同谋者，具有神圣的权威，伯爵夫人正好利用来开导，要她大肆阐述这句道德名言："但问目的不问手段。"

伯爵夫人问她：

"这么说，嬷嬷，您认为只要动机纯洁，上帝就能允许使用各种途径，而宽恕行为本身吗？"

"这有什么可怀疑的呢，夫人？一种本身应当受谴责的行为,往往因为当初的念头好而变得值得称颂了。"

她们就这样一问一答谈下去,判断上帝的意愿,估计上帝的决定,让上帝替实不相干的事情操心。

这番对话讲得相当隐晦,既巧妙又审慎。不过,这位头戴修女帽的圣女每讲一句话,都在这妓女愤怒的防线上攻破一个缺口。后来,谈话稍微走了点题。戴着念珠的这个女人讲起她那修会的修道,讲起她的院长,还谈到她本人和她的小伙伴,那个亲爱的圣尼赛佛尔修女。她们应命前往勒阿弗尔,是到医院里看护数百名染了天花的士兵。她们描绘那些患者的可怜样子,详细介绍了那种病状。现在,她们被那个任性妄为的普鲁士军官截在半路,而那边可能有许多法国人因为没有她们的救护而丧生。看护军人原本就是她的专长,她到过克里米亚、意大利、奥地利。她叙述经历过的那些战役,突然显露她就是打鼓吹号的修女队的一员,天生就是为了跟随兵营,在战场的旋涡中抢救伤员,比官长还有权威,一句话就能镇住不守纪律的大兵,可谓名副其实的随军好修女。那张脸蛋被天花毁容,布满数不清的坑坑洼洼,正是百孔千疮的战争写照。

她的话效果极佳,别人再也没有什么可补充的了。

大家一吃完饭,就很快上楼,各自回客房,次日上午很晚才下楼来。

午饭的气氛很平静。大家容些时间,让头天晚上播下的种子抽芽结果。

午后,伯爵夫人提议出去走走,于是,伯爵按照商定的方案,挽起羊脂球的胳膊,走在最后面。

伯爵对羊脂球讲话的口气既亲热随便,又慈祥大度,还掺

·羊脂球·

杂着几分轻蔑，如同庄重的男人对妓女说话那样，称她"我亲爱的孩子"，他从自己的社会地位和无可争议的声望，居高临下对待她，直截了当地触及问题的要害：

"看来，您执意不肯随和一点儿，做您一生经常做的事情，宁愿让我们滞留此地，和您一样等普鲁士军吃了败仗之后，可能遭受他们肆意残暴地侮辱吗？"

羊脂球默不回答。

伯爵还是婉言相劝，晓之以理，动之以情。必要时，他能既不失"伯爵先生"的身份，又会大献殷勤，曲意逢迎，显得风流可爱。他极力渲染这次救急多么重要，他们会多么感激她。继而，他突然嬉皮笑脸，直接以"你"相称，说道："要知道，亲爱的，他一定会炫耀，说他尝到了国内不多见的漂亮妞儿的滋味儿。"

羊脂球一言不答,快步追上大家。

一回到旅馆,羊脂球立刻上楼回客房,再也没有露面。大家都极度不安。她到底要怎么样呢?如果她还抗拒,那可就进退维谷啦!

到了吃晚饭的时间,大家干等她也不来。佛郎维先生却走进饭厅,对大家说,鲁塞小姐身体不适,他们可以先吃了。所有人都竖起耳朵。伯爵走到旅馆老板身边,低声问道:"行了吗?"对方回答:"行了。"为了顾全体面,伯爵对旅伴们没讲什么,只是朝他们点了点头。每个人当即就如释重负,长长地出了一口气,而且喜形于色了。鸟先生嚷道:"他娘的!我请诸位喝香槟,只要这旅馆里有的话!"鸟太太一阵心跳,她看见老板拿着四瓶酒回来了。突然间,一个个都活跃起来,又说又笑,又吵又闹,心里充满了一种轻佻的欢乐。伯爵似乎这才发现卡雷-拉马东夫人非常迷人,而那位棉纺厂厂主则恭维着伯爵夫人。谈话既欢快又诙谐,往往妙语连珠。

忽然,鸟先生面露惊慌之色,举起双臂,吼了一嗓子:"别作声!"他们都住了口,无不深感意外,几乎有点儿震悚。这时,鸟先生侧耳细听,两只手捂在嘴上"嘘"了一声,又抬起眼睛望着天花板,重又侧耳细听,然后才以正常的声音说道:"诸位放心,一切顺利。"

起初大家莫名其妙,但是很快又都微微一笑。

过了一刻钟,鸟先生这一闹剧又重演一遍,这一晚上还反复数次。他时常装作同楼上一个人打招呼,从他那推销商的脑瓜里挖出语意双关的话,给对方出主意。有时,他装出一副愁眉苦脸的样子,叹道:"可怜的姑娘啊!"再不就咬牙切齿地咕哝:"这个普鲁士的无赖,好啦!"还有时候,谁都不想这件事了,他又连喊几声:"够啦!够啦!"接着仿佛自言自语:"但愿我们还能见到她的面,可别让那畜生给糟蹋死啊!"

这些庸俗的玩笑话虽然不堪入耳,却令大家开心,没有引起任何人反感。须知气愤也同其他情绪一样,取决于环境氛围,而这些人周围渐渐形成的气氛,则充斥着轻薄猥亵的念头。

到了上最后一道点心的时候,几位女士也含沙射影,讲了些俏皮话。每人的眼神都闪闪发亮,大家喝了不少酒。伯爵即使在吃喝玩乐的时候,外表也十分庄重,他打了个深受赞赏的比方,说是北极严冬时节过去了,被困在冰雪中的人看着往南的航道开通,无不欢欣雀跃。

鸟先生乐不可支,他站起身来,手里举着一杯香槟,嚷道:"为庆贺我们的解放干杯!"所有人都起立,为他喝彩。两位修女拗不过几位太太的盛情相劝,小口抿了抿她们从未尝过这种泛泡沫的酒,然后说这像柠檬汽水,不过味道好多了。

鸟先生概括当时的情景:

"只可惜没有钢琴,要不然就能跳一场四组舞。"

高奴代始终一言不发,坐在那里一动不动,仿佛沉浸在极为严肃的思虑中,有时狠狠扯了一把自己的大胡子,好像还要拉长似的。时近午夜,大家终于要散了。鸟先生摇摇晃晃,过去突然拍了拍高奴代的肚子,结结巴巴地对他说:"您哪,今天晚上,怎么不快活,一句话不讲呢,公民?"不料高奴代猛地抬起头,两眼射出凶光,扫视在座的所有人,说道:"告诉你们这些人,你们刚才的行为无耻透顶!"说罢站起身,走到门口,又重复一遍:"无耻透顶!"这才出去不见了。

无疑这是兜头一盆冷水。鸟先生十分尴尬,一时呆若木鸡。不过,他很快又定下神儿来,接着突然弯下腰,大笑不止,反复说道:"葡萄太酸了,老兄,葡萄太酸了。"他见大家不明白这话的意思,就把"走廊里的秘密"讲了一遍。于是,大家精神重振,又是一阵狂喜。几位夫人简直乐疯了。伯爵和卡雷-拉马东先生笑得直流泪。他们难以相信有这种事。

"怎么!您敢肯定?他真要……"

"跟你们说,这是我亲眼见到的。"

"而她不肯……"

"就因为那个普鲁士人住在隔壁房间。"

"怎么可能呢?"

"我向你们发誓。"

伯爵笑得岔了气。那位工业家双手紧紧捂住肚子。鸟先生还不罢休:

"所以,你们都明白了,今天晚上,他觉得她没有意思,一点儿意思也没有。"

三个男人又放声大笑,直笑得肚子痛,喘不上气来,连连咳嗽。

大家就在这种欢乐中分手了。鸟太太天生就赤口毒舌,临上床睡觉时,她向丈夫指出,卡雷-拉马东那个"小浪货",整个晚上都强颜作笑:"要知道,女人啊,一旦迷上穿军装的,也不管是法国人还是普鲁士人,真的,她们觉得无所谓。天主啊,你说丢人不丢人!"

黑暗的走廊里,通宵都好像有轻微的动静,那细微的响声,几乎难以捕捉,犹如气息,那是赤脚擦过地面,是不易觉察的吱吱咯咯声。自不待言,大家很晚才睡觉,因为许久门下缝隙还透出灯光。喝香槟酒就有这种效果,据说是睡不着觉的。

次日,冬天的太阳明晃晃的,照得雪光耀眼。驿车终于套好了,停在门外等候。一大群白鸽子,黑眸子粉红色眼睛,羽毛丰厚,挺着胸一本正经地在六匹马腿下绕来绕去,啄开冒热气的马粪蛋觅食。

车夫套着羊皮袄,坐在车座上抽着烟斗。全体旅客兴高采烈,催人快点儿包好食物,以备下一旅程食用。

只等羊脂球一人了。她露面了。

她的神情有些慌乱和羞愧,怯生生地朝旅伴们走过来,而他们都一起扭过脸去,好像没有看见她。伯爵庄严地挽起夫人的胳膊,拉她躲开这种不洁的接触。

胖姑娘不禁愕然,停下脚步,这时,她鼓足勇气,向棉纺厂厂主太太极谦和地轻轻说了一声:"早安,太太。"对方极其傲慢,只是点了点头,而同时那眼睛一瞥,就像贞洁的女人受到了侮辱。每人都显得十分忙碌,而且离她远远的,好像她衣裙里带来了传染病。继而,大家又蜂拥朝驿车奔去,羊脂球落在最后,独自上了车,一声不响坐到前一程坐的老位置上。

大家好像没有看见她,也不认识她。而且,鸟太太还远远地怒视她,低声对丈夫说:"幸好我没有挨着她坐。"

笨重的马车摇晃起来,他们又起程了。

起初,大家沉默不语。羊脂球连眼皮也不敢抬一抬。一方面她感到气愤,恨这些虚伪的人把她推进那个普鲁士人的怀抱,另一方面她也感到羞愧,恨自己让了步,受到那家伙的玷污。

不久,伯爵夫人转向卡雷-拉马东夫人,打破这种难堪的沉默：

"我想，您认识德·埃特雷勒夫人吧？"

"认识，是个朋友。"

"她那人多可爱啊！"

"非常迷人！她的确出类拔萃，极有学识，也有艺术细胞，唱得一口好歌，画得一手好画。"

棉纺厂厂主在同伯爵闲聊，在车窗玻璃震荡的啪啪声中，时而听见息票、期限、溢价、到期等字眼儿。

鸟先生夫妇在斗纸牌，这副牌是他从旅馆里顺手牵羊偷来的，满是油腻，已经在擦得不干净的餐桌上摩擦了五年。

两位修女从腰带上取下长串念珠，一起画了十字，嘴唇忽然嚅动起来，动作越来越快，迅速地咕咕哝哝，仿佛比赛念祈祷文，还不时吻吻一块圣像牌，吻完又画十字，接着嘴唇重又快速持续地嚅动。

高奴代坐在那里，一动不动地沉思。

车行驶了三小时，鸟先生收起牌，说了一声："肚子饿了。"

于是，他老婆伸手够到一个用细绳捆的食品包，取出一块冷牛肉，麻利地切成整齐的薄片，两个人就吃起来。

"我们也吃点儿东西好吧？"伯爵夫人说道。她征得同意，便打开为两家准备的食物。一个椭圆形罐子的盖上有一只彩釉兔子的造型，表明里面装着野兔肉糜，那是味道鲜美的熟肉，还拌了其他的肉末，而猪油形成的一道道白色溪流，在这野味的褐色肉上流淌。还有一大块瑞士产的干酪，是用报纸包来的，油乎乎的面上还印出报上"社会新闻"的字样。

两位修女打开纸卷。取出一截散发蒜味的香肠。高奴代双手则同时插进肥大外套的大兜里，从一个兜里掏出四个煮鸡蛋，从另一个兜里掏出一块面包。他剥了蛋皮扔在脚下的干草里，咬着吃起鸡蛋，而蛋黄渣儿掉在大胡子上，好像一颗颗星辰。

羊脂球起床时匆忙慌乱，什么也没有想到，她见这些人坦然地吃东西，不禁义愤填膺，几乎喘不上气来，一时心头火起，责骂的话也涌到嘴边，真想张口痛斥他们的行径，可是气愤已极，讲不出话来了。

没人看她，也没人想到她。她感到这帮体面的恶棍先把她当作牺牲品，再把她视为肮脏无用的东西扔掉，现在又将她淹没在一片鄙夷中了。于是，她想起那只大篮子，装满了好吃的东西，有两只亮晶晶的熟冻鸡、肉酱、梨，还有四瓶波尔多红葡萄酒，全让他们贪婪地一扫而光。然而，就像绳子拉得太紧而绷断似的，她的怒火却陡然平息下来，只感到要流泪。她极力忍住，浑身僵直,像孩子一样要把哽咽吞下去,但泪水还是往上涌,在眼圈儿闪亮,不久,两大颗泪珠就脱离眼睛,顺着面颊缓缓流下来,随后泪珠接连往下流,淌得更快,犹如岩石缝里渗出的水珠,一滴滴落到她那滚圆的胸脯上。她的上身挺得直直的,眼睛凝视前方,苍白的脸绷得铁紧,只希望没人看她。

然而,伯爵夫人偏偏发现了,便对她丈夫使了个眼色。伯爵耸了耸肩,分明表示:"有什么办法?这不能怪我。"鸟太太则得意地窃笑,咕哝道:"做了丢人事,现在哭了。"

两位修女把吃剩的香肠卷在纸里,重又祈祷。

高奴代正在消化吃下去的鸡蛋,两条长腿伸到对面座位底下,身子往后一仰,手臂交叉在胸前,面露微笑,那神情就像要搞恶作剧,接着打口哨吹起《马赛曲》。

大家的脸色阴沉下来。毫无疑问,他身边的人毫不喜欢这一民众之歌。他们烦躁起来,恼羞成怒,一个个的样子活像狗听见手摇风琴的乐声,都要大声嗥叫。

高奴代见此情景,越发吹个没完,有时他还哼出歌词来:

> 对祖国的爱多么神圣,
> 快来把我们复仇的手引导支撑,
> 自由啊,无比珍贵的自由,
> 快来同保卫你的人并肩战斗!

雪地硬实了一些,驿车行驶速度快得多了,不过,还要经受旅途的颠簸,熬过漫长而凄苦的时间,才能到达迪埃普。因而不论在白天,在黄昏时分,还是在黑洞洞的夜晚,高奴代在车中就是这样残忍而执拗地一直吹口哨,让他这单调复仇的哨声,逼使这些疲惫而气恼的人的头脑从头至尾跟随这支歌,并随着每一节拍都想起相应的歌词。

羊脂球一直在饮泣,在黑暗中,有时在歌曲的节拍之间,传出她未能忍住的一声悲啼。

伊韦特

——献给勃兰·夏巴夫人

一

从富豪咖啡馆出来，若望·德·塞尔维尼对莱翁·萨瓦尔说道：

"你若是愿意，咱们就走着去。乘坐出租马车，就未免辜负这样的好天儿了。"

他的朋友随声附和：

"我正求之不得呢。"

若望又说道：

"定在半夜十二点，现在才刚十一点钟，到那儿能大大提前，咱们慢慢走吧。"

大街上熙熙攘攘，人声嘈杂，犹如河水川流不息，全是夏夜出来游荡的人，有的饮酒，有的窃窃交谈，无不洋溢着适意而欢快的情绪。隔一段路就有一家咖啡馆，通明的灯光照见一堆堆在露天座饮酒的人，而摆满酒瓶和酒杯的小餐桌就设在人行道上，阻塞了滚滚人流。大马路上挂着红色、蓝色或绿色马灯的车辆，从明亮的店铺门前疾驶而过，那瘦马小跑的侧影、车夫高踞的身影，以及幽暗的车厢，全都闪现一下。市区公交马车的黄色车身，由灯光映出快速闪动的亮点。

两个朋友嘴上叼着雪茄，慢悠悠地朝前走。他们身穿礼服，风衣搭在手臂上，胸前插着一朵花，帽子稍微戴歪点儿，显得悠闲自在，这也是人们酒足饭饱之后，在和风中散步时常有的情态。

二人上中学时是同窗好友，亲密无间，结下了牢固而忠诚的友谊。

若望·德·塞尔维尼身材矮小灵巧，有一点谢顶，体质有点儿单弱，但是，人很风流潇洒，胡须卷曲，眼神明亮，嘴唇薄薄的，一副过惯夜生活的男子形象，仿佛生在长在大街上。别看他总是疲惫不堪的样子，却从来不知道疲倦，别看他脸色苍白，但却精力充沛，正是典型的身体单薄的巴黎人，经过健身、击剑、淋浴和蒸汽浴，人为培育出一身矫健之力。他颇有名气，这其中有他婚姻的原因，也有他的才智、财产和社会关系的因素，当然还有一些男子独具的那种善交际、态度蔼然、名流的风雅等缘故。

况且，他是个地道的巴黎人，举止轻佻，性情多疑又多变，禁不住诱惑，既刚毅又优柔寡断，凡事敢为又一事无成，原则上自私自利，冲动起来却又慷慨大方。他吃穿用度很有节制，寻欢作乐也很讲分寸。他内心冷漠又有一腔激情，时常心灰意冷，又总能振作起精神，受到相互对立的本能的控制，索性就随心所欲，而恣意欢乐也自有其道理，那逻辑就像风标一样随风转，利用各种时机，绝不花费心思去创造时机。

他的同伴莱翁·萨瓦尔也同样富有，但是身材魁伟，仪表堂堂，正是走在街上吸引女人回顾的那种男子。他给人的印象是一尊男子汉雕像、人类的一个良种，如同送往展览会的一件展品。由于过分英俊、过分高大、过分魁梧、过分健壮，他就有点儿过分放纵，过分利用自己的长处作孽。他在情场上的艳事数不胜数。

二人走到滑稽歌舞剧场门前，莱翁·萨瓦尔问道：

"你要把我引见给那位夫人，事先打招呼了吗？"

塞尔维尼嘿嘿一笑：

"事先同奥巴尔第侯爵夫人打招呼！你在大街上要乘公交马车，难道事先同车夫打招呼吗？"

萨瓦尔听了，有点儿困惑不解，便问道：

"她究竟是个什么样的女人呢？"

"一个暴发户，一个来路不明的阔夫人，一个迷人的坏女人，不知是从哪儿冒出来的，也不知道是如何闯进冒险家的乐园，还出了风头。不过，我们管这些干什么呢？据说，她的真名实姓，在娘家的姓名，叫奥克塔薇·巴尔丁，除掉这一清白的称呼，她还保留当姑娘时的全部名分，也就是说取名字的头一个字，把姓氏的最后的'丁'改为'第'，就成了奥巴尔第。

"不管怎么说，她是个可爱的女人，凭你的相貌，你免不了要成为她的情夫。如果不会发生这种事儿，何必把赫拉克勒斯引见给梅萨利纳呢？我还要补充一点，进她的家，就像进商场一样自由，倒不见得非买那里出售的东西不可。那里经营情爱和纸牌,但是没人强迫你谈情说爱,或者打纸牌。要离开也随便。

"三年前,她在一个名声不好的街区,星形广场街区安家,敞开她的沙龙,接待各大洲的残渣余孽。而那些残渣余孽来到巴黎,正是要施展五花八门的逞凶犯罪的才能。

"我进了她家门!怎么进去的呢?记不清楚了。反正进去了,就像现在,我们全去那里,因为,大家在那里玩得开心,女人都很轻浮,男人都不是正经东西。我喜欢那个海盗的乐园,在那里,人人都佩戴各种各样的勋章,都素昧平生,都是王公贵族,都有爵衔称号,除了密探之外,都是他们大使馆不摸底细的人。大家动不动就大谈特谈荣誉,动不动就摆自己的祖先,动不动就讲述自己的经历,全是牛皮大王、谎言家、骗子,同他们的名片一样危险,同他们的姓名一样唬人,必要时也很勇敢,但是行径不啻只有舍命才能劫人钱财的凶手。总而言之,他们全是苦役犯监狱中的英雄豪杰。

"我敬佩他们。他们都值得探究、值得了解,他们讲话很有意思,往往很风趣,绝不像法国公务员谈话那样平淡无奇。他们的夫人个个都是佳丽,带着一股异国他乡的浪劲儿,以及她们身世的神秘性,她们的身世,也许一半时间是在教养院里度过的。一般来说,她们的眼睛美妙无双,秀发无与伦比,具有名副其实的职业上的容貌,有一种迷人心性的姿色、一种令人发狂的魅力、一种无法抗拒的妖媚!她们都是女强人,好比从前啸聚劫道的兵痞,好比猛禽,真正的雌性猛禽。我真是敬佩她们。

"奥巴尔第侯爵夫人,正是那群亮丽的坏女人的典型。人已成熟,又始终美丽,既迷人又柔媚,让人感到她骨子里就是淫荡的。大家在她那里赌博、跳舞、吃夜宵,玩得非常开心……总之,上流社会的生活乐趣,她那里应有尽有。"

莱翁·萨瓦尔又问道:

"你做过她的情夫,或者现在是她的情夫吗?"

塞尔维尼答道:

"我没有做过她的情夫,现在不是,今后也绝不会成为她的情夫。我嘛,我是冲她女儿才去的。"

"哦!她有个女儿?"

"她有没有女儿!一个小娇娃,亲爱的。如今,她是那座青楼的最大吸引力。她年方十八,情窦初开,细高挑的个头儿,秀色可餐,那头金发同她母亲的褐发一样美丽,她总是那么喜气洋洋,总打扮得像参加晚会一样,嘴边总挂着笑容,跳起舞来全身心投入。哪个能把她弄到手呢?或者说,哪个已经把她弄到手啦?不得而知。我们有十个人在等待,都抱有希望。

"这样一个女儿,在侯爵夫人这种女人手中,就是一笔财富。不过,这两个浪货,处处还特别谨慎,简直叫人莫名其妙。她们也许在等待时机……等待一个……比我条件好的机会。不过,我嘛,我向你保证,一遇到机会……我就一定抓住不放。

"可是,伊韦特这个姑娘,实在叫我大感不解,简直是个谜团。她不是我从未见过的最狡诈和最邪恶的魔鬼,就是人世间所能找到的最天真无邪的人。她在那样污浊不堪的环境里生活,居然那么逍遥自在,得心应手,不是大恶人,就是天真到了极点。

"冒险家的一个杰出的后代,被推到这个阶层的垃圾堆上,好似一株奇花异草长在腐烂的东西里,再不然,就是个私生女,是哪个非凡人物、哪个大艺术家或者大贵族、哪个王子或者下了台的国王,一天晚上睡到了她母亲床上。她是什么人,心中想什么,谁也弄不清楚。不过,你马上就能见到她了。"

萨瓦尔笑起来,说道:

"你坠入情网了。"

"没有。我排进队列里,这还不是一码事。其他追求者都是最认真的,我倒是要向你一一介绍。不过,我显然运气好些,已经领先了,人家向我表示了几分垂青。"

萨瓦尔重复说:

"你坠入情网了。"

"没有。她搅得我意乱心烦,她令我迷恋又令我不安,她吸引我又吓住我。我对她怀有戒心,怕中圈套。我想得到她,如同人口渴时,想喝一杯冰镇果汁一样。我被她迷住,可是接近她时又心惊胆战,就像一个人担心被人怀疑为机灵的窃贼似的。我在她身边,对她可能的天真就产生一种无法抑制的冲动,而对她同样可能的狡猾,又产生一种极合情理的疑惧。我就觉得接触的不是一个正常的人,超出了自然规则,究竟是个妙人还是可鄙的人,我也说不清楚。"

萨瓦尔第三遍说道:

"我跟你说,你坠入情网了。听你谈论她,口气就像诗人一样夸张,就像行吟诗人一样抒情。好了,挖挖你的思想,拍拍你的心口窝儿,还是承认吧。"

塞尔维尼没有应声,才走了几步又说道:

"归根到底,有这种可能。不管怎么说,我心里总惦念她。不错,也许我坠入了情网。这事儿我想得过分,要入睡时想着她,醒来时也一样……相当严重。她的形象总跟着我,紧追不舍,时时刻刻陪伴着我,总在我眼前,在我周围,在我心上。这种肉体上的魂牵梦萦,难道就是爱情吗?她的面容深入我的眼中,我一闭目就能看见。我每次见到她,心就怦怦直跳,这一点我绝不否认。看来我爱上她了,但事情又怪得很。我对她的欲望特别强烈,可是又觉得,要娶她为妻的念头太荒唐、太愚蠢,也太可怕了。我还真有点儿怕她,就像小鸟儿怕上面盘旋的老鹰。我也忌妒她,忌妒她那不可理解的心中隐藏着我所不了解的一切。因此,我心里总是琢磨:'她是个可爱的女孩儿,还是个可恶的荡妇呢?'她说的话,有的能让一支军队发抖,不过,鹦鹉也可以学舌。有时,她厚颜无耻,或者恬不知耻,倒叫我相信她的纯真;有时她很天真,天真得令人难以置信,又使我怀疑她从来就不贞洁。她像个青楼女子那样调情,撩拨我,同时又像个处女那样守身如玉。她似乎爱我,却又嘲笑我。她当众表现得就像我的情妇,私下里又拿我当她的兄长或仆人看待。

"有时我就想象,她母女俩的情夫恐怕同样多。有时我又揣度,她可能一点儿也不懂生活,一点儿也不懂,你明白吗?

"而且,她还是个小说迷。在关系进一步发展之前,眼下我只提供给她书看。她把我叫作她的'图书管理员'。

"新书书店每周出版的新书,全以我的名义寄送给她,而我相信她胡乱全看了。

"五花八门的东西,想必在她头脑里成了什锦沙拉。

"这女孩行为举止非常奇特,这种泛读杂览大概有一定作用。如果通过小说的万花筒来观察人生,那么观察人生的角度一定很怪,对事物也会产生怪异的想法。

"至于我嘛,我就等待。一方面,我对任何女人,还从来没有像对她这样钟情,这是肯定的。

"另一方面,我不会娶她,这也是肯定的。

"因此,如果说她有过几个情夫,那么我就增加这个数目。如果说她没有情夫,那么我就是第一号,就像乘坐电车一样。

"事情很简单。她结不了婚,这是肯定的。谁又会娶原名奥克塔薇·巴尔丁,现在称奥巴尔第侯爵夫人的女儿呢?谁也不会,理由可以列举出上千条。

"到哪儿能找个夫君呢?在上流社会吗?绝不可能。她母亲的家是个公共场所,利用女儿招徕顾客。没人娶这样家庭的女儿。

"在有产阶层里找吗?更不可能了。要知道,侯爵夫人这种女人,可不肯做亏本的买卖,她最终只肯把伊韦特许配给一个地位很高的男子,但是她又找不到。

"那就在平民百姓中找吗?越发不可能了。可见哪条路也走不通。这位小姐不属于上流社会,也不属于有产阶层或平民阶层,她不可能通过婚姻进入其中任何一个社会阶层。她的母亲、她的出身、她的教育、她的遗传、她的生活方式和习惯,都规定了她属于名妓阶层。

"她逃不脱这个阶层,除非去当修女,这也不大可能,因为她抛不开她的生活方式和情趣爱好。那么,她可能从事的行业只有一种——出卖色相。她非得走这一步,也许已经干上这一行了。她逃不脱自己的命运。从少女变成妓女,再简单不过了。而我真希望充当这种转变的关键人物。

"我在等待。许多人都想试试身手。过一会儿你就能见到一个叫德·拜尔维涅先生的法国人、一个称为克拉瓦洛夫亲王的俄国人,以及一个名为瓦雷亚里骑士的意大利人,他们都标明了求婚者的身份,因此各自施展手段。此外,我们在她周围,还能数出许多地位低点的偷猎者。

"侯爵夫人要伺机而动。不过我认为她看好我了。她知道我很富有,对别人的情况还不大掌握。

"再者,据我所知,在展示富有方面,她的沙龙是最出色的。在她那里,甚至能遇见非常体面的人物,既然我们都去那里,而且,体面的人也不止我们两个。至于女人,她也找到了,确切说来,她从掠夺钱袋的女强人堆里拉来最棒的。她是在哪儿发现的呢?不得而知。她那沙龙有别于真正坏女人的圈子,有别于淫乱者的圈子,也有别于任何圈子。尤其她灵感飞动,想出绝妙的主意,就是专门挑选那些有孩子的、特别是有女儿的女冒险家。这样一来,傻男人到她家中,就以为到了正经人家!"

两个朋友已经走到香榭丽舍林荫路。微风习习,从树叶间穿过,不时拂面,就好像一把巨扇在天上扇动,徐徐送来轻风。树下人影憧憧,默默地游荡,另外一些则坐在长椅上,形成一块黑地儿。那些幽幽的身影说话声音很低,就仿佛彼此讲些重要的或者不光彩的秘密。

塞尔维尼又说道:

"你都想象不出来,在这娼妓家能见识多少荒唐透顶的头衔。

"提起这事儿,要知道,我就以萨瓦尔伯爵的名称介绍你,单称萨瓦尔会受白眼,大受白眼。"

他朋友叫起来:

"哎!不,这哪成!我不愿意让人抓住笑柄,还以为我给自己加了个头衔,哪怕一天晚上,哪怕在这种人家也不成。哎!不行。"

塞尔维尼笑起来:

"你真蠢。那儿的人就称我德·塞尔维尼公爵。我不知道为什么,又是怎么叫起来的。尽管如此,我还是照当德·塞尔维尼公爵,既不抱怨也不抗议。这并不妨碍我。没有这个称号,我就会受到极大的蔑视。"

然而,萨瓦尔根本不信服:

"你嘛,是贵族,这么办可以。可是我不行,在那沙龙里,唯独我保持平民的身份。糟就糟,也许更好,就当是我尊贵的标志……是我……超人之处。"

塞尔维尼一再坚持:

"相信我,这样不行,真的不行,明白吗?这么做简直不可思议,你就像捡破烂的跑到帝王的聚会上。让我来吧,我就介绍你是上密西西比的总督,谁也不会感到奇怪。若是用名头,怎么都不过分。"

"不行,再说一遍,我不愿意。"

"好吧。其实我也傻,干吗说服你。我同你打赌,你一进那家门,准有人给你一个称号,就像贵妇到了一些商店门口,准能收到一束紫罗兰花一样。"

二人拐进右首的百丽街,登上一座漂亮的现代公寓的二楼,将风衣和手杖交给四名穿短裤号服的仆人。晚会的热乎乎的气味,以及鲜花、香水和女人的气味,使空气变得滞重了。从旁边几间屋子传出的持续的嗡嗡声,让人感到全都客满了。

只见一位身材高大、挺胸叠肚、面颊蓄留白髯、表情严肃、类似司仪的人,走到新来的客人面前,略一施礼,高傲地问道:

"我该如何通报呢?"

塞尔维尼代为回答:"萨瓦尔先生。"

于是,那人打开门,朗声向那群宾客喊道:

"德·塞尔维尼公爵先生。"

"萨瓦尔男爵先生。"

头一间客厅尽是妇女,首先映入眼帘的是鲜亮衣料上面的一排裸露的乳房。

女主人正站着同三位女友聊天,她转过身,嘴角挂着微笑,举止优雅,步履庄严地迎上去。

她的前额偏窄,特别低,上面厚厚的头发乌黑发亮,像羊毛一样浓密,乃至遮住了一部分鬓角。

她高个头儿,身体略嫌健壮、略嫌肥胖、略嫌成熟,但是非常漂亮,呈现一种凝重的、炽热而强烈的美。她那头盔式的秀发令人微笑,想入非非,使她显得神秘而秀色可餐。下面的眼睛也是黑色的,又大又精神。鼻子颇为纤巧,嘴很大,有无限的魅力,天生就适于讲话和迷人。

不过,她的最突出的魅力还是她的嗓音。从她那张嘴里发出的声音,宛若流出的泉水,十分自然、十分轻快、十分明亮,又十分清脆,听起来给人一种肉体上的快感。轻柔的话语款款而出,犹如潺潺的溪水,听着非常悦耳。同样,那两片涂得有点儿过红的美丽嘴唇,张开让话语通过,看着也非常悦目。

她伸出一只手,让塞尔维尼吻了吻,又放下由细金链系着的扇子,将另一只手递给萨瓦尔,说道:

"欢迎光临,男爵,公爵的所有朋友,到这里都如到家一样。"

接着,她那明亮的目光注视着刚介绍给她的这个魁伟的男人。她嘴唇上面有薄薄的黑绒毛,有点儿像髭须,她讲话时颜色就加深了。她身上很香,是一种浓郁的、醉人的香味,可能洒了美洲或印度的香水。

又进来几位,是侯爵、伯爵或王爷。她以慈母般的口气对塞尔维尼说:

"您到另一间客厅能找见我女儿。尽情玩吧,先生们,你们就当在自己家中。"

说罢,她要去迎后来的客人,离开他们二人时,她向萨瓦尔投去一个含笑的、难以捉摸的眼色,正是女人向她们喜欢的人送去的秋波。

塞尔维尼抓住朋友的手臂,说道:

"我来给你当向导。在这里,我们所在的客厅里,女人,就是'肉体'的圣殿,无论鲜不鲜嫩。旧货同新货价值一样,甚至更好,价钱高点儿,却可以租用。左边的是赌博厅,那是'金钱'的圣殿,这方面你了解。里边的是舞厅,那是'纯贞'的圣殿,也就是姑娘们的圣地和市场,那里全面展示了这些贵妇人的作品。有的人甚至可能同意合法的结合!这正是我们夜晚聚会的……前景、希望。这些少女的灵魂好似流浪艺人出身的小丑的四肢,已经残缺不全,她们也是这家道德疾病博物馆中最珍贵的收藏品。走,去瞧瞧她们吧。"

塞尔维尼左顾右盼,殷勤地同人打招呼,嘴边挂着恭维话,以行家的敏锐目光,浏览他认识的每一个袒胸露背的女人。

第二客厅里端有一支乐队,正在演奏华尔兹舞曲,两个朋友便停在门口观赏,只见有十五对在旋转,男的神态严肃,女的嘴角挂着凝固的笑容。她们同母亲一样,上身大部分裸露,有几个人的胸衣仅用缠在臂膀上的窄带拉着,不时能让人瞧见腋下的暗影。

猛然间,房间里端冲出一个细高挑儿的姑娘,她左手提着过长的裙摆,从人群中间直穿过来,不顾撞着跳舞的人,一路急速小跑,就像女人在人群中跑动那样,她喊道:

"嘿!米斯卡德到了。您好,米斯卡德!"

她满面春风,洋溢着幸福的光彩。她那白皙的肌肤晒成褐色,白里透红,仿佛熠熠闪光。盘在头顶的一头秀发呈火红色,就像在火中烤过一样,沉甸甸地压着前额,微微压弯了仍然纤弱的脖颈。

她生来就好像适于活动,就像她母亲生来就适于说话一样,她一举手一投足十分自然,又高雅又随便。看她走路、活动、俯下脑袋、抬起胳臂,就仿佛产生一种精神上的愉悦、肉体上的惬意。

她重复一遍:

"嘿！米斯卡德，您好，米斯卡德。"

塞尔维尼就像同男人握手那样，用力摇晃她的手，向她介绍说：

"伊韦特小姐，我的朋友，萨瓦尔男爵。"

伊韦特向陌生客人施了一礼，接着就端详人家：

"您好，先生。您每天都是这么高大吗？"

塞尔维尼代为回答，但是他同她说话，为了掩饰疑虑和不安，总使用调侃的口气：

"不，小姐。他今天拿出最大的体积，以便取悦您妈妈，她就喜欢大块头的人。"

姑娘立刻以滑稽的口气，严肃地说道：

"哦，好极了！不过，您若是来看我，就请您缩小那么一点点，我可喜欢中等身材的人。您瞧，米斯卡德的个头儿就合乎我的标准。"

说着，她张开小手，伸向这位新来的客人。

接着，她又问道：

"米斯卡德，您跳舞吗？喏，跳一圈华尔兹舞吧。"

塞尔维尼没有回答，猛地一把搂住她的腰，二人像一阵旋风，倏忽消失了。

他们的舞步比所有人都快，旋转，旋转，发狂似的旋转着奔跑，二人仿佛捆在一起，身子挺直，腿几乎不动弹，就好像脚下安装一种无形的机械，带动他们飞舞。

他们好像不知疲倦。其他跳舞的人陆续停下了，只剩下他俩还无休无止地狂舞。他们那种神态，就仿佛不知身在何处，也不知在做什么,早已远离舞厅,完全陶醉了。乐师们不停地演奏,目光盯着这对狂舞者,所有人都在观赏,等他们终于停下来,便纷纷鼓掌。

这时,伊韦特脸上泛起红晕,眼神也变得异样了,火辣辣的,不像刚才那么放肆,有点儿羞怯,有点儿闪忽不定,而且眼睛特别蓝,瞳孔特别黑,绝不像自然长的了。

塞尔维尼似乎也醉意醺醺,他靠在门上,以便定下神儿来。

伊韦特对他说:

"头晕了吧?我可怜的米斯卡德,我比您还结实呢。"

塞尔维尼神经质地微笑着,眼睛死死地盯着她,眼神和嘴角都流露出兽性的贪婪。

姑娘站在他面前,因喘息而起伏的胸脯,充分展露在这年轻人的目光下。

伊韦特又说道:

"有些时候,您的样子就像只猫,要跳到人身上。喏,让我挽着您的胳臂,一起去找您的朋友吧。"

塞尔维尼一言不发,将胳臂伸过去,二人穿过大厅。

萨瓦尔不再独自一人。奥巴尔第侯爵夫人早已来到他身边,用那迷人心性的声音,对他讲些社交界的事儿,一些庸俗琐事。不过,与此同时,她注视他的内心深处,似乎对他讲的是另一番话,而不是她嘴上说的。她一看见塞尔维尼,脸上立刻绽开笑容,转身对他说:

"我亲爱的公爵,要知道,我刚刚在布吉瓦尔租了一座别墅,打算去住两个月。希望您能去那里看我,带上您的这位朋友。喏,星期一我就住进去,你们二位星期六去吃饭好吗?次日我陪你们一整天。"

塞尔维尼突然扭头看伊韦特。伊韦特笑吟吟的,一副沉静的样子,她以不容犹豫的肯定语气说道:

"米斯卡德星期六当然去吃晚饭啦。用不着问他了。我们在乡下会干出一大堆蠢事来。"

塞尔维尼似乎从她的微笑中看到萌生的一种许诺,从她的声音中捕捉一种意图。

这时,侯爵夫人抬起那双黑黑的大眼睛,注视萨瓦尔:

"您也去吧,男爵?"

她那种微笑是绝不容人迟疑的。萨瓦尔躬身答道:

"能去那里我太高兴了,夫人。"

不知是天真还是无耻,伊韦特狡狯地低声说道:

"我们到了那儿,不惜得罪所有人,对不对,米斯卡德?要让追随我的那帮人暴跳如雷吧。"

她说着瞥了一眼,指明在远处观望的几个男子。

塞尔维尼回答说:

"悉听尊便,小姐。"

由于亲密的友情,他平常同她说话,从来不称小姐。

萨瓦尔这时问道:

"伊韦特小姐总管我的朋友塞尔维尼叫'米斯卡德',为什么呢?"

少女以天真的样子答道:

"就因为他总从人手中滑掉,先生。人家以为抓住了,可是从来也没有抓住过他。"

侯爵夫人显然若有所思,眼睛没有离开萨瓦尔,漫不经心地说道:

"这些孩子可真滑稽!"

伊韦特恼火了:

"我不是滑稽,是坦率!我喜欢米斯卡德,可是他总丢下我,这情况真叫人气恼!"

塞尔维尼深施一礼:

"我再也不离开您了,小姐,白天夜晚都不离开。"

姑娘惊骇地摆了摆手:

"嗳!不行!那怎么行!白天,我倒很愿意,可是到了夜晚,您会妨碍我的。"

塞尔维尼放肆地问道:

"这又是为什么?"

姑娘从容而大胆地回答:

"因为您脱了衣服,就不会这么文雅了。"

侯爵夫人不动声色,只是高声说道:

"哎呀,他们说了粗鲁的话。在这点上,可不是无可指责的。"

于是,塞尔维尼以调侃的口气附和:

"这也是我的看法,侯爵夫人。"

伊韦特瞪了他一眼,以受到伤害的高傲声调说:

"您哪,刚刚讲了一句粗话,近来,您这种情况也太多了。"

她随即转过身去,叫道:

"骑士,快来保卫我,有人侮辱我。"

一个褐色头发、动作缓慢的瘦男人走过来,勉强挤了个笑脸,问道:

"谁是罪犯?"

伊韦特摆头指向塞尔维尼:

"就是他。不过,他不那么讨厌,同你们所有人比起来,我还是更喜欢他。"

瓦雷亚里骑士躬了躬身,答道:

"大家都尽力而为。我们的资格也许差一点儿,但在忠诚方面一点儿也不差。"

这时,又来了一个蓄留花白络腮胡须、大腹便便的高个子男人,朗声说道:

"伊韦特小姐,我是您的仆人。"

伊韦特高声说道:

"唔!德·拜尔维涅先生。"

接着,她转向萨瓦尔,介绍说:

"这是我的正式求婚者,人又高又胖,又富有又愚蠢。我恰恰喜欢他们这样的人。他是一个地地道道的……宴会上的鼓手长。好家伙,您比他还高大。我给您取个什么名字好呢?……有啦!我就叫您小罗得先生吧,因为那个巨人一定是您的父亲。你们二位,想必有许多有趣的事儿,要在其他人的头顶上交谈,晚安。"

伊韦特说罢,走向乐队,请乐师演奏四组舞曲。

奥巴尔第夫人一副心不在焉的样子,慢吞吞地对塞尔维尼说道：

"您总逗弄她，这样会弄得她脾气很坏，经常胡闹了。"

塞尔维尼回敬道：

"看来，您还没有完成对她的教育？"

奥巴尔第夫人似乎没有听懂，仍然和蔼地微笑着。

她忽然发现一位胸前挂满勋章、神态庄严的先生朝她走来，便急忙迎上前去：

"啊！王爷，王爷，太荣幸啦！"

塞尔维尼又挽住萨瓦尔的手臂，将他带走，同时说道：

"克拉瓦洛夫亲王，最后一个正式求婚者。怎么样，她是不是个尤物？"

萨瓦尔答道：

"我觉得母女俩都是尤物。有那母亲，我就满足了。"

塞尔维尼向他颔首致敬：

"悉听尊便，亲爱的。"

跳舞的人把他们挤到一边，只见一对对舞伴面对面排成两行，要跳四组舞了。

塞尔维尼说道：

"现在，咱们去瞧瞧那些希腊人吧。"

于是，二人走进赌博厅。每张赌桌前都站着一圈人围观，很少有人说话。在赌客的低语声中，不时掺进往台毯上投钱币或突然收钱的轻微金属声响，就好像在人中间，金钱也有说话的份儿。

这些男人都佩戴着不同的勋章和奇特的绶带，他们的脸都同样神情肃穆，主要从蓄留的胡子来识别。

死板的美国人蓄留马蹄铁形的胡子，高傲的英国人的胡须则在胸前呈扇形，西班牙人的黑胡子一直爬上眼角，罗马人的大胡子是维克托·伊曼纽尔赠给意大利的式样，奥地利人却刮光下颌儿而蓄留络腮胡，一名俄罗斯将军的嘴唇上装备了两根长矛似的卷胡，几位法国人留着漂亮的小胡子。所有这些人的胡须，都显示了世间所有理发师的奇思异想。

塞尔维尼问道：

"你不赌一把？"

"不赌，你呢？"

"我从来不在这儿赌。你想走吗？等哪天清静点儿，咱们再来。今天人太多，什么也干不了。"

"走吧。"

二人从通前厅的正门走了。

他们一来到街上，塞尔维尼就问道：

"哎！你说怎么样？"

"的确令人感兴趣。不过，男女两边比较起来，我更喜欢女人那边。"

"当然了。对我们来说，她们是这类女人中最好的。你不觉得她们身上有股爱的味道，就像在理发馆闻到香水味儿吗？老实说，唯独在这种地方，花钱才能真正买到乐子。亲爱的，她们都是行家里手！都是出色的艺术家！你吃过面包房的糕点吧？平民阶层一个女人的爱，总让我联想起小伙计做的甜点心，反之，在奥巴尔第侯爵夫人这种地方，感受的爱真是妙不可言，你明白吗？嘿！这些女糕点师，她们才懂得做糕点呢！她们这儿的糕点卖五苏钱，别处只要两苏钱，不过如此。"

萨瓦尔问道：

"眼下，谁是这家的男主人呢？"

塞尔维尼耸了耸肩，表示不清楚。

"我一点儿也不清楚，只知道最后那位是个英国贵族，离开已有三个月了。现在，侯爵夫人度日多半靠资助，也许还靠赌博和赌徒，因为她总有些临时相好的。对了，星期六在布吉瓦尔的晚餐，咱们当然应邀前往，你说对不对？到了乡下就更自由了，我迟早会探明白，伊韦特脑袋里想什么！"

萨瓦尔回答：

"当然去，我求之不得呢，那天我没有事。"

他们在星光下，沿香榭丽舍大街坡路往下走，不意惊扰了在长椅上做爱的一对男女，塞尔维尼便咕哝道：

"这真是大蠢事儿，又是大美事儿。爱情，多么庸俗，又多么有趣，总那么相似，又变化无穷！这个乞丐付给妓女二十苏钱，而我恐怕要付给奥巴尔第小姐一万法郎，要的还不是同样的东西吗？奥巴尔第小姐还不见得比这个放荡女子年轻聪明！真是愚蠢可笑到了极点！"

他沉默了几分钟，继而又说道：

"不管怎样，要当伊韦特的头一个情夫，这可能是个极好机会。哼！为此我不惜付出……不惜付出……"

他没有想好付出多少。这时，二人走到王宫街口，萨瓦尔道了一声晚安，便分手了。

二

餐桌就摆在临河的阳台上。奥巴尔第侯爵夫人租的春天别墅，坐落在一块高地的坡上，花园墙外恰好是塞纳河要流向马尔利的转弯处。

别墅对面的克鲁瓦西岛大树成荫，远远望去一片葱绿，还能看见一大段宽阔的河面，直到树木掩映的河滩水上咖啡馆。

夜幕降临，这是临水由晚霞染红的一个宁静温和的夜晚，一个给人以幸福之感的清幽的夜晚。没有一丝风吹动树木枝叶，没有一丝风吹皱塞纳河明亮平滑的水面。然而，天气不太热，温暖宜人，非常舒服。令人心旷神怡的清爽，从塞纳河岸冉冉升上静谧的天空。

太阳落到树后，转向其他地区了。人们似乎感受到已经入睡的大地的安逸，在宁静的空间里感受到世间闲适的生活。

大家走出客厅，要到餐桌落座时，都不觉观赏起来，悠然神往了。一种温情的欣悦浸入心田，人人都感到濒临这条大河，有这暮色做背景，呼吸着清新的空气，在这样的乡间用晚餐，该有多么惬意啊。

侯爵夫人挽着萨瓦尔的胳臂，伊韦特则挽着塞尔维尼的胳臂。

只有他们四人用餐。

两个女人似乎全然不同于在巴黎的时候，伊韦特尤为明显。

这姑娘不大讲话了，怏怏的，神态严肃。

萨瓦尔都认不出她来了,不禁问道:

"您这是怎么啦,小姐?上周见面之后,我觉得您变了。您变成了一个完全有理智的人了。"

伊韦特回答:

"这是乡间产生的影响,我不再是原先那样了,觉得自己怪怪的。再说,我也从来没有连续两天保持同一个样子。今天,我可能疯疯癫癫的,明天又可能黯然神伤。我也不知道为什么,总像天气一样变化。要知道,我什么都干得出来,这要看什么时候而定。有些日子,我会杀人,注意,不是杀牲畜,我绝不会杀牲畜,而是杀人,对。过了些日子,我又会为了一点点小事而流泪。各种各样的念头从我头脑里闪过,这也取决于我起床时的心情。每天早晨一醒来,我就能说出直到晚上我会是什么样子。这种情况,也许是受我们所做的梦的支配。这还取决于我刚看的是什么书。"

她穿一身白色法兰绒衣裙,衣料柔软轻飘,恰到好处地裹着身子。那大褶的宽松上衣虽然遮住胸脯,但箍得不紧,充分标示出她那没有束住的、发育成熟而挺实的乳房。她那纤细的脖颈从蓬松的大花领中探出来,随着和缓的动作而倾斜,颜色比衣裙黄些,宛如肌肉制成的一件首饰,支撑着一头沉甸甸的金发髻。

塞尔维尼注视她许久,才开口说话:

"今天晚上,您真是光艳照人啊,小姐。但愿我见到您总是这种样子。"

伊韦特带几分平常的狡狯口气,对他说道:

"您可别向我表白爱情,米斯卡德。今天,我会认真对待这件事,这可能让您付出高昂的代价!"

侯爵夫人显得很高兴,非常高兴。她穿一身黑衣裙,衬出她那丰满健美的身段,显得十分庄重。上身有一点点发红,一条红色康乃馨花环,犹如一条链子,从腰带垂下,又拉起来系到臀部。一朵红玫瑰花插在她的深色头发上,她这种由似血的花朵点缀的朴素的打扮、这天晚上凝注人的这种目光、说话缓慢的声调和极少的动作,总之,她全身上下都蕴涵着某种热烈的情绪。

萨瓦尔神情也很严肃,一副全神贯注的样子。他不时做个习惯的动作,摸摸褐色的胡子,仿佛在想些深奥的事情。他那胡子修剪成尖形,是亨利三世的式样。

有好几分钟,谁也没有讲话。

继而,在传递鳟鱼的时候,塞尔维尼正色说道:

"沉默有时就有好处。不讲话的时候,往往比讲话的时候相互更亲近,对不对呀,侯爵夫人?"

侯爵夫人略微朝他转过身子,答道:

"这话有道理。大家同时想些愉快的事儿,的确甜美极了。"

她随即抬起火热的目光,投向萨瓦尔,二人相互凝视了几秒钟。

餐桌底下也有点儿难以察觉的小动作。

塞尔维尼又说道:

"伊韦特小姐,您若再这样老老实实待下去的话,就会让我相信您有心上人了。那么,您的心上人可能是谁呢?如果您愿意,我们就一起猜一猜吧。那支一般的爱慕者大军,我抛在一边,单提几个主要的:您爱上克拉瓦洛夫亲王了吗?"

伊韦特听到这个名字,就猛醒过来:

"我亲爱的米斯卡德,您怎么想得出来!那位王爷嘛,样子就像蜡人馆的俄国人,他可能在发型竞赛中赢得过奖牌吧。"

"好吧,那就把亲王排除掉。哦,您是看中了皮埃尔·德·拜尔维涅子爵了。"

这一回,伊韦特咯咯笑起来,问道:

"我什么时候搂着雷齐内(她有时叫他雷齐内,有时叫他马尔瓦齐、阿尔让特伊,因为,她给每个人都起了好几个绰号)的脖子,对他窃窃私语:我亲爱的小皮埃尔,或者我神圣的彼得罗,我崇拜的皮埃特里,我的小宝贝皮埃罗,把你这肥大的狗头伸给你亲爱的小妻子,她要亲一亲。这样的情景您见过吗?"

塞尔维尼又宣布:

"排除第二位。剩下来的,就是瓦雷亚里骑士,侯爵夫人对他似乎优礼有加。"

伊韦特又全部恢复了她的高兴劲儿:

"风泪眼吗?他可是马德莱纳教堂的哭丧者。他跟随头等葬礼的出殡队列。看他每次瞧我的样子,我就以为自己已经死了。"

"第三位也排除。这么说,您对在座的萨瓦尔男爵一见钟情了。"

"小罗得先生嘛,不,他的块头儿太大了。我若是爱他,就好像爱星形广场的凯旋门。"

"这么看来,小姐,毫无疑问,您是爱上我了,因为,在爱慕您的人里,唯独还没有谈到我。我没有提自己,是出于谦虚和谨慎。现在,我只有感谢您了。"

姑娘愉快而宽容地答道:

"爱上您啦,米斯卡德?嗳!没有的事儿。我很喜欢您……但是,我并不爱您……别急,我不想泄您的气,现在,我还……不爱您。也许……您有好运气。坚持下去吧,米斯卡德。您要做到忠诚、殷勤、百依百顺、体贴入微、百般照顾,我多么任性也要顺从,不惜一切讨我欢心……到那时候……我们再看吧。"

"不过,小姐,您所要求的这一切,如果您不介意的话,我还是愿意在事后,而不是事先给您。"

伊韦特带着机灵使女那样的天真神态,问道:

"什么事后啊?米斯卡德?"

"当然是在您向我表明了爱我之后啦!"

"那好吧!您就只当我爱您那样去做吧,您愿意相信就相信……"

"可是,要知道……"

"住口,米斯卡德,这事儿说得够多了。"

塞尔维尼行了个军礼,不再言语了。

夕阳已经落到小岛后面了,但是晚霞满天,犹如炭火,平静的水面似乎成了血河。在霞光辉映中,房舍、物品和人都呈现红色。而插在侯爵夫人头发上的那朵嫣红的玫瑰花,犹如紫红色的水滴,从云端落到她头上。

伊韦特眺望远方,她母亲仿佛若不经意,将手放到萨瓦尔的手上。不料姑娘突然动了一下,侯爵夫人又飞快地抽回手,装作整理自己上衣的皱褶。

塞尔维尼注视着她们,这时说道:

"小姐,您若是愿意的话,饭后我们去岛上走走好吗?"

伊韦特听到这个主意很高兴:

"嘿!好啊,肯定有意思,只我们两个人去,对不对,米斯卡德?"

"对,只我们俩,小姐。"

接着,大家重又沉默了。

天际的一片空寂、暮晚昏沉沉的休憩,也使人的心灵、身体和声音迟钝了。有些宁静的时刻,沉思的时刻,几乎难于开口讲话了。

侍候用餐的仆人悄无声息。天空的火霞熄灭了,夜的黑影缓缓在大地铺展。这时,萨瓦尔问道:

"您打算在这地方住很久吗?"

侯爵夫人一字字咬清地答道:

"对,只要我在这里待得高兴。"

天黑得看不见了,仆人端来了灯亮。在黑黝黝的天空下,洒在餐桌上的灯光特别黯淡,但是立刻飞来一群苍蝇,纷纷掉在台布上。这是些极小的蝇虫,一从玻璃灯罩上飞过就被烧死,而烧焦的翅膀和腿像飘浮的灰尘,撒落在台布上、菜盘里和酒杯里。

落在酒中被喝下去,落在菜汁里被吃下去,落在面包上还看得见动弹。而且,飞虫密密麻麻,弄得脸和手发痒。

倒的酒随时要泼掉,餐盘必须盖上,吃菜时必须小心翼翼地遮住。

伊韦特觉得这很开心,塞尔维尼极力遮护她往嘴里送的食物,护住她的酒杯,还张开餐巾,像房盖一样遮在她头顶。然而,侯爵夫人感到恶心,心情烦躁起来,就草草结束了晚餐。

伊韦特并没有忘记塞尔维尼的提议,对他说道:

"现在,我们去岛上吧。"

母亲以无精打采的口气嘱咐说:

"千万不要在岛上待得太久。还有,我们要一直把你们送到渡船那儿。"

终于出发了,仍然是两两挽臂而行,姑娘和她的朋友沿着纤道走在前面,他们听见侯爵夫人和萨瓦尔在后面窃窃私语,声音很低,说得又极快。周围一片黑糊糊的,伸手不见五指。不过,天空火星儿密布,又仿佛撒在河面上,幽暗的河水也繁星闪烁。

现在,沿着河岸蛙声一片,单调的鸣声连续不断。

无数的夜莺将清歌抛入静空。

伊韦特突然问道:

"咦!他们不在我们后边了。他们在哪儿呢?"

于是,她喊道:

"妈妈!"

没有应声。少女又说道:

"按说,他们离得不会太远,刚才我还听见他们说话来着。"

塞尔维尼咕哝一句：

"他们大概回去了。您母亲也许感到冷了。"

说着，他就拉着伊韦特往前走。

前面有一盏灯亮，那是马尔蒂奈的客栈，他又经营饭馆又打鱼。听到游人招呼声，一个汉子从店里出来。于是，他们登上停在岸边草丛里的一条大船。

摆渡的船工划起双桨，沉重的大船朝前驶去，睡在水上的繁星被惊醒，纷纷狂舞起来，待他们过去后又渐渐平静下来。

他们抵达对岸，在几棵大树旁边下了船。

大树茂密的枝叶下，飘浮着湿土的清爽，枝头上的夜莺仿佛同树叶一样多。

远处一架钢琴开始弹奏一支民间华尔兹舞曲。

塞尔维尼抓住伊韦特的胳臂，另一只手悄悄地摸到她后腰，轻轻用力搂住她。

"您在想什么呢？"塞尔维尼问道。

"我？什么也没有想。我感到很幸福！"

"您就一点也不爱我吗？"

"不对，米斯卡德，我爱您，非常爱您。不过，别说这个，让我安静一会儿。天气这么好，我不想听您说废话。"

塞尔维尼搂得更紧了，尽管姑娘轻轻摆动身子想挣脱。隔着有轻柔感的法兰绒，他感到了姑娘的体温。他结结巴巴地说：

"伊韦特！"

"干什么呀？"

"我要说我爱您。"

"您不是认真的,米斯卡德。"

"嗳!是认真的。我早就爱上您了。"

伊韦特一直想挣脱身子,用力要把夹在二人胸膛之间的胳臂抽出来。一方搂抱一方挣扎,他们这样走起来很别扭,一路歪歪斜斜,像喝醉了酒的人。

塞尔维尼不知该对她说什么好了,只觉出对一个少女,就不能像对一个成年女子那样讲话,他不禁意乱心烦,思考该怎么办,心里琢磨她是不是同意,是不是不明白,同时挖空心思要想出应急的温柔、恰当而具有决定意义的话语。

他不断地重复:

"伊韦特!说话呀,伊韦特!"

接着,他想也没想,猛然亲了一下姑娘的脸蛋儿。姑娘微微一闪,嗔怪道:

"哼!您也太可笑了。能不能让我安静一会儿?"

她的声调丝毫也没有表露她在想什么,她想要什么,不过看样子,她倒是没有怎么气恼,于是,塞尔维尼又吻她的脖颈,吻他垂涎已久的这个迷人部位——头发根儿初生的金色绒毛。

这时,伊韦特拼命挣扎想摆脱,可是,塞尔维尼死死搂住,另一只手抓住她肩膀,强行扳过她的脸,疯狂而深情地吻她的嘴。

这时,姑娘的整个身子猛地一缩,顺着他的胸脯滑下去,急速摆脱他的拥抱,消失在黑暗中,只听她的衣裙发出一阵的声响,犹如一只鸟儿飞走的鼓翅声。

·伊韦特·

塞尔维尼一下惊呆了,他没有想到姑娘这么柔软灵活,居然跑掉了。继而,一点儿声音也听不见了,他就开始小声呼唤:

"伊韦特!"

伊韦特没有应声。塞尔维尼便朝前走去,用眼睛搜索黑暗,在灌木丛中寻找她的衣裙可能显示的白点。然而,周围一片黑暗,他提高声音又喊道:

"伊韦特小姐!"

夜莺也都纷纷噤声了。

他加快脚步,心头开始隐隐不安,又提高嗓门呼叫:

"伊韦特小姐!伊韦特小姐!"

毫无动静。他停下脚步,侧耳细听。整个岛子寂静无声,头上的树叶只是略微发出点沙沙声响,唯独岸边的青蛙还继续响亮地鸣叫。

于是,他一片一片灌木丛都寻个遍,下坡走到河水急拐弯的荆棘丛生的陡岸,继而又回到死水湾光秃而平坦的岸边。他一直走到布吉瓦尔的对面,再回到河滩咖啡厅,搜寻了每一片树丛,一遍一遍地呼喊:

"伊韦特小姐,您在哪儿?回答我呀!刚才是开个玩笑!好啦,倒是回答呀!别让我这样寻找啊!"

远处一架报时钟打点了。他数着敲了几下:半夜十二点了。两小时他跑遍了全岛,这时忽然想道:也许她回去了。他惴惴不安,绕道过桥回到别墅。

在门厅等候的一名仆人,坐在扶手椅上已经睡着了。

塞尔维尼叫醒他,问道:

"伊韦特小姐已经回来很久了吗?我要去拜访一个人,是在岛上同她分手的。"

仆人答道:

"唔!是的,公爵先生。还不到十点钟,小姐就回来了。"

塞尔维尼回到房间,上床睡觉。

然而他睁着眼睛,难以入睡。偷来的那一吻令他神魂颠倒。他心里总在琢磨:她想要什么呢?她是怎么想的呢?她了解什么呢?她多美呀,真叫人爱得发狂!

他的情欲,已被他所过的生活、弄到手的一个个女人、探索的一次次爱搞得疲惫不堪,不料见到这个奇特的、清纯的、撩人欲火又无法理解的女孩儿,就重又激发起来了。

他听见时钟敲了一点,继而又敲了两点钟。他肯定睡不着了,只觉得浑身发热,出了汗,从太阳穴感到心跳很快,于是起床去打开窗户。

进来一股清爽的气流,他深深地吸了一口。户外一片漆黑,夜色正浓,寂静无声,没有一点儿响动。可是,他突然发现面前花园的黑暗里有一个亮点,仿佛是烧红的小煤块,不禁想道:"咦,有人抽雪茄。只能是萨瓦尔。"于是他小声呼唤:

"莱翁!"

只听应声答道:

"是你吗,若望?"

"对。等一等,我下去。"

他穿好衣服,出门去会合,只见他朋友骑着一把铁椅子正在抽烟。

"深更半夜的,你在这儿干什么?"

萨瓦尔答道:

"我嘛,在休息呀!"

他笑起来。

塞尔维尼握住他的手:

"衷心祝贺,亲爱的。可是我呢……够恼火的。"

"你这话的意思是……"

"我这话的意思是……伊韦特不像她母亲。"

"发生什么情况了?对我说一说呀!"

塞尔维尼叙述了他的企图和未遂的经过,接着又说道:

"毫无疑问,这个小姑娘搅得我心神不安。想想看,我连觉都睡不着了。也真怪了,为一个小丫头。她那样子单纯到了极点,可是又让人琢磨不透。一个过来的女人,一个有过爱情、了解生活的女人,很快就能让人看透了。可是,一个黄花闺女却相反,就摸不透是什么心思。老实说,我开始觉得她在嘲弄我。"

萨瓦尔在座位上摇来晃去,慢吞吞地说道:

"要当心啊,亲爱的,她是要把你引到结婚的路上。回想一下著名的事例。德·蒙蒂若小姐就是使用同样的办法当上皇后的,不过,她至少是世家小姐。你可不要扮演拿破仑。"

塞尔维尼喃喃说道:

"关于这事儿,你丝毫不必担心,我既不天真幼稚,也不是什么皇帝。也只有这两种人才会头脑一热就作出决定。喂,你说,你困了吗?"

"不,一点儿也不困。"

"到河边走走怎么样?"

"好吧。"

二人出了铁栅门,沿河边朝马尔利走去。

这是天亮前的凉爽时刻,也是睡眠最深沉、最香甜、最寂静的时刻,连夜间轻微的响声都静止了。夜莺不再歌唱,青蛙停止了喧嚣,只有一只不知是什么的小动物,可能是只小鸟,在什么地方吱吱咯咯像锯木头似的,但声音微弱而单调,如同机械运转一样有节奏。

塞尔维尼有时还有诗情,也有哲学思辨,他突然说道:

"是这样。这个姑娘把我的心完全搅乱了。在数学上,一加一等于二。但在爱情上,一加一,应当等于一,可还是等于二。你怎么样,从来没有感觉到这一点吗?这种需要,是把女人吸收进自身,还是自身消失在女人身上呢?我说的不是那种仅仅搂抱的兽性需要,而是那种精神上和心理上的痛苦,要完全同对方合而为一,向对方敞开整个灵魂和心扉,并且洞烛对方的整个思想。关于对方的情况,始终一无所知,始终发现不了对方的意志、愿望和见解的全部波动变化。始终猜不透,甚至一点儿也猜不透一颗心灵的全部未知数和奥秘,而你感到这颗灵魂近在咫尺,就藏在注视你的这对明亮清澈如水、毫无隐秘的眼睛后面,这颗灵魂用一张可爱的嘴巴同你说话,只要你愿意似乎就属于你。与此同时,这颗灵魂用话语,把它的思想一个个抛给你,可是又同你相距万里,比那些星辰之间相距还要遥远,比那些星辰还要高深莫测!这一切,该有多怪呀!"

萨瓦尔则答道:

"我可没有那么高的要求。我不看眼睛后面是什么,特别关心容器,不大考虑里面装的什么。"

塞尔维尼咕哝道:

"不管怎么说,伊韦特与众不同。到了早晨,她会怎么接待我呢?"

这时,他们走到了马尔利机房,发现天色泛白了。

鸡开始打鸣儿了,但是透过鸡舍的厚厚墙壁,听来有点儿闷声闷气的。花园左侧,一只鸟儿啁啾起来,不断重复着短促的、简单得幼稚滑稽的鸣叫。

"该回房间了。"萨瓦尔说道。

他们回到别墅。塞尔维尼走进房间,从敞着的窗户望见天边已经一片粉红色了。

于是,他关上百叶窗,拉上两幅厚重的窗帘,并且重叠起来,这才上床并进入梦乡。

这一觉总梦见伊韦特。

一阵奇怪的声响把他惊醒。他从床上坐起来,侧耳听听,又没有声音了。继而,窗板突然噼噼啪啪一阵响,好像下冰雹似的。

他跳下床,跑去打开窗户,只见伊韦特站在花径上,满把抓着沙土朝他的脸掷来。

姑娘穿一身粉红衣裙,戴一顶宽檐儿草帽,还像火枪手似的,帽上插一根羽饰。她狡黠地笑着说道:

"喂!米斯卡德,您还在睡觉!昨天夜里您干什么去了,醒得这么晚呢?是寻欢作乐去了吗,我可怜的米斯卡德?"

塞尔维尼睡眼惺忪，十分倦怠，又被突然射进来的强光晃花了眼睛，接着，他看清了伊韦特的那种带几分嘲笑的平静态度，不免感到诧异。

他答道：

"我起来了，起来了。我洗把脸就下去，小姐。"

伊韦特嚷道：

"快点儿吧，都十点钟了。而且，我要告诉您一个大计划，我们要合谋干件事儿。您知道，十一点钟就用午餐。"

等他跑到楼下，伊韦特坐在一张长椅上，正在看膝上放的一本书，是一本什么小说。她亲热而友好地挽住塞尔维尼的手臂，那表情又坦率又高兴，就好像昨晚什么事情也没有发生似的，把他拉到花园的最里边。

"我的计划是这样的。这回我们不听妈妈的话，一会儿您带我去青蛙滩。我要去看看。妈妈说正派女人不能去那种地方。别人能不能去，我才不在乎呢。您会带我去，对不对，米斯卡德？而且，同那些划游艇的在一起，我们也大肆喧闹一番。"

塞尔维尼闻到她的香味，又确定不了她周身散发的是什么清香，不是她母亲身上的那种浓郁的香水，而是一种隐隐的气息，他闻着有点儿像鸢尾草香粉，也许有点儿像马鞭草香精。

这种难以捕捉的芳香是从哪儿来的呢？从她衣裙、头发还是肌肤散发出来的吗？他心里正自琢磨，由于姑娘说话离得很近，他脸上感到她呼出的清爽气息，吸一吸似乎也很甜美。于是他考虑，他力图辨识的这种难以捕捉的芬芳，也许仅仅借助她迷人的眼睛暗示才存在，不过是这光艳照人的姑娘给人以错觉的挥发气味。

伊韦特说道：

"就这么定了，对不对，米斯卡德？午饭后天气太热，正好妈妈不愿意出去。天儿一热她浑身就发软。您带我走，把她和您朋友留在别墅。我们就说上岛去林子里玩玩。您不知道，去瞧瞧青蛙滩那一带我有多开心！"

他们走到对着塞纳河的铁栅门前。强烈的阳光直射到光亮沉睡的河面。因炎热蒸发的水汽，形成晶莹的一层薄雾，宛如淡淡的青烟笼罩水面。

不时驶过一条小船，不是快艇就是沉重的平底小舟，远处传来长短不一的汽笛声，那是每逢星期天，火车将巴黎市民运往郊外发出的鸣叫，以及汽轮驶近马尔利水闸发出的信号。

这时，响起一阵铃声。

午饭时间到了。他们回到别墅。

餐桌上很沉闷。七月的中午溽暑熏蒸，压抑大地和生灵。热气好像稠糊糊的，人的头脑和身体都瘫痪了。话语迟钝，难得从口里出来，活动一下也很费劲，仿佛空气有了阻力，更难穿过似的。

唯独伊韦特不同，她虽然不说话，但是显得很兴奋，有点儿急不可待了。

刚吃完餐后甜食，她就问道：

"我们去树林里散散步好吗？到树阴下一定非常舒服。"

侯爵夫人显得十分倦怠，咕哝一句：

"你疯了？这种天气，能出去吗？"

狡猾的姑娘又说道：

"那好！我们就留下男爵陪你，我和米斯卡德去爬山，坐到草地上看看书。"

说着，她转身问塞尔维尼：

"嗯？就这样定啦？"

塞尔维尼答道：

"听您的吩咐，小姐。"

伊韦特跑去拿帽子。

侯爵夫人耸了耸肩，叹道：

"她真是疯了。"

接着，她拿出深情而倦慵的姿态，懒洋洋地将漂亮的白手伸给男爵，男爵接过手缓慢地亲了亲。

伊韦特和塞尔维尼走了。他们先沿河边漫步，通过桥上了小岛，再到急流河湾的陡岸，坐在柳树下，因为去青蛙滩还太早。

姑娘从兜里掏出一本书，笑道：

"米斯卡德，您念给我听。"

说着便把书递过去。

塞尔维尼闪避了一下。

"让我念，小姐？我可不识字呀！"

姑娘又严肃地说道：

"嗳，不要推托，别找借口。您给我的印象，还是个像样的求婚者吧？有求必应，对不对？这是您的格言吧？"

塞尔维尼接过书，翻开一看，不禁愣住了。这是昆虫学的一本论著《蚂蚁史》，作者是个英国人。他真以为姑娘在耍弄他，

待着不动,伊韦特不耐烦了,说道:

"哎,您倒是念啊。"

塞尔维尼问道:

"您是胡闹,还是真喜欢呢?"

"嗳!亲爱的,我在一家商店见到这本书,有人告诉我,写蚂蚁的书中这是最好的,当时我就想,一边了解这些小动物的生活,一边观察它们在草地上跑动,肯定很有意思。念吧。"

她俯卧在地上,两肘撑地,双手捧住头,眼睛盯着草地。

塞尔维尼念道:

从躯体结构方面看,在所有动物中,类人猿无疑最接近人类。然而,如果我们仔细观察一下蚂蚁的习性、它们的社会组织、庞大的群体、建造的房屋和道路、驯服甚至奴役一些动物的习惯,我们就不得不承认,在智商表上蚂蚁有权要求靠近人的位置……

他以单调的声音念下去,不时停顿一下,问道:

"还不够吗?"

伊韦特摇摇头。她薅了一根草茎,用茎梢儿接住一只游荡的蚂蚁,让它从一端爬到另一端,等它爬到另一端,就把草茎掉个头,玩得很开心。与此同时,她一声不吭,聚精会神地听着有关这些极小动物令人吃惊的细节描述:它们如何构筑地下设施,如何培育、储藏、饲养蚜虫,以便吮吸蚜虫分泌的甜液,如同我们饲养奶牛一样,还有如何按照习惯,驯化无视觉的小昆虫打扫蚁穴,从战争中带回奴隶,并由奴隶精心侍候,结果胜利者会丧失独立进食的习惯。

伊韦特看着这个如此微小、如此聪明的动物,内心似乎萌发了母爱,让它爬到手指上,眼神流露出温情,很想亲亲它。

继而,塞尔维尼念到蚂蚁的集体生活方式,念到它们训练力量和灵活性的友好打斗,姑娘听着就激动起来,想亲亲这个小动物,可是它却逃脱,爬到她脸上了。姑娘不由得尖叫一声,就好像受到威胁,十分危险,同时她还惊慌失措,乱打自己的脸,想打掉蚂蚁。这时,塞尔维尼哈哈大笑,他从姑娘的头发旁边捉住蚂蚁,趁机在原处长时间吻了一下,而伊韦特也没有移开额头。

接着,她站起来,说道:

"我觉得这本书比小说好。现在,我们去青蛙滩吧。"

他们走到岛子的一端,这里高树成荫,修成公园的模样,一对对情侣沿着塞纳河边,在大树荫下漫步,河中小船游弋。那是些妓女和年轻人、女工和她们的情人。那些男子只穿着衬衣,礼服搭在右胳臂上,高筒礼帽滑到脑后,像喝醉了酒,一副疲惫的样子。还有全家出来郊游的有产者,女人穿着节日的盛装,孩子好似一窝小鸡崽儿,围着父母乱跑乱跳。

持续不断的嘈杂声从远处传来,这种低沉的喧闹声表明那正是游船客最喜欢的场所。

突然,他们望见了。那是一只极大的船,上面有顶盖,停靠在岸边。船上一大群男女,有的坐在餐桌旁喝酒,有的站着,大呼小叫,唱歌跳舞,伴奏的一架钢琴音调失准,像一口破锅似的叮咚山响。

一些棕发的高挑儿女郎,袒露着前胸与后臀,在人群中间走来走去，用前后两面撩拨引逗，她们醉意醺醺，眼睛长了钩，涂红的嘴唇挂着淫话秽语。

还有一些女人面对着半裸的男人狂舞。那些男人都身穿汗衫和布短裤，头戴彩色窄边软帽，就像赛马师那样。

人群散发一股混杂的汗味和香粉味、腋下和化妆品的挥发气味。

贪杯的人则围着餐桌，畅饮红白黄绿各种色酒，丧失理智地大叫大嚷，就是要满足吵闹的强烈需要，满足耳朵和头脑充斥聒噪的野蛮需要。

不时有人从顶盖上跳下水去游泳，水溅到离得最近的饮酒的人身上，引得他们发出野人般的怒吼。

这时，河里驶过一排小船，全是狭长的快艇，由赤臂的桨手一下一下用力划着，船头翘起朝前冲击，只见桨手们晒黑的皮肤下肌肉来回滚动。游艇上的女客都穿着蓝色或红色法兰绒衣裙，头上撑着由烈日照得格外鲜艳的红色或蓝色小阳伞，仰坐在船尾的扶手椅上，一动不动仿佛睡着了，但是远远望着又像在凌波奔跑。

几只载满游人的沉重一些的船缓缓驶来。一名学生兴致特别高，想露两手，划起桨上下翻飞，仿佛旋转的风车翼，结果冲撞了其他游艇，惹来所有桨手的呵斥，他还险些使两个游泳的人淹死，一见大事不妙，就赶紧溜走，身后还紧跟着聚在水上大咖啡馆的众人的叫骂声。

伊韦特兴高采烈，挽着塞尔维尼的胳臂，穿过乱哄哄喧闹的人群，以平静而友善的目光注视那些粉头，似乎很高兴同不三不四的人摩肩擦臂。

"瞧瞧那个姑娘,米斯卡德,她的头发多美啊!她们那样子玩得多开心。"

这时,一个身穿红色服装、头戴一顶阳伞似的草帽的桨手,坐到钢琴前,弹起一支华尔兹舞曲。伊韦特猛地搂住同伴的腰身,拉着他疯狂地跳起舞来。他们以这种狂热的劲头跳了很长时间,引起大家围观。喝酒的人站到桌子上,用脚打着拍子,还有些人碰着酒杯。钢琴手全身剧烈摆动,双手跳跃着触碰象牙琴键,同时拼命地摇着由大草帽遮住的脑袋,就好像发了疯似的。

他戛然停止弹奏,身子滑下去,直挺挺地躺在地上,被大草帽盖住,仿佛累死了。接着,咖啡馆里哄堂大笑,所有人都热烈鼓掌。

就好像发生伤亡事故那样,四位朋友冲过来,把圆屋顶似的帽子盖在出事伙伴的肚子上,抓住他的四肢,把他抬走了。

一个活宝跟在他们后面,唱起《哀悼经》,一支送殡的队列,就这样在死者的后面形成,经过小岛的每条路径,将饮酒者、散步者和所遇到的人全拉进来。

伊韦特心花怒放,尽情地欢笑,跟所有人都搭话,在这喧闹的活动中欣喜若狂。一些小伙子死死盯住她了,故意往她身上靠,他们都涨红了脸,似乎嗅出她的气味,要用目光将她的衣裙剥去。塞尔维尼见此情景,不免担心了,只怕这次冒险游玩难以收场。

送殡的队列一直在行进,并且加快了步伐,只因四名杠夫跑了起来,后边跟着一大帮号叫起哄的人。突然,他们折向陡峭的河岸,到了河边猛地站住,抬着他们的伙伴荡了几下,接着四人同时撒手,将他投进河里。

从所有人的口中迸发出一阵巨大的欢呼声,但是那个弹钢琴的人却倒了霉,他晕头转向,在水中乱扑腾,咒骂着,又连连呛水,往外咳水,还陷进淤泥里,竭力想要爬上岸。

他的帽子随风而去,被一只小船上的人拾了回来。

伊韦特乐得手舞足蹈,拍着手连声说道:

"哈!米斯卡德,我真开心呀!我真开心呀!"

塞尔维尼又变得严肃起来,注意观察她,见她在这下流人的圈子里如鱼得水,他就有点儿别扭,有点儿恼火,心中萌生一种本能的反感。这种维护体面的本能,一个出身高贵的人即使在放纵的时候,也始终保持着,这种本能使他规避卑劣过头的亲热、肮脏过头的接触。

他感到惊讶,心中暗道:

"好家伙,你也是一路货呀!"

这时,他真想对她直接称呼"你",就像他在心里这样称呼一样,就像同妓女初次见面就以"你"相称一样,他看伊韦特和那些棕发女郎没有什么不同了。那些棕发女郎故意往人身上靠,沙哑的嗓子嚷着脏话,而那些高声嚷出的简短粗话,仿佛从人堆里滋生出来,在上面盘旋,犹如苍蝇在粪堆上盘旋一样,但是谁也不感到刺耳和惊讶。伊韦特好像根本没有注意到。

"米斯卡德,我要下水游泳,"她说道,"我们游个痛快。"

塞尔维尼答道:

"听您的盼咐。"

他们去游泳服务处租泳装。伊韦特头一个换好了游泳衣，在众目睽睽之下，微笑着站在岸边等他。继而，两个人并肩下到温和的水中。

伊韦特游起来，浑身受水波的爱抚，产生一种肉欲的快感，不禁微微颤抖，陶醉在幸福之中。她的手臂每划动一次，身子就抬高，就好像要冲出河流。塞尔维尼气喘吁吁，跟得很吃力，感到自己游得差劲，心里很不痛快。这时，姑娘放慢了速度，又忽然翻了个身，又起双臂，开始仰浮在水面，眼睛望着蓝天。她这样仰卧在水面上，塞尔维尼就能清晰地观赏她身体的曲线条，紧贴着薄薄的游泳衣，显示圆形和突起顶点的挺实乳房、微微隆起的腹部、半浸在水中的大腿、透过水闪光的赤裸的腿肚，以及浮现出来的两只娇美的小脚。

全身一览无余，就好像伊韦特专门展示给他，以便引诱他，以身相许，或者仍然是要戏弄他。这时，他欲火中烧，开始强烈渴望得到她了。伊韦特突然又翻过身来，看了看他，格格笑起来。

"您这样子真好玩。"她说道。

塞尔维尼被这句嘲笑话激怒了，恼的是这份儿爱恋受到戏弄，便陡然暗生反击之意、报复和伤害之心：

"这种生活，特别合您的口味吧？"

伊韦特非常天真地问道：

"什么生活？"

"算了，别拿我开心了。您完全清楚我要说的意思！"

"不清楚，我敢发誓。"

"嗳！别再演戏了。您到底愿意还是不愿意？"

"我根本不明白您的意思。"

"您不是这么笨的人啊。何况，昨天晚上我也同您说过了。"

"说过什么呀？我忘了。"

"说过我爱您。"

"您吗？"

"是我。"

"开什么玩笑！"

"我向您发誓。"

"那好，证明给我看看。"

"这事儿我正求之不得！"

"这事儿，什么呀？"

"要证明的事儿啊。"

"那好，说做就做。"

"昨天晚上您可没有这么说！"

"昨天晚上，您什么也没有向我提出来呀！"

"真够愚蠢的！"

"而且，您首先不应当跟我谈啊。"

"您可真厉害！那应当跟谁谈呀？"

"当然跟我妈谈了。"

塞尔维尼哈哈大笑。

"跟您母亲谈？噢，这也太过分啦！"

姑娘的表情突然变得非常严肃，直视他眼睛的深处：

"听我说，米斯卡德，您若是真爱我，想要我，就先去跟我妈谈谈,然后我再答复您。"

塞尔维尼认为她还在嘲弄他,不禁勃然大怒:

"小姐,您看错人了。"

伊韦特始终以温柔明亮的目光注视他。

姑娘迟疑了一下,然后才说道:

"我始终不理解您的意思!"

于是,塞尔维尼气哼哼的,语气中带几分粗暴和狠毒地说:

"算了,伊韦特,别再演戏了,这出滑稽戏演得时间太久了。您扮演一个幼稚的小女孩,然而,这个角色对您根本不合适,请相信我这话。您心里一清二楚,我们二人谈不上结婚……只是相爱。我对您说我爱您——这是真话——再说一遍,我爱您。您不要再假装不明白了,也不要再把我当成傻瓜。"

二人面对面站在水里说话,只是用双手轻轻划动来托住身子。伊韦特又在原地待了几秒钟,仿佛委决不下,要不要深究他这番话的意思,继而突然脸红了,一直红到耳根。她那张脸刷地涨得通红,从脖子到耳朵几乎都发紫了,一句话也答不上来,急忙逃向岸边,甩开臂膀尽全力划水。塞尔维尼在后面追不上,累得气喘吁吁。

他看见伊韦特上了岸,拾起浴衣,头也不回跑进更衣室。

塞尔维尼一时不知所措,考虑怎么对她说,心里合计应当道歉还是坚持自己的态度,结果用了好长时间才换完衣服。

他换好衣服出来一看,伊韦特已经走了,独自走了。他惴惴不安,心乱如麻,慢腾腾地往回走。

侯爵夫人挽着萨瓦尔的胳臂,正在草坪外围的圆形花径散步。

她见塞尔维尼走过来,就以昨晚以来就有的倦态说道:

"我说什么来着,大热天儿的,千万不要出门。这不,伊韦特中了暑。她回屋睡觉去了。可怜的孩子,她的脸蛋儿红得像一朵虞美人花,还偏头疼得厉害。你们在烈日下散步,这荒唐事儿您也干得出来。让我怎么说呢?您同她一样缺乏理智。"

姑娘根本不下楼吃晚饭。饭食要给她端到屋里去,她却插着门,隔着房门说她不饿,让她安静点儿就行了。塞尔维尼和萨瓦尔乘晚上十点钟的火车走了,两个年轻人答应下星期四再来。侯爵夫人独自坐在敞着的窗口,边遐想边倾听远处传来的音乐。划船游客的舞会乐队,正把跳跃的乐曲投向寂静肃穆的夜空。

正如有人迷恋骑马或划船那样,侯爵夫人则迷恋爱情并受其驱动。脉脉温情突然浸入她的肌体,如同染上疾病一样。强烈的爱突然袭来,浸透她的周身,每次特点不同,或亢奋,或猛烈,或曲折波动,或情意缠绵,也使她或疯狂,或焦灼不安,或无精打采。

她这种类型的女人,生在世上就是为了爱人并被人所爱。她出身卑微,却靠爱情发迹,几乎无意中把爱情变成一种职业,凭着本能和天生的机敏行事,接受金钱就像接受亲吻一样自然,根本不加以区分,并以简单而毫无理智的方式运用出色的嗅觉,就像因生存需要而嗅觉变得灵敏的动物那样。许多男人在她的怀抱中度过良宵,而她对他们毫无情爱之意,对他们的搂抱也毫无厌恶之感。

她以无所谓的态度,平静地接受任何人的亲热拥抱,如同行客在旅途中吃各种饭菜一样,因为总得维持生命。不过,她的心灵和肉体也有燃起欲火的时候,于是,她便陷入爱的狂热中,而这种狂热能持续几周或几个月,要根据她情夫的身体或精神素质而定。

这些便是她一生最甜美的时刻,她用整个身心去爱,爱得发狂,爱得痴迷,就像有人投河自尽那样,她投入爱河,让水流冲走,需要的话就不惜付出生命,在这种时候,她如痴如狂,陶醉在无限的幸福中。然而,她总想象每一次感觉都是前所未有的,如果有人提醒她曾彻夜望着星空,痴迷地梦想过多少男人,她反倒会万分惊讶。

这一回,萨瓦尔将她的灵和肉全部迷住,全部俘获。她在想萨瓦尔,想他的模样,回忆同他在一起的情景,从中得到欣慰,并沉醉在平静的激情里。这是已经实现的幸福,是现实而确切无疑的幸福。

侯爵夫人听见背后有响动,便回过身去,只见伊韦特刚刚走进来,她仍然穿着白天那身衣裙,不过现在脸色苍白,两眼发亮,就像人们经历了巨大的艰难之后那样。

伊韦特靠到窗户敞着的窗台上,面对着她母亲。

"我要和你谈谈。"她说道。

侯爵夫人有点儿诧异,眼睛注视着女儿。她抱着母亲的自私心理爱着伊韦特,为女儿的美貌而引以自豪,就像拥有财富而引以自豪的人那样,而且,她本人还花容玉貌,不会心生忌妒,什么事儿她也不放在心上,并不像别人以为的那样在女儿身上有种种打算,然而她又十分精明,自然意识到女儿的身价。

她答道:

"说吧,孩子,什么事儿啊?"

伊韦特凝视母亲,那目光仿佛要看透她的内心深处,仿佛要抓住她的话所要引起的种种反应。

"事情是这样。那会儿发生了一件异乎寻常的事儿。"

"什么事儿啊?"

"德·塞尔维尼先生对我说他爱我。"

侯爵夫人不安起来,等她说下去。由于伊韦特不讲话了,她便问道:

"这话他是怎么对你讲的?你倒是说个明白呀!"

姑娘这才坐到母亲脚下,拿出她惯有的撒娇的姿态,抓住母亲的手,接着说道:

"他向我求婚了。"

奥巴尔第夫人不禁愕然,高声说道:

"塞尔维尼?你可是疯啦!"

伊韦特目不转睛地盯着母亲的脸,窥视她的思想活动和惊讶的表情。她声调严肃地问道:

"为什么说我疯啦?德·塞尔维尼先生为什么就不能娶我呢?"

侯爵夫人颇为尴尬,结结巴巴地说:

"你弄错了,这不可能。你听错了,或者没听明白。德·塞尔维尼先生,对你来说太富有了……而且,巴黎派头……也太足,他不可能结婚。"

伊韦特慢慢地站起身,又说道:

"可是,妈妈,如果照他说的,他爱我呢?"

母亲有点儿不耐烦了,说道:

"我还以为你年龄不小了,也懂得生活是怎么回事儿了,就不会这么胡思乱想了。塞尔维尼是个花花公子,是个自私自利的人。他只能娶一个门第和财产同他相当的女人。如果说他向你求婚的话……那也是他想要……他想要……"

侯爵夫人有所猜疑,又说不出口,停了一秒钟,又说道:

"好了,让我安静一会儿,去睡觉吧。"

现在,姑娘似乎知道了渴望了解的事儿,便顺从地答道:

"好吧,妈妈。"

她亲了亲母亲的额头,迈着极为平稳的步子走了。

她走到门口的时候,又被侯爵夫人叫住了:

"你中暑怎么样啦?"母亲问道。

"压根儿就没中暑,全是这事儿闹的。"

侯爵夫人又补充说:

"这事儿以后我们再谈。不过,从现在起这段时间,你千万不要单独和他在一起,你也要确信,他不会娶你,明白吗,他只是想要……败坏你的名誉。"

她没有找出更合适的词儿来表达她的想法。伊韦特这才回房去了。

奥巴尔第夫人开始思前想后。

这些年来,她生活在爱情和富足的安宁中,有意从头脑中排除所有那些可能使她担心和忧伤的思虑。她从来不愿意想一想伊韦特将来怎么办,哪怕碰到难题,也总认为考虑这事还为时尚早。她凭着青楼女子的嗅觉,清楚地感到,她女儿不可能嫁给上流社会的一个阔佬,除非出现绝不可能的偶然情况,除非有一种意想不到的恋情将冒险的女子抬上宝座。她根本不指望发生这种奇迹,况且,她只顾考虑自己,没有闲心去制订与自己没有直接关系的计划。

毫无疑问,伊韦特也要走她母亲的路。她也要成为靠色相为生的女人。有何不可呢?不过,侯爵夫人始终不敢考虑这种事会在什么时候、什么情况下发生。

不料,女儿突如其来,向她提出这个无法回答的问题,迫使她表明态度,而这件事从各方面考虑,都十分棘手、十分微妙、十分危险,又十分触动她的良心,触动人在关乎自己孩子和此类事情时所应有的良心。

她天生精明过人,通权达变,这种精明平常看似昏昏然,但从未酣睡,一刻也不会错看塞尔维尼的意图,因为她凭经验了解男人,尤其这类男人。因此,伊韦特刚讲一句话,她就几乎情不自禁地嚷了一句:

"塞尔维尼,娶你?你可是疯啦!"

这个滑头,这个狡诈的家伙,这个花天酒地、玩弄女性的男人,怎么又使出这种老手段呢?现在,他要怎么行动呢?还有这小丫头,怎么明明白白警告她呢,甚至怎么保护她呢?因为,她很可能把握不住,干出天大的蠢事来。

她也是个大姑娘了,怎么还会这样天真、这样无知、这样傻气呢?

看来这局面的确很难应付,侯爵夫人想找出个解决办法来,却一筹莫展,一时茫然不知所措,考虑得神倦精疲。

最后,她也不胜其烦了,便想道:

"算了!对他们,我看紧点儿就是了,到时候见机行事。必要的话,我也可以同塞尔维尼谈谈。他是个机灵人,听我点一下就会领悟的。"

然而,同塞尔维尼怎么谈,对方会怎么回答,双方又会达成什么样的协议,她都没有进一步细想想,倒是无须作出什么决定,就排遣了这种忧虑,心情一轻松,就重又开始想她那英俊的萨瓦尔了。她的眼睛出神地凝望黑夜,目光转向右侧,转向笼罩在巴黎上空的朦胧的灯光。她用双手朝那大都市频频送去飞吻,一个接一个,不计其数,快速的吻投向黑暗中,同时喃喃地咕哝着,仿佛还同他说话似的:

"我爱你,我爱你!"

三

伊韦特也没有睡觉。她同母亲一样,对着敞开的窗户,双肘立在窗台上,但是泪水盈眶,这是她生来第一次流出的伤心泪。

迄今为止,她是在无所用心的、宁静的信赖中生活长大的,度过了幸福的青少年时期。为什么要费心思考虑、探求呢?她是一个少女,为什么就不能同所有少女一样呢?为什么要起疑心,为什么要惊悸,为什么萌生她难以忍受的猜疑呢?

她似乎通晓一切,什么话题都谈得来,而且说话的语气、神态和敢讲的粗话,同她周围的人不相上下。其实,她并不见得比在修道院长大的姑娘懂得多些,她那大胆的言论是取自她的记忆，取自女人模仿和吸收的才能，而不是来自因博学而变得大胆的思想。

她谈论爱情，就好比画家或音乐家的儿子，在十一二岁谈论绘画或音乐那样。她知道，确切地说，她猜出了这个词隐藏的是什么类型的秘密，须知人们在她面前窃窃私语，开的玩笑太多了，她那天真无邪的头脑不可能不开点儿窍，可是，她怎么又能从中得出结论，别人的家庭全同她的家庭不一样呢？

客人表面上都很尊敬地吻她母亲的手，她们家的所有朋友都有称号爵衔，都是富翁或者像富翁，所有人都可以随便叫出王公的名字。甚至有两位王子，夜晚多次来拜访侯爵夫人！伊韦特怎么能知道这其中的奥妙呢？

再者，她生来就特别天真，不像她母亲那样爱探究、爱琢磨人。她一直过着太平日子，整天乐乐呵呵，自然就不虑事了，而有些事情，在多几分沉静和思考的、少几分表露和张扬的内向人看来，是值得怀疑的。

不料，塞尔维尼突然讲了那几句话，她觉其粗暴却又不理解，内心先是突然产生一种莫名其妙的不安，继而又转变为一种挥之不去的惊恐。

当时她跑回家，像受了伤的野兽一样逃走。那些话的确深深伤害了她，她在心里不断重复，想吃透其中的全部含义，想推测出全部后果："您心里一清二楚，我们二人谈不上结婚……只是相爱。"

他这是什么意思呢？为什么这样侮辱人呢？难道有什么事儿，有什么秘密，有什么耻辱，她还不知道吗？毫无疑问，唯独她一人不知道啦！究竟什么事儿呢？她心中骇然，完全惊呆了，如同人们发现隐藏的一种耻辱，发现所爱的人的背叛行为，令你张皇失措的一场感情上的灾难。

她的心被惶惑和疑惧所啮噬，思了又思，想了又想，寻了又寻，哭了又哭。过了一阵，她那颗年轻而快活的心灵也就渐渐平静下来，便开始编织爱情的奇遇故事了。她回忆阅读过的富有诗意的小说情节，拼凑一种奇异的、极富戏剧性的场景。那些起伏跌宕的感人情节、打动人心的忧伤故事，她一一想起并糅在一起，构成她本人的故事，用以美化那个隐约可见、笼罩着她生活的秘密。

她已不再伤心苦恼了，而是幻想着，拉起遮掩的幕布，臆想出一些难以置信的复杂情况，臆想出无数可怕而离奇的，又因离奇而扣人心弦的事情。

莫非天缘巧合，她是一个王子的私生女？她那可怜的母亲，莫非被一位始乱终弃的国王，很可能被维克托-伊曼纽尔国王册封为侯爵夫人，被迫逃离盛怒的家庭？

或许，她是个罪恶爱情的结果，被亲生父母，被非常高贵显赫的父母遗弃，尔后被侯爵夫人收养，培育长大的吧？

她的头脑还浮现其他一些推测，并随着自己的兴致或接受或排除，而且自嗟自怜，心中又喜又悲，尤感满意的是自己成了书中的女主角，要登台亮相，要摆出与自己身份相称的一种高贵姿态。她还根据推测的事件来考虑自己应当扮演的角色。她隐隐约约地看到，这个角色类似斯克里布先生或桑夫人笔下的一个人物，能体现出忠诚、自豪、牺牲精神、高尚的灵魂、温情和才辩。她那易变的天性几乎乐得摆出这种新的姿态。

一直到天黑,她都在考虑自己该怎么办,想什么法子从侯爵夫人口里问出真情来。

夜幕一降临,就更增添了悲剧的气氛,她终于酝酿出一条妙计,简单易行,能了解自己想知道的事情,这就是出其不意,对母亲说塞尔维尼向她求婚了。

奥巴尔第夫人一听这消息准吃惊,就会脱口嚷出一句话,从而照亮她女儿的头脑。

伊韦特立刻实施了自己的方案。

她本以为母亲会大为震惊,会倾诉那场爱情,会一把鼻涕一把眼泪,吐露心中的秘密。

讵料,母亲听了,既没有惊愕,也没有伤心,只是显得有点儿不耐烦,而且回答时的语调有点儿尴尬、不悦和慌乱,这就在女儿心中突然唤起女性的全部心机、精明和狡狯。这姑娘便明白,不能再追问下去了,那是另一种性质的秘密,更难问出来,必须独自去揣测,于是她就回房了,心中抑郁,愁肠百结,现在恐惧真的会有不幸,但又弄不清楚这种惶恐从何而来,又是为什么。她倚着窗台这样想着,不禁潜然泪下。

她哭了许久,现在什么也不想,什么也不探求了,渐渐困倦难耐,合上了眼睛,昏昏沉沉睡了几分钟,就像极度疲惫,连脱衣裳的气力都没有就上床睡觉的人那样,睡得很深很沉,但有几次,她的头从托着的双手上滑下来,就突然惊醒了。

直到天蒙蒙亮的时候,凌晨风很凉,她觉得太冷了,才不得不离开窗口,上床睡觉了。

第二天和第三天,她保持一种忧郁的神情、谨慎的态度,头脑却一刻也不闲着,快速地思考,她还学着窥探、猜测和推理。她觉得有一道光亮,虽然还很朦胧,但似乎以新的方式照见她周围的人和物。与此同时,她萌生了一种怀疑,怀疑所有人,怀疑她相信过的一切,也怀疑她母亲。这两天,她作出各种假设,考虑了各种可能性,准备实施极端的决定,这样硬来也符合她多变的性情和不讲分寸的作风。星期三,她制订了一个计划,确定一整套行动准则和侦察的办法。星期四早晨一起来,她就全副武装,要向所有人开战,决心要比警探还狡猾几分。

她还决意把"唯我"奉为箴言,并且写在她信笺上以姓名开头字母组成的图案周围,花了一个多小时考虑如何排列效果更佳。

萨瓦尔和塞尔维尼十点钟到达。

姑娘大方又不失矜持地伸出手,以亲热又不失庄重的口气问道:

"您好,米斯卡德,挺好的吧?"

"您好,小姐,还不错,您呢?"

塞尔维尼对她倍加小心,暗自想道:

"她又要给我演什么戏呢?"

侯爵夫人挽上萨瓦尔的手臂,塞尔维尼则挽起伊韦特的手臂,开始围着草坪散步,由花木树丛遮掩,他们的身影时隐时现。

伊韦特神态矜持,若有所思,边走边瞧着花径的砂土,似乎没有注意听陪伴她的人讲些什么,也不怎么应答。

她忽然问道：

"您真是我的朋友吗，米斯卡德？"

"那当然了，小姐。"

"您这话当真吗，千真万确吗？"

"整个儿人是您的朋友，小姐，整个儿身心全算上。"

"连说一次真话也算上，只说一次真话，是吗？"

"如果需要，两次也行啊。"

"就连对我讲全部真情，全部肮脏的真情也算上吗？"

"是的，小姐。"

"那好，您从心里，从内心深处怎么看克拉瓦洛夫亲王呢？"

"噢！见鬼！"

"您瞧，您又打算说谎了。"

"哪里，我这是考虑怎么说，话要恰如其分。上帝啊，克拉瓦洛夫亲王是俄国人……一个地道的俄国人，他讲俄语，出生在俄国，他来法国可能还持有一份护照，唯独他的姓名和头衔是假的。"

伊韦特直视他的眼睛。

"您的意思是说他……"

塞尔维尼略一迟疑，才明确说道：

"是个冒险家，小姐。"

"谢谢。那么，瓦雷亚里骑士也好不到哪儿，对不对？"

"您说对了。"

"那么，德·拜尔维涅先生呢？"

"这个人么，另当别论。他是个上流社会的人……外省上流社会的人，在一定程度上……是体面的……只不过，体面过了火……有点焦头烂额……"

"那么您呢？"

塞尔维尼毫不犹豫地回答：

"我么，我是人们所说的花花公子，一个世家子弟，天生聪明，但聪明劲儿全消耗在辞令上，身体健康，但健康也毁在花天酒地上，也许还有点儿才华，但才华滥用而一无所获。我剩下来的全部家当，偏执成见差不多丧失殆尽了，也就只有一点儿生活经验。我对人，包括对女人普遍藐视，深深感到自己的所作所为毫无意义，而对一般的卑鄙行径也采取十分宽容的态度。不过，有时我还算坦诚，正如您见到的这样，有时我甚至还能动感情，正如您会看到的那样。总之，有这些缺点，也有这些优点，我的精神和身体都交给您支配，小姐，您尽管吩咐吧。"

伊韦特没有笑，而是仔细倾听，同时听话听音，揣摩其意图。

她又问道：

"您怎么看德·拉米伯爵夫人呢？"

塞尔维尼立刻表明：

"请原谅，我对妇女不妄加评论。"

"无一例外？"

"无一例外。"

"这么说，您对所有女人的评价……都很糟了。喏，想想看，您一个也不排除吗？"

塞尔维尼嘿嘿冷笑，摆出他那几乎一贯的放肆态度，以他当

作有力武器的有恃无恐的口气,说道:

"一般总是把在场的人排除在外。"

伊韦特的脸略微一红,不过,她仍然十分镇静地问道:

"那么,您怎么看我呢?"

"您想了解吗?我认为您这个人很有见解,很有经验,换句话说,您这个人非常注重实际,善于搅浑水,戏弄别人,掩饰自己的意图,撒出罗网,从容不迫地等待……时机。"

伊韦特问道:

"就这些吗?"

"就这些。"

于是,她正色说道:

"我要让您改变这种看法,米斯卡德。"

说罢,她就渐渐朝母亲靠过去。侯爵夫人低着头,迈着小碎步,那副懒洋洋的神态,正是人们散步中窃窃交谈、软语温柔时所常有的。她边走边用小阳伞尖在沙径上画着什么图案,也许是些字母。她身子紧紧偎着萨瓦尔的手臂,眼睛并不看他,说话慢声细语,讲了许久许久。伊韦特突然注视母亲,心头掠过一丝疑虑,宛如风吹云影掠过地面那样,十分模糊,尚未成型,说是猜疑不如说是一种感觉。

午饭的铃声响了。

餐桌上大家沉默不语,气氛显得沉闷。

可以说正在酝酿一场急风暴雨。大块大块乌云,似乎埋伏在天边,静止不动,悄无声息,但是非常沉重,负载着雷雨。

在坪台上一喝完咖啡,侯爵夫人便问女儿:

"喂!心肝儿,今天,你要和你朋友塞尔维尼一起散步去吗?这种天气,正适合去树阴下乘凉。"

伊韦特瞥了母亲一眼,随即移开目光,回答道:

"不,妈妈,今天我不出门。"

侯爵夫人显得不悦,坚持说道:

"还是去走一走吧,孩子,这对你的身体有益。"

伊韦特这才以生硬的口气答道:

"不,妈妈,今天我就是要待在家里,你也清楚是怎么回事儿,那天晚上我对你说过。"

奥巴尔第夫人不记得了,她一门心思渴望和萨瓦尔单独在一起,想想不禁脸红了,心情有点儿慌乱,替自己的事儿着起急来,不知如何才能有一两小时的自由。她讷讷说道:

"真的,我连想也没有想,你说得对。不知道刚才我的思想跑哪儿去了。"

这工夫,伊韦特拿起她称为"公安"的一件绒绣活儿。每年都有那么五六次,她拿起这活儿做做,打发平静而无聊的日子。这回,她坐到母亲身边的矮椅上,而两个年轻人则骑着折叠帆布椅,抽着雪茄烟。

谈话断断续续,有气无力,就这样熬了几小时。侯爵夫人烦躁起来了,不时向萨瓦尔投去无可奈何的目光,想找个借口,设法儿支开她女儿,最后还是明白她不可能得逞,简直无计可施,她就对塞尔维尼说道:

"要知道,亲爱的公爵,今儿晚我要留二位住在这里。明天我们去夏图,到大火炉饭庄用午餐。"

塞尔维尼心领神会,微微一笑,躬身答道:

"我听从您的安排,侯爵夫人。"

这一白天很难熬,在暴风雨的威胁下缓慢地度过去。

又渐渐到了吃晚饭的时间。天空沉闷低垂,布满了缓慢移动的乌云。肌肤感觉不到一丝微风的轻拂。

晚餐桌上还是一片沉默。两个男人和两个女子,似乎都感到拘束、尴尬,隐隐有点儿担心,因此都默然不语。

撤了餐具之后,他们仍留在坪台上,说几句话要停顿好长时间。夜幕降临了,这是一个闷热的夜晚。突然间,一道利爪形的巨大火光撕破远天,惨白耀眼,一下子照亮已经没入黑暗中的四张脸。继而,一阵低沉的声音,从远处滚地而来,就像马车过桥的隆隆声响。温度似乎又升高了,空气突然变得更加令人窒息,夜晚越发沉寂了。

伊韦特站起身,说道:

"我去睡觉了,这雷雨天叫我难受。"

她把额头探给侯爵夫人,又同两个年轻人握了手,便离去了。

她的卧室恰好在坪台上方,不大工夫,窗口射出光亮,照出门前那棵高大的栗子树的绿色枝叶。塞尔维尼凝望着树叶间的淡淡亮光,有时恍若看见闪过一个身影。可是,烛光忽然熄灭了。奥巴尔第夫人长吁了一口气,她说道:

"我女儿睡下了。"

塞尔维尼站起身:

"如果您允许的话,侯爵夫人,我也去睡觉了。"

他吻了吻侯爵夫人伸过来的手,也随即走开了。

这样一来,她就单独和萨瓦尔待在夜色中了。

她立刻投入萨瓦尔的怀抱,紧紧地搂住他。继而,她不顾萨瓦尔的阻拦,跪到他面前,悄声对他说道:

"我要在闪电的亮光中看你。"

然而,伊韦特吹灭了蜡烛,却像幽灵一样,光着脚来到阳台,她忍受着一种朦胧怀疑的啮噬之苦,站在那里偷听。

她在他们上方,就在坪台顶盖的上面,但是看不见他们。

她只能听见窃窃私语声。她的心跳得厉害,怦怦之声充斥耳朵。她头顶上一扇窗户关上了。显然是塞尔维尼上楼回到房间。她母亲单独同另一个男人待在一起了。

第二道闪电劈开夜空,强烈而可怖的亮光持续了一秒钟,照出她所熟悉的全部景物。她望见色如熔铅一般的那条大河,如同梦中奇幻国度的河流。下面随即有个声音说:"我爱你!"

此后再也听不见什么了。她莫名其妙,浑身打了个寒噤,思想飘荡在惶恐的混乱中了。

一种压抑的、无限的寂静笼罩整个世界,仿佛进入了永恒的寂寞。她呼吸不了,只觉胸口被可怕的不明之物压住。又一道闪电染红夜空,刹那间照亮天边,几乎紧接着又一道闪电,随后又一道接一道。

刚才听见的那个声音大起来,反复说道:"唔!我多么爱你呀!我多么爱你呀!"那声音,伊韦特听出来了,正是她母亲的声音。

一大滴温乎乎的雨点落在她额头,而大树枝叶间一阵小小的骚动,几乎不易觉察,那正是刚下雨的刷刷声。

随后,一阵喧响从远处奔驰而来,声音嘈杂,犹如大风横扫树木的枝叶,那正是暴雨席卷大地、河流和树林。不大工夫,她周围就雨水如注了,将她覆盖,溅了一身,像洗澡一样浸透了。她伫立不动,一心想他们在坪台上干什么呢。

她听见他们站起身,上楼回房间了。楼里房门发出关闭的声响。这时,渴望了解的念头无法抑制,折磨得她几乎发了疯。姑娘受其驱使,便冲到走廊,悄悄打开楼门,冒着倾盆大雨跑过草坪,躲进灌木丛中,窥视那几扇窗户。

只有一扇窗户有了光亮,是她母亲房间的窗户。在明亮的窗框里,忽然并排出现两个身影,接着相互靠拢,重叠在一起了。又是一道闪电,将迅疾耀眼的火光投到别墅的门脸儿上,姑娘望见他们紧紧搂抱在一起亲吻。

姑娘一时昏了头,不假思索,也不知道自己在干什么,声嘶力竭地大叫一声:"妈妈!"就像呼喊警告有生命危险的人那样。

她的绝望呼叫消失在哗哗的大雨声中,不过,那搂抱的一对却不安地分开了,一个身影不见了,另一个用目光搜索,极力想透过花园的黑暗发现什么。

这时,伊韦特怕被人发现,怕被母亲撞见,便冲向别墅,急忙上楼,身后一路留下雨水顺楼梯一级一级往下淌。她锁上房门,决心谁叫门也不打开。

衣裙湿淋淋的,贴在肌肤上,她没有脱掉,双手合十便跪到地上,在悲痛中祈求某种超人力的庇护、上天神秘的救援和陌生人的帮助,如同失望而痛苦的人所祈求的那样。

强烈的闪电,不时将惨白的光投进她房间。她猛然在衣柜镜子里瞧见自己,披头散发,浑身湿透了,模样古怪极了,连她本人都认不出来了。

她在地上跪了许久许久,都没有发觉雷雨移向远处。雨停了,一缕微光侵入还被乌云遮得漆黑的天空,由敞着的窗口飘进来一股温和而芳香、惬意而清爽之气,一股湿润的草木的清爽气息。

伊韦特站起身,脱掉懈怠而又冰凉的衣裙,想都没有想自己在做什么,就上床躺下了。可是,她仍然睁着眼睛,注视着初现的晨曦。后来,她又哭了,哭了之后又思索起来。

她母亲!有个情夫!多丢人啊!不过,她看了许多书,而书中写的一些女人,有的甚至做了母亲,也是这样失了身,直到书的结尾时才恢复名誉感。如今碰到的情况,类似她看过的所有书里的情节,因此,她也不会感到过分惊怪。起初她心痛欲裂,惊恐万状,但是只要乱纷纷想起类似的故事,也就镇定下来一点儿。她的思想受小说家的吸引,早已在富有诗意的爱情悲剧中徜徉惯了,这次发现虽然可怕,但她又渐渐觉得,这自然是昨天开始连载的小说的继续。

她心中暗想:

"我要拯救我母亲。"

她像女主人公似的一下此决心,心情就几乎平静下来,感到自己是坚强的,已经长大成人,立刻准备尽心尽力,投入斗争。她也考虑了应当采取的手法。在她看来,只有一个办法不错,符合她那浪漫的天性。她像演员彩排那样,准备她要同侯爵夫人的谈话。

太阳升起来了。仆人们开始在别墅里走动。女仆送来巧克力茶,伊韦特吩咐把托盘放在桌上,并且说道:

"您去告诉我母亲,就说我身体不舒服,要躺在床上,一直等到那两位先生走了再起来,就说我一夜没有睡觉,要休息一下,谁也不要来打扰。"

女仆瞧见湿衣裙像破布似的扔在地毯上,非常惊讶,便问道:

"小姐昨天晚上出去怎么了?"

"对,我要凉快凉快,出去在雨中散步了。"

女仆只好拾起衣裙、长袜和脏皮鞋,就好像见了溺水者的衣裳那样十分厌恶,将湿衣裙搭在一只胳膊上,小心翼翼地拿走了。

伊韦特等待着,知道母亲准会来。

侯爵夫人进来了。她听女仆一讲,就立刻跳下床,因为她听见黑暗中那一声"妈妈"的喊叫之后,就一直心存疑虑。

"你怎么啦?"母亲问道。

伊韦特望着母亲,结结巴巴地说:

"我……我……"

继而,她猛然激动万分,克制不住,竟呜呜哭起来。

侯爵夫人不禁诧异,又问道:

"你到底怎么啦?"

这时,姑娘事先准备好的词儿和计划,一股脑儿全忘了,她

双手捂住脸,结结巴巴地说:

"噢!妈妈,噢!妈妈!"

奥巴尔第夫人站在女儿床前,她心情太激动,一时弄不清怎么回事,但是凭她敏锐本能,已经猜得八九不离十了。

伊韦特泪流满面,哽咽得说不出话来。母亲见此情景,终于恼火了,她感到最怕的一场解释迫近了,便突然问道:

"瞧你,说不说呀,到底怎么啦?"

伊韦特勉强说出一句话:

"噢!昨天夜里……我瞧见……你的窗户。"

侯爵夫人面失血色,字字咬真地说道:

"说吧!怎么着?"

女儿一直抽泣,反复说道:

"噢!妈妈,噢!妈妈!"

奥巴尔第夫人的担心和尴尬终于化为怒气,她耸了耸肩膀,转身就要走。

"我真的认为你疯了。你什么时候不闹了,再跟我说一声。"

可是这时,姑娘突然移开双手,露出滚滚流泪的那张脸。

"别走!……你听着……我必须同你谈谈……你听着……你要答应我……我们两个走得远远的,到乡下去,去过农村妇女那样的生活,不让任何人知道我们的下落!你说,好吗?妈妈,求你了,我恳求你,好吗?"

侯爵夫人瞠目结舌,愣在屋子中央。她的脉管里流的是平民的血,性情暴躁。再说,一方面作为母亲,有这种羞愧和廉耻心,另一方面作为多情女子,又有这种隐约畏忌和爱情受到威胁时的激愤，此刻全混杂在一起，她不禁浑身颤抖，就要发作，不是请求原谅，就是大发雷霆。

"我不明白你的意思。"她说道。

伊韦特接着说：

"昨天夜晚……妈妈……我看见你了……不应当再……你要是知道的话……我们两个一起走……我会非常爱你，会使你忘掉……"

奥巴尔第夫人声音颤抖了，她说道：

"听我说，女儿，有些事儿你还不懂。喏……千万记住……千万记住……我不准你……永远也不准你……同我说……说……说……这种事情。"

然而，姑娘突然扮起早已确定的救星的角色，她说道：

"不，妈妈，我不是个小孩子了，我有权了解情况。不错，我知道我们接待一些名声不好的人，一些冒险分子。我也知道，就因为这一点，别人不尊敬我们。我还知道别的一些事情。真的，不能再这样了，明白吗？我不愿意这样子。我们还是走吧。你卖掉首饰，如果需要，我们就干活，我们要像正经女人那样生活，走得远远的。我若是能找到个人家，那就再好不过了。"

母亲生气了，用那黑眼珠瞪着她，回答说：

"你疯了！还不快点儿给我起床，同大家一起吃午饭。"

"不，妈妈。这儿有个人我不想再见到，你明白我指的是谁。我要他出去，要不然我就出去。有他没我，你选择吧。"

她已经从床上坐起来，说话也提高了嗓门，就像在舞台上讲话那样，她终于进入她梦想的剧情里，几乎忘记了伤心事，一心想着自己的使命。

侯爵夫人呆若木鸡,她只是重复说了一遍:

"你可真疯了!"就再也没词儿了。

伊韦特以慷慨的舞台腔又说道:

"不,妈妈,那人必须离开这里,否则我就走,我说的话绝不收回。"

"你到哪儿去呀?你怎么办呢?"

"我不知道,这我不在乎……我就是希望我们做正经女人。"

又说这"正经女人",这下子侯爵夫人可发起婊子的威来,怒吼道:

"住口!不许你这样同我讲话。我同别的女人身价一样,明白吗?不错,我是个娼妓,但我引以自豪,那些正经女人还不如我。"

伊韦特吓傻了,她望着母亲,讷讷说道:

"噢,妈妈!"

侯爵夫人冲动起来,越说越来火:

"怎么着!对,我是个青楼女子。是又怎么样?哼,我若不是个青楼女子,你呀,今天就可能是个厨娘,跟我从前一样,干一天只能挣三十个铜子儿,你每天得刷盘子,女主人要派你去肉店,明白吧。你若是偷懒,就会被人家赶出门,而你现在,整天这样游游逛逛,还不因为我是个娼妓吗?就是这么回事。一个女的只给人当仆人,只是个攒了五十法郎的可怜姑娘,如果不想饿死的话,就应当想法儿摆脱困境,而我们没有第二条路可走,明白吗,当了仆人就没有别的路了。我们没有地位,也不能靠投机交易去发财。我们没有别的,只有这个身子,只有这个身子。"

她捶着胸脯,就像一个悔罪的人在忏悔。只见她满脸涨红,情绪激昂,朝床铺走去:

"只好认了,是个漂亮女孩,就应该靠这个活着,要不然就得苦一辈子……苦一辈子……没有选择的余地。"

接着,她话锋一转,又回到她的看法:

"况且,那些正经女人,也不是那么玉洁冰清啊。按说,她们才是婊子呢,明白吗,因为没有什么强迫她们。她们有钱,有钱过日子,有钱消遣,她们由于淫荡才找男人。她们才是婊子呢。"

她就站在床前,而伊韦特惊慌失措,想喊"救命",想赶紧逃开,她像挨了打的孩子那样哭嚎。

侯爵夫人住了口,她看着女儿,见女儿悲痛欲绝,她自己也感到心如刀绞,十分内疚,一时又心疼又怜悯,便张开手臂,扑倒在床上,也痛哭流涕,结结巴巴地说道:

"我可怜的孩子,我可怜的孩子,要知道,你叫我多难受。"

母女俩一起哭了很久。

不过,侯爵夫人的忧伤不会持久。她慢慢站起身来,悄声地说道:

"好了,宝贝,生活就是这样,有什么办法呢?现在什么也改变不了啦,必须适应生活。"

伊韦特还在哭泣,这次打击太重了,太出乎意料了,她无法思考,怎么也平静不下来。

母亲又说道:

"好了,起来吧,去吃午饭,不要让人看出什么来。"

姑娘说不出话,只是摇了摇头,她抽抽搭搭,终于缓慢地说道:

"不,妈妈,你知道我对你说过的话,我不会改变主意的。他们不走,我绝不出屋。那些人,我一个也不想再见到,永远,永远不见。他们若是再来,我……我……你就休想再见到我了。"

侯爵夫人已经擦干了眼泪,激动一阵也乏了,她咕哝道:

"喏,考虑考虑吧,要理智一些。"

她沉默了一分钟,接着又说道:

"对,今天上午,你最好还是休息一下。下午我再来瞧你。"

她亲了亲女儿的脑门儿,便回去换衣服了,她倒是已经平静下来了。

等母亲一走,伊韦特便起来,跑去插上房门,免得有人来打扰,然后,她就思索起来。

将近十一点钟的时候,女仆来敲门,在门外问道:

"侯爵夫人让我问问小姐需要什么不,午饭想吃点儿什么?"

伊韦特回答:

"我不饿,只求不要再来打扰我。"

于是,她卧床不起,就好像患了重病似的。

将近三点钟时,又有人来敲门。她问道:

"谁呀?"

是她母亲的声音:

"是我,宝贝。我来瞧瞧你怎么样了。"

伊韦特颇犯踌躇,她怎么办呢?她还是去开了门,回头又躺下了。

"怎么样,你觉得好些吗?你不想吃个鸡蛋吗?"

"不,谢谢,什么也不想吃。"

奥巴尔第夫人挨着床坐下来,母女二人都不吭声,她见女儿的双手放在被单上,一动不动,便问道:

"你还不起床吗?"

伊韦特回答:

"起床,一会儿就起来。"

接着,她口气严肃地缓慢说道:

"我考虑了很多,妈妈,作出了……作出了这样的决定。过去的就让它过去了,再也不要提了。可是将来,那就不一样了……否则的话……否则的话,该怎么做我知道。现在,这事儿就到此为止吧。"

侯爵夫人本以为解释清楚了,一见这架势,就有点儿不耐烦了。现在还这样就太过分了。这么大个姑娘蠢透了,这种事儿早就该知道了。不过,母亲没有接过话茬儿,只是重复问道:

"你起来吗?"

"是啊,这就起来。"

于是,母亲就侍候她起床,把袜子、胸衣、裙子都给她拿来,又亲了亲女儿。

"晚饭前出去走走好吗?"

"好吧,妈妈。"

母女二人出了门,沿着河边散步,一路也就随便聊些家常事儿。

四

次日一大早,伊韦特就独自一人出去了,坐到塞尔维尼给她读蚂蚁故事的地点,暗自思量:

"不作出决定我绝不离开这里。"

河水就在面前,在她脚下流淌。这段河汊水流湍急,冲荡回旋,卷起许多大泡沫,形成深深的漩涡,默默地流逝。

她全面考虑了这种处境和摆脱的办法。

她所提出的条件,如果母亲不严格遵从,不放弃那种生活、那个圈子,不放弃一切,同她到遥远的地方去隐居,那她又该怎么办呢?

她可以一个人离开……逃走。可是,逃到哪儿去呢?怎么走呢?靠什么生活呢?

靠双手干活吗?干什么呢?找谁能给她活儿干呢?而且,过那种女工的、平民姑娘的穷苦日子,她也觉得有点儿丢人,有点儿配不上她。她想效仿小说中的年轻女子,去做家庭教师,被那家的少爷看上并结婚。不过,她本人也得是大家闺秀才行,一旦男方的父亲怒斥她骗取他儿子的爱,她就能自豪地回答:

"我名叫伊韦特·奥巴尔第!"

这一点她做不到。即使可行,这也是个很一般的、陈旧的办法。

进修道院也好不到哪儿去。况且,她觉得自己根本没有落发修行的志向,内心那点儿虔诚既短暂又断断续续。她这种身世,别指望有谁娶她而把她救了。从男人那里得不到任何救助,哪条路都行不通,根本没有彻底解决的办法!

后来,她想干一件有气魄的事,一件真正伟大、真正刚烈,可成为榜样的事:她决心一死。

她一下子就决定了,而心情如此平静,就像决定去旅行一样,根本没有考虑,也没有正视死亡,不明白这一了结就不可能重新开始,要一去不复返,要永远告别大地和生活。

她以青年的狂热和轻率,立刻准备走这条绝路。

于是,她又考虑采取什么办法,然而觉得所有办法执行起来都很难,都不保险,还要伴随一种她所厌恶的过火行为。

她很快就放弃了使用匕首和手枪的办法,唯恐失手,仅仅落个残疾或毁损容貌,没有一只训练有素而准确无误的手是不行的。随后她又放弃上吊和投河的办法,用绳索上吊太普通,是穷人的自杀办法,既可笑又丑陋,而投河自尽她又会游泳。剩下来也只有服毒了,可是服哪种毒药呢?几乎每一种都令人痛苦,引起呕吐。她既不愿吃苦头,也不愿呕吐。于是她想到麻醉药氯仿,还记得在报纸社会新闻栏上,看到一个少妇如何用这种办法窒息而死。

心下这样一决定,她立刻产生一种快感,产生一种窃喜和自豪的感觉。别人会看出她是什么人,有多大身价。

她回到布吉瓦尔,去了一家药铺,谎称牙痛,要买一点儿氯仿。药剂师认识她,便卖给她一小瓶这种麻醉药。

接着,她又步行去克鲁瓦西岛,又买了一小瓶这种毒药,再到夏图弄到手第三小瓶,到勒伊搞到了第四小瓶。赶回家吃午饭已经迟到了,她跑了这么一大圈儿,早已饥肠辘辘,吃得很多,如同锻炼之后肚子空了的人那样胃口大开。

母亲见她狼吞虎咽,心里很高兴,终于放下心来,在离开餐桌的时候,她对女儿说:

"我们的所有朋友要来这里过星期天。我邀请了亲王、骑士和德·拜尔维涅先生。"

伊韦特的脸略微失色,但是没有说什么。

不大工夫她就出门了,去火车站买了去巴黎的车票。

整整一下午,她就挨家跑药店,每到一家就买一点儿氯仿。她口袋里装满了小药瓶,傍晚才回家。

次日,她又开始采购,偶尔进一家药品杂货店,一次竟然买了四分之一升。

星期六是个阴天,气温不太高,她没有外出,一整天躺在坪台的柳条长椅上。

她毅然决然,心情十分平静,几乎什么也不想。

次日,她要打扮得漂亮一些,换上了对她非常合适的蓝色衣裙。

她照着镜子,突然暗自说道:"明天,我就死了。"随即莫名其妙地浑身打了个寒战。"死啦!我再也不能说话了,再也不能想事儿了,谁也见不到我。而我呢,再也见不着这一切了!"

她仔细端详自己的面孔,仿佛从未见过似的,尤其细细打量她的眼睛,在自身有许多发现,看出自己还不了解的相貌的隐秘特征。她这样瞧着自己不免惊奇,就好像面对一个陌生人,一个新朋友。

她心中暗道：

"这就是我，镜子里的人就是我。瞧瞧自己的模样，这种感觉该有多怪呀！真的，没有镜子，我们永远也不会认识自己。别人都可能知道我们长什么样子，而我们自己却一无所知。"

她抓住长发辫，拉到胸前，眼睛盯着自己的每个手势、每种姿态和每个动作，心中想道：

"我有多美呀！明天，我就死了，死在我的床上。"

她望了望床铺，恍若看见自己直挺挺躺在床上，脸色同被单一样白。

"死了。装进棺材里，埋到地下，过一星期，这张脸、这双眼睛、两边的脸蛋儿，就全腐烂变黑了。"

她心头一紧，不禁惶恐不安。

阳光灿烂，照耀着田野，从窗口进来温煦的空气。

她坐下来，想着"死亡"这件事，还以为世界会因为她而消失。怎么可能，这个世界不会有丝毫变化，甚至她的房间也不会变动。她的房间还会保持原样，还是这张床、这几把椅子、这个梳妆台，然而，她却永远走了，也许除了她母亲，谁也不会感到悲伤。

可能有人说："这个小伊韦特，长得多美呀。"仅此而已。她瞧着搭在椅子扶手上的这只手，再次想到躯体会腐烂，化为腐臭的一摊黑浆。想到此处，她又一阵恐惧，浑身不寒而栗。她总觉得，她是整个世界的组成部分，是田野、空气、阳光、生活的组成部分，因此，她怎么也弄不明白，她本人消失了，整个大地怎么可能不毁灭呢。

花园里传来欢声笑语、招呼应答,正是乡间聚会开始时的那种喧闹。伊韦特听出德·拜尔维涅那洪亮的歌喉:

  我在你窗下等待,
  啊!请你赏光出来。

她不假思索就站起身,走到窗口瞧瞧。大家鼓起掌来。他们共有五个人,还有两位先生她不认识。

她急忙退回来,一想到这些男人到她母亲这儿,到一个娼妓这儿来寻开心,就不禁心痛欲裂。

吃午饭的铃声响了。

"我要让他们瞧瞧人是怎么死的。"她心想。

她步伐坚定地走下楼,义无反顾,就像基督徒殉教者走进狮群等候的竞技场那样。

她笑吟吟地同客人握手,态度和气,但略显得有点儿高傲。塞尔维尼问她:

"今天,您的脾气不那么糟啦,小姐?"

她回答的语气很严肃,但又很怪:

"今天,我要胡闹一通。我上来巴黎人的脾气了。您可小心点儿。"

说着,她又转向德·拜尔维涅先生,说道:

"您来当我的侍从骑士吧,我的小马尔沃瓦齐。吃完午饭,我带你们大家去,马尔利那儿有热闹。"

的确,马尔利那儿有娱乐活动。新来的两位客人:塔米纳伯爵和德·布里克托侯爵,一一被引见给她。

她在餐桌上不大开口说话,以便备足精神,下午好好乐一乐,什么也不让人看出来,再让人大吃一惊,纷纷说道:"谁想得到呢?看样子她多高兴,多乐和呀!这些人的脑袋里究竟想些什么呀?"

她竭力不想晚上的事,不想她选定的所有人都在坪台的那一时刻。

她还尽量多喝酒,以便情绪高涨,两小杯上等香槟酒喝下去,离开餐桌时脸就红红的,有点儿晕晕乎乎,浑身发热,头脑也发热,她觉得现在变得胆大,视死如归了。

"上路!"她嚷了一声。

她挽起德·拜尔维涅先生的手臂,并且调动其他人的行进队列:

"好,你们要组成我的队伍!塞尔维尼,我任命你为中士,您要到队列之外,走在右侧;而两个外国人、亲王和骑士,你们作为外籍卫士走在前头;还有两个新入伍的,今天刚拿起武器,就走在后面。前进!"

他们出发了。塞尔维尼模仿着吹起军号,而两位新客则装作敲鼓的样子。德·拜尔维涅先生有点儿不好意思,悄声说道:

"好了,伊韦特小姐,要理智一点儿,这样有损您的名誉。"

伊韦特答道:

"是我损害了您的名誉,雷齐内。至于我么,我可不大在乎。明天就不会出现了。算您倒霉,就不应该同我这样的女孩子出门。"

他们穿过布吉瓦尔村,引得散步者惊讶不已。人人都回头瞧瞧,居民跑到门口看热闹。从勒伊乘小火车来到马尔利的游人起哄嘘他们,站在月台上的人喊道:

"扔进河里!……扔进河里!"

伊韦特迈着军人的步伐,挎着拜尔维涅的手臂,就好像拉着一个俘虏。她一笑不笑,苍白的脸上神情十分严肃,一点儿表情都没有,叫人毛骨悚然。塞尔维尼停止吹号,高喊口令。亲王和骑士开心极了,觉得这别出心裁,趣味高雅。两个新来的年轻人一直不停地敲着鼓。

他们到了聚会地点,当即引起轰动。一些粉头鼓掌欢迎,一些男青年则讪笑,一位胖先生由妻子挎着胳臂,以羡慕的口吻说道:

"瞧人家多会寻开心!"

伊韦特看见有木马转椅,就强迫拜尔维涅上去,坐在她右边,而她的部下都爬上后面的木马。等这项游戏玩完一场,她还不肯下来,迫使她的随从都待在这种儿童的坐骑上,一连玩了五场,围观的人乐不可支,高声开着玩笑。德·拜尔维涅先生面无血色,下来时恶心得厉害。

然后,伊韦特又在木板房货摊之间游荡,在众目睽睽之下,让她的随从挨个儿量体重,还让他们买一些可笑的玩具,每人都有一大包。亲王和骑士开始觉得玩笑开得太过分了。只有塞尔维尼和那两名鼓手毫不气馁。

他们终于走到村边儿了。这时,伊韦特样子怪怪的,用恶毒的目光打量她的随从,脑子里又闪过一个奇妙的念头,让他们沿着塞纳河陡峭的右岸排成一行。

"谁最爱我,就跳下水去。"她说道。

谁也没有往下跳。他们身后聚了一堆人。一些系着白围裙的妇女惊愕地看着这场面。两名穿着红色短军裤的士兵则嘿嘿地傻笑。

伊韦特重复道:

"怎么,你们当中就没有一个人,因为渴望我而跳下水吗?"

塞尔维尼咕哝一句:

"天啊,跳就跳。"于是他挺直身子跳进河里。

咕咚一声,水溅到伊韦特的脚上。人群中一阵惊喜,嗡嗡议论起来。

这时,姑娘从地上拾起一小块木头,投到水流中,喊了一声:

"拿回来!"

这个年轻人便游过去,像狗那样用嘴叼住漂着的木块,带了回来,又爬上陡峭的河岸,单腿跪下,将木块献给姑娘。

伊韦特接过木块,说道:

"干得漂亮。"

姑娘亲热地拍他一下,又抚弄他的头发。

一位胖太太不禁气愤地嚷了一声:

"真没见过!"

另一个人也说道:

"还能这样取乐!"

一个男人则明确表示:

"为了一个轻狂的姑娘跳下水,这种事儿我可不干!"

伊韦特又挽住拜尔维涅的手臂,劈面对他说:

"您是个十足的小傻瓜,我的朋友,您还不知道您错过了什么。"

大家又往回走。伊韦特向行人投去恼恨的目光。

"所有这些人,样子都多蠢啊。"她说道。

接着,她抬眼瞧着同伴的脸,说道:

"而且,您也一样。"

德·拜尔维涅先生颔首领受。伊韦特回头一看,亲王和骑士不见了。塞尔维尼无精打采,浑身湿漉漉的,他不再充当号手了,哭丧着脸,走在两个疲倦而不再佯装敲鼓的青年身边。

这时,她冷笑起来:

"哈!看样子你们玩够了。你们所说的玩乐,不就是这个吗?你们为这个而来,我为了你们的钱就陪你们玩乐。"

她不再说什么,径直朝前走去。可是,拜尔维涅忽然发现她流泪了,一时慌了神儿,急忙问道:

"您怎么啦?"

伊韦特咕哝道:

"别管我,这不关您的事儿。"

然而,他还像傻子似的追问:

"嗳!小姐,瞧您,究竟怎么啦?谁惹您伤心啦?"

伊韦特不耐烦了,重复说:

"您还不住口!"

接着,她再也忍不住压抑在心头的极痛深悲,忽然失声痛哭,来势凶猛,已无法再往前走了。

她双手捂住脸,一时泣不成声,悲痛欲绝,哽咽得喘不上气来。

拜尔维涅站在一旁束手无策,反复说道:

"我一点儿也摸不着头脑。"

这时,塞尔维尼突然走上前来:

"我们回去吧,小姐,不要让人瞧见您在大街上哭。您这样做既然伤心,为什么还这么胡闹呢?"

塞尔维尼抓住她的胳臂,将她拖走了。可是一到别墅的铁栅门,她撒腿就跑,穿过花园,跑上楼去,独自关在房间里了。

直到开晚饭时,她才重又露面,脸色十分苍白,神态十分严肃。然而,大家的情绪都很欢快。塞尔维尼在当地一家商店买了一身工装,有一条丝绒裤子、一件绣花衬衣、一件针织衫、一件外衣,现在,他也以平民的口气说话。

伊韦特感到逐渐丧失勇气,想尽快了结。等到一喝完咖啡,她又上楼回房间了。

她听见窗下的欢声笑语。骑士在开浮浪的玩笑,讲些粗俗而笨拙的外国文字游戏。

她听着这些越发绝望。塞尔维尼有几分醉意,模仿工人酒鬼的样子,称侯爵夫人为老板娘,他猛然又叫萨瓦尔:

"喂!老板!"

逗得众人哄堂大笑。

于是,伊韦特横下一条心。她先拿一张信笺,写道:

我死了,绝不想成为别人玩弄的女人。

伊韦特

布吉瓦尔，星期日晚九时

继而，她又写了一句附言：

永别了，妈妈，请原谅。

她封上信封，上面写着"奥巴尔第侯爵夫人亲启"的字样。

然后，她把长椅推到窗口，又将一张小桌拉到手边，上面并排放了一把棉花和那一大瓶氯仿。

一棵鲜花盛开的高大玫瑰树，从坪台一直伸到她的窗前，在夜晚散发着柔和的清香，由微风徐徐送来，她呼吸了一会儿这种芬芳。上弦月在幽暗的夜空升起，左角蚀掉一块，还不时被小片浮云遮住。

伊韦特心想：

"我要死啦！我要死啦！"

她的心难受极了，在无言地痛哭，使她喘不上气来。她感到需要求助什么人，需要被人拯救和得到爱。

塞尔维尼的声音响起来，他在讲述一个下流故事，不时被爆发的笑声打断。侯爵夫人的欢笑声格外突出，她一再重复说：

"这种事，只有他讲得出来！哈！哈！哈！"

伊韦特拿起药瓶，拔下瓶塞，往棉花上倒了一点儿药液，一股刺鼻的、甜丝丝的怪味扩散开来。她将棉花团拿到唇边，猛吸一口极富刺激的味道，不禁咳嗽起来。

于是，她闭上嘴，开始用鼻子吸入，连续深呼吸，吸进这种致命的挥发气体。现在她闭上眼睛，力图停止一切思想活动，不再思考，也不再感知了。

起初她觉得，胸膛扩展了，张大了，刚才还沉重忧伤的心灵，现在变得轻松了，就好像掀掉了压在上面的重负，一下子减轻了，飞起来了。

一种鲜明的舒适感传遍周身，一直传到四肢，传到脚趾和手指，渗透肌肉，这是一种朦朦胧胧的迷醉，一种轻柔温和的兴奋。

她发觉棉花团干了，奇怪自己还没有死。她的感官似乎更敏锐、更细腻、更警觉了。

坪台上最轻微的说话声，她都听得见。克拉瓦洛夫亲王讲述他在决斗中，如何杀掉一位奥地利将军。

继而，她倾听夜晚的声响，听见很远的乡村一只狗断断续续的吠声、蟾蜍的短促的鸣叫，以及细微难辨的沙沙的树叶声。

她再次拿起药瓶，重又浸湿小棉团，又开始往里吸气。有一阵工夫，她什么感觉也没有了，继而，她又像刚才那样，被这种缓慢而美妙的舒适感控制了。

她往棉花团上倒了两次氯仿。现在，她迷上了这种肉体上和精神上的感觉，迷上了这种诱使灵魂进入梦幻的麻木状态。

她觉得自己的骨骼没了，肌肉没了，腿没了，胳膊没了，仿佛在她不知不觉中，这些全被悄悄剥夺了。氯仿把她的躯体掏空了，只给她留下了思想。不过，她感到她的思想从未像现在这样清醒、这样活跃、这样开阔、这样自由。

她又想起了遗忘已久的事情,有她童年的一些琐事、曾经令她高兴的一些小事。她的神思突然空前活跃起来,在完全不同的意念中腾挪跳跃,光顾无数的奇遇,在过去的岁月中徜徉,在期望将来发生的事件中流连不返。她那活跃而又懒洋洋的思想,有一种肉欲的魅力,她这样一想,就有飘飘欲仙的感觉。

她始终能听见说话的声音,但是分辨不清,在她听来意思不同了。她渐渐深入,并且迷失在奇异的、变幻的一种仙境里。

她乘坐一条大船,沿着开满鲜花的美丽国家航行,她望见岸上有人,而那些人讲话声音很高。后来,她上了岸,也没有想是如何下船的。塞尔维尼穿着王子的服装,前来接她去看一场斗牛。

街道上行人熙熙攘攘,边走边交谈,她听着他们的谈话毫不奇怪,就好像认识这些人似的。因为,她在梦幻般的麻醉中,一直能听见她母亲的朋友们在坪台上的说笑声。

再过一会儿,一切都变得模糊不清了。

后来她又醒了,这种麻木状态十分惬意,而现在回想起来却颇费力了。

看来她还没有死。

不过,她身体特别通泰,精神特别畅快,只觉得完全缓过来了,并不想急于结束这种状态,倒是愿意让这种美妙的迷醉状态延续下去!

如此呼吸缓慢,眼睛望着对面树梢儿上的月亮。她的头脑里发生了变化,想法同刚才不一样了。氯仿麻醉了她的肉体和心灵,也缓解了她的痛苦,麻痹了她求死的意志。

她为什么就不能活下去呢？她为什么就不能得到爱呢？她为什么就不能过上幸福生活呢？现在，她觉得这一切都是可能的，容易实现也肯定能够实现。在生活中，什么都是甜美的、适意的、迷人的。可是，她还要这样冥想下去，便又往棉花团上倒了点儿梦幻之液，重又开始呼吸，但不时将药棉从鼻孔移开一点儿，以免吸入过量而死去。

她望着月亮，看见月中有个女子的形影。她在毒药产生的迷幻中，思想又开始驰骋了。那女子的形影在天空中荡来荡去，然后又唱起歌来，用她十分熟悉的嗓音高唱《爱的颂歌》。

那是侯爵夫人刚回屋弹起钢琴。

现在，伊韦特长了翅膀，在这月光皎洁的美好夜晚，她开始在树林与河流上空飞翔。她张开翅膀，扇动翅膀，由风托举着，就像由爱抚托举一样，畅快地飞旋。她在空中上下翻飞，只觉得空气亲吻着肌肤，而且飞速极快，非常迅疾，来不及看清下面的景物。继而，她又坐在一个池塘边上，手拿着钓鱼竿在垂钓。

她从水中拉起钓鱼线，拉上来一条非常华丽的珍珠项链，正是她早些时候渴望得到的。现在得到这件首饰，她丝毫也不感到惊讶。她忽又注视塞尔维尼，不知他是如何来到她身边的，也在垂钓，而且从河里钓上来一匹木马。

继而，她再次感到自己又醒来，听见下面有人叫她。

她母亲喊道：

"伊韦特，你倒是吹灭蜡烛啊！"

随后，又响起塞尔维尼那清亮而滑稽的声音：

"您倒是吹灭蜡烛啊，伊韦特小姐。"

大家都异口同声地跟着喊：

"伊韦特小姐，把您的蜡烛吹灭。"

伊韦特又往棉花团上倒了点儿氯仿，但她不想死了，就把药棉放得离脸远一点儿，她既能呼吸新鲜空气，整个房间又能充斥这种麻醉药令人窒息的气味，因为她明白，他们就要上楼来了，于是，她摆出一种松弛的姿态，一种亡逝的姿态，就这样等待。

侯爵夫人说道：

"我真有点儿担心！这个小疯丫头，桌子上还点着蜡烛就睡着了。我要派克列芒丝去吹灭了，再把阳台那扇大敞四开的窗户关上。"

不大工夫，女仆就来敲门，叫道：

"小姐！小姐！"

听听没有动静，她又叫道：

"小姐，侯爵夫人让您吹灭蜡烛，关上窗户。"

克列芒丝又等了一会儿，接着就用力敲门，喊道：

"小姐！小姐！"

由于伊韦特不应声，女仆便去回复侯爵夫人：

"小姐一定是睡着了，房门插着，我叫不醒。"

奥巴尔第咕哝道：

"她总不能就这样睡一夜吧？"

于是，大家在塞尔维尼的倡议下，都聚在姑娘的窗下，齐声呼叫：

"嘿！……嘿！……乌拉！……伊韦特小姐！"

在寂静的夜晚，他们的呼叫声显得很响亮，在月光下清明的空气中飘飞,在这沉睡的地方传开,他们听见这喊声犹如疾驶的火车渐渐远逝。

可是,伊韦特还不答应,侯爵夫人就说道:

"但愿她没出什么事儿,我开始担心了。"

这时,塞尔维尼从顺着墙长的高大的玫瑰树上摘下几朵红玫瑰花,又摘了一些尚未开放的花蕾,便从窗口往姑娘的房间投掷。

伊韦特收到第一朵花时,还吓了一跳,险些叫起来。接着,又有几朵花落到她衣裙上,头发上,有的还越过她脑袋,一直飞到床上,花雨落了满床。

侯爵夫人嗓子有点儿哽咽,又喊一遍:

"喂,伊韦特,答应我们一声啊!"

这时,塞尔维尼郑重地说道:

"真的,这不正常,我要从阳台爬上去。"

骑士一听就恼了:

"对不起,对不起,这可是一种特殊的优待,我还要干呢,这方式再好不过……这时机也再好不过……能得到这样一次幽会!"

别人都以为这是姑娘耍的花招,便纷纷嚷道:

"我们抗议。这是预谋好了的。不能让他上,不能让他上。"

然而,侯爵夫人却很着急,连声说道:

"总得有人去瞧瞧啊!"

亲王富于戏剧性地打了个手势,说道:

"她就是照顾公爵,把我们抛弃了。"

"咱们用钱币来猜正反面,谁猜中谁上。"骑士提出要求。

他从兜里掏了一枚面值一百法郎的金币。

他首先和亲王竞猜。

"反面。"他说道。

掷出来的是正面。

亲王来掷钱币,他对萨瓦尔说:

"您猜吧,先生。"

萨瓦尔说:

"正面。"

结果是反面。

接着,亲王又同其他人竞猜,所有人都输了。

现在对垒的只剩下塞尔维尼了,他神气十足地声称:

"没错儿,他作弊!"

俄国人将手放到胸口,又把金币递给对手,说道:

"您来掷吧,我亲爱的公爵。"

塞尔维尼接过金币,往上一抛,同时嚷道:

"正面!"

这次又是反面。

塞尔维尼躬身退让,指着阳台的柱子:

"请上吧,我的王爷。"

然而,亲王却皱着眉头,环视周围。

"您找什么呢?"骑士问道。

"我……我……我要找……一架梯子呗。"

众人哄堂大笑。萨瓦尔走上前,说道:

"我们来助您一臂之力。"

他用那双大力士的手臂，一下子将亲王举起来，同时嘱咐说：

"您抓住阳台。"

亲王立刻抓住，萨瓦尔便松开手。亲王吊在那里，两脚悬空乱蹬。这时，塞尔维尼走上前，抓住他寻找支点乱动的两只脚，用全力往下一拉，亲王两手只好松开，身子像一大件包裹，恰好落在上前扶他的德·拜尔维涅先生的肚子上。

"现在轮到谁啦？"塞尔维尼问道。

没人站出来。

"喂，拜尔维涅，大胆点儿。"

"谢谢，亲爱的，我还要这把骨头呢。"

"喂，骑士，您一定有攀登爬高的习惯。"

"我给您让位，亲爱的公爵。"

"嗨！……嗨！……那我就只好遵命了。"

塞尔维尼围着柱子仔细打量。

接着，他一纵身，双手抓住阳台，用臂力引体向上，像体操运动员那样，翻过了栏杆。

所有人都仰面观看，纷纷鼓掌。不料，他又立刻跑回阳台，喊道：

"快来呀！快来呀！伊韦特昏过去啦！"

侯爵夫人尖叫一声，冲向楼梯。

姑娘双眼紧闭，佯装死去。她母亲惊慌失措，扑到她身上。

"您说，她怎么啦？她怎么啦？"

塞尔维尼拾起掉在地板上的氯仿瓶子,说道:

"她窒息了。"

接着,他侧耳贴在姑娘心口听了听,又补充一句:

"不过,她还没有死,我们能把她救过来。这儿有氨水吗?"

"什么……什么……先生?"

"镇静药水。"

"有,先生。"

"马上拿来,让房门敞着通风。"

侯爵夫人跪在地下,失声痛哭。

"伊韦特!伊韦特!我的女儿,女儿,亲爱的女儿,听着,回答我呀,伊韦特,我的孩子呀!噢!上帝!我的上帝!她怎么啦?"

几个男人也惊慌失措,在屋里乱转插不上手,只拿过来水、毛巾、杯子和醋。

有个人说:"应当给她脱了衣裳。"

这时,侯爵夫人已经昏了头,要给女儿脱衣服,却不知道该怎么做了,她两手发抖,越急越乱,实在没法儿,便呻吟道:

"我……我……我弄不了,我弄不了……"

女仆拿来一瓶药水,塞尔维尼拔开瓶塞,往一块手帕上倒了半瓶,然后将手帕贴在窒息的伊韦特的鼻子下方。

"好了,她呼吸了。"塞尔维尼说道,"不要紧的。"

他用这种气味刺鼻的药水给她擦鬓角、脸颊和脖颈。

接着,他示意让女仆解开姑娘胸衣的带子,等她身上只剩下衬裙和衬衣时，就把她抱起来，放到床上。可是，他闻到这大部分裸露的身体的气味，接触这肌肤，而在怀抱中略微弯曲而勉强遮住的汗湿的乳房，就在他嘴唇下方，他不禁浑身颤抖，内心悸动。

他将姑娘放到床上，直起身时脸色十分苍白。

"不要紧的，"他说道，"一会儿她就能醒来。"

因为，他听见姑娘的呼吸持续而平稳了。这时，他发现男人都在场，眼睛都盯着躺在床上的伊韦特，便因忌妒而恼怒，走过去对他们说：

"先生们，房间里人太多了，劳驾都出去，只留下萨瓦尔和我陪着侯爵夫人。"

他的口气生硬而不容置疑。其他人立刻退出去了。

奥巴尔第夫人抱住她的情夫，仰头望着他，嚷道：

"把她救活……噢！把她救活！……"

这工夫，塞尔维尼转过身去，看见桌上有一封信，就一把抓起来，看了看收信人，心下便明白了，想道："也许最好不让侯爵夫人知道。"他撕开信封，扫了一眼信上的两行字：

我死了，绝不想成为别人玩弄的女人。

伊韦特

永别了，妈妈，请原谅。

"见鬼，"他想道，"这可值得深思。"

于是，他把信藏进自己兜里。

然后,他又走到床前,忽然想到姑娘早已恢复知觉,但是由于羞愧难当,又怕人问,还不敢动弹。

现在,侯爵夫人跪在地上,头靠着床脚哭泣。突然,她说道:

"请位大夫来,应当请位大夫来。"

这工夫,塞尔维尼刚同萨瓦尔低声交谈几句,他又对侯爵夫人说:

"不用,没事儿了。这样吧,您先出去一会儿,只需一小会儿,我向您保证,等您再回来的时候,她准会拥抱您。"

于是,男爵抓住奥巴尔第夫人的胳臂,将她扶起来,拉出房间。

这时,塞尔维尼坐到床沿儿,拉起伊韦特的手,说道:

"小姐,您听我说……"

她不应声。她躺在床上觉得特别舒服,特别温馨又特别温暖,永远也不想动弹,也不想说话,就这样一直生活下去。一种无限的舒适感传遍周身,舒服极了,她从未有过类似的感觉。

清风柔和,送进夜晚温煦的空气,不时拂面,十分美妙,又难以觉察,宛如一种爱抚,好似清风的吻,又像扇子徐徐扇来的爽气,而这把扇子是由树林的所有枝叶、夜晚的所有阴影、河流的薄雾,以及所有花朵做成的。要知道,从楼下掷进房间并掷到床上的玫瑰花,以及攀援到阳台上的玫瑰花的淡淡香味,同晚风送来的清新宜人之气相交混了。

她闭着眼睛,呼吸这样好的空气,在药力持续的麻醉中,心神舒坦,丝毫也没有死的愿望了,只有强烈而迫切的生的欲望,不论以何种方式获得幸福的欲望,还有得到爱,是的,得到别人的爱的欲望。

塞尔维尼重复道:

"伊韦特小姐,请听我说。"

这时,姑娘才决定睁开眼睛。塞尔维尼见她又有些生气了,便接着说道:

"瞧您,瞧您,何必这样胡闹呢?"

姑娘讷讷说道:

"我可怜的米斯卡德,我太伤心了。"

塞尔维尼慈父一般握住她的手:

"正是这一点对您有极大的好处,嗯,是的!喏,您要答应我,再也不这么干了,好吗?"

她没有回答,但是微微点了点头,还伴随一下不易看出而只能意会的微笑。

塞尔维尼从兜里掏出他在桌上发现的信,说道:

"这还要交给您母亲看吗?"

姑娘皱皱额头,表示"不必"。

塞尔维尼不知道再说什么好了,他觉得这事情无法解决,便小声说道:

"我亲爱的小朋友,最难受的事情也得认了。我完全理解您的痛苦心情,我答应您……"

姑娘结结巴巴地说:

"您心肠好……"

二人不说话了。塞尔维尼注视她,看出她的眼睛流露出动情的、难以自持的神色，忽然，她抬起两只手臂，仿佛要把他拉近似的。塞尔维尼俯下身去，感到她在呼唤他，二人的嘴唇贴在一起了。

他们闭着眼睛，就这样待了很久。然而，塞尔维尼却意识到他要失去理智了，便站起身来。现在，伊韦特冲他微笑，那是一种温情的真笑，同时，她的两只手还抓着他的肩头。

"我去叫您的母亲。"塞尔维尼说道。

伊韦特轻声说道：

"再等一小会儿。我感觉好极了。"

她沉默了片刻之后，又极轻极低，用他勉强听得见的声音说：

"您会非常爱我吗，您说是吗？"

塞尔维尼跪在床边，亲吻她没有抽回去的手腕：

"我崇拜您。"

这时，门外传来脚步声。他一纵身站起来，以他那平时总带几分讥讽的声音嚷道：

"您可以进来了，现在行了。"

侯爵夫人张开双臂，扑向女儿，发狂似的紧紧搂住她，已是泪流满面了。塞尔维尼在一旁则心花怒放，肉体处于亢奋状态。他朝阳台走去，要呼吸呼吸夜晚的清新空气，嘴里哼唱着：

> 女人水性又杨花，
> 　相信她们皆傻瓜。